NATURALEZA OSCURA

RBA MOLINO

MEGAN SHEPHERD

NATURALEZA OSCURA

Traducción de
V. M. García de Isusi

RBA

Título original inglés: *Her Dark Curiosity*.
Autora: Megan Shepherd.

© Megan Shepherd, 2014.
Derechos de traducción cedidos a través
de Sandra Bruna Agencia Literaria, S.L., y Adams Literary.
Todos los derechos reservados.
© de la traducción, Víctor Manuel García de Isusi, 2014.
© de esta edición, RBA Libros, S.A., 2014.
Avda. Diagonal, 189 - 08018 Barcelona.
rbalibros.com

Primera edición: octubre de 2014.

RBA MOLINO
REF.: MONL204
ISBN: 978-84-272-0798-1
DEPÓSITO LEGAL: B. 16.811-2014

COMPOSICIÓN • ÁTONA VÍCTOR IGUAL, S. L.

PARA PEGGY Y TIM, PARA QUE TENGAN UNA INFANCIA
LLENA DE LIBROS Y AMOR.

CAPÍTULO UNO

El ático, que se caía a pedazos, olía a rosas y a formaldehído. Más allá del cristal esmerilado de la ventana, los tejados de Shoreditch se extendían hacia el este describiendo ángulos agudos cubiertos aún en parte por la nieve del día anterior, mientras las chimeneas soltaban nubes de humo a un cielo cubierto ya de por sí por la niebla. En tardes como aquella era imposible saber qué peligros acechaban en las calles. El día anterior, por la mañana, habían descubierto congelada en la esquina de abajo a una florista que tendría más o menos mi edad. Conocerla, no la conocía; tan solo la había visto por la calle. Éramos dos chicas solas que se saludaban con la cabeza pero, ahora, sus bonitos ojos oscuros y los míos jamás volverían a encontrarse a la luz de las farolas. Los periódicos no decían nada de su muerte. Solo era una más de las decenas de personas que habrían fallecido en una noche tan fría. Si me enteré fue por los comentarios que se les escapaban a unos y los susurros que oí de otros mientras hacía mi ronda habitual por los puestos de flores y las carnicerías. Me contaron que se había metido flores entre los andrajos para ver si así conseguía alejar el frío. Las flores también se habían congelado.

De solo pensar en ello me recorrió un escalofrío y me arrebujé bien bajo el edredón de retales que tenía alrededor de los hombros. Al fin y al cabo, una colcha harapienta no era mucho mejor que una capa de flores mustias. El invierno de Londres puede ser mortífero.

Mientras observaba por la ventana cómo unos niños rebuscaban alrededor de un asador de castañas con la esperanza de que alguna se hubiera caído, no podía evitar sentir que había algo en aquellas callejuelas que me resultaba familiar, algo que hacía que me sintiera segura por malo que fuera el vecindario. La dueña de la taberna de enfrente salió de su establecimiento para colgar una raquítica corona de acebo en la puerta, manchada de pintura, preparándose así para la Navidad, que llegaría en cuestión de unas semanas. No pude evitar sonreír al pensar en pasteles de carne y regalos debajo del árbol; aunque la sonrisa no tardó en desaparecer, junto con los buenos recuerdos. ¿De qué me servirían ahora los regalos, si la muerte bien podía estar a la vuelta de la esquina?

Volví a la mesa de trabajo. El ático que tenía alquilado era pequeño, cabían en él una cama estrecha y una cómoda a la que le faltaba un cajón; entre ambos muebles tenía una vieja estufa de leña que por la noche parecía gemir. La mesa de trabajo, vieja y destartalada, la había dividido en dos mitades. En la de la derecha tenía media docena de rosales llenos de injertos en distintas etapas. Una floristería de Covent Garden me pagaba para que los alterara de forma que una misma planta diera flores tanto rojas como blancas. El exiguo beneficio que le sacaba a aquel oficio me servía para pagar el alquiler del ático y para comprar el equipo y los suministros médicos que almacenaba en la mitad izquierda de la mesa, a saber: una jeringa de los días en que seguía mi anterior tratamiento, un envoltorio de papel de estraza y unas notas garabateadas acerca de las propiedades curativas del hibisco.

Me senté, dejé que el edredón cayera al suelo y tomé un vial de cristal. Mi padre había creado aquel suero para mí cuando era niña y hasta hacía poco había mantenido a raya los peores síntomas. Sin embargo, en los últimos meses habían empezado los cambios y cada vez me sentía más enferma. Tenía espasmos musculares, un profundo dolor en las articulaciones y vértigos que me nublaban la vista. Nada más tocar el vial me empezó a temblar la mano con violencia, con lo que el frasco se me resbaló de entre los dedos y se hizo añicos contra el suelo.

—¡Maldita sea!

Me apoyé una mano en el pecho. Así era como empezaban los ataques.

Al tiempo que las sombras de la lámpara dibujaban formas bestiales en el techo, recogí todos los cristales y desenvolví el paquete que había sobre la mesa, alisando los bordes del papel de estraza al hacerlo. El olor a carne invadió la estancia, un olor como a hierro, como si empezara a pudrirse. Empecé a marearme por culpa de aquel hedor. Cogí uno de los páncreas. El órgano era del tamaño de mi puño, tenía un suave color carne y estaba cubierto por una especie de arrugas profundas. A mi entender, debían de haber matado a la vaca el día anterior o incluso un par de días antes.

Su muerte podría suponer que yo siguiera viva. Nací con una deformación en la columna vertebral que habría supuesto mi muerte de no ser porque mi padre era el cirujano más reputado de Londres. Aunque me corrigió la columna, la operación me dejó una cicatriz que me recorre toda la espalda y requirió la extirpación de varios órganos que mi padre sustituyó a la desesperada por los de un cervatillo. Mi cuerpo nunca ha aceptado del todo dichos tejidos extraños, que es la razón por la que me cogen estos temblores, me dan estos mareos y necesito inyecciones diarias.

No estaba segura de por qué el suero no surtía efecto en los últimos tiempos. Puede que me estuviera inmunizando o que se necesitaran diferentes materias primas o que, al encontrarme en mitad del cambio de jovencita a mujer, la composición de mi cuerpo estuviera variando. Puede que el suero de mi padre se me hubiera «quedado pequeño» —tanto como el respeto que le te-

11

nía—. En cualquier caso, los efectos de su suero siempre habían sido temporales; no solían durar mucho más de un día, dos a lo sumo. Pero estaba convencida de mi capacidad para conseguir algo mucho mejor: una cura definitiva.

La carne arrugada del páncreas cedió al paso del afilado escalpelo como si fuera mantequilla. No necesité más que tres sencillas incisiones: una a lo largo, otra para dejar expuesto el saco de glucógeno y la última para cortar el saco y extraerlo.

Aparté la bandeja llena de frasquitos de cristal —que tintinaron al golpearse unos con otros— junto con las hierbas machacadas que había mezclado antes con los polvos que le había comprado al boticario. Aquella labor me absorbía y no me había dado ni cuenta de lo rápido que estaba pasando la tarde, ni de lo frío que se iba tornando el aire que entraba por las rendijas de la ventana. Por fin acabé de preparar el suero y aguardé, impaciente, que los ingredientes cuajaran. Para ser efectivas, las sustancias debían mantener su cohesión al menos durante un minuto. A los diez segundos, sin embargo, se disociaron como una anguila abotargada que lleva mucho tiempo al sol.

«¡Maldita sea!».

Otra vez había fallado. Como siempre. Frustrada, empujé la silla hacia atrás y me puse a dar vueltas frente a los rosales. ¿Cuánto tiempo más aguantaría así, empeorando y sin cura? ¿Unos meses más? ¿Semanas? Un leño chisporroteó en la estufa, cuya puertecilla de hierro lamieron e iluminaron varias lenguas de fuego. Las llamas titilaron, como las de un fuego que aún recordaba, el que consumía la isla de mi padre la noche en que hui. Entonces también estaba desesperada.

Recordaba cómo Montgomery permanecía de pie en el muelle y, tras de sí, ardiendo, el laboratorio en el que había ayudado a mi padre con su horripilante labor. Yo, acuclillada en un bote que las olas mecían, esperaba a que subiera conmigo. Íbamos a dejar atrás la isla, a navegar hasta Londres y a empezar una nueva vida, juntos. Pero Montgomery soltó la amarra, empujó el bote... y se quedó en el muelle.

«Pero si estamos hechos el uno para el otro», le dije.

«La isla es mi hogar», respondió.

Sonó la campana de una iglesia. Seis toques. Un simple vistazo por la ventana me confirmó que ya había caído la noche. De nuevo se me había hecho tarde reviviendo recuerdos que pronto olvidaría. Cogí el abrigo, abrí de golpe la puerta, bajé con premura los desvencijados escalones de los cuatro pisos y salí a la calle, donde el viento me golpeó en la cara y la noche me recibió con los brazos abiertos.

Seguí la ruta de siempre, tan bien iluminada por las farolas de gas. No era el camino más rápido para llegar a Highbury, pero no me atrevía a acortar por las calles secundarias, donde merodeaban hombres mucho más corpulentos que una muchachita como yo.

Giré al norte en la calle Chancery, abarrotada a todas horas de gente que holgazaneaba yendo de un bar a otro. Me ceñí el abrigo, me cubrí bien con la capucha y no aparté la vista del suelo. Aún así, fueron muchos los que se me quedaron mirando. No era habitual que una dama caminara sola por las calles una vez que había anochecido.

Londres resultaba tan caótico que me recordaba a la isla de mi padre, solo que las bestias que acechaban aquí tenían menos pelo y caminaban más erguidas. Los altísimos edificios parecían más y más altos cada día, como si hubieran enraizado en el aceite y la mugre que se ocultaban bajo las calles. El ruido y el humo y el millar de olores diferentes eran sofocantes. Todo demasiado intenso. Niños harapientos que parecían arbustos espinosos se acercaban con las manos extendidas. Daba la sensación de que en todo momento hubiera alguien observando. Y es que lo había; ya fuera desde las ventanas, desde callejones oscuros o por debajo del ala de los gorros de lana que escondían todo tipo de pensamientos siniestros. En cuanto pude, escapé de la multitud por una vía que me llevaba hasta la zona norte de Highbury. Desde allí quedaba poco trecho hasta Dumbarton, donde las calles eran anchas y estaban pavimentadas con bloques de granito, donde no se veía a los inadaptados de los vecindarios más pobres. Las casas pasaban de majestuosas a palaciegas mientras mis botas resonaban por la acera. Abetos de tres metros y medio adornados con pequeñas velas se asomaban reluciendo a altísimos ventanales y había guirnaldas de ramas de abeto en todas las puertas.

Me detuve y levanté el pestillo de la puerta de la verja de hierro que rodeaba la última casa de la manzana. Se trataba de un palacete de tres pisos con la fachada de piedra caliza y el tejado abuhardillado, que le daban un aspecto imponente, como si hubiera resistido sin despeinarse al cambio de regímenes y a las plagas. Estaba situada en la zona más tranquila de Dumbarton y no era la casa más grande, ni mucho menos, a pesar de que su propietario fuera uno de los académicos más acaudalados de Londres. Me sacudí el abrigo y me adecenté el pelo antes de llamar al timbre.

La puerta la abrió un anciano vestido con un traje negro de tres piezas. El hombre habría parecido de lo más severo de no ser por las profundas arrugas que tenía en la comisura de los ojos, que traicionaban su gesto e indicaban su afabilidad y lo dado que era a reír, hábito al que también cedió en aquel momento.

—Empezaba a preocuparme, Juliet. ¿Qué tal Lucy?

Sonreí, pues era la única manera que conocía para esconder mi culpabilidad, y me quité los guantes.

—Ya la conoces, no calla ni debajo del agua. Siento haber llegado tarde.

Le di un beso en la mejilla como si así fuera a maquillar mi mentira y, con amabilidad, me ayudó a quitarme el abrigo.

—Bienvenida a casa, querida.

CAPÍTULO DOS

El profesor Victor von Stein había sido colega de mi padre y también quien le había denunciado a la policía hacía diez años por sus transgresiones éticas en el campo de la medicina. La traición de dicha amistad me hubiera preocupado cuando era más pequeña y aún respetaba a mi padre; en cambio, ahora me parecía que le había hecho un favor a la humanidad —y, por qué no decirlo, a mí—. Mi deuda con él era aún mayor porque hacía seis meses que era mi tutor legal.

Cuando dejé la isla de mi padre seguí las indicaciones de Montgomery para encontrar una ruta marítima polinesia y, casi después de tres abrasadoras semanas en el bote, me recogieron unos mercaderes que se dirigían a Ciudad del Cabo. Una vez allí, los caros dijes que Montgomery había guardado en el bote me sirvieron para comprar un pasaje a Dakar y, desde allí, a Lisboa. Empecé a ponerme enferma en el último tramo del viaje y para cuando llegué a Londres estaba en los huesos y no paraba de echar pestes acerca de monstruos y locos. Debí de pronunciar el nombre de mi amiga Lucy en algún momento, porque una de las enfermeras la buscó y le pidió que viniera, tras lo que Lucy se hizo cargo de mí. Ahora bien, mi buena suerte acabó ahí. A uno de los médicos lo conocía de King's College. Se llamaba Hastings. Hacía un año, había intentado propasarse conmigo y yo le había rajado los tendones de la mano. En cuanto se dio cuenta de que era yo y de que había vuelto, consiguió que me metieran en la cárcel, que es donde me encontró el profesor Von Stein.

«Lucy Radcliffe me ha contado cuáles son sus circunstancias —me había dicho—. ¿Es cierto lo que dice ese médico?».

No tendría ni que haberlo preguntado. La cicatriz que tenía el doctor Hastings en la muñeca encajaba a la perfección con mi antigua espátula para rascar el cemento.

«Sí, pero no tenía elección y, además, volvería a hacerlo», le respondí.

Tras estudiarme con atención, con la mirada observadora de un científico, exigió que me dejasen bajo su custodia y que retirasen los cargos. Hastings no se atrevió a enfrentarse a alguien tan reputado. De un día para el otro, pasé de dormir en la sucia celda de una cárcel a hacerlo en la habitación de una dama con sábanas de seda y un alegre fuego.

«¿Por qué hace todo esto por mí?», le había preguntado.

«Porque no pude detener a su padre hasta que fue demasiado tarde. Pero no es demasiado tarde para usted, señorita Moreau».

En el comedor, sentados a una mesa preparada para cenar con la mayor de las formalidades y separados por un bosque de candeleros de plata bien lustrosos, me quité las zapatillas sin que se diera cuenta y restregué ambos dedos gordos sobre la gruesa alfombra persa, al tiempo que me sentía afortunada de haber dejado atrás mi anterior vida.

—Ha llegado una invitación —me dijo el doctor, sentado a la otra cabecera de la mesa.

Aunque un levísimo acento dejaba ver que había crecido en Escocia, su pelo rubio y sus ojos hundidos revelaban el origen germano de su familia. El fuego crepitaba en la chimenea que tenía a su espalda, aunque no daba el suficiente calor como para combatir el frío que entraba a hurtadillas por los resquicios de las ventanas del comedor.

—Es para un baile de máscaras en casa de los Radcliffe —prosiguió al tiempo que sacaba del bolsillo unos anteojos de montura de alambre y la invitación de la que hablaba—. Tendrá lugar dentro de quince días. El señor Radcliffe ha escrito personalmente una nota para recordarte cuánto le gustaría a Lucy que asistieses.

—Resulta irónico —respondí con media sonrisa mientras untaba mantequilla en mi panecillo—, dado que el año pasado estaba dispuesto a echarme a la calle si volvía a poner un pie en su casa. Ahora que estoy bajo tu techo ha cambiado de opinión. Creo, profesor, que es a ti a quien intenta ganarse.

El hombre soltó una risita. Al igual que yo, era una persona de gustos sencillos. Le bastaba con un hogar confortable, un fuego cálido en las noches de invierno, una cocinera que supiera preparar un *coq au vin* decente y una biblioteca llena de libros de los que rodearse en la senectud. Estaba casi segura de que lo último que quería aquel hombre era a una joven de diecisiete años que se contonease por la casa o lo sobresaltase cada dos por tres. Sin embargo, nunca me había mostrado otra cosa que no fuera amabilidad.

—Me temo que tienes razón. Radcliffe lleva meses intentando congraciarse conmigo, dándome la lata para que me una al King's Club. Dice que están invirtiendo, mira tú por dónde, en esos carruajes sin caballos. Tiene trenes, ¿sabes? Lo más probable es que esté ganando una fortuna enviando todas esas piezas para automóviles a la costa y organizando su transporte al continente. —Resopló—. Avaros jactanciosos... ¡eso es lo que son!

El reloj de cuco del descansillo dio la hora y me sobresaltó. La casa estaba llena de antiguas herencias: platos de porcelana, retratos desvaídos de caballeros y damas más tiesos que un palo y cuya plaquita con el nombre hacía tiempo que se había perdido, y aquel maldito reloj que sonaba a cada hora.

—¿Unirte al King's Club? He visto su blasón en alguno de los pasillos de King's College.

—Sí —respondió el profesor mientras untaba la mantequilla en el pan con cierta agresividad—, se trata de una asociación compuesta por académicos universitarios y otros profesionales londinenses. Fue fundada hace varias generaciones con la idea de emprender actos caritativos. Financian un orfanato, pero no sé cuál.

Acabó de untar el pan y le dio un buen mordisco, tras lo que cerró los ojos para saborearlo mejor. Se ayudó a pasar el bocado con un sorbo de jerez.

—Fui miembro hace tiempo —continuó diciendo—, cuando era joven e inocente. Fue allí donde conocí a tu padre. No tardamos en descubrir que no era más que un sitio al que acudían una serie de ancianos para charlar afectadamente sobre política y beber ginebra hasta perder las formas. Dejamos de ir. Radcliffe es idiota si piensa que podrán engañarme de nuevo.

Sonreí. A veces me sorprendía que el profesor y yo no estuviéramos emparentados dado que compartíamos lo que a mi entender era una sana desconfianza hacia los motivos de las personas.

—Bueno, ¿qué me dices? ¿Te gustaría asistir al baile de máscaras? —me preguntó antes de esgrimir una sonrisa de medio lado.

—Si te apetece a ti —respondí mientras me retorcía en la silla por culpa del forro de encaje de mis enaguas, que me picaba en las piernas como el diablo. Nunca entenderé por qué los ricos insisten en vestir de manera tan incómoda a todas horas.

—Oh, por Dios, ¡no! Hace veinte años que no bailo, pero Elizabeth ya habrá llegado para entonces, siempre y cuando no encuentre demasiada nieve en la carretera de Inverness. Estoy seguro de que conseguiremos que se enfunde un vestido de baile. Por lo que recuerdo, era una bailarina bastante elegante.

El profesor guardó los anteojos en el bolsillo del chaleco. Elizabeth era su sobrina, una mujer bien educada de unos treinta y cinco años, que vivía en la mansión que la familia tenía en el norte de Escocia y que ejercía de médico en la zona rural circundante. La de médico era una profesión que una mujer no podía practicar sino en un sitio tan remoto como aquel. La conocí cuando no era más que una niña y ella era poco mayor de lo que soy yo ahora. Recordaba su bello pelo rubio, que volvía locos a los hombres, y aquella sagacidad que los incomodaba.

—Ya sabes cómo son las navidades, repletas de invitaciones a tomar el té y a conciertos —siguió diciendo—. Pobre compañía iba a ser yo para ti.

—Lo dudo mucho, profesor.

Él siguió hablando de la visita que Elizabeth iba a hacernos por Navidad mientras yo me rascaba con el tenedor por debajo del vestido, cuya tela tanto me picaba. El alivio era escaso e intenté meter el tenedor por debajo del corsé. Justo en ese momento, el profesor ladeó la cabeza.

—¿Sucede algo?

Con sensación de culpabilidad, deslicé el tenedor hasta mi regazo y me senté más recta.

—No, nada.

—Parece que estés incómoda.

Bajé la mirada, avergonzada. Había sido tan bueno al acogerme, que lo menos que podía hacer era intentar comportarme como una señorita. No estaba bien que me sintiera más cómoda envuelta en un edredón de retales en el taller que tenía en el ático que en aquella enorme casa palaciega. El profesor desconocía lo del ático. De hecho, conocía muy pocas cosas de lo que me había sucedido a lo largo del año anterior. Le había contado que la primavera anterior me había topado con un antiguo criado de la familia, Montgomery, que era quien me había comunicado que mi padre seguía con vida, retirado en una isla, hasta la que me llevó. Le había mentido al contarle que mi padre estaba enfermo de tuberculosis y que la enfermedad había acabado por llevárselo; que, de hecho, había diezmado a la población nativa y que aquella era la razón por la que había decidido volver a Londres.

No le había contado nada acerca de los hombres y mujeres bestia creados por mi padre. No le había dicho que mi padre había continuado con sus experimentos. No le había explicado que me había enamorado de Montgomery y que había pensado que mi amor era correspondido hasta que me traicionó. Tampoco había soltado prenda de Edward Prince, el náufrago del que me había hecho amiga y que había resultado ser el experimento más exitoso de mi padre: un joven creado a partir de un puñado de partes de animales transmutadas mediante métodos químicos y por cuyas venas corría sangre humana. Un joven que me había amado a pesar del secreto que con tanto celo escondía: que su mitad sombría, la bestia que residía en su interior, se apoderaba de él en ocasiones y le llevaba a asesinar a otras de las creaciones de mi padre, criaturas que en su momento habían sido puras de corazón. Edward había muerto. Su cuerpo se había consumido en el mismo incendio que había matado a mi padre. Ahora bien, eso no quería decir que hubiera conseguido olvidarlo.

Cuando levanté la vista descubrí que el profesor había centrado su atención en el periódico. Yo decidí hacerlo en la gallina asada que tenía en el plato, a la que le clavé el tenedor. ¿Por qué no habría sido capaz de ver venir el secreto que ocultaba Edward? ¿Cómo es que había sido tan inocente? Seguí a la deriva por entre los recuerdos hasta que a mi benefactor se le escapó una pequeña exclamación de sorpresa mientras leía una noticia.

—Dios bendito, ha habido un asesinato.

Me quedé con el tenedor suspendido sobre el plato.

—La víctima debe de ser alguien muy importante para que lo ocurrido salga en portada.

—Así es y, por desgracia, la conocía. Se trata del señor Daniel Penderwick, abogado del Banco de Queensbridge.

El nombre me resultaba familiar.

—Espero que no fuera uno de tus amigos.

El profesor estaba absorto en el artículo.

—¿Amigo mío? Oh, no, no puedo considerarlo como tal. Tan solo era un conocido cuya actitud, dicho sea de paso, no me gustaba demasiado; aunque jamás le hubiera deseado nada tan terrible como la muerte. Se trataba del abogado del banco que confiscó la fortuna de tu familia hace ya tantos años. Si medró fue gracias a aquel lúgubre trabajo.

Me sentí incómoda al oír mencionados siquiera aquellos tiempos oscuros.

—Y, ¿han atrapado al asesino?

—No. De hecho, pone que ni siquiera tienen sospechosos. Lo encontraron en Whitechapel, por lo visto, cosido a cuchilladas. La única pista es una flor que se encontró en el lugar del crimen. —Me lanzó una mirada de preocupación por encima de los anteojos, que había vuelto a ponerse, tras lo que dobló el periódico y lo dejó sobre una mesita auxiliar—. No es apropiado hablar de asesinatos durante la cena. Discúlpame por sacar el tema.

Tragué el bocado que había estado masticando al tiempo que seguía jugueteando con el tenedor. Al profesor siempre le preocupaba que las conversaciones desagradables me hicieran pensar en mi padre y tuviera pesadillas. No hacía falta que se preocupara... pues las tenía de igual manera. Al fin y al cabo, había participado en el asesinato de mi padre.

Levanté la mirada y me di cuenta de que el profesor me estaba observando. En aquella ocasión, cosa poco habitual en él, las líneas de expresión que tenía en la comisura de los ojos apuntaban hacia abajo.

—Si alguna vez quieres hablar de lo que sucedió en la isla...

—El hombre, casi tan incómodo como yo cuando hablábamos de aquello, se revolvió en la silla—. Conocía bien a tu padre. Si necesitas hablar de lo que sientes al respecto... —Suspiró y se frotó las arrugas del rostro.

Quería decirle cuánto apreciaba sus esfuerzos, pero que nunca sería capaz de comprender lo que me había sucedido. Nadie lo comprendería jamás. Lo recordaba todo como si hubiera pasado hacía escasos momentos. El laboratorio de mi padre en llamas, a él allí encerrado, la pintura de color rojo burbujeando en la puerta de hojalata debido al calor. Cuánto miedo había tenido a que escapara del laboratorio, a que dejara la isla, a que siguiera experimentando en otra parte. No me había quedado otra opción que abrir la puerta. Una rendija era lo único que había necesitado Jaguar —una de las criaturas de mi padre— para colarse dentro y rajarlo de arriba abajo.

—Estoy bien, de verdad —le respondí con una sonrisa.

—A Elizabeth se le dan mejor estas cosas. Estarás mucho mejor con otra mujer en la casa, alguien con quien puedas hablar con libertad. Qué va a saber un viejo arrugado como yo de los sentimientos de una chica, ¿eh? Lo más seguro es que estés enamorada de algún joven y que lo que te preocupe sea con qué pendientes conseguirás llamar su atención.

Solo pretendía pincharme y me hizo reír.

—Sabes muy bien que no es así.

—¿Estás segura? Bueno, supongo que sí —dijo antes de ofrecerme su exagerada sonrisa.

No estaba en mi naturaleza ser agradable con las personas, pero aquel hombre era un viejo gruñón con un gran corazón, alguien que había hecho mucho por mí: me había sacado de la cárcel, me había comprado vestidos elegantes, me daba de comer aquello que le preparaba su cocinera francesa y había hecho lo imposible por convertirse en la figura paterna que debería haber tenido.

Sin pensarlo, me levanté de la mesa y me acerqué a él, le pasé los brazos por los hombros y le di un beso en la cabeza —empezaba a quedarse calvo—. Me dio una palmadita en la mano. No estaba acostumbrado a revelar sus emociones y el gesto resultó torpe.

—Gracias por todo lo que has hecho por mí.

Un tanto nervioso, se aclaró la garganta y contestó:

—Ha sido un placer, querida.

Después de cenar, subí a mi habitación. De camino, me sobresalté de nuevo cuando el reloj de cuco dio la hora y me planteé seriamente arrancar aquel pájaro de madera del interior de la maquinaria, pero sabía que el profesor adoraba aquella antigualla y que, cada noche antes de irse a la cama, acariciaba a aquel pájaro con todo cariño. Tanto sentimentalismo hacia aquella reliquia de familia resultaba ñoño, pero todos tenemos nuestras propias debilidades.

Cerré la puerta del dormitorio con llave, saqué el tenedor de plata que había robado durante la cena y apreté un dedo contra las púas del cubierto. El profesor me había abierto cuenta en las tiendas más exclusivas de la ciudad, pero lo que yo necesitaba era dinero con el que pagar el alquiler del ático, el equipo médico y los ingredientes necesarios para fabricar el suero, puesto que los injertos de los rosales no daban para tanto. Observé el tenedor al tiempo que me remordía la conciencia por tener que robar al hombre que me había devuelto la vida; pero, mientras miraba por la ventana el cielo oscuro y los copos de nieve que caían con gracilidad y que resplandecían cuando los iluminaba algún carruaje al pasar, me dije que mi situación era desesperada. Y la desesperación lleva a las personas a hacer cosas que, de otra manera, no harían jamás.

CAPÍTULO TRES

Aquella noche, como casi todas las noches, me tumbé sobre la cama con los brazos y las piernas abiertas, mirando al techo, intentando por todos los medios no pensar en Montgomery. Nunca lo conseguía.

Al mudarme a casa del profesor, el hombre había mandado que empapelaran el techo del dormitorio con un motivo de rosas de color violáceo. Cada día encontraba formas escondidas entre los capullos de borde impreciso que me hacían recordar a ese chico que nunca volvería a regalarme flores.

—Me quiere... —susurré sin dirigirme a nadie, contando los pétalos—, no me quiere.

Una vez, cuando yo tenía siete años y él nueve, nos acompañó a la casona de campo de nuestros parientes. Un día por la mañana, después de que mis padres se hubieran enzarzado en una terrible pelea, descubrí un ramillete de flores de zanahoria silvestre sobre el tocador. Nunca tuve valor para preguntarle a Montgomery si había sido él quien las había dejado. Cuando mi madre las vio, las tiró por la ventana.

«Bah, malas hierbas», había dicho.

Años después, me había regalado flores abiertamente, en la isla, cuando ninguno de los dos éramos ya niños y él había superado su timidez. Se había ganado mi afecto, pero su traición había hecho que mi corazón se estrellara contra las rocas, donde permanecía aún, roto y sangrante.

—Me quiere... no me quiere... Me olvidará... no me olvidará... Me buscará... no me buscará...

Suspiré y dejé que mis susurros alcanzaran flotando el papel de rosas del techo. Me di la vuelta y hundí la cara en la almohada. «Tienes que dejar de comportarte como una niña», me dije al tiempo que empezaba a sentir un dolor debajo del costillar, en el lado izquierdo.

A la mañana siguiente el profesor me llevó a la exposición semanal de flores que se celebraba en el Real Jardín Botánico, en el palaciego invernadero de cristal y acero que recibía el nombre de Casa de las Palmeras. Allí me vi rodeada de ranúnculos y orquídeas, y lirios que parecían arañas. Era un lugar donde lo único más ostentoso que las flores eran las decenas de damas de alcurnia que transpiraban por debajo del abrigo. Un año antes me habría resultado imposible imaginar que volvería a llevar ropa elegante, que volvería a encontrarme entre señoras cuyo perfume rivalizase con el de las flores... y que se reían a mis espaldas de mi pasado aunque no se atreverían jamás a decirme nada a la cara.

Resultaba increíble cuánto podía cambiar la vida en un solo año.

El profesor, quien, a mi entender, habría preferido estar en cualquier otro lado antes que rodeado de mujeres en aquel caluroso invernadero, iba de un lado para otro inspeccionando el sistema mecánico que abría los ventanales superiores, dejándome, así, sola ante las taimadas miradas y los susurros maliciosos.

«... Era sirvienta...».

«... Padre murió, ya sabes, su madre se dedicó a satisfacer las necesidades de los hombres a cambio de dinero...».

«... No es fea, pero tiene algo que...».

A través de un bosque de altísimos lirios, una mujer que había en el pasillo de al lado llamó mi atención. Por un momento me recordó a mi madre, aunque el pelo de esta era más oscuro y tenía la cara más afilada. Era más bien la manera en la que iba cogida del brazo de un hombre canoso mucho mayor que ella, que caminaba apoyándose en un bastón con empuñadura de plata. La mujer no llevaba alianza, por lo que resultaba evidente que él no era su esposo, sino su amante.

La pareja se detuvo unos instantes para admirar los lirios. Estaba a punto de seguir adelante cuando oí que ella le decía: «Cómpreme uno, sir Danvers».

«Sir Danvers...».

Con discreción, miré al hombre otra vez, estudiando su caro bastón, los huesos de su rostro. En efecto, era él: sir Danvers Carew, miembro del Parlamento, importante lord y terrateniente... y uno de los amantes que habían mantenido a mi madre. Me había parecido bueno —tanto como su reputación— hasta que descubrí cuánto le gustaba beber. En una ocasión, en el salón, había tirado a mi madre al suelo de un bofetón y me había atizado a mí con aquel mismo bastón que empuñaba en el invernáculo cuando intenté impedir que volviera a pegarle. Hacía años que no me acordaba de él pero, de pronto, tuve la misma sensación de dolor en la canilla que cuando me había bastoneado.

Di media vuelta a todo correr a pesar de que no había peligro de que me reconociera pues, por aquel entonces, no era sino la hijita flaca de una amante que no le había durado más que unas semanas y, en cambio, ahora era una de aquellas damas jóvenes y elegantes que venían a admirar flores exóticas en invierno.

—Deje que le enseñe estas, señorita —oí que decía la florista desde el otro lado del pasillo.

Volví la cabeza, un tanto aturdida aún por lo que me acababa de venir a la memoria.

—Son un híbrido novedoso que he producido yo misma —siguió diciendo la vendedora— a base de cruzar su polinización con la de lirios de Borgoña traídos de Francia.

A pesar de ansiar alejarme de sir Danvers, hice ver que admiraba las flores. Eran preciosas, pero la hibridación había hecho que los tallos fueran demasiado gruesos. Habría sido mejor cruzarlas con lirios de Camden, porque de ese modo los tallos hubieran seguido siendo fuertes sin perder su delicadeza. No me hubiera importado ponerme a disertar acerca de empalmes génicos e hibridación, pero me habría parecido demasiado a mi padre. Tragué saliva.

—Son preciosas —dije.

—¡Por fin te encuentro! —exclamó una voz a mi lado.

Lucy llegó trastabillando hasta mí al tropezarse con un respiradero. Vestía un traje de terciopelo verde y se abanicaba.

—Llevo un buen rato de aquí para allá buscándote. ¡Menudo calor que hace aquí! —En la otra mano llevaba un pañuelo con el que se secaba la frente dándose pequeños toquecitos.

Bajo nuestros pies, las calderas liberaron otra bocanada de vapor que ascendió por el respiradero como si nos encontrásemos en unos baños turcos. Inhalé profundamente y el vapor se coló por mis poros. Allí, con aquella calidez tropical, los síntomas de mi enfermedad se mitigaban y me sentía más sana.

Mi amiga observó con cierto desdén un cubo lleno de margaritas aplastadas con el tallo roto.

—Dios bendito —comentó—, parece que las hayan cortado con un cuchillo para untar mantequilla.

—No tiene que ver con lo afilado que esté el cuchillo, sino con la mano que lo sujeta —le respondí.

—Pues, a mi entender, esa mano poco tiene de especial. ¿Por qué tenemos que venir cada semana? Las flores no me importan lo más mínimo a menos que me las regale un joven.

—¿Y de qué elegante joven podría tratarse? —solté con una sonrisa—. Porque parece que en los últimos tiempos son muchos los que te rondan.

Sus mejillas empolvadas se volvieron más rosadas al tiempo que rozaba las orquídeas de un expositor, algunos de cuyos pétalos cayeron al suelo.

—Papá prefiere a John Newcastle, claro está, y es evidente que es guapo y me consta que ha alcanzado su posición por méritos propios, pero es que es tan aburrido. También está Henry, a quien, ¡oh, por Dios!, no soporto. ¿Sabías que es finlandés? Esa tierra debe de estar en el confín del mundo. ¡Pero si ni siquiera había visto automóviles hasta que uno estuvo a punto de llevárselo por delante en el parque Wickham!

—Para ser alguien que tanto te desagrada —empecé a replicarle mientras Lucy derribaba torpemente una planta—, siempre estás hablando de él.

Soltó un gritito, indignada, y siguió parloteando acerca de sus demás pretendientes. Solo la escuchaba a medias porque no hacía sino repetir lo que tantas otras veces me había contado ya, pero con uno u otro joven en función de la semana. Asintiendo ausente, me agaché a recoger las flores que había derribado.

—¡Ay, Juliet, por favor! —me soltó exasperada—, deberías tener presente que ya no eres una chacha.

Me detuve. Tenía razón. Ahora vivía con un hombre rico y volvía a gozar de una buena posición social. Ver al antiguo amante de mi madre y recordar cómo esta había caído en desgracia me había hecho rememorar la deshonra del pasado. En la otra punta del pasillo, sir Danvers y su querida admiraban unas orquídeas. El hombre golpeaba con el bastón en los respiraderos de acero y las vibraciones del metal llegaban hasta donde nos encontrábamos. Sentí el impulso irrefrenable de acercarme corriendo, arrebatarle el bastón y golpearle con la punta plateada en la canilla, tal y como me había hecho él. Con su edad, no tendría que darle muy fuerte para romperle el hueso.

Ansiaba asir aquel bastón. Oí más risitas nerviosas —crueles y chillonas— a mis espaldas e imaginé a todas aquellas damas que iban a la exposición de flores cuchicheando entre sí.

«... Comportamientos violentos...».

«... Aunque, claro, con un padre como el suyo...».

Lo ansiaba. Lo ansiaba. Lo ansiaba. Me obligué a dejar de pensar en aquello. El profesor quería demostrar que yo era una damita respetable hubiera sido quien hubiera sido mi padre. El problema estribaba en que ser respetable no me salía de dentro y en que fingirlo no me resultaba tan fácil como había pensado.

Di la espalda a aquellas voces y me concentré en mirar por las heladas paredes de cristal del invernáculo, a través de las que se adivinaba la sombra de la nieve al caer. Un rato después apareció tras ellas un carruaje de la policía y me quedé boquiabierta. Desde que los agentes de Scotland Yard me habían arrestado en respuesta a las acusaciones del doctor Hastings, me ponía nerviosa con solo ver su uniforme.

«Todo eso ha quedado atrás», me dije para mis adentros con la intención de calmarme.

El carruaje se detuvo y un guapo oficial que tendría unos diez años más que yo bajó de él y se me quedó mirando a través de los cristales, por los que goteaba la condensación.

Me di la vuelta hacia los helechos, que estaban abiertos como abanicos, y me olvidé de sir Danvers al tiempo que se me pasaban mil cosas por la cabeza. Si hubiera estado en la isla podría haber desaparecido entre aquellas plantas en silencio, tal y como me habían enseñado las bestias de mi padre. No obstante, por grande que fuera el invernadero, la policía daría conmigo en cuestión de minutos.

Lucy me miraba con cara rara al tiempo que se secaba la frente a golpecitos con el pañuelo.

—¿Qué te pasa?

—Que ha venido la policía —le contesté entre susurros.

Con el mentón le señalé la puerta que había junto al palmeral. Casi al mismo tiempo se oyó el chirrido de la pesada puerta de hierro. Tenía que alejarme de Lucy, no quería que mi detención pública supusiese una humillación para ella.

Decidí encaminarme hacia la puerta, directa hacia el policía, pero mi amiga me cogió del brazo.

—¿La policía? Venga, mujer, no me digas que sigue dándote miedo. ¡Eso fue hace un siglo! Y, al final, todo acabó solucionándose. Además, mírate, parecerías de la realeza de no ser porque insistes en caminar encorvada. Solo los criminales caminan así.

Creía que el corazón se me iba a salir del pecho cuando el oficial apareció por entre las enredaderas que colgaban como una cortina desde la pasarela. Era alto, tenía el pelo frondoso y del mismo color castaño que Lucy y caminaba con ese aire de confianza de aquellos que pertenecen a la clase alta. Desde luego, no era un simple agente de ronda. Habían enviado a alguien importante a buscarme; qué considerados. Vestía un traje oscuro de buena calidad, por debajo del pañuelo le asomaba una anticuada coraza antibalas de cobre y llevaba una pistola sujeta a la cadera.

Se me tensaron los músculos y sentí la necesidad de salir huyendo, pero Lucy aún me tenía agarrada del brazo.

—Ah, ¿él? —suspiró mi amiga—. No tienes de qué preocuparte, no ha venido a por ti. Mi padre ha debido de enviarlo a buscarme.

Los miré a ambos sin entender a qué se refería.

—¿Qué quieres decir?

—Es John Newcastle, el pretendiente preferido de mi padre. Acabo de hablarte de él. ¿Es que no me escuchas? Ay, Juliet... Me quedé mirándola.

—¡No me has dicho que fuera agente de policía!

—Es que no es agente de policía —respondió ahuecándose las partes del peinado que la humedad le había aplastado—, sino inspector. El mejor de todo Scotland Yard. —Bajó la voz para seguir diciendo—: No se cansa de recordarme lo importante que es, ¡y guapo, claro! Si fuera posible, se casaría consigo mismo.

No me dio tiempo más que a pronunciar el nombre de mi amiga antes de que el hombre llegara hasta donde estábamos y nos lanzara una sonrisa galante, pese a que a mí me miró sin interés alguno y le prestó de inmediato toda su atención a Lucy.

—Lucy, querida —la saludó el inspector antes de inclinarse para darle un beso en la mejilla; un beso que le dejó una marca reluciente que ella se secó con el pañuelo.

—Supongo que le envía mi padre.

—Me ha invitado a comer y me he ofrecido a recogerla.

Lucy, que aún me agarraba del brazo, tiró de mí.

—John, le presento a mi amiga: Juliet Moreau. Ay, Juliet, se me ha ocurrido una gran idea. Ve a preguntarle al profesor si puedes tomar un aperitivo con nosotros.

Su insistente guiño me sirvió para entender que no quería pasar ni un momento a solas con su pretendiente.

—Sí, por supuesto, señorita Moreau, únase a nosotros —dijo mientras tendía la mano para que se la estrechara. Ahora bien, en cuanto nuestros dedos se tocaron me asió la mano con fuerza—. ¿Nos conocemos de algo? Su nombre me resulta familiar.

—No lo creo, inspector —respondí después de mirar a Lucy—, lo recordaría.

Saqué la mano de aquella trampa en la que se había convertido la suya y deseé poder borrar de su cabeza con igual facilidad las sospechas que le había suscitado mi nombre. Señalé su coraza de cobre con el mentón.

—Qué pieza tan rara. ¿Es antigua?

—Así es, sí —respondió complacido a ojos vista—. Perteneció a mi abuelo, que fue teniente en la Guerra de Crimea. Le salvó la vida de las cinco balas que recibió y de la explosión de un barril de pólvora. Me gusta ser un hombre de mi época y sé que en la actualidad tenemos prendas mejores, pero un poco de sentimentalismo supersticioso es saludable, ¿no le parece? —Le dio unos golpecitos joviales a la armadura.

Sonreí, contenta de haber conseguido que se olvidara de mi nombre.

Lucy pasó su brazo por debajo del mío y comentó:

—Me temo que el de Juliet es un caso trágico. Es huérfana de padre y madre y su familia se quedó en la ruina. Incluso tuvo que trabajar en una época de su vida.

Lucy tiraba de mí hacia la salida, pero me zafé de ella de forma apresurada. Tenía que hacer unos recados antes de volver a casa; recados que quería mantener en secreto.

—Gracias por el ofrecimiento, pero he hecho planes con el profesor. Ha sido un placer conocerle, inspector. Nos veremos pronto, Lucy.

Me escapé de ellos y encontré al profesor entre la multitud, absorto aún en los mecanismos oxidados del invernáculo. Me lanzó una amplia sonrisa nada más verme.

—¿Te importaría que me fuera a tomar un tentempié con Lucy? —le pregunté

—En absoluto —respondió parpadeando. Ahora podía volver con toda libertad a casa, a encerrarse con sus libros y un buen pedazo del pan de jengibre de Mary.

Le di un beso en la mejilla y fui a todo correr por el túnel de palmeras hacia la puerta, detrás de la cual por fin volvería a ser libre. Tomé una última y profunda bocanada de aquel aire denso y cálido antes de empujar la pesada puerta al tiempo que me preparaba para el frío.

Un remolino de nieve agitó mi falda de terciopelo. El lago del jardín botánico, cubierto de hielo, se extendía ante mí. El hada acuática de la fuente que se alzaba en el centro del lago estaba congelada bajo una catarata de hielo.

Lucy me reñiría cuando volviéramos a vernos. Seguro que no le había hecho ninguna gracia que la dejara sola esquivando los besos de John Newcastle, pero es que la policía seguía poniéndome nerviosa —por muy buenos modales que tuviera—. Además, tenía que hacer unos recados.

Me ceñí bien el cuello de mi abrigo forrado de piel y aguardé tras el esqueleto congelado de una azalea a que el inspector Newcastle y Lucy se marcharan. Se subieron al carruaje negro regalándose cumplidos que, desde donde me encontraba, no alcancé a oír, excepto por un juramento que soltó ella cuando la falda se le enganchó en el bordillo. Mientras el carruaje se alejaba por la calzada, no pude por menos que sonreír ante tal falta de decoro por parte de mi amiga.

Me envolví aún mejor con el abrigo y me dirigí a Covent Garden. El sol descendía hacia el horizonte, así que me metí por un callejón por el que tardaría la mitad de tiempo en llegar a mi destino. El paso, estrecho y largo, estaba en silencio excepto por los ruidos que hacían un par de gatos que se perseguían entre varias cajas abandonadas.

Unos metros más adelante y en sentido contrario al mío, avanzaba un joven de corta estatura, con la gorra calada sobre las cejas de forma que su rostro quedaba envuelto en sombras. Mientras nos acercábamos el uno al otro me miró de tal manera de arriba abajo que se me puso la carne de gallina. El chico no llevaba guantes y me fijé en que le faltaba el dedo corazón —un detalle difícil de pasar por alto—. Me quedé de una pieza. La única razón por la que una persona, vestida por lo demás en consonancia con un día de invierno, no llevaría guantes en una jornada tan fría era que necesitaba toda su destreza manual para llevar a cabo aquello que tenía planeado.

Me hice a un lado para pasar tan lejos de él como me fuera posible, pero nada más cruzarnos se giró y empezó a caminar a mi altura. Se me pusieron de punta los pelos del cogote. Me obligué a seguir caminando y deseé con todas mis fuerzas que si había dado media vuelta fuera porque se le había olvidado algo, por improbable que pudiera parecer esa posibilidad. Me miré la bota, donde llevaba escondido un cuchillo, un truco que me había enseñado Montgomery.

—¿Tiene una moneda, señorita?

De repente, tenía al hombre al lado. Su voz era tan profunda que parecía forzada. Estiró la mano desnuda. El hueco que dejaba la falta del dedo corazón resultaba inquietante.

—Lo siento, no. —Me aparté con brusquedad.

—¿Llevando como lleva un abrigo con botones de tal calidad? Vamos, señorita, una moneda de nada. La vida en la calle es muy complicada... y no es segura para una chica.

Me di cuenta de que estiraba la mano para agarrarme del abrigo. Justo un instante antes de que consiguiera hacerlo, me agaché para evitar el tirón y saqué el cuchillo de la bota. Acto seguido, lo empujé hacia el bordillo de manera que se tropezara, lo que lo desequilibró y propició que se cayera. Me tiré encima de él, le clavé la rodilla en el centro del pecho y le puse el cuchillo en el cuello mientras comprobaba que no hubiera nadie más en el callejón.

Se le cayó el gorro y quedó al descubierto una bonita cara enmarcada por una melena pelirroja que le llegaba por los hombros. Se trataba de una chica más joven que yo que se había disfrazado de hombre, lo que explicaba lo forzada que sonaba su voz. Mejor, así, para salir de aquel lance me bastaría con asustarla; a un hombre tendría que haberle hecho daño.

—Sé muy bien que no es segura —siseé—. ¿Por qué crees que llevo el cuchillo?

Ejercí más presión con el arma contra su cuello y vi cómo se le arrugaba la piel. Abrió los ojos de par en par.

—¡No pretendía hacerle daño! —Ahora, el tono de su voz era bien agudo—. ¡Por favor, señorita, se lo juro...! ¡Solo quería los botones!

Entrecerré los ojos y le hundí la rodilla aún más en el pecho hasta que sentí una costilla. Ejercí un poco más de presión, antes de apartarme de ella.

Señalé la salida opuesta de la calle con el mentón.

—¡Vete! Y, la próxima vez, mánchate la cara con negro de carbón para que parezca que llevas barba y, por amor de Dios, ponte guantes. Esas manos desnudas te han delatado en cuanto te has acercado.

Se levantó con dificultad, se sacudió la suciedad de la ropa y trastabilló antes de alejarse corriendo. Yo, por mi parte, guardé el cuchillo en la funda de la bota y me pasé una mano, temblorosa, por la frente antes de llevarme ambas a la boca y soplar en ellas para calentármelas.

Reemprendí mi camino a buen ritmo y aún nerviosa. Las nubes del atardecer habían sido los únicos testigos de un incidente que no conseguí quitarme de la cabeza hasta que vi las resplandecientes luces de Covent Garden.

CAPÍTULO CUATRO

El mercado estaba abarrotado, a todas horas, de muy diversos tipos de personas y me sumergí de mil amores entre ellas, en la seguridad que suponían. Damas con elegantes vestidos compraban regalos para el día de Navidad, fregonas que se arremolinaban más allá de las verduleras de cara ajada, sastres y costureras que regateaban en el distrito textil. Mi abrigo y mis botas, por buenos que fueran, no le llamaban la atención a nadie. Hasta que llegué a la zona de las carnes. Pocas damas reputadas soportarían recorrer aquellos pasillos estrechos. Anguilas tan largas como mis brazos colgaban de ganchos sobre los ojos vidriosos de los corderos, y los gatos callejeros lamían los charcos de salada sangre que se habían formado en el suelo. Para cuando llegué a Carnes Selectas Joyce todo el mundo me miraba como si fuera un bicho raro. Jack Joyce, en cambio, me saludó tocándose el sombrero.

Joyce, un exboxeador irlandés que había empezado a dedicarse a esto de la carne en su vejez, me soltó una sonrisa llena de dientes rotos. Su anterior profesión no solo le había dejado con unos cuantos dientes mellados, sino que también tenía una bizquera permanente en uno de los ojos, que nunca miraba en la misma dirección que el bueno. Un perrillo negro con una mancha blanca en el pecho, y que solo destacaba por lo feo que era, meneaba la cola junto al puesto.

—Hola, Joyce.

Saludé al hombre antes de agacharme para acariciar la cabeza huesuda del perro. Por lo normal, hacía todo lo posible por mantenerme alejada de los animales, pues me recordaban demasiado a los tenebrosos experimentos de mi padre. Me limitaba a admirar las plantas; al fin y al cabo, las rosas no podían asesinar a nadie, ni desmembrarlo ni traicionarlo.

—Y hola a ti también, pequeño. —Cogí al perro en brazos y me pareció que pesaba más—. Yo diría que por lo menos ha ganado un kilo.

—Ya le digo. Si sigue comprándole restos, dentro de poco estará más gordo que los perritos falderos de una reina. ¡E igual de vago!

El hombre apartó del fuego sus manos nudosas y viejas y empezó a rebuscar detrás del mostrador unos huesos de pollo que le echó al perro.

En teoría, el perro me pertenecía. El animal había comenzado a seguirme por toda la ciudad el mismo día en que yo había empezado a comprar en la carnicería de Joyce, hacía ya cosa de seis meses. Me seguía porque olía los paquetes de carne que me llevaba de allí y la única manera que se me ocurrió para evitar tenerlo pegado a los talones fue pagarle un dinero al viejo boxeador para que lo alimentara con restos, una tarea de la que estaba segura que disfrutaba, por mucho que se quejase.

—A ver —empezó a decir el carnicero rebuscando de nuevo detrás del mostrador. Enseguida sacó un paquete envuelto en papel de estraza y atado con bramante—. Aquí tiene su pedido. Dos páncreas y un hígado. Me ha sido imposible encontrar el corazón de ciervo que me pidió, pero creo que conseguiré uno para la semana que viene.

—De acuerdo —respondí.

En aquel sitio, los huesos de las manos recordaban lo que mi padre me había hecho y despertaban de su letargo. Las flexioné con la esperanza de retrasar los síntomas y no sufrir un ataque allí mismo.

El perrillo acabó con los huesos y ladró a Joyce, que se apoyó en su rodilla mala para agacharse y le rascó la cabeza.

—¿Cuándo le va a poner nombre al chucho?

Me incliné hacia el mostrador sin dejar de mirar al animal, que movía la cola con alegría.

—Es que no es mío —le confesé al carnicero.

—Eso explíqueselo a él.

—No creo que mi tutor quiera acoger en su casa a otro animal callejero. Me temo que ya me considera bastante incivilizada para su gusto.

Preferí no explicarle que el último perro al que le había puesto nombre, Crusoe, un cachorrito, había muerto después de que mi padre lo abriera en canal con su bisturí. De solo pensar en ello, se me agarrotaron aún más las manos y el dolor aumentó. Las escondí en los bolsillos del abrigo.

El carnicero sonrió.

—Ay, con lo bien que le vendría un compañero, señorita. Déjelo en el jardín de atrás. ¿Qué le parece «Romeo»? Romeo y Julieta. Están hechos el uno para el otro.

—¿Así que mi compañero ideal es un perro callejero comido de pulgas? —No pude evitar soltar una risotada—. Aunque quizá estés en lo cierto. En cualquier caso, Romeo es un nombre que no le pega ni con cola. ¿Cómo se llama ese boxeador del que siempre hablas? Ese que siempre llevaba las de perder. Si alguna vez he conocido a un perdedor... es este perro.

—Mike Sharkey, el Orgullo de Irlanda. Derrotó al turco grandullón aquel a pesar de estar cuatro a uno por debajo. ¿Qué te parece, muchacho? —Se dirigió al perro—. ¿Eres un Sharkey?

Observé cómo lo acariciaba y le rascaba debajo de la barbilla.

El hombre siempre había sido amable conmigo y jamás me había preguntado para qué quería una dama elegante como yo tantos órganos de animales.

—Espero que esté teniendo cuidado. No es bueno que vaya sola por ahí, y mucho menos a estas horas, cuando está a punto de caer la noche. Supongo que ha oído lo de los asesinatos.

—¿Asesinatos? Vivimos en Londres. Aquí asesinan a una decena de personas a diario.

Frunció el ceño y se puso serio.

—No ha leído el periódico de la mañana, ¿verdad?

Rebuscó entre el montón de periódicos viejos que usaba para envolver la carne y puso uno de ellos sobre el mostrador.

«¿Un asesino múltiple en ciernes?», decía el titular.

—Tres asesinatos en los dos últimos días —continuó el carnicero—. Los de Scotland Yard dicen que están conectados entre sí, que el asesino deja una firma en cada una de las escenas del crimen. Está en boca de todos. Lo llaman el «lobo de Whitechapel» por las marcas de garras que deja en los cadáveres. Uno de ellos aún tenía la bolsa y el reloj de oro cuando lo encontraron... ¡El asesino ni los había tocado! No tenía interés alguno en robarle, solo en abrirlo en canal como se abre una res.

«Como se abre una res».

Se me revolvió el estómago y sentí en él un dolor punzante; tanto, que tuve que apoyarme en el mostrador para recuperar el aire. «Como se abre una res», así es como Edward mataba a sus víctimas. Y, después, les arrancaba el corazón con aquellas garras suyas de quince centímetros.

Me llevé la mano al pecho, a los huesos de ballena del corsé. En la isla había visto a una mujer bestia con la mandíbula rajada de parte a parte. Con moscas zumbando en torno a ella. Un toldo manchado de sangre. Hecha pedazos, como los demás.

Incluso tanto tiempo después de su muerte, se me encogía el

corazón al pensar que Edward había matado a tantos isleños. Parecía tan inocente... y, sin embargo, albergaba en su interior a un monstruo. Un monstruo que había creado mi padre.

—Por Dios, no pretendía asustarla. A veces se me olvida que es toda una señorita.

—No pasa nada, Joyce —respondí al tiempo que acompañaba mis palabras de una sonrisa temblorosa.

Me disponía a coger el paquete cuando añadió:

—Ándese con cuidado, señorita. La señal del asesino son unas flores mojadas en sangre. Por eso saben que las muertes están relacionadas.

Me di la vuelta despacio. El profesor me había contado que habían encontrado una flor junto al cadáver de aquel malvado abogado, el tal Daniel Penderwick, el que le había arrebatado la fortuna a mi familia en nombre del banco. Me impactaba pensar que una de las víctimas de un grupo de asesinatos conectados entre sí tuviera algo que ver conmigo. Miré al carnicero y señalé el periódico.

—Mejor pensado, ¿podría leer el artículo?

Me tendió el periódico y lo leí con atención. En efecto, allí estaba el nombre de Penderwick, al que consideraban la primera víctima del Lobo de Whitechapel. A la segunda la habían encontrado la noche anterior, hecha pedazos por las violentas heridas que había sufrido y con una flor blanca a su lado. Su nombre me hizo dar un respingo: Annie Benton.

Empecé a tener una sensación molesta en los tobillos y contraje los dedos de los pies. Annie Benton era mi compañera de habitación cuando trabajaba de limpiadora en King's College y tenía la mala costumbre de revisar mis pertenencias. Hacía unos meses se había puesto en contacto conmigo para que, por lo visto, recuperásemos la amistad; pero resulta que, cuando nos habíamos visto, ella había aprovechado para robarme el anillo de mi madre, uno con un pequeño diamante, que era lo único que me quedaba de ella.

Volví a apoyarme en el mostrador de la carnicería para no perder el equilibrio. Seguro que si hubiera leído aquel nombre en otro contexto habría sentido ira, pero que la hubieran asesinado con tantísima violencia hacía que, curiosamente, me sintiera vacía y fuera de lugar, como si el tiempo se moviera hacia atrás.

¿Sería mera coincidencia que conociera o tuviera algo que ver con dos de las víctimas?

—Aparte de Annie Benton y Penderwick... me has dicho que había otra víctima, ¿no es así?

—Corren rumores de que se ha encontrado otro cadáver hace poco. Un cuerpo sin identificar... por lo que dicen. Me gustaría pensar que va a ser el último, pero Scotland Yard no tiene mucho a lo que meterle mano.

La sensación molesta comenzó a subirme por la parte de atrás de las piernas y empezó a nublárseme la vista al tiempo que la sangre se me agolpaba en los brazos y en las piernas. Me agarré con más fuerza al mostrador y, sin querer, rocé una de las cabezas de cerdo de ojos vidriosos. Di un salto y chillé.

—¿Está bien, muchacha?

—S-sí. Toma, aquí tienes para pagar la compra y para que alimentes al perro. Tengo que irme.

—¿Volverá la semana que viene a por lo de costumbre?

Asentí aferrando aún el periódico del carnicero.

Hasta que no estuve a mitad de camino de Highbury y el sol se hubo escondido detrás de las casas, no me di cuenta de que me había equivocado de ruta.

Anduve de un lado para el otro por la zona más sórdida de Whitshire, donde había diez veces más ratas que personas y más farolas rotas que en buen estado. Se me puso de punta el pelo de la nuca al recordar el altercado de antes con la ladrona. Había tenido suerte de escapar de aquel lance sin ningún rasguño. Quizá la próxima vez no fuera tan afortunada.

Respiré hondo mientras trazaba un mapa mental del camino que tenía que seguir para llegar a una vía bien iluminada. Pasé con premura por delante de una tienda de vestidos cuyo escaparate estaba lleno de maniquíes descabezados y evité las calles vacías, pero una sensación extraña se iba apoderando de mí.

«Permanece cerca de las farolas —me decía—. No te salgas de la luz».

Doblé la esquina y me encontré en una calle envuelta en sombras, dado que la única farola que la iluminaba estaba en la otra punta. Se me aceleró el pulso. A los pocos minutos reconocí la extraña sensación que me atenazaba el cuello: era la impresión de que me estaban siguiendo. Pensé en empuñar el cuchillo que llevaba en la bota pues, al aguzar el oído, noté unas leves pisadas que se detenían cuando lo hacía yo. Me giré de golpe para enfrentarme a mi perseguidor... que resultó ser el perrito del mercado. Meneaba la cola.

—Ay, Sharkey... —dije entrecortadamente. Vino corriendo y lo acaricié—. ¿Por qué me has seguido? No tengo tiempo para llevarte de vuelta con Joyce; bastante tarde voy a llegar a casa ya. —Suspiré de nuevo—. Venga, acompáñame.

Era una noche tranquila excepto por el viento, que hacía que los mechones que se me habían soltado de la trenza volasen para aquí y para allá. Seguí a buen ritmo, con Sharkey pisándome los talones. No tenía ni idea de qué le iba a decir al profesor con respecto al perro. Quizá lo más inteligente fuera dejarlo encerrado en el jardín hasta, no sé, por la mañana. Me resultaba imposible pensar en otra cosa que no fueran los asesinatos cuando, de pronto, a punto estuve de pisar una flor blanca que había en el suelo. Me detuve.

Ver una flor en invierno era raro de por sí. Sabía muy bien

cuantísimos cuidados necesitaban para estar tan frescas como aquella que estaba tirada en la acera, en un espacio que alguien había limpiado de nieve, como si la hubieran dejado para mí. Los pétalos, de color blanco cremoso, radiaban desde un centro dorado y su delicado tallo era del grosor de un cordón de zapato. Era una flor tropical.

Oí un crujido en el callejón de al lado. Debía de ser una rata, porque el perro salió corriendo detrás de ella.

La flor tenía cinco pétalos, como las que florecían en la isla de mi padre. En una ocasión, Montgomery había cogido una junto al muro del jardín y me la había puesto detrás de la oreja. Pensar en él hizo que notase en el costillar un dolor conocido.

«Me quiere; no me quiere».

Cada vez que lo recordaba me daba un vuelco el corazón. Tenía que reemprender el camino o llegaría a casa demasiado tarde para la cena y el profesor se extrañaría y sospecharía; pero es que la flor era tan bonita... delicada como un susurro. No podía dejarla allí, en la nieve. Me quité un guante y me agaché para recogerla.

En cuanto la tuve en la mano comprendí que algo iba mal. Percibí, con los dedos desnudos, una sustancia húmeda debajo de la flor. Levante la mano para ver de qué se trataba a la débil luz de la farola. Sangre.

La parte posterior de la flor estaba manchada de rojo, como si alguien la hubiera mojado en un charco de sangre. Y estaba fresca.

CAPÍTULO CINCO

«La marca del asesino son unas flores mojadas en sangre». Las palabras de Joyce resonaron en mi cabeza. Asustadísima, tropecé y caí al suelo. Llamé a gritos a Sharkey, que asomó la carita por el callejón.

—¡Ven aquí! —le grité.

El perro dio unos pasos dubitativos en mi dirección y no pude por menos que fijarme en las huellas que dejaba en la nieve. ¡Estaban manchadas de sangre!

—¡Sharkey!

Corrí hacia él y lo levanté en vilo. Busqué cortes en las pezuñas, en las patas, en el cuerpo... pero, no, la sangre que había dejado en la nieve no era suya. En ese caso, ¿de quién era la sangre? Debía de haberla olido en el callejón, pero lo que fuera que había visto allí hacía que temblase y enterrase el morro en el pliegue de mi brazo.

Apenas había luz y busqué la caja de cerillas que llevaba en el bolsillo del abrigo. Sabía que no debería asomarme, pero era superior a mis fuerzas. Encendí una cerilla y di un paso hacia el callejón. Y luego, otro. Y otro... a pesar de que todo mi ser me gritaba que diera media vuelta. La luz de la cerilla iluminó un montón de andrajos en un rincón. Estaban salpicados de sangre, cuyo olor resultaba intenso en el frío aire. Por debajo del montón asomaba una mano pálida a la que le faltaba el dedo corazón. La mano estaba amoratada, como si la hubieran pisoteado.

La reconocí con un sobresalto. Era la chiquilla que había intentado robarme los botones de plata del abrigo hacía cosa de una hora. Estaba aplastada, cubierta de sangre. ¡La habían asesinado!

La luz de la cerilla solo me dejaba atisbar detalles de la escena del crimen. La cabeza me daba vueltas mientras sentía que trastabillaba hacia delante y hacia atrás. Mi instinto estaba atrapado entre la necesidad de quedarme y de salir huyendo; batalla que, al final, ganó la curiosidad. Solo veía los desgarrones que había en su ropa de hombre; olía la sangre. Casi delirando, aquello me trajo muchísimos recuerdos de la isla.

Oí un crujido en la nieve detrás de mí. Ahogué un grito al darme cuenta de que era muy probable que no estuviera sola y eché a correr tan rápido como pude, mientras Sharkey me seguía de cerca. Me dio igual la quemazón que sentía en los pulmones, no paré de correr. Notaba el sudor que me corría por la espalda como si mi cuerpo estuviera expulsando el miedo, y mi respiración se tornó más y más superficial cuanto más corría. Dejé atrás varias puertas cerradas y la tienda de vestidos con los maniquíes descabezados y me interné en una calle principal donde el resplandor de las farolas parecía la luz salvadora de un faro.

Me dejé caer en la puerta de una panadería cerrada y miré hacia atrás para asegurarme de que no me seguía nadie más que Sharkey, que llegaba trotando. La imagen del cadáver de la ladrona me atormentaba. El cuerpo de la chica aún despedía vapor, lo que quería decir que acababan de matarla. El asesino —ese al que tan a la desesperada intentaba dar caza Scotland Yard— tenía que haber estado allí momentos antes. Aquel que había matado a Daniel Penderwick... a Annie Benton... y a una víctima anónima. Y, ahora, a alguien más.

El viento era tan frío que me castañeteaban los dientes. El gemido de una bisagra roñosa hizo que me pusiera en pie y saliera corriendo de nuevo. Aquello empezaba a superarme: el cuerpo retorcido de la ladrona sobre la nieve, la flor ensangrentada... Tuve que reprimir las ganas de romper a llorar. Por fin llegué a la iglesia que había en la esquina y tomé la calle Dumbarton, donde dejé de correr y pasé a caminar con aire nervioso. Sharkey seguía trotando a mi lado y aún temblaba. Lo recogí y lo envolví en mi abrigo lo mejor que pude, sin importarme que la sangre manchase la prenda.

No me resultó sencillo subir con el perro escondido en el abrigo hasta la ventana de mi dormitorio por el emparrado que ocupaba una de las caras de la casa del profesor, pero lo conseguí. La ventana tenía un cierre, pero lo había roto la segunda noche que había pasado en la casa. Era fácil que un boticario dispensara ácido clorhídrico, que, aun en pequeñas dosis, disolvía el hierro. Después, solo había tenido que sustituir el cierre por otro cuya llave solo tenía yo.

Subí la ventana tan en silencio como pude y entré en la casa. Antes de dejar a Sharkey sobre la alfombra le limpié las patas con un pañuelo. A continuación, me quité el abrigo y también aquel vestido, junto con el corsé y todas las capas de enaguas que me obligaban a llevar, que quedaron apilados en un rincón de cualquier forma. Ya escondería al día siguiente el abrigo ensangrentado de la vista de la criada. Porque seguro que por la mañana veía el asunto con perspectiva.

De momento, lo único de lo que me sentía capaz era de ponerme ropa limpia, junto con otro abrigo, bajar por el mismo sitio por el que acababa de subir y llamar a la puerta de entrada de manera que el profesor no sospechara nada. Me arreglé el pelo, comprobé que no me quedara ningún rastro de sangre en las manos y, a continuación, toqué el timbre.

Pasó una eternidad antes de que Mary, con la cara enrojecida por el fuego de la cocina, abriera la puerta. La mujer, que se secaba las manos con un paño de algodón, olía a jengibre y llevaba una mancha de canela en el mandil. Yo no podía pensar en otra cosa que no fuera la sangre y me dio un vuelco el estómago.

—Buenas noches, señorita.

La mujer estaba más pendiente de limpiarse la mancha de canela que de mí. Tuve que hacer un esfuerzo por pasar. Cerré la puerta tras de mí. Eché la llave.

Del comedor me llegó un ruido como estrangulado, parecido al que hace un gato moribundo, que me puso de los nervios. Debería contarle a alguien lo del cadáver. Tenía que hacerlo. Aunque seguro que la policía ya lo había encontrado. Si decía algo me harían preguntas, como por ejemplo qué hacía yo en aquel vecindario en vez de estar tomando un tentempié con Lucy, que es donde había dicho que estaría...

Mary soltó un suspiro cuando nos llegó otro alarido mecánico del comedor.

—Es ese reloj que tanto le gusta —me susurró—. Se ha roto esta mañana, cuando estaban ustedes fuera, y se le ha metido entre ceja y ceja que debe arreglarlo él mismo. —Y otro chillido estrangulado de aquel pájaro de madera—. Quizá usted pueda convencerle de que se lo lleve al relojero. —De repente olfateó el aire—. ¡Ay, el pan de jengibre!

Mientras la mujer corría a la cocina, me desabroché los botones del abrigo y miré hacia arriba, hacia mi dormitorio, donde el perrito estaba oculto del mundo... junto con el abrigo manchado de sangre. Sentía los dedos agarrotados, como si fueran de madera. Entré en el comedor como un fantasma —y seguro que tenía ese aspecto—, pero el profesor estaba tan embebido en el reloj estropeado que tan solo me lanzó una mirada mientras me dejaba caer en una de las sillas de respaldo alto de la mesa.

Quería hundir la cabeza entre las manos. Quería contárselo todo.

—¡Malditas sean estas piezas tan chiquitinas! —musitó con un muelle del tamaño de una uña entre las manos—. ¡Están hechas para manos más diestras!

El reloj de madera estaba encima de la mesa con las tripas fuera mientras el hombre llevaba a cabo la autopsia mecánica. Hacía una década que no operaba, pero su habilidad quedaba patente por la manera en la que catalogaba las piezas y, metódico, buscaba taras en ellas. Yo, por mi lado, tenía las manos entrelazadas por debajo de la mesa y seguía demasiado aturdida como para hablar.

Mary trajo una bandeja con rebanadas de pan de jengibre cortadas en forma de estrella y nos advirtió de que si comíamos muchas perderíamos el apetito. La advertencia, no obstante, no detuvo al profesor. Yo aún no estaba preparada para volver a mi habitación, donde me esperaban un perrito que acababa de pisotear el cadáver de una chiquilla y un abrigo lleno de manchas de sangre. Además, ver trabajar al profesor me relajaba. Era muy cuidadoso y prestaba mucha atención a lo que hacía, por muchas pausas que hiciera para comer el bizcocho. No se parecía en nada a mi padre, que era muy serio; ni a mí.

Estuve despierta hasta tarde para evitar enfrentarme a los secretos que guardaba en el dormitorio, por mucho rato que hiciera que Mary se hubiera despedido hasta el día siguiente y el profesor se hubiera retirado a la cama. A la luz de un farol, también yo me puse con el reloj. Me valí de un viejo libro de mecánica para reparar los engranajes más pequeños, aquellos que suponían un reto mayor para los dedos artríticos del profesor. Por fin, conseguí reemplazar el último tornillo y cerré la puertecita de madera del reloj. Cuando el profesor se despertase por la mañana, sería gracias al horrible cucú de aquel maldito pájaro que tanto quería. No era suficiente para compensar su amabilidad, pero bueno.

Por fin decidí subir al dormitorio. Notaba cansados los brazos y las piernas y me encerré en la habitación. Hacía tiempo que se había apagado la chimenea. Sharkey salió de debajo de la cama en cuanto lo llamé, parpadeando, y algo se me rompió por dentro.

Lo cogí en brazos y me metí en la cama. Tiritaba tan fuerte que parecía que me estuvieran dando espasmos y me abracé al perro. Así, temblamos juntos debajo de aquellas sábanas y de aquel edredón carísimos. A ninguno de los dos nos correspondía tener un hogar tan maravilloso.

No pude dormir. No dejaba de pensar en el callejón para intentar recordar qué aspecto tenían las heridas de la ladrona, pero la luz que daba la cerilla era tan escasa y mi miedo había distorsionado tanto lo que veía... Desde luego, no era de extrañar que alguien que había intentado robarme hubiera acabado muerto. Al fin y al cabo, era una criminal y aquel era un barrio muy peligroso. Cabía la posibilidad de que hubiera metido la mano en el bolsillo equivocado, se hubiera visto involucrada en alguna pelea o que alguien más hubiera descubierto que no era un hombre lo que se escondía debajo de aquella vestimenta.

Permití que pensamientos tan horribles anduvieran sueltos por mi cabeza y los exploré con cuidado, pues sabía que no eran cosa de risa. Un rato después, cuando estuve bien segura de que el profesor dormía, salí de la cálida cama, donde el perrito roncaba con suavidad, y volví a encender el fuego. Cuando este recobró la vida crepitando, me arrodillé junto al montón de ropa que me había quitado al llegar y me dispuse a quemar el abrigo. Aún olía a sangre... y a algo más fragante, ¡polen!

Busqué y rebusqué hasta que encontré la flor. ¿Por qué me la habría quedado? Debería haberla tirado pero, por alguna razón, había acabado en el bolsillo del abrigo.

Estaba a tiempo de deshacerme de ella. Podía quemarla en el fuego. O tirarla por la ventana.

No obstante, la dejé a un lado y quemé el abrigo ensangrentado. Con dedos temblorosos, deposité la flor entre las páginas de mi diario. No sé qué es lo que me llevó a guardar el recuerdo ensangrentado de un asesino. El sentimentalismo. La curiosidad.

No, no había perdido la cabeza.

CAPÍTULO SEIS

Por la mañana, las aventuras del día anterior me parecían tan irreales como una pesadilla pero, desde luego, la flor que había en el diario era de lo más real; como el perro que dormía a mi lado. En la chimenea no quedaba ni rastro del abrigo ensangrentado, excepto por los botones de plata, que guardé en un bolsillo. A ver cómo le decía al profesor que necesitaba otro. Cogí el periódico que me había dejado Joyce y releí el artículo. Los nombres de las víctimas —a las que por una u otra razón conocía— me miraban desde la página. En esta ocasión hubo otro nombre que también me llamó la atención, el del inspector John Newcastle. El joven y ambicioso pretendiente de Lucy había sido el elegido para dirigir la investigación del Lobo de Whitechapel. No sabía si aquella era una buena o una mala noticia: aborrecía la idea de pedir información a la policía, pero siempre podía sonsacar al inspector Newcastle acerca del asesino y de sus víctimas. Ahora bien, ¿cómo iba a explicarle mi interés por el tema? Por norma, a las jovencitas bien educadas de diecisiete años no les fascinaban los sospechosos de asesinato. Desde luego, si confesaba que tres de las cuatro víctimas me habían hecho algo malo, pasaría a convertirme en la principal sospechosa.

Me di cuenta de que sujetaba crispada la noticia. Si Montgomery estuviera aquí, sabría qué hacer. Siempre se le habían dado mejor que a mí este tipo de cosas: investigar, seguir rastros... mentir. Durante toda la vida lo había considerado un pésimo mentiroso y, al final, resulta que me había engañado por completo. Todavía oía sus palabras en mi cabeza: «No deberías tener nada que ver conmigo. Soy culpable de muchos crímenes». Me lo había dejado bien claro y, aun así, me había enamorado de él, había pensado que teníamos futuro. Y allí estaba yo, con los dedos manchados de tinta, con un perro como único amigo y con un anciano benefactor que no sabía la verdad acerca de mí.

Volví rápidamente a donde ponía lo del inspector Newcastle y leí con atención la última línea del artículo, línea que había pasado por alto el día anterior debido a las prisas: «Los cadáveres permanecerán en el Departamento de Investigación Médica de King's College hasta que se les practique la autopsia para arrojar luz sobre la verdadera naturaleza de su muerte».

En King's College... Conocía los pasillos de aquella universidad como la palma de la mano. Había limpiado mucha sangre de aquellos suelos de cemento y había quitado las telarañas de los esqueletos de estudio. Allí era donde el doctor Hastings había decidido que una mera limpiadora no podía negarse a sus insinuaciones sexuales y donde le había rajado la muñeca. Aún recordaba el color carmesí de su sangre en los azulejos.

Lo último que me apetecía era volver allí, pero los cadáveres prometían darme las respuestas que escondía su fría carne.

Y era una promesa a la que no podía resistirme.

Me vestí y bajé la escalera con una mentira preparada. Le diría al profesor que tenía que hacer unas compras para el día de Navidad en el mercado. Sin embargo, una vez abajo, me sorprendió oír voces airadas, como de pelea. Encontré al profesor en la biblioteca con una visita, un hombre corpulento con el pelo encerado y gafas gruesas, que pareció quedarse de piedra al verme en la puerta.

—Ah, Juliet, ya te has levantado —me saludó el profesor según se ponía de pie.

Aún tenía los labios contraídos por la disputa, pero se obligó a sonreír mientras me acompañaba al pasillo.

—¿De quién se trata? —le pregunté al tiempo que intentaba echar una ojeada por encima del hombro del profesor.

—De Isambard Lessing, un historiador que pertenece al King's Club. No te preocupes, tan solo ha venido para hacerme unas cuantas preguntas acerca de unos viejos diarios y unos recuerdos de familia. ¿Querías algo?

—Había pensado en ir de compras. Navidad está tan cerca...

—Sí, sí, es buena idea —me soltó empujándome hacia la escalera. Sacó unos billetes del bolsillo y me los puso en la mano—. Nos vemos a la hora de la cena.

Agradecí a Dios en silencio que el profesor estuviera ocupado y, sin perder tiempo, salí con Sharkey a toda prisa. Llevé el perrillo al mercado y me aseguré de que se quedara con Joyce. Para cuando llegué a King's College —con un delantal viejo por encima de mi vestido rojo a la última moda—, las clases de la mañana ya habían comenzado. Entré por la puerta principal, una puerta doble que daba al resplandeciente vestíbulo, cuyo suelo de madera estaba magníficamente pulido y de cuyos candelabros de pared salían luces eléctricas. El tacón de mis botas resonaba con fuerza por los pasillos vacíos. Nunca me había sentido a gusto en la planta baja, el reino de los académicos y de los estudiantes de familias pudientes. Las paredes estaban llenas de fotografías grisáceas en las que se exponía la ilustre historia de la universidad y de su construcción. Uno de los marcos de latón lucía el blasón del King's Club con su lema debajo: «*Ex scientia vera*»; es decir, «Mediante el conocimiento se llega a la verdad». Aquello me hizo pensar en el tieso Isambard Lessing y en lo rojo que estaba. Me detuve para ver qué fecha ponía en la inscripción del marco. 1875. Cuatro años antes de que yo naciera. La fotografía documentaba quiénes formaban parte del King's Club en aquella época, dos filas con una docena de hombres de expresión seria, vestidos con largas togas. El señor Radcliffe, magnate del ferrocarril y padre de Lucy, se encontraba entre ellos, con la barba mucho más corta y junto a un hombre robusto que enseguida reconocí: Isambard Lessing. Seguí mirando y sentí un escalofrío al reconocer a un joven doctor Hastings. El profesor también se encontraba entre ellos, décadas más joven pero con los mismos anteojos de alambre y una sonrisa medio esbozada, a pesar de su gesto adusto. A su izquierda había otro joven cuya cara conocía demasiado bien: mi padre.

De pronto me molestó el encorsetado vestido. El profesor ya me había contado que se habían conocido en el club, así que no debía sorprenderme. En aquella fotografía, mi padre tenía el pelo oscuro, cortado a la moda del momento, y su mirada estaba alerta y centrada, a diferencia del pelo gris y la mirada de loco que tenía apenas unos meses atrás. Aquel rostro, el de la fotografía, era el que recordaba de mi infancia, cuando lo idolatraba... antes de que la ambición y la locura hicieran mella en él.

Dejé atrás la antigua fotografía y me dirigí apresuradamente hacia la escalera que daba al sótano. Una vez abajo me sentí, de inmediato, más a gusto. El equipo de limpieza de la mañana se encontraba fregando a conciencia las diferentes escaleras que daban al sótano. Reconocí a mi antigua gobernanta, la oronda señora Bell, que fregaba el suelo agachada. Una mujer que solía cuidar de mí en una época en la que nadie más lo hacía. Cuando se levantó para rellenar el cubo, la cogí de la mano y tiré de ella hacia un rincón.

—¡Alabado sea Dios! —gritó mientras se llevaba una mano al

corazón—. ¡Juliet Moreau! Eres tú, ¿verdad? Por, por... ¡Me has dado un susto de muerte!

—Lo siento, señora Bell. Me preguntaba si podría hacerme un favor.

—Espero que no quieras recuperar tu puesto de trabajo —dijo mientras miraba el vestido que asomaba bajo mi delantal—. No, ya veo que no...

—No, no es eso. De hecho, mi suerte ha cambiado y lo justo es que comparta mi fortuna. —Rebusqué en el bolsillo los botones de plata del abrigo que había quemado la noche anterior y se los puse en la mano antes de que le diera tiempo a objetar—. Tan solo quiero saber si ya han limpiado los pasillos del ala este.

Los botones tintinearon en su callosa mano.

—Allí es adonde nos toca ir cuando acabemos con estas escaleras.

Me mordí el labio al tiempo que miraba a las otras dos muchachas que fregaban.

—¿Le importaría seguir por el ala oeste? Es una historia muy larga... Un estudiante amigo mío dice que podría haber perdido unos gemelos allí y me gustaría encontrarlos.

Me miró muy seria y pensé que iba a pedirme que le contara la verdad. Por suerte para mí, señaló el pasillo con la mano y me dijo:

—¡¿A qué esperas, muchacha?!

Empecé a bajar la escalera, donde una de las chicas, delgada como un fideo, pulía el pasamanos de latón. A su lado tenía una cesta llena de instrumentos de limpieza que me resultaban muy familiares. Cuántas horas había pasado de rodillas en aquellos suelos, remangada por encima del codo, frotando con tanta fuerza que acababan por sangrarme los nudillos. Qué vida tan solitaria, en la que solo los recuerdos me hacían compañía. Y con qué facilidad me habría visto obligada a volver a lo mismo de no ser por el profesor.

La chica huesuda se dio la vuelta al darse cuenta de que me había quedado mirando su cesto. Luego, bajó la mirada hacia el delantal sucio que yo llevaba puesto por encima del magnífico vestido; una incongruencia en la que solo los pobres se fijarían.

—¿Puedo ayudarla... señorita?

—Oh, no. Lo siento. Me he quedado pensativa.

La chica asintió sin dejar de mirarme con aire extrañado y volvió al trabajo. Cuando se dio la vuelta, me agaché como si me estuviera atando las botas y, sin que nadie me viera, cogí uno de los cepillos del cesto, uno de cerdas finas de los que se usan para limpiar tejidos. Si alguien me llamaba la atención me serviría como parte del disfraz. Escondí el cepillo en el delantal y bajé ligera la escalera hasta llegar al sótano.

Las luces eléctricas estaban encendidas. Zumbaban y parpadeaban, sí, pero bañaban de luz artificial las baldosas del pasillo, sobre las cuales se había esparcido serrín para secar la sangre derramada de pacientes o cadáveres. Me abrí camino por otro corredor y me detuve ante la puerta cerrada del depósito, donde se guardaban los cadáveres antes de realizarles la autopsia.

Miré por el ojo de la cerradura para asegurarme de que no había nadie. Sin quererlo, me vinieron a la cabeza recuerdos de aquella noche, hacía un año, en la que Lucy y yo habíamos bajado allí para hacernos las valientes y nos habíamos topado con unos estudiantes de medicina diseccionando un conejo vivo. Sentí una sacudida en el brazo, tal y como le había pasado en las patas traseras a aquel conejo, y me lo agarré para que no se descontrolase, con la esperanza de que no aflorasen también el resto de los síntomas de mi enfermedad. Por la cerradura no vi más que unas mesas tapadas con telas.

Oí voces por el pasillo y pegué un salto.

—Ese vejestorio no distingue su cabeza de un agujero en el suelo.

Fuesen quienes fuesen, avanzaban hacia donde yo estaba. Cogí el cepillo y me puse de rodillas en el suelo cubierto de serrín justo cuando dos estudiantes de medicina doblaban la esquina.

—No pueden pretender que... —El que iba hablando se quedó callado nada más verme, pero no tardó en reemprender la conversación—. No pueden pretender que sea él quien nos gradúe cuando ni siquiera sería capaz de aprobar los exámenes.

Ambos pasaron por encima de mi brazo mientras fingía que frotaba el suelo. Uno de ellos miró hacia atrás unos instantes, pero no levanté la vista. A los muchachos como aquellos, las chicas de la limpieza no les interesaban lo más mínimo, excepto para comprobar si eran guapas.

No respiré tranquila hasta que no estuvieron a punto de doblar la siguiente esquina; aunque justo en ese momento oí una tercera voz detrás de ellos que, sin lugar a dudas, pertenecía a una persona más mayor.

—¡Bentley! ¡Filmore! ¡Esperen!

Me quedé de piedra. Conocía aquella voz, no me hacía falta ver a la persona. Era el doctor Hastings, el profesor que había intentado forzarme el año pasado y que había propiciado mi huida de Londres. Tuve que esforzarme por no perder la compostura y obligarme a mover la mano con ritmo sobre las baldosas, fingiendo que limpiaba el cemento con un cepillo de cerdas finas... Cuanto más cerca oía sus pisadas, más pequeñita me sentía.

—¿Qué sucede, doctor? —preguntó uno de los estudiantes con un tono considerablemente más educado que el que había utilizado apenas un momento antes.

El doctor Hastings se detuvo justo a mi lado. Me fijé en la resplandeciente puntera de plata de sus zapatos antes de retirar a toda velocidad la mirada.

«Concéntrate en las baldosas. Concéntrate en las baldosas. Concéntrate...».

—No crean que no sé que son ustedes los artífices de las bromas. Una cosa es que la juventud quiera divertirse un poco, y otra bien distinta es que me persigan por Wiltshire por la noche. ¡Casi se me rompe un cordón del zapato!

—¡Doctor, le juramos que no hemos sido nosotros! —gimoteó uno de ellos.

No me preocupaba cruzarme con cualquier otro profesor del centro porque ninguno de ellos se molestaba siquiera en mirar a las integrantes de las cuadrillas de limpieza... pero el doctor Hastings era diferente. Creo que le gustaba pensar en nosotras de pies y manos en el suelo, limpiando lo que él ensuciaba. Si me descubría allí... podría hacerme cualquier cosa y nadie se enteraría.

Tragué saliva, preguntándome si estaba a tiempo de gatear hacia atrás y escabullirme. Por suerte, los estudiantes copaban toda su atención. Me rodeó y los siguió por el pasillo, reprendiéndolos por sus bromas. En cuanto los tres desaparecieron de mi vista, me puse en pie, guardé el cepillo en el bolsillo del delantal y me colé en la sala de autopsias.

Esperé diez segundos, veinte. Un minuto. No volví a oír voces. Un escalofrío me recorrió la espalda de arriba abajo cuando di con el interruptor de la luz. La artificial luz eléctrica cobró vida con un chasquido y bañó la sala con un resplandor intenso y mucho más descarnado que el de los quinqués que usaba mi padre en su laboratorio.

Había ocho mesas pegadas a la pared y cuatro de ellas estaban ocupadas por cadáveres. Cada uno de los cuerpos estaba cubierto con una tela gruesa. Uno de los muertos era muy alto, cerca de metro ochenta y cinco —se trataría de Daniel Penderwick, el abogado—. Por lo que recordaba, en efecto, era una persona muy alta... y con el corazón tan negro como el diablo. Levanté la tela y miré su cuerpo pálido y frío. Tenía en el pecho marcas de garras en las que no quedaban restos de sangre. Las heridas me atraían. Era como si susurrasen verdades... recuerdos... que no sabía si quería rememorar.

Me acerqué al siguiente con cautela, pues no sabía con quien me iba a encontrar. Allí estarían el cuerpo de Annie y el de la ladrona pero... ¿y la víctima no identificada? ¿Me resultaría conocida, como las demás? Y, en caso afirmativo, ¿podría seguir considerando aquel asunto una coincidencia?

Tiré de la siguiente tela conteniendo el aliento. Se trataba de la ladrona. Tenía el pelo pelirrojo apelmazado por la sangre y el cuerpo cubierto de cardenales que debía de haberle ocasionado un hombre con sus botas. En su momento me había parecido de mi edad, pero muerta parecía aún más joven. Trece, quizá catorce. Que le faltara un dedo no tenía ni punto de comparación con el hecho de que, ahora, le faltara el corazón... que le habían arrancado del pecho. Me puse pálida.

Me acerqué a la siguiente mesa y me incliné temblando sobre la tela. Por la forma del cuerpo, parecía que se tratase de otra mujer joven: Annie. Aunque, ¿y si no se trataba de ella? ¿Y si era el cadáver frío de Lucy... o de Mary, nuestra cocinera... o de alguien a quien tuviese en gran estima y que no se mereciera aquello?

El miedo me arañaba con unas garras minúsculas, pero la necesidad de saber de quién se trataba era mayor, así que retiré la tela. Era Annie Benton. No me sentí aliviada, pues tampoco le deseaba algo así. Ahora que estaba muerta, tanto su pelo castaño como su piel clara parecían aún más pálidos. Hacía años había sido mi compañera de dormitorio y habíamos comido gachas juntas para desayunar y, cada noche, habíamos frotado nuestra única muda en el lavadero de la casa de huéspedes. Una vez incluso me había dejado su jabón.

Era difícil concentrarse en otra cosa que no fueran las heridas profundas que tenía en el pecho y que prácticamente la cortaban en dos mitades. Eran unos cortes irregulares, furiosos, que hacían casi bonita la desgracia que habían causado; como en los demás casos. El que hubiera hecho aquello sentía pasión por la violencia. Puede que debiera haber mirado hacia otro lado, pero no lo hice.

Por fin, fui hacia el último cadáver. La víctima anónima. La cabeza me decía que no mirara, por si acaso se trataba de un ser querido, pero los pies me llevaron hasta la mesa, me hicieron dejar atrás los demás cadáveres desnudos, que me miraban con sus ojos sin vida. Levanté la última tela y di un respingo, sorprendida. El corazón se me iba a salir del pecho. Me choqué con la mesa que tenía detrás y aplasté la mano fría, muerta, de Daniel Penderwick.

Sabía quién era la víctima anónima.

Sin lugar a dudas, se trataba del hombre de pelo blanco de la exposición de flores, sir Danvers Carew, el querido miembro del Parlamento que nos había pegado a mi madre y a mí en una ocasión. Lo había visto hace nada y... y ahora estaba muerto. Me llevé una mano a la boca mientras recorría con la mirada aquella pálida cara, aquel cuerpo cubierto de sangre... y trataba de racionalizar aquella situación. Tenía las mismas marcas de garras en el pecho y moretones por todo el cuerpo que le habían hecho con una especie de objeto romo pero con algo de punta. Como un bastón... Ahora entendía por qué en el periódico no salía su nombre. Era muy probable que la familia de alguien tan importante prefiriera que no se le asociase con una serie de asesinatos en serie. Aunque ¿qué más daba? De una u otra manera, el hombre había muerto.

La cuestión es que conocía a todas las víctimas, a las cuatro; y, a su vez, todas ellas me habían hecho algo. Aquel pensamiento hizo que me alejara de los cadáveres hasta que me encontré de espaldas contra la fría puerta de metal. Daba igual cómo intentara explicarlo... no había forma de que sonase bien. Cuatro muertos, cuatro personas que me habían causado algún mal.

«Es como si... —Dudé. A ver si iba a estar volviéndome loca—. Es como si alguien estuviera cuidando de mí».

Empecé a temblar de forma incontrolable. Los huesos de las manos y de los brazos se desplazaban y chasqueaban, como si estuviera a punto de darme un ataque.

La premonición que había ido creciendo en mi cabeza se adueñó en ese momento de mí y me hizo recordar los cadáveres de la isla. Alice, la dulce sirvienta de mi padre, muerta, con los pies en un charco de sangre. Una mujer bestia a la que le habían arrancado la mandíbula. Aquellas heridas también las había hecho por amor un monstruo. Edward.

«Edward está muerto. Y los muertos no vuelven a la vida».

Sin embargo, el miedo me atenazaba el corazón como si pretendiera obligarme a creer lo imposible. Me dolía la cabeza. Estaba a punto de desmayarme. Desesperada, decidí que lo único que podía calmarme era demostrar con datos científicos que las heridas eran diferentes de las que causaba Edward y que, por lo tanto, era imposible que fueran obra suya. En la isla había memorizado los meticulosos informes de las autopsias que mi padre había practicado a las víctimas de Edward. Los cortes tenían treinta centímetros de largo, estaban separados dos centímetros y medio entre sí y eran de cinco centímetros de profundidad.

Saqué un hilo del bolsillo para medir la largura de los cortes de Annie y el espacio que había entre ellos, e incluso abrí las heridas con cuidado para medir su profundidad. Repetí el proceso en los cuatro cadáveres.

Eran todos iguales: de treinta centímetros de largo, separados dos centímetros y medio entre sí y de cinco centímetros de profundidad.

Estupefacta, tropecé con una de las mesas vacías. Se me cayó el hilo de las manos... junto con un carrete entero de mi cordura.

No solo se trataba del mismo asesino, sino que, y a pesar de que habría jurado que estaba muerto, además, no me cabía duda alguna de que aquello... lo había hecho Edward.

CAPÍTULO SIETE

Sentí como si el depósito estuviera empezando a girar sobre sí mismo y tuve la impresión de que estaban a punto de fallarme las piernas. Me así al borde de la mesa como si aquello fuera a impedir que no saliera despedida hacia el techo.

Edward Prince estaba vivo y allí mismo tenía la prueba. Contra todo pronóstico, debía de haber sobrevivido al fuego y haber viajado a Londres. Pero ¿por qué? Si lo único que buscaba era a alguien a quien asesinar, no tenía por qué recorrer medio mundo para hacerlo. Aunque, claro, aquellas eran víctimas muy concretas. Estaban conectadas entre sí. Todas ellas eran personas que, en uno u otro momento de mi vida, me habían hecho daño.

Mis pensamientos volaron solos hasta la isla, hasta el náufrago con los ojos de brillo dorado. «Estamos hechos el uno para el otro —me había dicho—. Somos iguales».

¿Sería esa la razón por la que había venido, como parte de un intento grotesco y errado de protegerme y ganarse mi amor? ¿O acaso estaba enviándome algún tipo de advertencia por haberle rechazado?

Paseé entre los cadáveres con las manos entrelazadas. ¿Cómo iba a saber que Annie me había robado el anillo? Solo Lucy conocía aquel episodio de mi vida... a menos que la propia Annie se lo hubiera contado a alguien.

Con manos temblorosas conseguí taparle la cara a Annie con la tela, y también a los demás cuerpos. Salí tambaleándome al pasillo. Con los ojos cerrados. Respirando profundamente. Aquellos corredores tenían un olor característico a productos químicos, junto con el rastro persistente de la colonia del último doctor que hubiera pasado por allí.

No podía quitármelo de la cabeza: «Está vivo. Vivo. Vivo».

Oí pasos y me di la vuelta creyendo que iba a encontrarme con los ojos amarillos de Edward mirándome desde las sombras. Con el corazón en la boca, corrí hacia la escalera. Necesitaba alejarme de aquellos cadáveres y de lo que significaban. Miré por encima del hombro mientras doblaba la esquina y casi me di de bruces con un hombre que acababa de salir al pasillo por una puertecita secundaria. Ahora bien, no se trataba de un hombre cualquiera... Era el inspector Newcastle.

Se me iba a salir el corazón del pecho.

—Disculpe —dije con urgencia y la cabeza gacha con la esperanza de que no me reconociera.

Sin embargo, el policía me agarró del codo y frunció el ceño. Sin duda, le sonaba mi cara y estaba intentando recordar quién era.

—La... la señorita Moreau, ¿no es así? La amiga de Lucy. ¿Qué diablos está haciendo usted aquí?

—N-nada, i-inspector. He venido a visitar a unas viejas amigas.

Levantó una ceja con aire irónico al ver que la única puerta que había en las inmediaciones era la del depósito de cadáveres.

—Tiene usted extrañas amigas, señorita Moreau.

—Oh, no, no, me ha malinterpretado. El año pasado, antes de que el profesor me acogiera, trabajé aquí. Formaba parte de las cuadrillas de limpieza. No las veía desde entonces...

Tragué saliva y me fijé en que sus ojos seguían hasta la puerta del depósito las huellas que había dejado sobre el serrín. Aquello contradecía lo que acababa de contarle. El inspector era consciente de que yo había estado allí dentro, con los muertos. Iba a darme un infarto. Si se le antojaba, podía meterme con facilidad en problemas, pues no era allí fisgoneando cadáveres donde se suponía que debía estar yo. La tutela del profesor solo podía protegerme hasta cierto punto.

—He venido a leer el informe de la autopsia de la última víctima del Lobo de Whitechapel, pero creo que, primero, la escoltaré hasta la planta de arriba.

Respiré aliviada.

—No es necesario, conozco el camino. Además, tengo prisa.

—Sonreí con tanta gentileza como pude y me marché con el corazón aún acelerado, pisando las baldosas del suelo como si estuviera en una nube.

No podía pensar en nada que no fuera Edward y sentía un millar de emociones encontradas, enmarañadas.

—Señorita Moreau, espere.

Cerré los ojos un instante. Me di la vuelta con una sonrisa temblorosa en los labios. El inspector, en cambio, no sonreía ya. Me habló en susurros:

—Ayer, después de conocerla, investigué su nombre. Pretendo cuidar de Lucy, como comprenderá, y su nombre me sonaba demasiado familiar. Encontré un informe de la policía... —Miró a un lado y a otro del corredor para asegurarse de que estábamos solos.

Mis sentidos se pusieron en guardia. Se me pasaron por la cabeza una decena de maneras de reaccionar en caso de que el policía intentara arrestarme. Y en todas ellas salía mal parada.

—Lo hice en defensa propia —solté con convencimiento—. El doctor Hastings intentó propasarse. En aquel entonces no era sino una muchacha que fregaba suelos y nadie me habría creído si...

Hizo un gesto con la mano como si no le diera ninguna importancia a aquel episodio.

—Eso no me interesa lo más mínimo. No me cabe ninguna duda de que dice usted la verdad, pues no es el primer incidente del mismo estilo en el que aparece el nombre del doctor. No, señorita Moreau, la razón por la que me sonaba su nombre es por los crímenes de su padre, no por los suyos.

Me quedé de piedra. Me daba miedo hasta respirar.

Dado mi silencio, fue él quien prosiguió:

—En aquella época yo era joven y estudiaba en la universidad para convertirme en investigador. El caso fue notorio. Releí el archivo de su padre y, por lo visto, el caso no llegó a cerrarse. Huyó de Inglaterra y nadie volvió a saber nada de él. Odio que los casos permanezcan abiertos cuando pueden archivarse como casos resueltos. Su ayuda, señorita Moreau, sería inestimable para nosotros.

Me quedé mirándolo, sin saber qué decir. Me había pasado el último año escondiéndome de la policía y, ahora, ¿el cuerpo quería mi ayuda? Bien podría haberme echado a reír, pero no quería parecer una desequilibrada.

—Le aseguro que puede confiar en mí —siguió diciendo—. Trataríamos de manera muy discreta la información que nos diera. No es el sensacionalismo lo que persigo, sino solucionar un caso que lleva mucho tiempo abierto. Es cierto que me apuntaría un tanto. Incluso podría suponerme un ascenso. Si, además, resolviera el caso del Lobo de Whitechapel, hasta podría obtener la capitanía de toda una división. Y, de esa manera, sería mucho más indicado para cuidar de Lucy...

—¿Cuidar de Lucy?

Sonrió como un niño.

—A ver, no es oficial. Todavía no le he pedido su mano a su padre, pero sé que me la concederá. Cualquier día de estos recibirá usted noticias de nuestro compromiso.

Era innegable que había ternura en la manera en que lo decía. Ahora bien, Lucy no tenía ni idea de que el inspector pretendía consumar sus intenciones con tantísima rapidez. Me daba vueltas la cabeza: el casamiento de Lucy, que el inspector Newcastle quisiera mi ayuda para resolver el caso de mi padre... y, cómo no, lo de Edward. Lo de que siguiera vivo.

La señora Bell giró la esquina y se detuvo nada más vernos.

—¿Puedo ayudarle en algo, caballero?

Aproveché la oportunidad para alejarme un paso de él.

—Lo siento, inspector —dije a toda prisa—, pero no puedo ayudarle en modo alguno. He oído rumores de que mi padre ha muerto... Si fuera usted, los creería.

Antes de que le diera tiempo a responder, me despedí tanto de él como de la señora Bell y me apresuré por el pasillo, en el que aún zumbaban y parpadeaban las luces eléctricas, como si pretendieran advertirme de que no debía volver allí.

CAPÍTULO OCHO

Salí de la universidad y rodeé el edificio. Me apoyé de espaldas en la pared de basto ladrillo mientras me esforzaba por calmarme, para que mi corazón recuperase su ritmo normal. El día estaba despejado pero el frío era cortante. Llevaba el abrigo abierto y las manos desnudas y, aun así, ni me puse los guantes ni me abroché los botones. No podía. Me dejé resbalar por la pared hasta quedarme sentada en la hierba helada y el frío del suelo fue apoderándose de mí.

Edward había vuelto de entre los muertos. Si era verdad que estaba vivo, si era él quien había cometido los asesinatos, debía de llevar un tiempo siguiéndome. Pensé en las últimas semanas, en los últimos meses. Intenté recordar si en algún momento había tenido la sensación de que me siguieran. Por desgracia, en Londres una siempre tenía la sensación de que la seguían; siempre sentía miradas clavadas, pisadas a su espalda.

Una bandada de cuervos se posó en el patio. La cabeza me daba vueltas. ¿Me estaría siguiendo en aquel mismo instante? Tenía muchos sitios en los que esconderse. Tras aquellos árboles sin hojas que parecían manos esqueléticas, en el tejado de aquel edificio cercano...

Me abracé las rodillas. No me atrevía a cerrar los ojos. Si sabía que Annie me había robado el anillo de mi madre, ¿qué no sabría de mí? ¿Sabría lo del taller cuya existencia mantenía en secreto o que mi enfermedad avanzaba? ¿Que le estaba robando al profesor? ¿Que, en la isla, había abierto la puerta del laboratorio para que Jaguar entrara y matara a mi padre?

Me aterraba pensar en que quizá Edward conociera todos mis secretos. Si así lo quería, podía dejarme en evidencia, delatarme. Podía vengarse por haberle herido al rechazar su afecto. A la gente le encantan las habladurías morbosas. Como le diese por revelar que la vilipendiada hija del doctor Moreau había asesinado a su propio padre, las chismosas de esta ciudad se me comerían viva.

Pensativa, me pasé las manos ateridas por la cara. Él también formaba parte de aquellos secretos. Si exponía mis miserias también dejaría al descubierto las suyas —su origen antinatural y su instinto asesino—. No, cuanto más lo pensaba, más claro tenía que no eran mis secretos lo que le interesaba.

Quizá quisiera matarme.

Empecé a sentir un hormigueo en la columna. ¿Quién me aseguraba que no iba a ser yo su próxima víctima? Quizá estuviera jugueteando conmigo; mataba a todo el que me hubiera hecho daño para crearme una falsa sensación de seguridad... ¡antes de asaltarme! Al fin y al cabo, había rechazado su amor y lo había dado por muerto. Era casi imposible esperar que se comportarse con arreglo a la lógica. ¿Hasta qué punto sería capaz de controlarse? ¿Dónde estaba la línea que separaba a la bestia del hombre?

Aunque, a decir verdad, si lo que quería era matarme, disponía de métodos mucho más efectivos. Le había proporcionado mil oportunidades de atacarme cuando, de noche, me internaba por Shoreditch camino de mi taller secreto. Además, sí, le había dado por muerto, pero también había evitado que Montgomery le cortara el cuello. Le había dado una oportunidad.

Entonces, ¿qué se suponía que debían comunicarme aquellos

asesinatos? Si no pretendía hacerme daño, ¿por qué se escondía detrás de tan macabros gestos de afecto?

«Contigo es diferente, Juliet —me había dicho una vez—. Estamos hechos el uno para el otro».

Pero había recibido la herida antes de que llegara a explicarme qué quería decir con aquella petición desesperada de auxilio. Recostada contra la pared de ladrillo, sacudida por demasiadas emociones, me pregunté si Edward Prince habría venido a Londres con esa idea en la cabeza. Quizá no quisiera destruir mi vida con rumores ni arrancarme el corazón con sus garras... sino confesarme su amor una vez más.

Cientos de dudas me atenazaban el corazón. Si esa era la cuestión, ¿cuántos más tendrían que morir antes de que lo hiciera? ¿Quién más me había hecho daño? «Podría confeccionar una lista para él. Al doctor Hastings lo pondría el primero», pensé con perversidad. Me arrepentí de inmediato de haberlo pensado. Edward era un asesino, pero yo, no. Fuera como fuese, de alguna manera estaba consiguiendo mucha información sobre mí. Exceptuando a Lucy, nadie sabía que Annie me había robado el anillo; puede que se lo hubiera contado a alguien, que lo hubiera escrito en su diario y que él lo hubiera leído.

¿También estaría siguiendo a Lucy?

Sin pararme a pensarlo, me puse de pie y empecé a correr en dirección al vecindario de Lucy, mirando hacia atrás de vez en cuando. No quería que se viese envuelta en aquel asunto ni por lo más remoto pero, al mismo tiempo, debía asegurarme de que estaba a salvo. Edward podía estar en cualquier parte. Iba acercándome a casa de Lucy, en una de las mejores zonas de la ciudad. Allí retiraban la nieve embarrada de las calles. Allí las residencias eran palaciegas, incluso más que las del barrio del profesor, y la entrada de todas ellas estaba decorada con muérdago para la Navidad.

Era imposible pasar por alto la mansión de la familia de Lucy. Se trataba de un palacete de cuatro pisos con fachada de ladrillo rojo que estaba situada en la esquina más lujosa de Belgravia y que era, con mucho, la casa más grande del barrio. Un seto perfectamente recortado que hacía las veces de muro con el que mantener alejada a la chusma rodeaba las torrecillas redondeadas de ladrillo. La puerta de hierro de la verja daba a un camino que llegaba hasta la imponente entrada, sobre la que había una enorme guirnalda de Navidad que olía a pino.

Me detuve junto a la puerta de la verja y miré con cautela por encima del hombro. Aquel olor me transportó a mi infancia, cuando asistía a las fiestas que en su casa daba mi amiga. Por aquel entonces teníamos un carruaje magnífico. Recuerdo que tenía cortinas de encaje y que el tapizado era de color melocotón. Montgomery se sentaba en el pescante, con el conductor, donde aprendía parte de sus quehaceres de lacayo. Mi madre, mi padre y yo íbamos dentro, en silencio hasta que llegábamos a esa misma verja ante la que me encontraba en aquel momento. Entonces, Montgomery me daba la mano sin mirarme a los ojos, como haría un buen sirviente, y me ayudaba a bajar del carruaje. Aquel recuerdo me provocó una punzada en la parte izquierda del costillar.

Oí un portazo y una doncella salió a una de las ventanas de los pisos superiores con una alfombra y un sacudidor. Hice el ademán de ponerme la capucha y esconderme, pero me detuve porque recordé que volvía a ser bienvenida en aquella casa. Cuando se hizo público el escándalo de mi padre, los Radcliffe le habían prohibido a Lucy que siguiéramos siendo amigas; pero ahora que era la pupila del ilustre profesor Von Stein, no tenían ningún inconveniente en ponerme buena cara de nuevo, como si no hubiera pasado nada. Caminé hasta la entrada y llamé a la puerta.

Clara, la doncella, abrió la puerta mientras se limpiaba las manos en un trapo. Nada más verme, se le iluminó la cara.

—¡Señorita Juliet! ¡Qué sorpresa! Hacía días que no la veíamos. —Se quedó callada un instante—. Señorita, parece que haya visto un fantasma. ¿Está usted enferma?

Negué con la cabeza, pese a que la muchacha se había aproximado a la verdad muchísimo más de lo que imaginaba.

—¿Está Lucy en casa?

—Está en la salita con su tía. ¿Le digo que está usted aquí?

Dudé. El corazón, al galope, me decía que debía asegurarme de que Lucy estuviera bien, pero con su tía en la sala no podría hablar con libertad.

—Oh, no sabía que tuviera visita. Quería hablar con ella a solas. Dile que he venido y que quiero que venga a verme en cuanto pueda...

—¡Juliet!

Lucy asomó la cabeza por detrás de la doncella y abrió más la puerta. Acto seguido, se acercó y me golpeó con el dedo en el pecho, gesto que resultó tan acusador como su ceño fruncido.

—No estarías planteándote marcharte sin saludar, ¿verdad?

Después de las caras que acababa de ver en el sótano de la universidad, su rostro resultaba tan afectuoso y estaba tan lleno de vida...

—Pero es que tienes visita...

—Henry ha venido a tomar el té y la tía Edith está ejerciendo de carabina. Te necesito desesperadamente, ¡que eres una amiga horrible! Cuando me dejaste sola con John a punto estuve de tener que clavarle el paraguas para evitar que me besara.

—Volveré mañana. Ya hablaremos entonces.

Cruzó los brazos.

—Le he hablado tanto de ti a Henry que, si no te lo presento, va a empezar a pensar que eres una amiga imaginaria que me he inventado por aburrimiento. Lo menos que podrías hacer es tomar una taza de té con nosotros.

Al final de la calle se oyó el retumbar de un carruaje que se dirigía a Covent Garden, que era hacia donde yo debería estar yendo en aquel mismo instante para que Joyce me pusiera al día de los últimos rumores acerca de los asesinatos y la investigación de Scotland Yard, pero Lucy me miraba con los ojos entornados.

—De acuerdo, pero solo puedo quedarme unos minutos.

—Eso ya lo veremos. Ah, Clara, por cierto, venía a decirte que me he comido todo el pan de jengibre y que subas más.

Lucy me cogió del brazo y tiró de mí por la escalinata del vestíbulo, hasta llegar a la salita.

—¡Menos mal que no falta mucho para que se acaben las vacaciones! ¡Creo que ya he ganado un kilo! ¡Ay, pero cuánto me alegro de que hayas venido! Henry no hace más que aburrirme y necesito conversaciones de verdad. Bueno, al menos es guapo. —Se dio cuenta de lo que acababa de decir y añadió a toda prisa—: Aunque, claro, todo depende del cristal con que se mire porque, por lo demás, es un ogro.

Llegamos a lo alto de la escalera y me adecenté el pelo y la ropa como pude para estar un poco más presentable, aunque lo único en lo que era capaz de pensar era en el muchacho que había resucitado.

Entramos en la salita, que era una estancia pequeña pero decorada con opulencia. En la ornamentada chimenea ardía un animado fuego. El servicio de té estaba preparado en la mesita auxiliar que había entre las sillas tapizadas. La tía de Lucy, una mujer mustia y con un aire un tanto arrogante, se giró cuando entramos y enarcó las cejas al verme. Henry estaba sentado en el sofá, de espaldas a nosotras.

Mi amiga se echó hacia atrás un rizo rebelde y dijo:

—Tía Edith, Henry, quiero presentaros a una querida amiga: Juliet Moreau.

Oí mi nombre vagamente. Por alguna razón, parecía que

Lucy estuviera hablando a kilómetros de distancia. Henry se había dado la vuelta nada más oír su voz y nos miraba. Me miraba. De repente, la sala me pareció demasiado pequeña, como si estuviera abarrotada de mobiliario y el fuego estuviera consumiendo todo el oxígeno. Se puso de pie poco a poco para saludarme. Apenas me había dado cuenta de que la mujer también se había levantado y me estaba hablando —no oía nada de lo que decía—; era como si se tratara del maniquí de una modista. Todo en la salita me parecía irreal, como si las mesas, las sillas y las personas fueran meras sugerencias. Todo, excepto, claro está, el joven cuyos ojos de manchas doradas me miraban con fijeza.

—Juliet —prosiguió Lucy—, te presento al señor Henry Jakyll.

El joven avanzó para estrecharme la mano.

Aquella desvaída cicatriz en su mejilla... aquel rostro que tan familiar me resultaba... y, desde luego, aquella mano tendida... No me cabía duda, era Edward Prince.

CAPÍTULO NUEVE

El fuego dejó de crepitar. El humo se detuvo en el aire. La estancia, con todo lo que había en ella, se había transformado en un lugar remoto, en un mundo sin color, como una fotografía desteñida. Todo, menos Edward.

«Jakyll», pensé. Otro nombre falso, como cuando había inventado el de «Edward Prince» o, mejor dicho, «Príncipe Edward»; un nombre que había tomado prestado de las páginas de una de las tragedias de Shakespeare. Edward carecía de nombre porque, en realidad, no podía considerarse que hubiera nacido, sino que había sido creado en un laboratorio a partir de una serie de partes de animales: zorro, garza, chacal. Claro, de este último provenía su nuevo apelativo; testimonio, sin duda, de su yo animal más siniestro...

Jakyll, el «chacal».

Había cambiado en aquellos meses que no lo había visto. Aunque la cicatriz que tenía debajo del ojo izquierdo seguía estropeándole el rostro, sus rasgos se habían afilado de manera que le otorgaban un aspecto dramático, taciturno. Parecía que tuviera los ojos de un marrón más oscuro —casi negros—, como el pelo. Sin embargo, el cambio más sorprendente era el de su tamaño. Nunca había sido muy alto, pero ahora me sacaba más de una cabeza y había echado varios kilos de músculo. No me extrañaba que Lucy se sintiera fascinada por él.

Poco a poco empecé a darme cuenta de que la habitación estaba en silencio y que tanto la tía Edith como Lucy me miraban expectantes. Edward, con la mano extendida —una mano que ya no era huesuda, sino fuerte, potente, y en la que se escondían garras de quince centímetros de largo—, esperaba a que yo correspondiera a su gesto.

Tenía que hacer algo. Podía empezar a chillar. Podía contárselo todo a Lucy y a su tía, acusar a Edward de ser el Lobo de Whitechapel, arrojarle el té hirviendo a los ojos para cegarle y, después, golpearle con el atizador.

Pero la mano que me tendía no era la de un monstruo. Edward estaba dividido en dos seres que compartían el mismo cuerpo: uno, un monstruo de garras afiladas; el otro, un joven atormentado que lo único que quería era liberarse de su maldición. Pensé en la florecilla blanca manchada de sangre que había guardado en mi diario. Era un regalo que me había hecho el joven que tenía ante mí, el joven que, en otros tiempos, me había amado con locura.

Pero me daba igual lo que él sintiera. La situación había cambiado nada más entrar en la salita y descubrir que había involucrado a Lucy en aquel asunto. Quizá él no pretendiera hacerle daño, pero la bestia que llevaba en su interior podía tener otros planes.

Edward tragó saliva y se le estrechó la garganta. Por un momento, me pregunté si verme lo habría desconcertado tanto como a mí verlo a él.

—Es un placer conocerle, señor Jakyll —dije por fin.

Lucy se dejó caer en el sofá y alargó el brazo para coger su taza de té. Puede que la tía Edith me hubiera saludado, no estaba segura. Si lo había hecho, debía de haber sido de manera escueta y normal, como si aquel fuera un día cualquiera, como si aquella fuera una reunión cualquiera para tomar el té. Pero no era un día cualquiera, ni aquel era un joven cualquiera.

Clara irrumpió con una bandeja de pan de jengibre.

—Lo siento, señorita. —Se disculpó con una sonrisa mientras me rodeaba.

Despacio, me senté en el sofá, junto a Lucy, tocando el asiento con las manos para asegurarme de no caer al suelo. Edward tomó asiento justo enfrente de mí, en una silla tapizada con terciopelo de color verde. No era capaz de combinar en una misma ecuación su presencia en aquella casa, la sonrisa de Clara, la postura despreocupada de Lucy y los rayos de sol que entraban por la ventana. Ninguna de ellas sabía que estaba tomando el té con el Lobo de Whitechapel.

—Juliet también ha viajado por todo el mundo —le comentó Lucy a Edward mientras apoyaba el brazo como si tal cosa en el respaldo del sofá. Luego se dirigió a mí—: Henry ha estado en todas partes y conoce prácticamente todos los países del globo, pero has de perdonarle porque sus costumbres son muy raras. Es finlandés, ¿sabes?

—Finlandés, ¿eh? —Enarqué una ceja.

—Oh, yo no podría soportarlo —comentó la tía Edith al tiempo que se sacudía una miga del vestido—. ¡Demasiado frío durante todo el año!

Me quedé mirándolos como si hablasen en otro idioma. Lucy cogió otra rebanada de pan de jengibre y su tía emitió una discreta tosecilla, como si lo desaprobase.

Miré de nuevo a Edward. La última vez que lo había visto, la sangre que le manaba de la cabeza manchaba una pila de paja recién cortada. ¿Por qué habría impedido que Montgomery le cortara el cuello? Debía de haber sido por esa mirada inocente que, a pesar de todo el mal que había hecho con sus propias manos, tenía en aquel mismo instante.

—He oído hablar mucho de usted, Henry.

Con aquel tono de voz duro pretendía lanzarle una acusación

81

y aunque las damas no parecieron darse cuenta, Edward, sí. Me miró a los ojos como si me implorase perdón. Pero ¿cómo iba a hacerlo si había puesto en peligro a Lucy? ¡Si había hecho que me preocupara por él cuando todo lo que me había contado era mentira! ¡Si era un asesino!

El joven se puso de pie y empezó a pasear como si necesitase estirar las piernas, pero reconocí su agitación nerviosa. Allí estaba la bestia, acechando bajo la superficie.

—Sí, me preguntaba cuándo íbamos a conocernos —dijo sin inmutarse—. Por lo que me ha contado Lucy, tenemos ciertos intereses en común.

Lucy dio unas palmadas.

—¡Ah, sí, se me había olvidado contártelo! A Henry le interesa no sé qué de la química... ¿no es así? Le he contado que a ti se te dan las ciencias mucho mejor que a ninguno de los muchachos que conozco.

Edward no apartaba de mí aquellos ojos angustiados. Decían todo lo que no podía explicar con palabras; que odiaba a su mitad siniestra —la bestia— y los actos horribles que le empujaba a cometer. Me imploraba ayuda con la mirada.

Era insoportable estar tomando el té con un asesino. No dejaba de pensar en los cuatro cadáveres del depósito. Allí había cuatro personas que no volverían a ver la luz del sol por su culpa. Había matado a gente que me importaba, como Alice. Gente inocente. Aunque, claro, ¿acaso no era yo tan asesina como él? Mi padre seguiría vivo si no le hubiera abierto la puerta del laboratorio a Jaguar.

Agarré con fuerza el brazo del sofá y empecé a frotar con el dedo gordo la costura de la rugosa tapicería para no perder el contacto con el presente.

En la calle, el sol había superado su cénit.

—Debería irme —dije casi entre dientes.

Lucy y su tía me miraron sorprendidas.

—Es que no he avisado al profesor de cuándo iba a llegar a casa.

—¡No voy a permitir que te vayas sin haber probado el té siquiera! —exclamó Lucy—. Si se da el caso de que el profesor te necesita, seguro que este es el primer sitio en el que te busca. Ay, Juliet, ¿te encuentras bien? Estás pálida.

La tía Edith dijo algo gracioso acerca de su constitución y Lucy le respondió con una ocurrencia, tras lo que empezaron a discutir de nuevo.

—Beba un poco de té, señorita Moreau —me sugirió Edward con toda tranquilidad—. El té hará que se sienta mejor enseguida.

Hice un esfuerzo por coger la delicada taza, pero era como si tuviera pezuñas por manos, como si mis dedos fueran demasiado gordos. La taza me temblaba tanto que tuve que dejarla sobre la mesa.

Edward se apoyó en el respaldo de la silla en la que había estado sentado. El pelo le caía sobre la frente.

—¿Conoce el laberinto de setos del jardín, señorita Moreau? La vista desde la ventana es magnífica. —Llevó la mirada hacia los cristales bañados por el sol.

La ventana se encontraba a unos diez pasos de donde Lucy y su tía batallaban. Allí no nos oirían. Edward quería que hablásemos en privado. Como dudé, se inclinó hacia delante y me dijo entre susurros:

—Por favor, Juliet.

Sus palabras escondían una desesperación tan controlada que dejé de nuevo la taza de té y lancé una mirada a mi amiga. Su tía y ella hablaban en ese instante del gran árbol de Navidad que pronto les enviarían para el baile de máscaras. Me levanté del sofá y fui a la ventana dando pasos inseguros, con Edward justo detrás de mí. Afuera hacía un bello día de invierno, los setos estaban verdes y no había ni una sola nube en el cielo.

—Como te atrevas a hacerle daño a Lucy... —pronuncié entre susurros.

—No es mi intención —se apresuró a decir, en un tono tan bajo como el mío—. Nunca se lo haría. Tengo cierto control sobre...

—¡Henry! —exclamó Lucy—. Henry, ven y cuéntale a mi tía cómo nos conocimos, aquel día que tanto llovía. Quiere oír la historia y ya sabes que yo no tengo paciencia para relatar acontecimientos.

Sonrió a mi amiga de manera artificial, pero no antipática.

—Un momento, querida.

La sonrisa falsa había desaparecido cuando volvió hacia mí la mirada.

—Te juro que no tengo ningún interés en hacerle daño. Ni siquiera me acercaría a ella en esos momentos en los que sé que la bestia podría liberarse. Tengo algo de control sobre ella... aunque no el suficiente para impedir las transformaciones o los crímenes que comete... si bien puedo retrasarlos.

Estudié la profunda arruga que tenía en la frente. Había pasado semanas con él tanto en el mar como en la isla de mi padre sin saber cuál era su siniestra naturaleza. Nunca me había hecho daño y siempre se las había arreglado para contener el ansia de su otra mitad hasta que la bestia tuviera alguna otra pobre alma sobre la que abalanzarse. Quizá fuera cierto que tenía cierto control sobre las transformaciones, pero lo único en lo que podía pensar era en el depósito, lleno de cadáveres.

—¿Cómo conseguiste escapar de la isla? Pensaba que estabas muerto.

—La bestia es más fuerte de lo que crees. —Tenía los ojos caídos y el cuerpo en tensión—. Estoy intentando curarme... y estoy cerca de conseguirlo.

Aquel era el Edward que conocía, el joven cuyos ojos eran como un espejo en el que me reflejaba.

—¿Tienes una cura? —le pregunté mientras me frotaba los nudillos, que empezaban a dolerme.

—Tan solo me falta descubrir uno de los ingredientes del suero. Necesito un poco más de tiempo.

—Deberías haber venido a verme antes.

—No me atrevía a involucrarte. He tenido que hacer grandes esfuerzos para evitar acercarme a ti... por miedo a que la bestia se enterase de algo que pudiera usar para hacerte daño. Me he conformado con las noticias que recibía de boca de Lucy. Eres muy importante para ella. Habla de ti a menudo. —Se quedó callado, como si tuviera un nudo en la garganta—. No es que no quisiera verte. De hecho, es lo que más anhelaba.

Su modo de mirarme me dio en qué pensar. En aquel momento, en sus ojos no había ni un solo atisbo de ese resplandeciente color amarillo... aunque lo que veía en ellos me asustaba casi tanto: deseo.

Miré hacia otro lado con la esperanza de no haberme sonrojado. Por lo visto, la obsesión de Edward por mí no había disminuido en aquellos meses.

—Tenemos que vernos en otro lugar —le dije a toda velocidad y en voz baja—. ¡Tienes que explicarme qué está sucediendo!

Negó con la cabeza.

—No me atrevo. No hasta que no esté curado.

—¡Me da igual que te atrevas o no! ¡Edward, está muriendo gente! —le lancé una mirada furtiva a Lucy y bajé aún más la voz—, y ambos sabemos quién es el responsable. Además, ya me has involucrado, ¿no te das cuenta? Lo hiciste el mismo día en que los marineros del *Curitiba* te recogieron del bote y te subieron a bordo. Debemos quedar y has de contármelo todo. Si no lo haces, sacaré a la luz tu secreto. El otro pretendiente de Lucy es el inspector que lleva la investigación del Lobo de Whitechapel. Puedo hacer que esté aquí en cuestión de minutos.

El corazón se me iba a salir del pecho. Muy dentro de mí sabía que era una locura hablar siquiera con Edward, pero también sabía que, lo fuera o no, su destino y el mío estaban entrelazados. En ese momento era yo la que le amenazaba con dejar al descubierto su identidad, pero la situación podía cambiar en un abrir y cerrar de ojos.

Sacó un reloj de oro de bolsillo y, presa de la indecisión, empezó a abrirlo y cerrarlo. Al rato, paró y me preguntó:

—¿Dónde?

Tenía que ser en un sitio público para que no pudiera hacerme nada, pero lo suficientemente privado como para que pudiéramos hablar con libertad. Me vino a la cabeza la isla, aquel día detrás de la cascada, cuando habíamos compartido secretos y me había robado besos.

—En el Real Jardín Botánico de Kensington —le susurré—. En el invernadero. Nos iremos de aquí por separado y nos encontraremos allí en una hora.

Asintió.

El reloj de caja del estudio dio la hora. La tía Edith se puso de pie y se sacudió las migas que tenía en el vestido, pero solo se cayeron la mitad.

—Ya son las dos. Esta noche tengo una cena en el club y he de empezar a prepararme. Henry, querido, ha sido un placer. ¿Me acompaña a la salida?

Edward me miró. Para bien o para mal, ahora éramos cómplices de una mentira.

—Bueno, Lucy, en ese caso, aprovecho para despedirme ya. Ha sido un placer conocerla, señorita Moreau.

Dudé unos instantes, el tiempo suficiente para recordar su apellido falso.

—Lo mismo digo, señor Jakyll.

CAPÍTULO DIEZ

La tía de Lucy y Edward no cerraron la puerta de la salita al salir y el tictac del reloj del estudio invadió la estancia. Henry Jakyll y Edward Prince eran la misma persona.

—Me alegro de que mi tía se haya ido —comentó Lucy mientras se acercaba a mí, aún junto a la ventana—. Tengo la sensación de que la única cosa que hace la mujer cuando viene a tomar el té es sermonearme por las cosas que hago mal. —Se acercó al cuenco de fruta que había sobre la mesita auxiliar y escogió una uva—. ¿Qué te ha parecido Henry? —me preguntó con aire ladino, tras lo que hizo explotar la uva en la boca—. Es horrible, ¿no te lo parece? ¡A que te lo había dicho!

—Sí, horrible —respondí con prudencia mientras miraba por la ventana para ver si conseguía verlo—. No es tu tipo. Para nada. Además, el inspector Newcastle es más atractivo, ¿no te parece?

Frunció el ceño. Justo en ese instante Edward y la tía de Lucy abandonaban la casa. Él la ayudó a subir a un cabriolé y, después, desapareció calle abajo a buen paso en dirección al Real Jardín Botánico, donde habíamos acordado encontrarnos. Miré el cielo; el sol ya estaba cayendo y teñía la ciudad de sombras. Puede que quedasen unas dos horas para la puesta del astro. ¡Por qué tendrían que ser tan cortos los días de invierno! Lo más probable era que no me diera tiempo a reunirme con Edward y volver a casa a tiempo para cenar con el profesor. El buen hombre se preocuparía muchísimo al ver que no aparecía.

Lucy cogió otra uva. Me miraba de forma extraña, pero debió de cambiar de opinión y volvió a dejar la uva en el cuenco de fruta.

—Lo cierto es que, y sé que lo que voy a decir puede parecer absurdo viniendo de mí, creo que lo admiro. No mucho, claro está; solo un poquitín. Oye, ¿no te parece que hace un poco de calor?

La miré asustada. No había nada en el mundo capaz de helarme la sangre tanto como el hecho de oír que se había enamorado de un muchacho que tenía una monstruosa mitad oscura que ya había asesinado a cuatro personas en Londres... ¡y por mí! Le agarré la mano con fuerza.

—Pues a mí me parece un muermo. Deberías olvidarte de él. Lo digo muy en serio. Tengo que irme, Lucy, lo siento.

—¡Pero si acabas de llegar! —dijo con los ojos como platos—. Había pensado que podíamos hablar ahora que estamos solas. ¿No querías hablar conmigo en privado? —Bajó la voz y se inclinó hacia mí—. Yo también tengo cosas que contarte. No estoy segura de que mi padre esté siendo del todo limpio en sus negocios y cuando se lo comenté a mi madre... ¡actuó como si le diera lo mismo!

—Vaya... Lo siento mucho, pero es que no tengo tiempo, de verdad. Soy una pésima amiga, lo sé, pero es que he de irme. —Me detuve en el vano de la puerta—. ¡Ay, se me olvidaba! El inspector Newcastle se te va a declarar. Me ha parecido que deberías saberlo. De verdad, no me parece tan mal partido; deberías darle una oportunidad.

Le apreté la mano y bajé con urgencia la escalera. Abajo me despedí de Clara con la mano y salí corriendo a la calle.

Me sentía culpable por dejar a Lucy con un palmo de narices

pero, en parte, lo hacía por ella. ¿Cómo iba a explicarle que uno de sus pretendientes —el que más le gustaba, de hecho— tenía un lado criminal y que, o bien se curaba, o bien lo mataba yo misma porque, de lo contrario... sería ella la que acabase bajo tierra?

A medida que avanzaba la tarde, la sombra de los edificios se volvía más y más fría. Giré en dirección al sol, hacia el oeste, y me encaminé al Real Jardín Botánico, donde las palmeras parecían fantasmas alargados cautivos del calor que hacía en el invernáculo.

Miles de lugares en los que cometer un crimen. Millones de razones para no confiar en él.

Empecé a correr hacia Kensington.

Para cuando llegué, me dolían los pies. El taquillero, que tenía aspecto de cansado, consultó su reloj de bolsillo nada más verme.

—La Casa de las Palmeras cierra a la puesta del sol; los jardines, a las seis. No le quedan más que unas horas.

—Es suficiente —respondí sin aliento mientras le tendía las monedas.

Me apresuré por los jardines hacia el puente que cruzaba el lago helado. Desde este se veía el invernáculo, en cuyos numerosos paneles de cristal se reflejaban los rayos de sol.

Sentí como si acabase de cruzar una barrera invisible y no me encontrara ya en Londres. Habían desaparecido las multitudes, el humo y el hollín, el estruendo de los carruajes y los chillidos de los vendedores callejeros.

Respiré hondo y abrí la puerta de hierro forjado de la Casa de las Palmeras. Una ráfaga de aire cálido que se escapó por el resquicio me envolvió y me llenó los pulmones de vapor mientras entraba en el atrio abovedado central.

Me quité el abrigo y lo colgué en una rama. Después, me desabroché con torpeza los botones superiores del vestido. Ya empezaba a notar el sudor. No sé en qué momento ocurrió, pero la línea entre este mundo y el otro se difuminó. Volvía a estar en la jungla.

El siseo de los chorros de vapor reemplazaba el sonido de las olas del mar, la maquinaria chillaba como los pájaros de la selva y el vapor me llenaba los pulmones de recuerdos: Jaguar, con aquella cola que movía rápidamente de uno a otro lado; el olor a quemado y a animal sucio en el poblado de los isleños; la sal de la brisa. Aunque pareciera extraño, parte de mí echaba muchísimo de menos la isla, un sitio que había acabado odiando y en el que había deseado la muerte de mi padre. No, en el que había sido cómplice de su asesinato.

—¡Edward! —dije tan alto como me atreví, sin saber todavía si había cometido un gravísimo error al ir allí.

Oí el traqueteo de una cadena por encima de mi cabeza. Las pasarelas de hierro recorrían el invernáculo colgando del techo para que los visitantes pudieran caminar por encima de las copas de los árboles. Una figura bien vestida descendió la escalera de caracol. Era Edward. Se detuvo a unos metros de mí, tan en silencio como el vapor que se acumulaba a la altura de nuestros pies.

—Hola, Juliet.

Solo el hecho de estar allí, en un sitio que tanto me recordaba a la isla, despertó en mi interior una sensación animal que me devolvió al lugar en el que había aprendido a moverme entre los árboles de forma tan sigilosa como las bestias, en el que Edward me había besado detrás de una catarata. Se me aceleró el pulso, pues sentía nostalgia por todo aquello a pesar de lo que mi sentido común me recomendaba a gritos.

Vino hacia mí jugueteando con el reloj de bolsillo de oro. Di un paso atrás.

—Ya te he dicho que todavía soy más fuerte que él. Todavía soy capaz de plantarle cara si noto que quiere salir. No voy a hacerte daño.

—Entonces, ¿qué pasó con la ladronzuela, con Annie... y con los demás? Te has dado prisa en matarlos.

—Siento mucho haberlo hecho, de verdad. Cuando la bestia se hace con el control, es como si me sometiera.

—¿Por qué mata a gente que me ha hecho daño?

Puso cara de extrañeza.

—Eso tendrás que preguntárselo a él, que es quien elige a las víctimas.

—No lo entiendo.

—Tengo la sensación de que puede acceder a mis recuerdos, aunque yo solo soy capaz de ver fragmentos de los suyos. Al día siguiente leo en el periódico lo de los tres cortes en el pecho y he de suponer que el responsable es él. Sé que conocías de algo al abogado, pero no sé nada de los demás. Pensaba que eran víctimas que no guardaban relación contigo.

—Pues ni mucho menos. Todas ellas me habían hecho algo malo.

Los rasgos de Edward se relajaron.

—Ahora lo comprendo. No alcanzaba a entender a qué venía matar a esas personas en concreto. Está intentando protegerte... a su manera.

—¿Protegerme? ¿Por qué?

Me observó de forma extraña durante unos instantes. Mientras lo hacía, me pregunté si estaba loca por haber acudido a aquella cita y, sobre todo, por no intentar matarlo nada más verle.

—Porque está tan enamorado de ti como yo.

Abrí la boca, pero no sabía qué decir. Me interné por un camino que corría entre verdísimos helechos mientras intentaba encontrarle la lógica a todo aquello. Nunca se me había dado bien demostrar emociones y, en aquel momento, formaban complicados nudos que temía no poder desenredar.

—Matar es la opción que él elige. ¿No puede dejar de hacerlo?

—No me harías esa pregunta si supieras lo poderoso que es. Si por él fuera, mataría a todo el que se cruza en su camino, pero intenta refrenarse y, por lo visto, solo se permite matar a quienes te han hecho daño o pretenden hacértelo. —Hizo una pausa—. Intento contenerlo. Mira.

Se llevó los dedos nervudos a uno de los puños de la camisa. No pude evitar fijarme en que tenía los nudillos hinchados y nudosos, iguales que los míos cuando la enfermedad amenazaba con apoderarse de mí. Se desabrochó el puño y retiró la manga hasta dejar al descubierto el antebrazo, que estaba cubierto de moretones.

Ahogué un grito. Los moretones iban del azul oscuro al cárdeno, pasando por el gris amarillento. Un arcoíris de dolor. No podía apartar la mirada de aquel extraño espectáculo, pues me cautivaba. Se llevó las manos a los botones de la camisa.

—Cuando noto que está a punto de liberarse, me encadeno. Solo que a veces no me da tiempo... o rompe el candado.

Se abrió la camisa para enseñarme el pecho. Lo tenía lleno de verdugones y cardenales. Los recorrí uno a uno con la mirada, en trance. Tragué saliva.

—Edward...

Se abotonó la camisa, se bajó la manga y se abrochó el puño.

—Te lo enseño para que entiendas hasta dónde estoy dispuesto a llegar con tal de curarme. No quiero hacerle daño a nadie más, y a ti menos que a nadie. Tu aparición en la salita me ha sorprendido tanto como a ti mi presencia allí. Era consciente de que sois muy amigas pero, de haber sabido que ibas a aparecer, me habría marchado.

—¿Qué haces con ella? Ni siquiera deberías haberte acercado... y resulta que está, como quien dice, dispuesta a huir contigo. Pero ¿a qué viene tal locura?

—Tan solo es un papel —respondió al tiempo que daba, dubitativo, un paso hacía mí—. Es una buena chica, pero me hago pasar por su pretendiente para aproximarme a su padre. Juliet, tú eres mi único...

—No sigas. —Adelanté las manos para acompañar mis palabras—. Por favor, Edward, no digas esas cosas. —Respiré hondo—. ¿Por qué quieres estar cerca del señor Radcliffe?

Se pasó una mano por el pelo.

—Por el plan que tengo para curarme. Tengo en mi poder unas cartas que cogí del laboratorio de tu padre antes de que todo ardiera. Forman parte de la correspondencia que mantenía con uno de sus antiguos colegas y datan de los primeros años tras su desaparición. Durante ese tiempo, ya en la isla, estuvo en contacto con alguien con quien intercambiaba secretos de su trabajo a cambio de fondos y suministros.

Sus palabras me dieron en qué pensar. Así que, ¿durante todos aquellos años en los que había creído que mi padre estaba muerto... él había estado carteándose con alguien de Londres? Me apoyé en una palmera para no caerme. Una vez le había preguntado por qué no me había escrito jamás y me había contado que no podía hacerlo porque pesaba sobre él una orden de busca y captura y las cartas habrían revelado su paradero a la policía. Ahora bien, por lo visto se había carteado al menos con uno de sus colegas cada vez que había querido.

Todo empezaba a encajar.

—¿Las cartas eran para el señor Radcliffe? ¿Era el padre de Lucy su destinatario? Pero si no es científico. Ha ganado todo su dinero con el ferrocarril y ahora se está introduciendo en la industria del automóvil... enviando piezas por toda Europa, creo.

Edward negó con la cabeza enseguida.

—No estoy seguro de que sean suyas; no están firmadas. Fuera quien fuese dicho colega, Moreau quería mantener su identidad en secreto. El correspondiente firmaba «Del King's» a secas. He estado investigando a los miembros del King's Club, empezando por los que estaban más próximos a tu padre, como Radcliffe, pero es muy complicado acercarse a él.

—¿El King's Club está implicado en esto?

Pensé en la fotografía descolorida que colgaba en el pasillo de King's College. El rostro de mi por entonces joven padre irradiaba ilusión, rebosaba ambición. Intenté recordar las demás caras. También estaban Hastings e Isambard Lessing. Los demás nombres se me mezclaban en la cabeza.

—Así que estás aprovechándote de Lucy. Te da lo mismo que se le vaya a partir el corazón... ¡siempre y cuando no se lo arranques antes del pecho, claro está! —Mis palabras estaban cargadas de veneno, pero ni siquiera parpadeó—. Al menos, ¿has descubierto algo acerca de su padre?

Negó con la cabeza.

—Aún no. Hay decenas de personas que encajarían con eso de «Del King's». —Una sombra cruzó sus ojos dorados—. Incluso tu tutor.

Me había llevado la mano al cuello del vestido, pero cuando dijo aquello la dejé caer. ¿El profesor? Las palabras pugnaban por salir de la garganta para negarlo, pero no llegué a pronunciarlas. Las dudas las refrenaron en mi boca. Desde luego, el profesor salía en la fotografía y, además, justo al lado de mi padre. Apreté los dientes y desterré aquellas dudas.

—Fue el profesor quien delató a mi padre. No apoyaba su trabajo.

Edward no contestó y se me heló la sangre. Dos días antes, el profesor me había contado que había conocido a mi padre en el King's Club. Había intentado sacarme información acerca del tiempo que había pasado en la isla, sí, pero me había parecido que, sencillamente, estaba mostrando interés por mí...

Negué moviendo la cabeza de lado a lado con furia.

—No, es imposible. Tiene que ser otro. Ahora bien, da lo mismo, porque sea quien sea el que se carteaba en secreto con mi padre... ponerse en contacto con él es demasiado peligroso.

—No tengo opción. Si conoce el trabajo de tu padre, podría conocer la manera de curarme.

—¡Te utilizará! En la isla, Montgomery y yo juramos que no dejaríamos que las investigaciones de mi padre salieran de allí para evitar que cayeran en malas manos. Por eso quemé su laboratorio, por eso no le permití a Balthasar que viniera conmigo... ¡por eso contribuí al asesinato de mi padre!

Mis palabras, que habían sonado desesperadas, se oyeron por toda la jungla artificial que nos rodeaba. Cerré la boca con fuerza como, si, de esa manera, fuera a conseguir que nunca hubieran salido de ella.

—Soy de carne y hueso, no un diagrama en la libreta de un científico, ¿cómo iban a utilizarme?

—No creas que le resultaría imposible a alguien con los conocimientos adecuados. El otro día vi unos lirios híbridos de Borgoña y sabía con exactitud a partir de qué otros especímenes se habían originado. Si hubiera tenido la oportunidad de diseccionarlos y examinar sus partes sería capaz de decir muchas más cosas de ellos. —Seguí mi discurso entre susurros—: A ti podrían hacerte lo mismo; abrirte para ver cómo te hizo mi padre y, después, recrearte. Piensa en lo que supondría. ¿Cuántos animales morirían en sus mesas de operaciones? Y, probablemente, también humanos. Al final tendrían un ejército de hombres bestia, pero que no estaría contenido en una isla.

Se tocó la cicatriz que tenía debajo del ojo con aire ausente, tras lo que dejó caer la mano.

—¿Y qué otra opción tengo? La bestia seguirá matando mientras forme parte de mí. Y esa sangre, Juliet, también mancha mis manos. No sé de qué otra forma evitarlo.

En mi interior batallaban un millar de emociones. Unas me decían que saliera corriendo; otras, que teníamos el mismo objetivo —encontrar una cura— y que podríamos ayudarnos el uno al otro. Otras me decían que lo abandonara a su suerte; pero, claro, su suerte era la mía. Si había tomado parte en el asesinato de mi padre era para evitar que aquello sucediera. Y no era tonta. Si ese colega de mi padre le echaba mano a Edward... sería cuestión de tiempo que descubriese que yo también era uno de sus experimentos. Si no me andaba con cuidado, cabía la posibilidad de que un día acabase maniatada a una mesa de operaciones.

Maldije entre dientes. ¿Estaría a punto de cometer un grave error?

—Te ayudaré a encontrar una cura.

CAPÍTULO ONCE

Más tarde, a primera hora de la noche, Edward y yo nos encontrábamos en el rellano del ático que tenía en Shoreditch mientras intentaba atinar con la llave. Me había encontrado a Sharkey medio escondido entre los arbustos que había ante la puerta principal del edificio. Debía de habérsele escapado a Joyce para venir hasta aquí, donde sabía que le daba todos los restos de carne que me sobraban de los experimentos. Le había presentado el perro a Edward, que lo había subido por la escalera en brazos. Ver que trataba con tanto cariño a aquel perro callejero hizo que algo se me removiera por dentro.

Durante meses había creído que estaba muerto, lo que no había impedido que pensara en él de vez en cuando. Había sido mi amigo, puede que incluso más, antes de que descubriera la terrible realidad: que en su interior se escondía un monstruo. Creo que me habría sentido más furiosa de saber que no había muerto pero, claro, al pensar que había fallecido lo absolví de sus crímenes y culpé a mi padre por haberlo creado. También me exculpé a mí misma por no haber sido capaz de descubrir antes sus mentiras. Pues aquí estaba ahora, vivito y coleando, responsable de una cadena de asesinatos violentos y, a un tiempo, intentando aprender lo que significaba e implicaba ser humano. Casi todo lo que sabía del mundo lo había aprendido de los libros y, por ende, las formas y los olores de la ciudad —incluso de algo tan común como un perro callejero— debían de parecerle toda una revelación.

Giré la llave en la cerradura y abrí la puerta. Aquella habitación del ático era más que un taller. Era mi retiro, donde me apartaba de la porcelana fina, de las sillas de respaldo alto y de los tés con poco sabor. Me gustaba porque estaba sola, porque me escondía del mundo abrigada con el edredón de retales. Me preocupaba que llevar allí a Edward alterase aquel preciado equilibrio. Sin embargo, al ver cómo le acariciaba la cabeza a Sharkey y se apoyaba en la tosca barandilla de madera, tuve la sensación de que ya encajaba a la perfección.

—Pasa —le pedí en voz baja—. Nadie conoce este sitio. Aquí estarás a salvo.

Me costó mucho pronunciar aquellas palabras... porque era como invitar a un asesino a compartir mi espacio privado. Qué vueltas no dará la vida que, al ver cómo se cambiaba a Sharkey de brazo y le peinaba un mechón rebelde, me sentí de lo más segura con él.

Segura con un asesino. Con Edward. Quizá fuera así como empezaba uno a volverse loco.

Sharkey saltó de sus brazos y corrió a acurrucarse junto a los ladrillos que rodeaban la estufa. Edward entró con aire vacilante, rascándose el cogote, como si no estuviera cómodo en la habitación de una señorita. Encendí la lámpara y le señalé la estufa con la cabeza

—¿Te importaría encender el fuego? Yo prepararé la tetera.

Se inclinó para abrir la rejilla de hierro y cargar la leña. Me daba la espalda. Me mordí una uña e intenté no quedarme mirándolo. No lo recordaba corpulento. Su presencia allí evocaba muchos recuerdos. Un náufrago quemado por el sol, aferrando una fotografía estropeada en la cubierta del Curitiba. Un muchacho que me abrazaba en una cueva, detrás de una cascada. La única persona, aparte de mí, a la que no le asustaba enfrentarse a mi padre, a diferencia de Montgomery.

Con todos aquellos recuerdos dolorosos empezó a molestarme una vez más el lado izquierdo del costillar. Montgomery tenía la fuerza de un caballo, pero ante mi padre era un ser indefenso. Pensé en cuando no era más que una niña y escuchaba por el agujero de la cerradura cómo mi padre le enseñaba el funcionamiento del sistema circulatorio. Me dolía tanto que mi padre se sintiera más próximo a un sirviente que a su propia hija... Quizá no debiera haber culpado a Montgomery, que no tenía familia. Su padre era un marinero holandés al que no había conocido, su madre había muerto cuando él no contaba más que cinco años y no tenía hermanos. Tampoco había en casa más sirvientes de su edad. Era normal que hubiera caído presa del hechizo de mi padre. Cualquier niño que se encontrara tan solo se hubiera aferrado a lo que le ofrecieran, por poco que fuera.

«Y yo le ofrecí mi amor —pensé con ironía—. Lo había elegido a él... pero él no me eligió a mí».

Edward cerró la rejilla y se frotó las manos frente al fuego, sonriéndome con cara de niño. Tenía el corazón tan roto que ni siquiera se me pasó por la cabeza devolverle la sonrisa.

—¿Cómo has conseguido esas ropas? No son baratas. Ni el reloj de oro que llevas.

Se acercó a la cómoda, donde la lámpara proyectaba rayos de luz en su rostro.

—La bestia tiene una habitación en una casa de mala reputación del Soho. A veces me despierto allí. Les roba prendas de vestir y otras cosas a los clientes ricos que tienen más o menos mi peso y medidas. Qué considerado es, ¿eh?

Dudó si esbozar una sonrisa después de aquella explicación.

—No es asunto de risa.

Tragó saliva.

—Lo siento. No pretendía reírme. He estado durmiendo en la habitación de la bestia y he ido vendiendo lo que roba. Sé que no está bien, pero el burdel es una buena tapadera. Además, no sé a qué otro sitio ir. Allí, la gente tiende a ignorar los chillidos que doy cuando me transformo.

Pensar en aquello me dio escalofríos.

—No debes volver allí. Antes o después, alguno de los clientes denunciará que le han robado y si Scotland Yard investiga el asunto y te detiene saldrás en todos los periódicos y el misterioso colega de mi padre no tardará en ponerte las manos encima. —Señalé la cama con la cabeza y aparté la mirada antes de ruborizarme—. Puedes quedarte aquí.

Asintió y permanecimos un rato callados. Sacó el reloj de bolsillo y jugueteó con él para llenar aquel silencio. Caminó hasta la mesa de trabajo, en la que el material de laboratorio estaba en perfecto orden, con el sublimador, los matraces y los viales de cristal dispuestos por altura descendente. Pero no fue eso lo que le llamó la atención, sino los rosales injertados. Acercó la mano para tocar la flor blanca que salía en uno de los arbustos de rosas rojas y la tocó como si la acariciase.

—¿Lo has conseguido tú?

No respondí porque tenía miedo de que señalase lo similares que eran los injertos y los empalmes al trabajo de mi padre, o que tenía colocado el equipo de laboratorio exactamente igual que él.

—Sí —contesté por fin.

—Son preciosas.

Se me llenó de orgullo el corazón. La tetera empezó a silbar y a punto estuve de tropezar con el perro cuando me acercaba para cogerla. Llené la única taza que tenía y se la tendí mientras intentaba hacer oídos sordos a su cumplido.

—Como no acostumbro a tener invitados solo tengo una taza.

—Muchas gracias.

Justo entonces se fijó en el equipo médico.

—Y esto, ¿qué es?

—Lo necesito —respondí de forma apresurada—. El suero que tomo empieza a fallar. Mi padre lo diseñó para cuando era una niña y cuanto más crezco menos efectivo es. Estoy intentando curarme, como tú. —Apoyé la mano sobre uno de los matraces—. Por eso me he ofrecido a ayudarte.

—¿Has logrado alguna mejora?

—Aún no... —empecé a decir pero me quedé callada al fijarme en uno de los libros que tenía en el estante del armario y cuyo lomo brillaba a la luz de la lámpara.

No se trataba sino de uno de mis muchos libros de anatomía, botánica y filosofía, pero aquel resultaba especial. Destacaba entre los otros, como una tentación. O quizá como una acusación. Era el diario de mi padre.

Lo había encontrado en el bote el día en que Montgomery me había dejado marchar a la deriva. Tenía que haber sido él quien lo guardara entre el agua, los víveres y las demás provisiones. Por un tiempo me había negado a tocarlo siquiera, pero cuando descubrí que el suero de mi padre empezaba a fallar, la tentación de leerlo fue demasiado fuerte. Había abierto la cubierta de cuero y había leído las notas, algunas de ellas garabateadas, pero la mayoría escritas con una caligrafía impecable. Había pasado las páginas a todo correr, desesperada por encontrar alguna pista que me ayudara a dar con la manera de curarme. Sin embargo, de nada me había valido. La mitad de lo que contenía no eran sino frases llenas de palabras y números que no tenían relación entre sí.

Toqué el diario con delicadeza, pero no me atreví a sacarlo.

—Mi padre lo anotaba casi todo aquí antes de transferir la información a los archivos que guardaba en el laboratorio. Está la fórmula de mi suero, la que usaba también con los isleños, y he intentado modificarla para adaptarla a mi situación actual. —Retiré la mano del libro—. Hasta ahora no he tenido suerte. La mayoría de lo que pone en el diario son memeces. Diría que, cuando tenía prisa, usaba una especie de taquigrafía inventada por él mismo... que he sido incapaz de descifrar.

Edward no apartaba los ojos del diario.

—¿Dice algo de mí? —Su voz encerraba una especie de esperanza—. Para crearme usó una serie de atributos celulares de la sangre humana. Nunca he sabido de quién era la sangre.

Seguía jugueteando con el reloj de bolsillo. Estaba nervioso y era comprensible. Para él no era solo sangre en un tubo de ensayo. Esa sangre era el único lazo que tenía con una persona que, en cierto modo... era su única familia.

Negué con la cabeza.

—No dice nada, lo siento.

Centró su atención en el equipo químico, en los matraces y en los viales. Ciencias, matemáticas, literatura, aquellos eran los campos en los que se sentía cómodo, pues eran materias que podía aprender en los libros. Si hacía un buen papel a la hora de interactuar en sociedad era porque usaba frases y se apoyaba en escenas de obras de teatro que nadie conocía, pero dudaba que le saliera de forma natural.

—Podríamos intentar desentrañarlo juntos —dije con suavidad—. Nos curaríamos los dos. Solo necesitamos tiempo.

—Me temo que no es tiempo lo que me sobra. A medida que pasan los días, más nos parecemos la bestia y yo. Noto cómo se mete, cómo se infiltra dentro de mí con la intención de hacerse con el control. Todavía soy capaz de retrasar las transformaciones, pero no sé hasta cuándo podré seguir haciéndolo. Al principio solo mantenía su forma unos minutos, media hora como mucho. Ahora ya aguanta hasta dos horas.

Nuestros ojos se encontraron por encima de la llama de la lámpara y volví a tener la sensación de que los tenía más oscuros.

—En cuestión de un mes, quizá menos, es muy posible que se haya hecho con el control.

Abrí la boca. Por eso me parecía corpulento y fuerte, más moreno y con los ojos más oscuros; la bestia se estaba mezclando con él.

—Edward...

—No puedo consentir que eso suceda. Sería como dejar suelto un ser aterrador. Si me permitiese tomar las riendas de mi vida, lo haría. Lo he intentado decenas de veces, pero me lo impide.

Hizo una pausa, desvió la mirada de la luz y prosiguió:

—Montgomery estuvo a punto de matarme y deberías haber dejado que lo hiciera.

—No digas eso —musité.

Le relucían los ojos. Me miró.

—Sabes que es el mejor final para mí. Tu padre no debería haberme creado.

—Pero te creó. ¡Descubriremos cuál es el ingrediente que falta y nos desharemos de la bestia!

Cuánta desesperación contenía mi tono de voz. Ahora bien, ¿desesperación por quién, por él... o por mí, al pensar en cuánto podía perder ahora que había encontrado con quién compartir mis secretos?

—Juliet... —murmuró y me acarició la mejilla con el dorso de la mano.

Sentí calor allí donde me había tocado. Por un instante seguí el movimiento de su mano, pues estaba tan hambrienta como él de contacto humano. Extrañas tentaciones se colaron en mi mente y tuve que desterrarlas, estupefacta ante mi propia reacción. Estaba sola y él era alguien con quien podía hablar libremente, eso era todo.

«Mató a Alice —pensé mientras recordaba a la joven criada de mi padre—. Si te acercas demasiado a él, también podría matarte a ti».

—¿Cómo sobreviviste al incendio? —le pregunté de sopetón, como si no me hubiera acariciado.

—La bestia es fuerte. Se cura con rapidez. Volví en mí y salí arrastrándome del establo antes de que se desplomara. Luego, cogí de la casa todo lo que pude. Como las cartas, por ejemplo.

—Me gustaría verlas.

Asintió.

—Iré al burdel y las recogeré. Además, he de volver a por las cadenas con las que me ato y a por alguna muda.

Di unos pasos de un lado para otro mordiéndome las uñas.

—Edward, de verdad, quiero ayudarte pero no lo haré si... —Tragué saliva al pensar en los cuatro cuerpos sin vida del depósito—. No lo haré si sigues matando.

—Traeré las cadenas por la mañana. Es más débil en las primeras horas del día. Si puede elegir, prefiere salir por las noches.

—Y, ¿esta noche? ¿Me prometes que esta noche no morirá nadie?

Me pasaron ante los ojos la cara de Annie Benton, la de sir Danvers Carew y la de la ladrona pelirroja.

Edward rebuscó entre los viales y cogió uno que contenía una gran dosis de sedante.

—Adminístramelo.

—¿Tanto? Podría matarte.

—Subestimas lo fuerte que me he vuelto. Solo será una noche; mañana tendré las cadenas.

Me tendió el frasquito y lo cogí con cierto recelo. Se lo había comprado a un veterinario que me explicó que se le inyectaba a los animales para tranquilizarlos antes de transportarlos. Si servía para calmar a un león, calmaría a Edward.

—Dame el brazo. Te quedarás dormido en diez minutos; veinte a lo sumo.

Estiró el brazo y le inyecté el calmante en una vena mientras intentaba convencerme de que no tenía otra opción si no quería leer la noticia de un crimen sangriento en la portada de los periódicos de la mañana. Luego, le bajé la manga de la camisa con suavidad.

—Otra cosa. Prométeme que no volverás a ver a Lucy. Estando a su lado la pones en peligro.

Asintió dubitativo.

—Le enviaré una nota.

No me quitaba de la cabeza que nos quedaba un tema pendiente. No aguantaba más y se lo pregunté:

—¿Qué ha sido de Montgomery?

De nuevo me dolió el costado. Era un dolor punzante que aparecía sin avisar. Como si cuando Montgomery había empujado el bote con el pie, lo que hubiera hecho en realidad fuera darle una patada a mi corazón. Le puse el capuchón a la jeringuilla y me mordí la parte interior de la mejilla.

Edward no respondía y yo no dejaba de pensar en el porqué. Puede que lo hubiera matado, o que lo hubiera hecho alguno de los hombres bestia. O quizá Montgomery siguiera en la isla, feliz por no tener que volver a verme.

—Está vivo —dijo por fin, aunque era evidente que ocultaba algo—. Me persiguió durante semanas en la isla. Le dejaba notas en las que le pedía que me diera la oportunidad de explicarme. Pensaba que quizá él pudiera ayudarme a encontrar la cura, pero solo le interesaba darme caza... y yo sabía que, antes o después, daría conmigo. Ahora bien, no ganaría, porque la bestia es demasiado fuerte. Por eso me fui, para que mi otra mitad no lo matara y para encontrar una cura.

Mientras él hablaba, yo jugueteaba con uno de los tenedores

de plata que componían la pila de cubiertos que había robado de casa del profesor y observaba cómo brillaba a la luz de la lámpara. Edward se acercó a mí y bajó la voz.

—Juliet, olvídate de él. Te abandonó. Hay muchas cosas que no te contó.

El tenedor dejó de interesarme.

—¿Que hay muchas cosas que no me contó?

—Como que ayudaba a tu padre, que él mismo dio vida a alguna de las criaturas y lo que es lo peor... —Se quedó callado y desvió la mirada.

—Dilo.

Como se resistía a seguir hablando, solté el tenedor —que repiqueteó contra el suelo— y lo cogí de las solapas del traje con cierta brusquedad.

—Edward, ¿qué otras cosas no me contó?

—Da lo mismo. La cuestión es que le amabas y te abandonó. Yo nunca lo habría hecho. Preferiría cortarme una mano a hacerte daño.

Aún lo tenía agarrado con fuerza por las solapas de la chaqueta.

—Si me dieras una oportunidad... —añadió entre susurros.

Me alejé de él y me dirigí hacia el aparador. Me alejé de sus promesas y de sus ofertas. Respiraba a toda velocidad. El mundo tenía que estar volviéndose loco para que fuera Montgomery James quien me estuviera ocultando cosas y Edward Prince quien me estuviera diciendo la verdad.

Pero Edward tenía razón: Montgomery me había mentido. Me había abandonado.

Cogí el abrigo antes de que le diera tiempo a decir nada más.

—Seguro que el profesor ha puesto media ciudad patas arriba para buscarme. Es muy tarde. Debo irme. Voy a dejar a Sharkey aquí, contigo. La droga te hará efecto en cuestión de minutos, así que cierra la puerta con llave en cuanto me haya ido. Si no estás muy atontado por la mañana, lee el diario de mi padre. Quizá tú le encuentres sentido. Volveré por la noche con suministros frescos.

Así el pomo de la puerta con fuerza. Me daba miedo marcharme. Me aterraba dejarlo allí. Me horrorizaba pensar que por la mañana tal vez apareciera en los periódicos el titular de un nuevo asesinato. Puede que no fuera suficiente con la dosis de sedante que le había administrado. Puede que las cadenas tampoco bastaran. Había visto de qué era capaz la bestia. Tendría que buscar algo mejor con lo que contenerla hasta que encontrásemos la cura.

Me puse el abrigo y eché una ojeada a la habitación. Edward, tan atractivo, miraba su reloj de bolsillo frente a los rosales injertados. Sharkey estaba hecho un ovillo junto a la vieja estufa, a través de cuya rejilla de hierro se veía un buen fuego. Podría haber sido una escena encantadora... pero era dantesca. Cerré la puerta tras de mí con el corazón latiéndome como un caballo desbocado.

Una vez fuera, apoyé la cabeza en la gastada madera de la escalera y cerré los ojos. No sabía si estaba cometiendo el mayor error de mi vida al ayudar a un asesino o si, por el contrario, había encontrado a la única persona del mundo que me comprendía.

CAPÍTULO DOCE

Cuando había salido de casa por la mañana, el profesor estaba tan distraído con la visita del tal Isambard Lessing que no me había preguntado cuándo volvería. Seguro que estaba preocupadísimo e imaginé que encontraría todas las luces de la casa encendidas y una partida de búsqueda reunida en la escalera de entrada.

Sin embargo, según me acercaba a la casa de arenisca sita en la calle Dumbarton, ni siquiera vi luz en las ventanas. La rutina del profesor era de lo más predecible: un coñac después de cenar y lectura hasta las nueve. Luego, en cuanto el cuco cantaba la hora, se retiraba a su dormitorio, en la tercera planta. Sin embargo, por mucho que fuera una persona de costumbres, ¿le habría dicho a Mary que podía retirarse y se habría ido a la cama sin que yo hubiera llegado a casa? ¿Tan imbuido estaría en la discusión con Isambard Lessing que hasta se había olvidado de mirar en mi habitación?

Volví a pensar en el historiador y, de pronto, me di cuenta que el profesor me lo había presentado como uno de los miembros del King's Club. ¿De verdad habría abandonado el profesor el club? ¿Estaría en lo cierto Edward al decir que mi tutor podría ser el colega secreto de mi padre?

Llena de miedos, crucé la puerta de hierro de la verja, avancé de puntillas por la nieve hasta el enrejado y subí por él. Cuando llegué hasta la ventana de mi dormitorio, tiritando de frío, comprobé que no se abría. Lo intenté con todas mis fuerzas, pero no había manera. Miré a través del cristal. ¡Habían cambiado mi cerradura por otra!

«¡Maldita sea!». Aquello no pintaba bien.

Bajé por donde había subido, mientras dudaba si llamar a la puerta y despertar al profesor o evitarlo a toda costa. Por suerte, mientras rodeaba la casa descubrí que Mary había olvidado la ventana de la cocina abierta unos dedos y le agradecí el descuido en silencio. Me aupé torpemente hasta la repisa, metí la mano por debajo de la hoja y levanté la ventana tan en silencio como pude.

La cocina estaba a oscuras y el armario frigorífico y el lavamanos no eran sino grandes sombras. Pasé la cabeza y los hombros y sacudí los pies para deslizarme un poco más.

Casi lo había conseguido cuando alguien me agarró por las axilas y tiró de mí con brusquedad.

Quise gritar, pero no me salía la voz. Luché e intenté arañar a mi atacante, que me tiró sin ningún reparo al suelo, al que caí de rodillas. Me hice tanto daño contra las losetas de piedra que, al cerrar los ojos, vi las estrellas. Llevé la mano al cuchillo que escondía en la bota, pero entre que se me había soltado el cabello y que estaba medio enredada en el abrigo y la falda, no llegué a alcanzarlo. Me retiré el pelo de la cara y vi que una figura oscura se acercaba a la mesa y encendía una cerilla.

El fósforo cobró vida e iluminó el rostro de una mujer. Sorprendida, apoyé la mano en la caña de la bota. «Una extraña», pensé en un primer momento; pero no, aquel pelo largo y suelto de color rubio y los rasgos agraciados de un rostro en cuyos ojos empezaban a asomar las primeras arrugas me sonaban de algo. Su ascendencia germana era evidente, como en el caso del profesor... su tío.

—Elizabeth... —susurré patidifusa.

Encendió el quinqué con calma, como si no le importase lo más mínimo que yaciera hecha un guiñapo en el suelo. Se sentó a la mesa y me señaló una de las sillas que había al otro lado.

—Señorita Moreau, es toda una sorpresa que nos encontremos de esta manera. Aunque imagino que no te importará que te llame «Juliet» a secas, viendo que has arrojado las formalidades por la ventana al decidir colarte por ella.

Me levanté como pude, me senté en la silla y me froté el codo, que también me había golpeado. Hacía diez años desde la última vez que nos habíamos visto, pero apenas había pasado el tiempo para ella. Tenía el pelo, que le caía hasta la cintura describiendo ondas suaves que resplandecían a la luz del quinqué, tan precioso como siempre. A pesar de lo tarde que era, llevaba un sencillo vestido de calle de color rojo pálido, aunque hasta un harapo le habría quedado elegante. Me sonrió y noté que tenía los labios ligeramente torcidos, cosa que, por otro lado, era la única particularidad de una cara proporcionada y tan parecida a la del profesor que me sobresalté.

—¿C-cuándo has llegado?

—Poco antes de la hora de la cena. El profesor se había quedado dormido en la biblioteca y me ha pedido que subiera a saludarte a tu cuarto. Imagina cuál ha sido mi sorpresa al ver que no estabas y que el cierre de la ventana estaba roto.

—Siento lo del cierre. —Tragué saliva con dificultad—. Y lo de colarme por la ventana de la cocina. No quería que el profesor se preocupase.

—Ni yo, que es por lo que le he dicho que te encontrabas mal y que me habías pedido que te dejásemos descansar hasta mañana.

—¿No sabe que no estaba en casa? —Sentí una oleada de esperanza.

—Te he guardado el secreto —respondió mientras me miraba con aquellos inteligentes ojos azules—. Al menos, de momento.

—No se lo cuentes, por favor. Solo había...

Levantó la mano para que me callara.

—Me digas lo que me digas, no va a ser la verdad, pero todos tenemos derecho a tener secretos. Recuerdo lo que implicaba vivir en esta ciudad con tu edad; tener una vida como esta, en la que examinan cada paso que das. El profesor me había dicho que eras inteligente, y el cierre roto de la ventana de tu dormitorio lo demuestra; por eso, en cuanto se ha ido a la cama, he dejado la ventana de la cocina un poco abierta con la esperanza de que lo descubrieras y entraras por ella. Es lo que yo habría hecho. —Se inclinó hacia mí—. Será mejor que nunca vuelvas a escabullirte de casa, o que lo hagas mejor, porque si te pillo de nuevo no me callaré.

Asentí. No me atrevía a mirarla a los ojos. Había decepcionado a la sobrina del profesor sin apenas conocerla. Se puso de pie, se dirigió a la ventana, por la que entraban ráfagas de aire helado que me hacían temblar de frío, y la cerró. Cuando volvió a sentarse a la mesa, su rostro ya no tenía un aire severo, sino que había cambiado ese gesto por otro de profunda preocupación.

«Es como me miraría una madre». El pensamiento me entristeció y me puso nostálgica.

—Bueno, ahora que ya lo hemos dejado claro, dime: no estarás metida en algún lío, ¿verdad?

Sus ojos tenían la capacidad de colarse hasta lo más hondo, más allá de mi pasado y de mis indiscreciones, para concentrarse únicamente en mi bienestar. Que un extraño se preocupase tanto por mí hizo que se me formase un nudo de emoción en el pecho que no supe cómo asimilar.

Negué con la cabeza a todo correr.

—No. Solo ha sido una chiquillada porque quería ir a ver a un amigo.

Enarcó una ceja. Estaba claro que no sabía si creerme o no, pero señaló la escalera con la barbilla, dándome permiso para que me fuera. Me levanté el vestido y me apresuré a salir, aún agitada, y a subir a mi dormitorio, donde me encerré.

No sabía qué esperar de la llegada de Elizabeth. Quizá no fuera sino otra persona más a la que mentir. Ahora bien, lo que no esperaba es que se tratara de una mujer que pensaba como yo y que, por tanto, fuera capaz de adelantarse a mis movimientos. Que fuera capaz de mentir por mí.

Al día siguiente, Lucy y yo teníamos una cita en Diseños Weston para que nos tomaran medidas para el vestido que íbamos a llevar en el baile de máscaras. Elizabeth insistió en que Ellis, el cochero, fuera a buscarme en el carruaje, me llevara hasta allí y me esperara a la puerta de la tienda porque la ciudad estaba sumida en el pánico por culpa del Lobo de Whitechapel.

Mientras avanzábamos por el Strand, oí cómo una decena de niños que vendían diarios gritaban titulares a voz en cuello; todos ellos sobre el Lobo. Retiré la cortinilla y observé que la gente, ávida de noticias acerca del nuevo asesino en serie de la ciudad, se arracimaba en torno a los chicos. En paredes y callejones se habían colgado carteles con su apodo escrito en grandes letras rojas. Incluso vi a un par de hombres y a una anciana rolliza con corazas metálicas parecidas a la del inspector Newcastle, como si el asesino fuese a aparecer a plena luz del día en medio de las calles más transitadas de Londres para arrancarles el corazón allí, delante de todos. Molesta, dejé caer la tela. Aquella ciudad disfrutaba con la violencia casi tanto como la bestia.

Al bajar del coche de caballos me llegó una conversación acalorada. A pocos metros de la tienda de vestidos, Lucy y el inspector Newcastle discutían mientras el carruaje de la policía aguardaba en la calle con la puerta aún abierta. El miedo hizo que se me contrajera el estómago, pero respiré hondo y me concentré en pensar que no estaba allí para arrestarme. De hecho, que Lucy tuviera tan cerca un agente de policía mientras Edward andaba por la ciudad quizá fuera lo mejor que me había pasado en mucho tiempo. Mientras me acercaba a ellos oí el final de la argumentación del pretendiente.

—Solo digo que tu padre tiene razón. Nadie ha oído hablar de la familia de ese hombre. ¿Cómo estás tan segura de que no busca solamente conseguir el dinero de tu padre?

—¡Pues claro que nadie ha oído hablar de su familia! ¡Es finlandés, por amor de Dios!

—Querida, Henry Jakyll es un extraño. Puede que estés ciega de amor por él, pero tu padre ni siquiera lo conoce y, lo que es más...

—¿Es mi padre quien quiere apartarme de él... o eres tú?

Al verme, el policía se cuadró y se alisó las arrugas de la chaqueta que vestía por encima de la coraza.

—Señorita Moreau, es un placer volver a verla.

Lucy me miró sin dejar de fruncir el ceño.

—Bien, ya has llegado. John ya se marchaba.

—Lucy, querida —empezó a decir el hombre, pero se quedó callado al ver que la cara de enfado de la joven iba a más.

Se inclinó y le dio un beso rápido en la mejilla a mi amiga, que giró sobre sus talones y entró como una furia en la modista mientras la campanilla de la tienda repiqueteaba con gran estrépito. El inspector se quedó mirando la puerta como si ni siquiera supiese dónde estaba.

—Me temo que la he molestado —me comentó con un suspiro—. Y no es la primera vez.

Parecía alicaído e intenté pensar en algo que decir para animarlo, pero tan solo conseguía concentrarme en su coraza y en el absurdo fervor del que acababa de ser testigo en el centro de la ciudad.

—Ha desatado usted una moda —le comenté—. Parece que unas cuantas personas han adoptado petos como el suyo a modo de elemento de protección.

Se encogió de hombros con aire humilde.

—Creen que, dado que soy quien dirige la investigación, debo de ser un buen ejemplo que seguir. Tampoco le hace mal a nadie. Quizá incluso le salve la vida a alguien.

Levanté una ceja como para expresar que lo dudaba mucho, pero me pareció que no se daba cuenta.

—No habrá reconsiderado mi oferta, ¿verdad? Me gustaría muchísimo cerrar el caso de su padre. Un ascenso me ayudaría a que Lucy me viera... con mejores ojos. Además, en un caso que le toca tan de cerca, incluso podría quedarse usted más tranquila, señorita Moreau.

Me subí la capucha.

—Lo siento. Aprecio su preocupación pero, de verdad, no puedo ayudarle.

Me dio la impresión de que iba a decir algo más, pero debió de cambiar de opinión y lo que hizo fue acercarse a la puerta de la tienda y abrírmela. Entré a todo correr.

En el interior, un par de modistas levantaron la vista cuando sonó la campanilla. Lucy también me miró. Mi amiga pasaba, enfadada, las páginas de un libro de patrones. Me senté en un diván de color melocotón mientras una de las modistas me acercaba un muestrario de telas y una bandeja con galletas. Toqué varios retales de terciopelo, muselina y seda sin entusiasmo, pues me daba la sensación de que todas picaban por igual.

—John me ha pedido matrimonio —dijo Lucy por fin.

—Oh, vaya.

Miró a las modistas que, a pesar de tener la cabeza gacha, estaban escuchando la conversación. Me cogió del brazo y me llevó tras unas cortinas de seda que le daban privacidad a un pequeño vestidor que olía a perfume francés y en el que había un biombo y una otomana acolchada, sobre la que mi amiga se sentó de golpe.

—Vino anoche a casa y me dijo que ya le había pedido permiso a mi padre. Rechacé su proposición y a la tía Edith se le escapó que Henry había estado en casa tomando el té. Tendrías que haber visto qué pelea.

Noté que temblaba al rememorarlo.

—Lucy, lo siento. ¿Estás segura de que no sientes nada por él? Parece tan... —dudé en busca de un término adecuado con el que describirle— responsable.

Porras. Aquella cualidad jamás atraería a Lucy.

Sus gráciles dedos jugueteaban con los lazos del vestido. Respiré hondo, preparándome para decirle que yo tampoco confiaba en Henry y que lo mejor era que se mantuviera alejada de él, pero se puso en pie como impulsada por un resorte.

—Bah, da lo mismo. Henry me ha enviado una carta a primera hora de la mañana en la que dice que deja la ciudad y que no nos veremos nunca más.

Pese a que intentó esconderlo, noté el dolor que acompañaba a sus palabras.

—Así que, por mucho que quisiera, no podría casarme con él ni aunque papá lo aprobase. Por tanto, supongo que, o me caso con John, o tendré que hacerlo con el hijo de algún vicario gordo. —Se puso seria, lo que no encajaba en absoluto con la atmósfera alegre del vestidor.

Dudé. Había ido hasta allí con la intención de advertirle de que se alejara de Edward pero, por lo visto, este había cumplido su promesa y me había hecho el trabajo.

—Ha tenido que ser duro, pero quizá sea lo mejor. Me dijiste que Henry te aburría tanto como los demás.

Me miró con aire de impaciencia.

—Sí, pero ya me conoces. No soy capaz de admitir que siento algo hacia alguien. Además, Henry es diferente. Lo cierto es que disfrutaba de su compañía... mucho.

Me sentía fatal por no decirle la verdad, que Henry —Edward— estaba ahora mismo en mi ático.

Se acercó a mí de manera un tanto abrupta.

—Somos como hermanas, ¿no? Nos lo contamos todo. Me contaste aquel asunto tan turbio con el doctor Hastings, por lo que... si hubiera algo que me preocupase... debería tener la confianza suficiente como para contártelo, ¿no es así? Algo que no sé muy bien cómo interpretar.

Percibí en sus movimientos un nerviosismo que nunca había visto en ella hasta entonces. Volvió a juguetear con los lazos, observándome con atención.

—¿Sigues hablando de tus pretendientes —pregunté despacio— o te refieres a otra cosa?

Empezó a caminar por delante del espejo de cuerpo entero, que reflejaba los rasgos angulosos de su rostro y el intricado tocado, repleto de horquillas, con el que se había recogido el pelo.

—Es que...

Hizo una pausa.

—Bueno, en realidad no es nada. Es que mi padre está haciendo unos negocios, unas inversiones, que me tienen preocupada. Ahora bien, ¿qué sé yo de esas cosas?

Intentaba recuperar su tono de voz jovial, pero atisbé en sus ojos algo que casi nunca había visto: miedo.

—Lucy, ¿qué está pasando? —dije en voz baja.

Me pidió que me callara con un gesto brusco en cuanto oyó que se acercaban pasos al otro lado de la gruesa cortina. Una de las modistas descorrió la tela y nos preguntó si todo iba bien y si queríamos más galletas.

Después de que le indicáramos que estábamos bien y que podía retirarse, Lucy sonrió con los labios apretados y me respondió:

—Da igual, no pasa nada. No hemos venido para hablar de los negocios de mi padre, ¿verdad? No paro de darte la lata con pretendientes y más pretendientes, ¡lo menos que puedo hacer es ayudarte a elegir un vestido! ¡No pienso permitir que vengas a la fiesta con uno de esos vestidos de solterona que acostumbra a comprarte el profesor! Mis padres quieren que seas una invitada de honor. Así que, vamos, ¡quítate la ropa!

Intenté esbozar una sonrisa acorde con su nuevo tono de voz, pero no me salió.

—¡Venga, no te quedes ahí parada! —insistió—. ¡Quítate ese horrible abrigo y tíralo a la basura! ¡Y esas medias, ya que estamos! ¡Parecen de la década pasada! He elegido un vestido para ti, está detrás del biombo.

Estaba colgado en un perchero de madera. Era de raso rojo, escotado y con unas mangas vaporosas como nubes. Indecisa, toqué la tela con el pulgar y el índice, temerosa de que mi simple presencia pudiera mancharlo. No me los merecía... ni el vestido, ni su amabilidad.

Salí de detrás del biombo con el ceño fruncido.

—Es demasiado para mí.

—¡Por Dios!, ¿cuántas veces he de decirte que ya no eres una friegasuelos?

—Es que este ya no es mi mundo...

—¡Pues claro que lo es! —Puso los brazos en jarras con aire de enfadada, pero entonces una sonrisa enorme le iluminó el rostro—. Ya sé lo que te pasa: ¡no tienes a nadie que te lleve al baile! Pues yo he rechazado a John y Henry me ha dejado... ¡así que yo tampoco tengo a nadie! Ya sé, ¡yo seré tu acompañante!

Su sonrisa era aún más franca, por lo que no supe qué decirle.

Sin embargo, tenía la impresión de que aquella jovialidad suya no era más que una careta tras la que esconder el dolor que le producía el rechazo de Henry y la preocupación por aquel negocio de su padre.

—Lucy, no digas tonterías.

—¡Lo digo muy en serio! Si no fueras tan arisca tendrías a la mitad de Londres detrás. Por eso este baile es magnífico para ti, porque la gracia es convertirse en otra persona!

Sonrió abiertamente y, aquella vez, fui capaz de corresponderle. Desde luego, la idea de ser otra persona me atraía. No la hija de un loco. Ni la chica a la que Montgomery había abandonado. Ni la que encontraba una flor manchada de sangre y la guardaba en su diario.

Lucy me cogió del brazo y me llevó de nuevo tras el biombo. Toqué el escote de encaje del vestido e imaginé su tacto sobre la piel.

—Pruébatelo y, después, decides.

Hice un gesto de impaciencia pero, aun así, me quité el abrigo y empecé a desabrochar la larga fila de botones de mi vestido, que corría por la espalda, a lo largo de la cicatriz.

—Entonces, ¿no debería tener un alias? —le pregunté—. Podría ser una heredera italiana.

Lucy arrugó la nariz. Me ayudó con los botones de arriba y, después, a quitarme el fino vestido y las capas de enaguas.

—Nadie creería que eres italiana. Tu madre era francesa. ¿Qué te parecería ser una baronesa francesa que ha huido de los Radicales? ¡Oh, a los hombres les encantará! ¡Todos querrán salvarte!

Esa vez me reí de verdad, con ganas.

—¡O quedarse con mi supuesta fortuna!

—Sea como fuere, ¡tendrás la tarjeta de baile llena! Además —dijo, arqueando las cejas—, he oído que papá ha invitado a un importante abogado mercantil ¡en edad de casarse!

—Oooh, un abogado... —Fingí que me desmayaba—. ¡Es mi sueño! ¿Sabes si tiene algún amigo para ti? Alguien gallardo, ¡como un registrador de la propiedad!

Mientras reíamos, me quité la última enagua y me quedé en combinación como Lucy, que también se había desvestido. Se me había soltado un poco la trenza, como a ella. Mi sonrisa no era tan radiante porque, al fin y al cabo, también escondía dolor.

Exceptuando a Alice, la joven sirvienta que mi padre tenía en la isla, nunca había tenido una amiga así. Ahora bien, a Alice le habían quitado la vida. Imaginé a Lucy en el lugar de Alice... su frío cadáver sobre el suelo de baldosas, sus blancos pies en un charco de sangre.

«Eso no le va a pasar a Lucy. No lo permitiré», resolví.

Aquel pensamiento conjuró visiones de cuerpos destrozados por afiladas garras y flores manchadas de sangre... y del asesino que ocultaba en el ático.

Mi amiga esbozó una sonrisa pícara y consiguió que se desvanecieran de mi cabeza todas aquellas imágenes preocupantes.

—Tranquila, Juliet, que va a ser una fiesta memorable.

Hice un esfuerzo por sonreír yo también. Memorable había sido el charco de sangre que había dejado Alice. Memorable era descubrir que tu padre te había traicionado. Memorable era una florecilla blanca manchada de sangre fresca.

No quería que la fiesta fuera memorable; preferiría que fuera anodina. Claro que, teniendo en cuenta que Edward estaba en Londres, tenía la sensación de que nada volvería a ser anodino.

CAPÍTULO TRECE

Aquella noche tenía tantos dolores que no podía dormir. Me sentía como si los nudillos se me fueran a salir de las manos y tenía un dolor de cabeza apagado, sordo. Me parecía como si todos y cada uno de los huesos del cuerpo se movieran por sí solos. A pesar de que no había dejado de ponerme la inyección ningún día, los ataques iban a peor. Tuve que pasarme una hora tumbada en la cama, sudando a mares, hasta que se remitieron los dolores.

Hacía ya un rato que Elizabeth y el profesor se habían retirado, por lo que me levanté, aún temblorosa, y rompí de nuevo el cierre de la ventana con ácido clorhídrico mientras rezaba para encontrar otro como el que había puesto la sobrina de mi tutor, de modo que no descubriera lo que acababa de hacer. Abrí la ventana tan en silencio como pude. Caían gordos copos de nieve pero, por una vez, el viento soplaba templado —una pequeña bendición—. Repté por la cornisa y bajé al jardín por el emparrado. Aún notaba doloridos los brazos y las piernas. Me escabullí por calles cada vez más estrechas hasta que llegué a Shoreditch.

Me detuve frente a la puerta del edificio en el que tenía alquilada la habitación. El aire fresco y el movimiento habían aliviado mis síntomas y sin la distracción del dolor podía concentrarme en asuntos más relevantes. Edward me había asegurado que jamás me haría daño, pero... ¿hasta qué punto controlaba realmente a su otra mitad? Metí la mano en el bolsillo del abrigo, donde llevaba un buen peso. Al reemplazar el cierre de la ventana de mi dormitorio, hacía meses, le había pedido al herrero varios candados más, unos pequeños para guardar el suero y mi diario en unas cajitas y otro más grande, que pretendía poner en la puerta del ático. Edward me había comentado que, a veces, la bestia era capaz de romper el candado de las cadenas, pero seguro que aquel no conseguía romperlo. Aunque, ¿de verdad pretendía detener a un monstruo con un candado? Ay, si Montgomery estuviera aquí. Él también era joven y a él también le faltaba preparación, pero siempre me había ayudado a tomar decisiones. A veces me daba la impresión de que su recuerdo se me iba desdibujando en la memoria, como una fotografía vieja.

—¿Qué debería hacer? —susurré en medio de la noche.

Montgomery estaba muy lejos pero no me hacía falta escucharle hablándome al oído para saber lo que me diría: que hiciera todo lo posible por impedir que Edward atacara a otras personas... o a mí.

Saqué el cuchillo y lo escondí entre los pliegues del abrigo por si acaso necesitaba usarlo a toda velocidad. Mientras subía la escalera hasta el cuarto piso, una emoción extraña se me coló entre las costillas y empezó a juguetear con mi cuerpo como si se tratase de otro de los síntomas de mi enfermedad. La puerta estaba cerrada, así que llamé con reparo.

Edward respondió de inmediato. La sorpresa que sentí al ver que la puerta se abría tan rápido y que allí estaba él, disipó el miedo de que fuera a hacerme daño. En sus ojos marrones solo había preocupación. Aferré el cuchillo con fuerza para no olvidar que Edward era peligroso

—Deberías haber preguntado quién era antes de abrir —conseguí articular.

Me envolvió el olor a rosas y alcanfor, que parecía provenir de él. Oí el crepitar del fuego de la estufa y el silbido de la tetera sobre ella, invitándome, ambos, a entrar. De pronto, sentí el estómago vacío y me embargó la idea de que, en realidad, el único lugar que podía considerar un hogar era aquella habitacioncita, con aquel chico que tan bien me conocía —mejor que nadie—. De inmediato me sentí avergonzada por tener aquellos pensamientos. ¿Qué habría opinado Montgomery?

—Reconozco tus pisadas. Digamos mejor que es la bestia la que las reconoce. No compartimos todos los recuerdos, pero hay algunas cosas que se entremezclan. Casi siempre, aquella información que tiene que ver contigo.

Se apartó para permitirme el paso y, hasta cierto punto, me sentí extraña en mi propia casa. Era como si Edward encajase a la perfección entre aquellos rosales retorcidos y cristales esmerilados; tanto, que resultaba difícil de creer que solo llevara allí un día.

Vi a Sharkey hecho un ovillo junto a la estufa, dormido y soñando, y aquel vacío que acababa de sentir en el estómago se hizo un poco más pequeño pero más profundo al mismo tiempo.

—He estado experimentando con el suero —comentó Edward y señaló con el mentón la mesa de trabajo. Cogió unas páginas amarillentas que aún olían a la tierra de la isla—. Estas son las cartas que cogí del complejo antes de que se quemara; cartas dirigidas a tu padre y también algunas que él escribió. Dudo mucho que encuentres algo útil porque tu padre y su corresponsal eran suficientemente cuidadosos como para ocultar su rastro.

Devoré las cartas en cuestión de minutos. La letra de mi padre parecía tan viva que resultaba complicado pensar que nunca volvería a verle. Las misivas hablaban de transferencias bancarias y contenían listados de equipo quirúrgico, además de divagaciones filosóficas, pero Edward tenía razón: nada en concreto permitía averiguar con quién había estado en contacto mi padre en Londres.

Dejé las cartas a un lado y, como si notase mi abatimiento, Edward comentó:

—He leído el diario de tu padre y he intentado descifrar cuanto he podido. He preparado dos variaciones en la fórmula, pero ninguna de ellas ha aguantado más de unos cuantos segundos. Las sales de fosfato que utilizas son bastante viejas. Había pensado en salir a comprar otra remesa.

—¡No! —El grito fue instintivo—. No, tú no salgas. Yo compraré las sales. Tú prométeme que te quedarás aquí.

—Cerca de las cadenas, quieres decir —respondió con tono sarcástico.

—Sí, bueno... pero ¿qué quieres? Eres un asesino. —Saqué el pesado candado del bolsillo—. Le pedí a un herrero que me lo hiciera. Se basa en uno de los diseños de mi padre. Puedes decir lo que quieras de él pero, desde luego, en lo que respecta a los cierres mecánicos, era un genio. Da igual lo fuerte que sea la bestia, porque este candado no va a conseguir romperlo.

Lo dejé sobre la mesa e hizo un ruido sordo. Edward lo cogió enseguida, como si su mera presencia le inquietase, y lo guardó en un cajón.

Mientras lo observaba, me sorprendió lo atractivo que era, a pesar de la cicatriz que tenía debajo del ojo izquierdo. ¿Cómo no iba a enamorarse Lucy de él? Era alguien que no se parecía en nada a los demás pretendientes de mi amiga, todos los cuales —aburridos— vestían igual, hablaban igual y le hacían las mismas promesas tibias. Todo lo que transmitía Edward dejaba patente que provenía de otro mundo que, de alguna forma, era más rico en detalles, como si el mundo real no fuera sino un sueño y Edward lo único que no aparecía difuminado en él.

Me aclaré la garganta y me senté en la silla de la mesa de trabajo. Él se acercó un taburete y, juntos, empezamos a trabajar en el suero. Apenas hablábamos porque apenas necesitábamos decirnos nada. Nos entendíamos tan bien que casi no necesitábamos palabras. Si hacía un gesto hacia las sales, él me las pasaba. Si él anotaba algo en la fórmula original, yo cogía el lápiz y modificaba las cantidades.

La silla tenía el respaldo rígido y yo no paraba de moverme hacia uno y otro lado para que las ballenas del corsé no se me clavaran. Después de una hora de aquel baile, Edward se me quedó mirando.

—¿Te molesta el frío? Puedo echar más leña a la estufa.

Acababa de meterme un tenedor por entre las costuras del vestido para rascarme por debajo del corsé, pero me detuve. Edward me observaba fijamente, sin darse cuenta al parecer de que rascarse con la cubertería no estaba bien visto. Aquella era una de las ventajas de que tuviera un pasado limitado, que nunca sabía, o nunca parecía importarle lo extraños que resultaban algunos de mis actos.

—No, no tengo frío —contesté mientras dejaba el tenedor y me concentraba en pesar con exactitud la dosis—. Es este maldito corsé. Da gracias al Señor por ser hombre y que la prenda de vestir más ceñida que tengas que usar sean los calcetines.

Acabé de pesar las cantidades y por el rabillo del ojo noté que seguía mirándome. Volví a revolverme en la silla.

—¿Por qué no te lo quitas?

Me volví hacia él sorprendida, pero su rostro no mostraba emoción alguna.

—A ver, si te molesta... pues quítatelo.

«Quítatelo». Como si quitarse una prenda interior tan íntima estando a solas con un joven en una habitación fuera tan normal como preparar el té.

—N-no puedo. Ni siquiera tengo un biombo.

Miró a uno y otro lado como si la impropiedad de su propuesta no fuera con él y, acto seguido, volvió a concentrarse en el trabajo mientras se encogía de hombros. Cuanto más tiempo permanecía allí sentada, casi incapaz de respirar, más me sentía inclinada a pensar que el hecho de que la sociedad dijera que algo tenía que ser de una manera determinada, no significaba que fuera lo adecuado. Puede que el comentario inocente de Edward fuera más sensato. Al fin y al cabo, aquel era mi ático. Allí podía hacer lo que quisiera. Ser quien quisiera.

—Maldita sea, tienes razón.

Me puse de pie y empecé a desabrocharme los botones de la parte delantera del vestido, aunque me detuve en cuanto me di cuenta de que Edward no dejaba de mirarme el triángulo de piel que quedaba expuesto en la base del cuello.

—No mires. Date la vuelta.

Se le oscurecieron los ojos cuando los recorrió la chispa del deseo. Me quedé sin aliento. Volvió a concentrarse en el trabajo y, mientras le miraba la nuca, me desabroché los botones restantes hasta la cintura, con dedos temblorosos; luego me di media vuelta y me desabroché el corsé. El aire me llenó de nuevo los pulmones, a pesar de las palpitaciones que me provocaban los nervios. Miré por encima del hombro para asegurarme de que Edward no me estuviera observando y volví a abrocharme el vestido, que notaba suelto sin el corsé. Volví a la mesa con él.

—No entiendo por qué las mujeres lleváis esas cosas —musitó sin levantar la vista del trabajo—. No es natural. Esconde quienes sois en realidad.

Ahora estaba tapada por las capas de la blusa y el vestido nada más y era una sensación emocionante y desconcertante a un tiempo.

—Pues tú más que nadie deberías entenderlo, porque te has pasado toda la vida ocultando quién eres.

—Yo no oculto nada. Yo soy el que ves: estas manos, esta cara. Puede que tuviera que ponerme nombre a mí mismo, pero sigo siendo yo: Edward Prince. —Hizo una pausa—. La bestia es otra cosa muy diferente.

Lo miré con aire de curiosidad.

—¿Crees que tienes dos almas en el mismo cuerpo? ¿Que la bestia y tú no tenéis nada en común?

—No estoy seguro —respondió pensativo—. No, no es que seamos dos almas exactamente. Él y yo somos el mismo pero... al mismo tiempo, no lo somos. Es como si fuéramos dos caras de una misma moneda. —El tono de su voz no indicaba que estuviera muy convencido de sus palabras y, ante mi silencio, se aclaró la garganta y prosiguió—: Pero no deberías tenerme miedo. Tú, no. La bestia te ama demasiado como para hacerte daño.

Abrí la boca. Me debatí entre la necesidad de poner fin a la conversación y el fascinante deseo de continuarla. ¿Qué quería decir con eso de que la bestia me amaba? ¿Cómo iba a ser capaz de amar un monstruo al que solo le gustaba destruir?

—¿Qué se siente cuando te conviertes en la bestia? —Mi voz era un susurro.

Enarcó las cejas y, con dedos nerviosos, buscó el reloj de bolsillo de oro.

—Es doloroso. Me refiero a la transformación física en sí misma. Aparte de eso, se parece un poco a la sensación de ahogarse. Es como hundirse en algo de lo que no puedes salir y, al mismo tiempo, saber que sigues allí, que sigues vivo, pero que hay algo más poderoso que tú. Nunca recuerdo lo que hace, solo fragmentos, como sueños que se te van olvidando y sensaciones que, a veces, pueden resultar bastante vívidas... en función de lo que haga.

—¿Te refieres a cuando mata a alguien? —Seguía hablando en susurros, cautivada pero horrorizada por todo lo que aquello implicaba—. ¿Sientes cómo lo hace? ¿Lo disfrutas?, aunque sea una pequeña parte de ti, esa que tenéis en común. Si sois la misma persona, no me parecería extraño. —Me quedé callada y me humedecí los labios, pues los tenía secos.

Edward me observaba con una expresión extraña.

—No, no lo disfruto —respondió con firmeza. De nuevo había sarcasmo en su tono de voz—. No deberías preguntarme esas cosas. Y tampoco deberías interesarte por él. Es un monstruo.

Parpadeé como si acabase de cogerme de los hombros y me zarandease, pero ni siquiera me había tocado. Me sonrojé, avergonzada. Tan solo era curiosidad, y la curiosidad no era mala ni peligrosa en sí misma, ¿no?

Edward cerró el libro de golpe, aún molesto, y se levantó para caminar arriba y abajo al tiempo que volvía a guardar el reloj en el chaleco.

—Voy a salir a por las sales de fosfato. No te preocupes porque vaya a matar a nadie, tengo a la bestia bajo control. Estaré de vuelta en media hora.

Oí sus pisadas, seguidas de una puerta que se cerraba con un fuerte golpe. Pensé en lo que acababa de explicarme y en por qué me fascinaba tanto la bestia. Me dije a mí misma que se debía a mi amor por la ciencia, nada más. Abrí mi diario y me obligué a concentrarme en la química y a dejar de lado la conversación.

Leí la fórmula una vez más:

- 1 dracma de castóreo
- 80 mg de extracto de glucógeno
- 30 mg de sales de fosfato
- 30 mg de extracto de hibisco
- 10 mg de cada: marrubio, sello de oro y melón amargo.

Instrucciones: calentar sobre una llama moderada y en un baño de nitrato hasta que se mezclen los diferentes aceites. Dejar que se evaporen los aceites esenciales. Nota: para considerar bueno el suero, su textura y su color deben permanecer uniformes cuando se enfría por debajo de los 40º. Si el suero se disocia hay que TIRARLO.

En las siguientes páginas, Edward y yo habíamos garabateado nuestras propias notas: los cambios en dosis e ingredientes, los resultados fallidos, las cantidades modificadas.

La lámpara titiló cuando se coló una ráfaga de aire por las rendijas de la ventana. Trabajaba a toda velocidad, preparando el extracto, y acabé el suero destilándolo sobre el quemador y transfiriéndolo después a un vial de cristal. Cada instante que pasaba esperando a que se enfriase me parecía interminable.

Pasaron cinco segundos y seguía sin separarse. La esperanza me aceleraba la respiración.

Diez segundos.

Cogí un termómetro. Estaba tan impaciente que no podía esperar a la lectura. Marcaba 38º... ¡y aún no se había disociado! Aún.

De pronto, el suero se cortó como cuando se separan el aceite y el agua.

—¡No!

Cogí el vial, lleno de líquido cortado y lo agité con intención de que los componentes volvieran a mezclarse. Pero había salido mal... una vez más. En un arranque de furia lancé el suero contra la pared. El vial se rompió en pedazos y cayó al suelo. Sharkey pegó un respingo y ladró alarmado. Me incliné sobre la mesa y hundí la cabeza entre las manos, sin poder contenerme.

De nuevo había salido mal.

Oí el golpeteo del viento contra la ventana y las vueltas inquietas que daba Sharkey antes de tumbarse de nuevo junto a la estufa. ¿También habría supuesto un reto para mi padre? Cuando él lo hacía, parecía de lo más sencillo. No recordaba haber visto fallar nunca a mi padre, en nada.

«Tu padre sigue estando contigo», susurró una voz en mi interior. Ladeé la cabeza y posé casualmente la mirada sobre su diario, en el que parpadeaba la luz de la lámpara. No era del todo cierto que no hablara en él de los sueros. En una de las páginas del final describía con detalle el proceso que había seguido con un gato.

«Los depósitos de glucógeno son más potentes cuando están recién recogidos —decía—. En muchos casos, marca la diferencia entre que el suero sea un éxito o un fracaso».

—Recién recogidos... —Se refería a la vivisección de un animal.

Miré hacia la puerta para asegurarme de que no oía subir a Edward. Luego, deslicé los dedos hacia el estante combado como si fueran las patas de una araña. La lámpara proyectaba una sombra fantasmagórica mientras los iba acercando más y más al diario, hasta que lo alcancé con el índice. La cubierta de cuero era suave y estaba desgastada. Era un libro que se había usado mucho.

«En muchos casos, marca la diferencia entre que el suero sea un éxito o un fracaso».

Pasé el dedo por la cubierta del diario, comprobé el peso del librito para saber qué presión debía ejercer para sacarlo del estante y empecé a hacerlo. Un par de centímetros. Me detuve.

¿Tan desesperada estaba por encontrar una cura? ¿Por curar a Edward? ¿Tanto como para realizar una vivisección?

Miré a Sharkey, hecho una bolita en la alfombra que había junto a la estufa. Sacudía las patitas mientras soñaba que cazaba conejos. Observé su enjuto costillar, seguí con la mirada cada uno de los huesos, tan prominentes que dibujar un mapa de su cuerpo no supondría ninguna dificultad. Había estudiado suficientes diagramas de mi padre como para saber dónde debía cortar exactamente para extraer el páncreas. Primero tenía que separar las patas traseras y hacer una incisión que fuera desde el abdomen al sartorio, siguiendo siempre la línea rosada del diafragma. El páncreas estaba situado entre la gruesa pared muscular y el bazo. Solo necesitaba cuatro incisiones para sacárselo. A decir verdad, era un procedimiento de lo más sencillo.

Un tronco crepitó en el fuego y el perro se despertó sobresaltado. A mí me sacó de mi ensimismamiento y cerré el diario de golpe antes de dejarlo de nuevo en su sitio con rapidez, como si quemara. Me vino a la cabeza el recuerdo de mi padre, en su laboratorio, diseccionando viva a una pobre víctima que se retorcía, gritaba y manchaba el suelo de sangre. Me puse de pie a trompicones y la silla cayó hacia atrás. Me temblaba todo el cuerpo. Sharkey pegó un salto, preocupado por mí, y se hizo a un lado.

Lo miré. Tenía el morrito húmedo y las patitas, pequeñas. No, no podía hacerlo. Y nunca podría. Que Dios me ayudase, pero antes que hacer algo así ya encontraría la manera de detener a Edward.

Cogí a Sharkey en brazos.

—No pienso hacerlo —le susurré—. No podría.

Pero sí que podría, que era la cuestión. Si quisiera, podría hacerlo.

Era como si el fuego no calentase. Lo único que sentía era el sabor amargo de la cura que me prometía aquel diario... aunque hubiera que pagar un terrible precio por ella.

Salí corriendo del taller a pesar de que era consciente de que Edward se extrañaría al no verme allí. Mientras escapaba y me internaba en la fría noche de invierno, la luna era el único testigo de aquella horrorosa tentación que había conseguido resistir.

«Debería quemar el diario», pensé. Que ardiera, tal y como había ardido el resto de su trabajo.

Me ceñí el abrigo mientras bajaba la escalera delantera del

edificio. Era una noche tranquila, excepto por el viento, que hacía revolotear de un lado a otro los mechones que se me habían salido de la trenza. Mientras regresaba a la calle Dumbarton apenas podía concentrarme en otra cosa que no fuera el suero fallido y el diario de mi padre. Me sentía desnuda sin el corsé; como si estuviera expuesta y todo el mundo se diera cuenta de que no lo llevaba.

En cualquier caso, sabía, por poco que me gustara aquella certidumbre, que nunca destruiría el diario...

CAPÍTULO CATORCE

Los siguientes días conformaron un equilibrio precario de secretos y verdades, de claroscuros. Por las noches me escapaba al ático para trabajar en el suero con Edward y durante el día intentaba mantener una vida respetable con el profesor y Elizabeth, que invitaban a amigos a tomar el té y me llevaban a patinar sobre hielo al lago de Wimbledon, donde me importunaban cada vez que un joven me miraba.

Gracias a Dios, los periódicos estaban en silencio. El Lobo de Whitechapel no había vuelto a atacar y el éxito se atribuía a los avances del inspector Newcastle. Yo sabía muy bien que eran mis esfuerzos los que mantenían contenido a Edward pero, claro está, eso no podía contárselo al *London Times*.

Una soleada mañana, el profesor, Elizabeth y yo fuimos caminando al mercado de Covent Garden en busca de regalos de Navidad para los miembros del servicio. En líneas generales, Elizabeth era muy celosa de su privacidad, acostumbrada como estaba a la soledad y al silencio de los páramos escoceses; y a pesar de que llevaba varios días con nosotros, yo todavía no tenía ni idea de qué tipo de persona era. Le gustaba quedarse despierta en bata hasta bien entrada la noche, con unas gafas que en nada se parecían a los anteojos de alambre del profesor, y beber té con regaliz y un poco de ginebra —aunque ella no estaba enterada de que yo lo sabía— mientras miraba por la ventana las luces de la ciudad dormida.

—¿Has oído hablar de un hombre llamado John Newcastle? —le pregunté al profesor mientras pasábamos frente a un vendedor de vajillas de plata—. Es inspector de Scotland Yard. Lo conocí la semana pasada.

—¿Newcastle? Sí, dicen que es un genio. Se está haciendo un nombre bastante rápido. Por lo visto, finge ser de buena familia, pero su padre era dueño de unas pocas zapaterías, nada más. No le habrás echado el ojo, ¿verdad? ¡Y yo que creía que odiabas a los policías! —dijo, con aquella sonrisa torcida suya.

Solté una carcajada.

—No, ni mucho menos. Está pretendiendo a Lucy.

—Ah. Es ambicioso y, sin duda, eso satisfará al padre de tu amiga.

El profesor me dio unas palmaditas en la mano mientras seguíamos a Elizabeth hasta un puesto de flores, donde quería comprar muérdago.

—En cualquier caso, cariño —agregó el profesor—, no es lo suficientemente bueno para ti, querida. Tú te mereces, por lo menos, un conde. ¡Quizá incluso un duque!

Volví a soltar una carcajada, pero se me cortó de golpe al ver los puestos de flores, que me recordaron mis rosales injertados y el ático en el que refugiaba al asesino más aterrador de la ciudad.

«Pero lo tienes contenido —pensé—. Ahora no le está haciendo daño a nadie».

Esa tarde, una vez en casa, seguía teniendo sentimientos encontrados acerca de Edward. Cenamos *carré d'agneau* y, mientras guardaba en la servilleta algunos de los pedazos con más carne para llevárselos a Sharkey, mis pensamientos saltaban de Edward a las cartas de mi padre. Si mi padre había mantenido correspondencia desde la isla con alguien de Londres durante todo aquel tiempo, seguro que Montgomery era consciente de ello, pues él era quien viajaba de Brisbane a Londres para comprar suministros y quien entregaba las cartas.

Pero Montgomery no me había dicho nada. Más secretos, tal y como había destacado Edward. Aquello impedía que la herida de la traición de Montgomery se cerrara; como si, de hecho, jamás hubiera sabido en realidad qué clase de persona era.

—No somos muy sociables, ¿no? —comentó el profesor—. Faltan dos semanas para el día de Navidad y aquí estamos, en casa, como unos muermos.

Dejé el cubierto y me aclaré la garganta para sacar un tema que sabía que no les iba a gustar.

—He estado pensando en mi padre.

Al profesor se le marchitó la sempiterna sonrisa.

—Es por las fechas en las que estamos —empezó a decir Elizabeth con cariño—, a uno siempre le hacen pensar en la familia.

Y volvió a ocuparse de su plato, como si su comentario pusiera fin a la conversación, pero yo no tenía ninguna intención de dejarlo allí. Tenía que descubrir quién era el colega con el que se carteaba mi padre; demostrar que no era el profesor.

—¿Cómo era al principio? —insistí.

El profesor y Elizabeth intercambiaron una mirada. El primero se inclinó hacia delante y entrelazó las manos.

—Sí, toda joven debería saber qué tipo de persona era su padre. —Se aclaró la garganta—. Cuando lo conocí era callado. Estaba centrado. Me recuerdas mucho a él, aunque tú eres muchísimo más guapa.

Sonreí.

Elizabeth extendió un brazo y me apretó la mano.

—Tu madre era encantadora.

El profesor giró la cabeza, como si oyera voces en la calle, o quizá en su cabeza.

—Era un científico brillante —musitó y, después, casi como si le diera reparo decirlo—: Es una pena cómo se desarrollaron los acontecimientos.

Pensé que estaba hablando de su desaparición, pero el tono de su voz despertó algo en mi mente y me hizo pensar que tal vez se estuviera refiriendo a otro recuerdo más siniestro.

—¿Sucedió muy rápido? —Los miré a ambos—. Lo de su locura, me refiero.

El profesor respiró profundamente.

—Hum. Es difícil determinar esas cosas. Al principio, había veces en las que disfrutábamos juntos de un puro en el hotel Du Lac mientras hablábamos de las posibilidades de la ciencia. Eran maravillosas conversaciones acerca de experimentos que servirían para salvar vidas y mejorar la medicina. Si me lo planteo ahora, es verdad que decía algunas cosas que deberían haberme llamado la atención. Una vez discutimos porque no nos poníamos de acuerdo en si debían o no debían utilizarse conejos vivos en las pruebas médicas. A su entender, aquel asunto no implicaba disquisición moral alguna. Poco a poco, iba encerrándose más y más en sí mismo. Mentía. Tenía facilidad para hacerlo. Hasta el final no nos enteramos de que había estado trabajando por las noches. Ni siquiera tu madre se había dado cuenta. Algunas noches llegaba oliendo a carnicero. Los perros lo seguían por toda la ciudad.

Aquel último comentario me hizo pensar en que Sharkey había empezado a seguirme por la carne que solía llevar en los bolsillos y me empezaron a temblar las manos, que tenía debajo de la mesa. «Como mi padre».

—¿Cuándo supiste que se había vuelto loco?

Mi tutor apoyó las manos en la mesa.

—¿Estás segura de que quieres que hablemos de esto?

Asentí con frialdad mientras Elizabeth se aclaraba la garganta y se levantaba para servirnos más vino. El profesor se inclinó hacia delante. Era evidente que estaba tenso.

—Por aquella época ya habíamos empezado a distanciarnos. Algunos colegas, caballeros que había conocido en el King's Club, me contaban que sus experimentos cada vez eran más radicales, tanto, que el decano había llegado a reprenderlo. Fue entonces cuando murieron mi Helena... y el pequeño Thomas. Seis años tenía. Tu padre no asistió al funeral y nos había contado tantas mentiras y había desaparecido tantas veces, que un día bebí demasiado y, furioso, me enfrenté a él. —Le dio un gran trago al vino—. Tenía un pobre animal en el laboratorio. Un perro, si no recuerdo mal; aunque estaba tan ensangrentado que era difícil asegurarlo. Me dijo que era pionero en una nueva ciencia con la que llevaba años experimentando y que iba a cambiar el mundo. Mientras él hablaba, el perro aullaba de dolor, pero tuve la sensación de que tu padre ni siquiera se daba cuenta.

Me dio un vuelco el corazón. ¡Crusoe! Debía de tratarse de mi perro.

—¿Fue entonces cuando lo denunciaste? —le pregunté haciendo un esfuerzo para que no me temblara la voz.

El profesor se frotó las sienes.

—Estaba claro que se había vuelto loco. No tenía otra opción. Luchamos y el perro consiguió escapar.

Daba la impresión de que se iba hundiendo en la silla, como si aquellos recuerdos le resultaran muy pesados. Yo misma los sentí allí, en el salón, como fantasmas que serpenteaban por entre el bosque de candeleros.

—Después de aquello, ¿no volviste a saber nada de él?

Debía de haber captado el tono extraño de mi voz, porque levantó la mirada y dijo con franqueza:

—¿Saber algo de él? No, querida. Por lo que tengo entendido, nadie volvió a saber nada de él hasta que te topaste con aquel joven ayudante suyo.

Lo miré fijamente a los ojos para escrutar la verdad en ellos. Parecía tan sincero... un héroe que había salvado al mundo de un carnicero demente y se había hecho cargo de su hija huérfana. Me costaba mucho pensar que fuera de otra manera. Pero yo había cometido el terrible error de confiar en mi padre. No me creía capaz de soportar otra traición si resultaba que el profesor me estaba mintiendo.

Elizabeth apagó las velas una a una y se dirigió a mí. El salón lo iluminaba solo la luz que entraba por los altos ventanales.

—Vamos arriba, Juliet. Ya basta de viejos recuerdos por hoy. Te voy a preparar un baño y ya verás lo bien que te sientes después de estar un buen rato en remojo. Te lo prometo.

Mientras el agua casi hirviendo llenaba la bañera con patas de animal, Elizabeth echó en ella unas sales de espuma y el cuarto de baño se llenó de olor a rosas. Me metí en la bañera acurrucada, desnuda debajo de toda aquella espuma, pero no muy consciente de mi entorno. La sobrina del profesor desprendía un aire maternal, a pesar de que no tenía hijos. Empezó a cepillarme el pelo al tiempo que canturreaba una tonada en voz baja, mientras el agua iba subiendo. La melodía era omnipresente, como el vapor, y al cabo de un rato conseguí reconocerla. Era *El acebo y la hiedra*, un antiguo villancico con raíces paganas.

Cerré los ojos y me abracé las piernas con más fuerza al tiempo que apoyaba una mejilla en las rodillas. Me gustaba la manera en que el sonido del agua se mezclaba con el villancico de Elizabeth y, juntos, ahogaban mis pensamientos. Mi madre jamás me había preparado un baño. Cuando era pequeña habíamos tenido sirvientes que lo hacían y, después, tras el escándalo, podíamos considerarnos afortunadas si conseguíamos lavarnos en el agua tibia de la bañera de algún vecino.

—¿No te sientes sola en los páramos?

El cepillo iba de un lado para el otro de mi cabeza y me tiraba con suavidad del pelo cuando se encontraba con algún nudo.

—No —contestó con sencillez—. Tengo criados y hay un pueblecito a pocos kilómetros. Además, cuando siento la necesidad imperiosa de comprarme un nuevo vestido, Inverness está a un solo día de viaje.

—¿La necesidad imperiosa?

Me mostré un poco escéptica porque si bien los vestidos de Elizabeth eran especialmente bonitos porque los lucía muy bien, desde luego, no se podía decir de ella que fuera a la moda.

Se rio.

—Lo normal, a decir verdad, es que la necesidad imperiosa sea de un poco más de ginebra, pero no se lo cuentes al profesor.

El vapor con olor a rosas que me envolvía ocultó mi sonrisa; aunque no tardé en ponerme seria. Parte de mí ansiaba confesárselo todo, la verdadera razón por la que me escapaba por las noches y apenas dormía, y que si Sharkey me seguía era porque yo también olía a carnicero, como en el caso de los perros que habían seguido a mi padre. Deseaba que me diera un beso en la frente y me dijera que yo no era como él. Pero no, nunca se lo iba a confesar. Me resultaría imposible hacerlo.

—Los conocí a ambos, ¿sabes?

Su tono era más suave. Abrí un ojo para mirarla.

—Tu madre tenía seis años más que yo. Pasé la mayor parte de mi infancia en Escocia, en la mansión de mi familia. Todas esas bonitas fotografías que cuelgan en las paredes del vestíbulo... los que salen en ellas parecen gente fina, ¿verdad? Pues, por muy ricos que fueran, eran todos hijos ilegítimos.

Se echó a reír.

—Los Von Stein provenimos de Suiza, pero uno de ellos tuvo un lío con la hija de un lord escocés y así es como mis abuelos acabaron siendo los dueños de la mansión de Balintore. Al profesor no le gusta hablar de ello, pero los Von Stein tienen muchos esqueletos en el armario, como tu familia, sin duda. Cada verano, cuando volvía a Londres, tu madre me llevaba a comer helado o galletas de chocolate como si fuera su hermana pequeña. Yo diría que éramos primas lejanas por matrimonio. Yo tenía dieciséis años cuando tus padres se casaron. Por aquel entonces me parecía un hombre muy mayor y serio, aunque, en cierta manera, atractivo. Recuerdo una ocasión en la que tu madre estaba enferma y fue él quien me llevó a comer helado. Me habló de su trabajo, de que quería salvar vidas. He de admitir que, durante un tiempo, tuve con él ese encaprichamiento típico de las niñas. Imagino que esa es una de las razones que me impulsó a estudiar medicina; aunque casi todo lo que sé lo he aprendido por mí misma.

El cepillo se me enganchó en un nudo y Elizabeth guardó silencio para concentrarse en desenredarlo.

—Debes entender que todo lo que te ha contado el profesor acerca de tu padre está cargado de prejuicios, como es normal. Uno de sus más viejos amigos le había traicionado, lo que le dejó un mal sabor de boca. Sin embargo, por terribles que fueran los crímenes de tu padre, no era malo por naturaleza. Cuando era más joven reía mucho y bailaba con tu madre en los mejores bailes. Si alguien enfermaba en mitad de la noche, no le costaba ningún esfuerzo ponerse una bata por encima del pijama y salir corriendo.

Acabó de cepillarme. La bañera estaba casi llena, por lo que cerró los grifos y el agua dejó de borbotear. Excepto por el sonido suave de las burbujas al romperse, nos envolvió el silencio. Dejó una toalla limpia en el lateral de la bañera, se inclinó y me dio unas palmaditas en la cabeza.

—Siento en el alma que la locura acabase apoderándose de él, pero no lo odies del todo. Hubo un tiempo en el que te quiso con locura y eso es con lo que deberías quedarte. Me dedicó una sonrisa tristona y se secó las manos en la toalla que tenía en el regazo. Luego, me dejó allí, oliendo a rosas, donde permanecí hasta que el agua se quedó tan fría como la nieve que caía con suavidad en la calle.

Esa misma noche, cuando mi tutor ya se había ido a la cama y su sobrina se encontraba en la biblioteca, entré a hurtadillas en el estudio del profesor. La habitación estaba muy ordenada y el gato dormía hecho un ovillo en la silla del escritorio, sobre el que había cartas sujetas con un pisapapeles que tenía la forma del escudo de la familia. En uno de los estantes más altos descansaba un gato montés disecado que alguien debía de haber dejado allí con intención de olvidarse de él.

Buscaba valeriana, una hierba con efectos sedantes que se usaba para tratar el insomnio y el nerviosismo y que mi padre usaba a menudo para calmar a sus hombres bestia. Aunque, a decir verdad, también buscaba cualquier pista con la que descartar de una vez por todas al profesor como correspondiente de mi padre. Miré las cartas. Nada. Abrí los cajones del escritorio y revolví los papeles y cuadernos que el profesor guardaba en ellos. No encontré nada que indicara que no era, lisa y llanamente, un académico retirado de King's College que trabajaba como voluntario en una clínica para pobres los domingos y que hacía generosas donaciones a fundaciones que ofrecían becas médicas.

Aparté un montón de cajas situadas delante de un pequeño armario y tosí por efecto del polvo que salió al abrir la puertecita. Si el profesor se hubiera carteado con mi padre en los dos últimos años, desde luego, las cartas no estaban allí, pues lo que contenía el armarito —un viejo maletín médico y una serie de cuadernos con las páginas apergaminadas— no lo había tocado nadie al menos en una década. Consulté, por curiosidad y con delicadeza, algunas de las páginas amarillas de los cuadernos, que me crujieron entre los dedos. Parecían una herencia familiar. La mayoría de ellos estaban en alemán. Abrí el maletín y encontré lo que necesitaba. Había valeriana tanto destilada como en polvo, y también un buen suministro de castóreo. Cerré el armario y volví a poner las cajas en su lugar mientras me decía a mí misma que, al igual que la cubertería de plata y todo lo demás que le había robado, el profesor no necesitaba aquellas medicinas tanto como yo.

Le di una palmadita al gato, que seguía durmiendo, y subí de puntillas al dormitorio, donde me puse un abrigo que me había dejado Elizabeth. Esa noche tampoco iba a dormir... Abrí la ventana y, mientras salía por ella, pensé que, al menos, ya no estaba sola. Edward me estaría esperando en el ático, junto con Sharkey, las rosas y un buen fuego... y, juntos, enmendaríamos las maldades de mi padre.

CAPÍTULO QUINCE

Cada noche de esa semana, Edward y yo trabajamos en desarrollar un suero entre los rosales injertados y los aullidos del viento que recorría las calles; y cada noche avanzábamos un poquito. La quinta noche, el compuesto aguantó casi veinte segundos sin disociarse. La sexta, lo hizo lo suficiente como para que me diera tiempo a preparar una inyección, pero se desligó instantes antes de que le clavara la aguja a Edward. Sin el ingrediente que faltaba apenas podíamos hacer nada. Me sentía inútil y frustrada, empantanada en un lodazal de culpabilidad. La bestia había dejado de asesinar, pero seguía matando a aquel muchacho por dentro.

La séptima noche en que íbamos a trabajar juntos, con la vista nublada por la falta de sueño, salí por la ventana de mi dormitorio y me apresuré por las calles con un nuevo tipo de quemador que distribuía el calor de manera más homogénea. Subí la escalera hasta el ático y abrí la puerta de par en par. Llevaba el quemador en un bolso y pesaba bastante. Sharkey vino a saludarme de la manera habitual, al trote y meneando la cola como un loco. Me quité la capucha y me arrodillé para cogerlo en brazos. Intentaba liberarse al tiempo que me daba lengüetazos en la cara. Solté una risotada y hundí la cara en su pelaje.

—Edward, traigo equipo nuevo.

Allí me relajaba y no me dolían tanto los huesos.

—¿Me has oído?

Como seguía sin recibir respuesta dejé a Sharkey en el suelo. El ático se componía de una estancia pequeña en la que solo había una mesa de trabajo, una cama y un armario, y un pequeño rincón situado detrás de la estufa, tan oscuro que solo lo usaba para almacenar los materiales con los que realizaba los injertos. Miré en dirección al rincón y vi que una de las gruesas cadenas de Edward se perdía por detrás de la estufa hasta entrar en ella. Me quedé sin aliento. ¿Estaría la bestia allí, encadenada entre las sombras?

Solo la había visto en una ocasión, cuando Edward se había transformado en la isla, poco antes de que se iniciara el incendio. Recordaba el brillo de sus ojos, iguales que los de un animal, y su cuerpo más grande y peludo. Las articulaciones de los pies por un lado y las de las manos por el otro se habían unido de manera que parecía que solo tuviera tres dedos en unos y en otras. De entre los nudillos le salían garras de quince centímetros de longitud.

También recordé su voz. A pesar de que era muy diferente de la de Edward, resultaba tan humana que me había quedado patidifusa al oírla por primera vez. «Estamos hechos el uno para el otro», me había dicho.

—¿Edward?

Sharkey echó a correr hacia el rincón y pegué un grito esperando oír un quejido cuando la bestia lo rajara en dos... pero lo único que se oía era el golpeteo de la cola de Sharkey al menear la cola.

Tiré de la cadena, que traqueteó al acercarla hacia mí. No estaba atada a nada, lo que me aliviaba. Ahora bien, en ese caso, ¿dónde estaba Edward? Me había prometido no salir.

Detrás de mí, de repente, la puerta del ático se abrió con tanta fuerza que golpeó contra la pared. Ahogué un grito y me di la vuelta mientras la cadena se me caía de las manos y producía un estruendo que llevó a Sharkey a esconderse entre mis faldas.

—¡Edward!

El muchacho estaba en el vano de la puerta y la expresión de sus ojos con reflejos dorados mostraba con claridad cuánto se sorprendía de verme allí. Tenía el cuello y las mangas de la camisa rotos e iba manchado de sangre hasta los codos. Se le habían roto los zapatos por las costuras y por el empeine, que estaba agujereado. Agujeros que bien podían haberlos hecho unas garras...

Me llevé la mano a la boca mientras Edward cerraba la puerta a todo correr y se acercaba a mí con urgencia, dispuesto a calmarme.

—No pasa nada. Vuelvo a tener control sobre mis actos. Soy yo.

Pero, así, tan cerca de mí, lo único que yo veía era la sangre que le manchaba la camisa y los brazos, y que aún olía a fresco, a hierro. Aquello no tendría que haber sucedido. Yo lo tenía todo pensado para contener a la bestia. Di un paso atrás intentando no gritar y tropecé con la mesa de trabajo con tanta fuerza que volqué uno de los viales y este, al abrirse, llenó la habitación del olor especiado del extracto de hibisco.

—¡No te acerques!

—Te prometo que no voy a hacerte daño.

—Has matado a alguien...

Se quedó callado y se miró las manchas de la ropa. Era imposible negarlo porque las pruebas le empapaban la camisa.

—Yo no —comentó suplicante—. Ha sido la bestia.

—El candado... las cadenas... Dios mío, Edward, ¿cómo ha podido suceder? ¡Habíamos sido precavidos!

—Ha llegado muy deprisa y no me ha dado tiempo de cerrar el candado. Cada vez me resulta más complicado detener las transformaciones. —Se pasó una mano ensangrentada por el pelo y vi en él a aquel náufrago desesperado que había conocido meses atrás—. Sabías que podía pasar. Es mi maldición.... Por eso estamos aquí; es lo que intentamos detener.

Dio otro paso hacia mí pero di un salto hacia atrás para apartarme de él.

—Nunca llegas antes de las diez... Se suponía que no tendrías que haberlo visto.

—¿A quién te ha obligado a matar en esta ocasión? –pregunté. Exhaló profundamente y se le hundió de nuevo el pecho. Por cómo le temblaban y se le agitaban los músculos, era evidente que estaba exhausto, pero no pude sentir pena por él. Se dejó caer sobre la cama y las sábanas se llenaron de manchas carmesíes. Se cogió la cabeza con las manos, como si estuviera a punto de romperse.

—Sabes que no recuerdo lo que hace. Son solo imágenes nubladas... Ha seguido a un doctor, pero no lo ha atacado. Luego recuerdo callejuelas oscuras y olor a sangre. Lo más probable es que estuviera en Whitechapel, lo que significa que habrá matado a otro rufián que, de cualquier manera, no habría tardado en morir por congelación, borracho en algún callejón.

—Ah, entonces, ¿no pasa nada?

Vi un destello de indignación en sus ojos.

—¡Claro que pasa!

Su ataque de furia asustó a Sharkey, que gimió y vino a esconderse entre mis faldas una vez más.

Un doctor. ¿Habría estado la bestia siguiendo al doctor Hastings? Desde luego, aquel hombre me había hecho mucho daño... ¿por qué no lo habría matado aún?

«No hay duda de que se lo merece. Es una mala persona», pensé, pero me arrepentí enseguida. Considerarme digna de decidir quién tenía que vivir o morir era típico de la arrogancia de mi padre.

Edward se desabrochó los zapatos hasta que pudo quitárselos

de una patada. Tenía los pies llenos de bultos y de sangre coagulada en los lugares por donde le salían las garras; que ya no estaban a la vista, sino ocultas entre los huesos. Me empezaron a doler los pies de solo pensar en aquello.

—No ha cambiado nada, Juliet. Sigo siendo yo.

Me miró con unos ojos que eran la viva imagen de la inocencia. Un niño con un monstruo atrapado en su interior, que no tenía adónde ir excepto aquel ático umbrío, ni más amistad que la mía.

—Lo sé...

El rojo de su camisa me distraía tanto que no conseguía apartar la mirada.

—... Pero es que presenciarlo con esta crudeza...

Empezó a temblarme la mano izquierda y me la llevé al pecho antes de que Edward se diera cuenta de que los huesos se me movían a su antojo. Dejó a un lado el abrigo, roto. Se veía que estaba tan cansado... tan derrotado y desesperado... que parte de mí sentía simpatía por él.

—Sé que no eres un monstruo. Sé que no eres tú quien disfruta matando. Es solo que me resulta complicado trazar la línea que te separa de la bestia.

Entrelacé los dedos de las manos y me senté a su lado en la cama.

—Antes de enterarme de lo de la bestia te admiraba muchísimo. Me salvaste la vida. Me defendiste de mi padre. Sé que eres tú quien hizo todo eso... pero la bestia también está ahí.

Edward se miraba las uñas, llenas de sangre seca.

—De no ser por la bestia —empezó a preguntar con cautela—, ¿me habrías querido?

La franqueza de su pregunta me dejó sorprendida. No respondí por la mera razón de que no sabía cómo hacerlo. Algo se había despertado en su momento entre él y yo; sensaciones que, a mi entender, solo podían darse entre Montgomery y yo. Pero Montgomery me había dejado. Por lo que yo sabía, lo más probable era que no volviéramos a vernos. ¿Significaba eso que debía pasar sola lo que me quedaba de vida?

Edward se acercó con cautela y me tomó de la mano. Tenía las manos mucho más fuertes y grandes que cuando lo había conocido, consecuencia de una naturaleza bestial que empezaba a hacer mella en él. Tenía sangre seca en el reborde de las uñas y las líneas de las palmas de las manos también estaban manchadas. Al cogerme de la mano me ensució. En cierta manera resultaba simbólico, pues la sangre de su víctima también me manchaba las manos... y la conciencia. De no ser por mí, mi padre nunca habría descubierto los procedimientos científicos necesarios para convertirlo a él en un monstruo.

Noté lágrimas calientes que me corrían por las mejillas. Edward me las secó con la parte del puño de su camisa que no estaba manchada.

—Es culpa mía —sollocé—. Si fuera más inteligente... Si hubiera conseguido curarte ya...

—Has hecho lo que has podido.

—Mi padre ya te habría curado.

Se remangó el puño y me acarició la mejilla con el pulgar.

—Tu padre llevaba toda la vida dedicándose a esto, mientras que tú estás empezando. Además, nos estamos acercando.

—Ya, pero ¿cuánta gente va a morir antes de que lo consigamos?

—Hago lo que puedo... —murmuró mientras me acariciaba con ambas manos los mechones de pelo suelto.

El fuego de la estufa crepitaba y chisporroteaba..

—¿O es que acaso piensas que no detendría a la bestia si pudiera? Ya te dije que había intentado suicidarme para conseguirlo, pero que no me lo permitió.

Su voz contenía mucho dolor, odio hacia sí mismo y sensación de culpabilidad.

—No es eso lo que quiero —respondí mientras lo cogía por la camisa empapada y lo acercaba a mí para que no pudiera escapar de las cadenas de mis manos—. No quiero que mueras.

Se me quebró la voz de manera involuntaria. Nos miramos a los ojos. Los suyos me hicieron de nuevo esa pregunta y parpadeé.

—Es decir...

Empecé a aclararle que lo que no quería era que muriera para expiar los pecados de mi padre; no que deseaba que viviera porque lo amaba, sino porque sentía una extraña afinidad por un chiquillo al que mi padre también había hecho trizas, como a mí, y que solo intentaba encontrar su lugar en el mundo entre las sombras más oscuras y el sol más abrasador.

—Es decir... —empecé de nuevo, pero las palabras no llegaron a salir.

Con aquel intenso olor a rosas a nuestro alrededor, cogidos de las manos, yo ya no tenía muy claro lo que quería decir. Mi vida con el profesor era tan afortunada, tan frágil... y la mitad de ella era una mentira. Tan solo podía ser la dama educada y correcta por el día... porque de noche...

Paseé los dedos por los pliegues y valles de su camisa, por encima de la sangre de otra persona.

—En cierta manera envidio a tu otra mitad —dije entre susurros—. Al menos, es libre para hacer lo que quiere.

Edward me observó mientras yo me miraba los dedos.

—No, no lo es. Es tan prisionero como yo porque es esclavo de sus nauseabundos deseos. Cuanto antes desaparezca de mi interior, mejor. Quiero ser una persona justa, nada más. No quiero seguir teniendo moratones ni caminar por la calle preocupado porque de un momento a otro puedo matar a alguien. —Tragó saliva y volvió a cogerme las manos—. Quiero ser alguien que pueda amarte como tú te mereces.

Me quedé sin aliento. Nunca había mantenido en secreto lo que sentía por mí. Incluso en la isla, detrás de la catarata, había dado a entender que me amaba. Yo no le había dado muestras —al menos, no con palabras— de que sus sentimientos fueran correspondidos. Y aun así, no podía negar que muy dentro de mí había algo que me impedía dejar de pensar en él. Incluso estando muerto, Edward Prince había sido un jovencito que me había costado mucho sacarme de la cabeza.

—No digas esas cosas —susurré.

Pero me acarició la mejilla con dulzura y me giró el rostro de manera que lo mirara a él. El olor de la sangre de su camisa se mezclaba con el de las rosas y me mareaba de una manera que nada tenía que ver con mi enfermedad. Lo tenía tan cerca que notaba en el cuello frío su aliento cálido. Removía algo dentro de mí, como si mi animal interior notase a otra criatura parecida a él y empezara a despertar.

—No he sido del todo sincero contigo —me dijo entre susurros—. Te conté que había venido a Londres para encontrar al colega de Moreau con la intención de curarme, pero esa no es la única razón. Ni tampoco es el único motivo de que me convirtiera en pretendiente de Lucy. Quería volver a verte. Quería saber algo de ti, aunque solo fueran los cotilleos de tu mejor amiga. Intenté mantenerme alejado de ti para que estuvieras a salvo de la bestia, pero no podía soportarlo.

Apoyó su frente en la mía y, así, tan cerca de la ventana, su aliento se convertía en vaho y llenaba el espacio que nos separaba. Pero yo no sentía frío.

—Vine a Londres a por ti, Juliet —susurró.

Eran las palabras que tantas otras veces había deseado oír, pero en boca de otra persona, mientras contemplaba el techo de mi habitación y murmuraba «me quiere, no me quiere». Sin embargo, en aquel pequeño taller, refugiados entre los rosales, no parecía que importara tanto quién las decía, siempre que alguien las pronunciara.

Edward me amaba. Lo había arriesgado todo para venir, para estar conmigo. A mi vida en Londres siempre le había faltado una pieza importante; como si a un piano le faltara una tecla. Y ahí estaba Edward, que conocía mis secretos y no me juzgaba por ellos... pues ansiaba llenar el vacío que había en mi vida. Y yo ansiaba que lo hiciera.

Ladeé la cabeza para mirarle y nuestros ojos se encontraron al tiempo que se me enredaban los dedos en sus prendas ensangrentadas. Después de aquello, no tengo claro quién fue el siguiente en actuar; estábamos ya tan cerca el uno del otro, abrazándome él... No noté mucha diferencia cuando nos besamos, cuando le acaricié el cuello y le hundí las manos en el pelo oscuro. Respondió al beso al instante con la respiración entrecortada.

Sabía a sangre y a té amargo y su beso me pareció algo que llevaba tiempo deseando, aunque no me hubiera dado cuenta hasta aquel instante.

Con el corazón a punto de estallar, empecé a desabrocharle los botones para quitarle de encima cuanto antes esa sangre que me recordaba su reciente crimen, pero me sujetó la mano:

—Despacio, Juliet. Hace mucho que anhelo este momento. No tenemos por qué apresurarnos.

Volvió a besarme, con dolorosa tranquilidad. Mi respiración era tan entrecortada como la suya, y su soledad y desesperación, tan profundas como las mías. No me costó hacerle olvidar los castos besos de la infancia. En cuanto susurré su nombre y lo abracé con pasión, estuvo perdido.

Nos dejamos caer sobre la cama y las llamas de la estufa se reflejaron en nuestro rostro. Nos abrazábamos, nos besábamos con pasión. El olor a sangre me asfixiaba, así que le ayudé a quitarse la ropa y la tiramos al suelo. Luego fue él quien me ayudó a desnudarme. No quería pensar en que la mía también estaba manchada.

Nos abrazamos, desnudos, debajo del edredón de retales, y sin la barrera del corsé, las enaguas, la blusa y el vestido, me sentí a millones de kilómetros de Londres y de toda la decencia que la ciudad exigía a sus habitantes, y me entregué a Edward.

Luego, nos quedamos dormidos, abrazados, con los labios magullados y el viejo edredón por la cintura. Soñé con un mar de sangre y con que Edward lo surcaba en un bote que cabeceaba entre las olas. Y también con una isla hecha de huesos.

CAPÍTULO DIECISÉIS

Cuando me desperté estaba sola en la cama del taller. Edward se había marchado y Sharkey, que estaba hecho una bolita encima del edredón, se movía cada vez que lo hacía yo, y me miraba y parpadeaba.

Me senté en la cama. Respiraba con fuerza mientras intentaba recordar todo lo que había sucedido aquella noche. ¿Qué había sido real y qué imaginario? Las sábanas estaban manchadas con la sangre de la víctima de Edward, como mi vestido, tirado en el suelo. Iba a tener que quemarlo, como el abrigo.

Me dolían los nudillos y me cogí las manos con fuerza como si aquello fuese a contener la enfermedad, pero la rigidez empezaba a extenderse a los brazos. No tardaría en sentir dolor en todas las articulaciones y padecer vértigos. De hecho, noté una especie de mareo al mirar por la ventana. Empezaban a verse rayos de sol. Amanecía. El profesor se despertaría en una hora y si yo llegaba empapada en sangre, con el vestido todo arrugado y los labios amoratados...

Oí que alguien giraba el pomo de la puerta y, por un instante, un recuerdo de la noche anterior se me vino a la cabeza: Edward de pie en el vano de la puerta, cubierto de pies a cabeza con la sangre de su víctima.

Volvía a ser Edward, pero se había cambiado de ropa, se había peinado y llevaba en la mano un cucurucho de papel de periódico del que salía olor a castañas asadas.

—He oído al vendedor hace un rato —dijo— y Dickens escribió tantas veces sobre castañas calientes que siempre había querido probarlas. Además, he pensado que igual tenías hambre después de... ya sabes. —No podía evitar sonreír.

Me quedé mirándolo mientras me esforzaba mentalmente por ordenar lo sucedido. Edward y yo nos habíamos entregado esa noche poseídos por una imprudencia salvaje como jamás había experimentado. Ahora, en cambio, con la primera luz del día, tenía la impresión de haber obrado mal. Tiré de las sábanas con tanta fuerza para quitarlas de la cama que Sharkey pegó un ladrido de sorpresa y bajó de un salto.

—Tengo que lavarlas —dije mientras sentía los mordiscos del frío en la piel desnuda. Estaba completamente desnuda, sin prenda alguna.

Cogí la sábana y me envolví en ella mientras Edward, con premura, dejaba las castañas sobre la mesa de trabajo y se me acercaba para detener mis movimientos agitados.

—Juliet, espera. Cálmate. ¿Qué sucede?

—¿Que qué sucede?

Me envolví con más fuerza.

—¿Qué sucede? ¡Edward, hay sangre por todos lados!

—Yo me encargo. Ven junto a la estufa. Siéntate.

Tiró de mí y me guio hacia la silla que había al lado de la estufa. Me cogió las manos entre las suyas, limpias ahora de toda evidencia de la noche anterior, del crimen que había cometido.

Empecé a hiperventilar. Pero ¿qué estaba haciendo, protegiéndole? Ni siquiera sabía a quién había matado esta vez, y él tampoco. Me acarició el hombro y el pelo para intentar que me calmara.

—Lo que hicimos anoche solo es indecente si así lo consideras tú misma. Yo lo arreglaré. He leído cómo se hacen estas cosas.

Solo he de encontrar un cura, pagar la licencia y, cuando estemos casados...

—¿Casados?

Así con fuerza los brazos de madera de la silla.

—¿Casados?

—Pues claro. Pensaba que eso es lo que querías. ¿Acaso no es lo que hacen los hombres y las mujeres después de lo que ha pasado esta noche? Podrías estar... embarazada.

Me levanté de la silla y lo aparté a un lado, con los ojos desorbitados, mientras caminaba de un lado para otro envuelta en aquella sábana que me cortaba la respiración.

—No, es imposible. Hace meses que no tengo el período... desde que el suero de mi padre dejó de funcionar. Y tú... tú...

Quería recordarle que ni siquiera era humano, que tal vez pareciera un chico, hablara como un chico y besara como un chico, pero en realidad era una colección de partes de animales. Ay, Dios, pero ¿qué habíamos hecho?

Me acerqué a la silla y me dejé caer en ella con la mano en la boca. No es que fuera una mojigata. Seguro que la mitad de las chicas que tomaban el té con Lucy cometían indiscreciones con los hombres cuando se prometían con ellos... pero mi caso era diferente. Se trataba de Edward, de un asesino.

—N-no. No quiero casarme. N-no podemos.

Tragó saliva, aunque la esperanza aún brillaba en sus ojos.

—De acuerdo. Sí, tienes razón, deberíamos esperar a que nos hayamos curado. Luego, pasaremos el resto de la vida juntos.

—No, Edward, no me has entendido.

El reflejo de sus ojos titiló.

—¿Qué quieres decir?

—Ha sido un error —pronuncié con la voz quebrada—. Me importas, pero me sentía sola. Necesitaba a alguien...

—Chist. —Sacudió la cabeza demasiado rápido.

—... Pero nunca he dejado de amar a Montgomery. Creía que lo tenías claro.

Por unos instantes, la estancia se quedó en el más completo silencio. Ni el viento golpeaba en la ventana, ni el fuego crepitaba. Tan solo estábamos él y yo, y el nombre de Montgomery entre ambos.

—¿Montgomery? —repitió como un susurro.

No respondí.

Apretó los brazos de la silla con tantísima fuerza que los astilló. Sentí miedo al pensar en lo fuerte que podía llegar a ser Edward y en lo rápido que podía cambiar su humor. Se puso a caminar delante de la estufa.

—Montgomery te abandonó y no ha vuelto a por ti. Yo sí.

El corazón empezó a latirme más rápido. Aquello —hablar de Montgomery allí y en aquel momento— no estaba bien.

—He de volver a casa, es casi por la mañana. He de ponerme la inyección y aquí no tengo ninguna.

Me levanté de la silla casi escurriéndome y recogí el vestido del suelo. Lo sacudí y me lo puse mientras intentaba adecentar las partes manchadas de sangre seca. Cuando fui a por el abrigo, Edward me cogió del brazo.

—Espera.

No me atrevía siquiera a mirarle.

—Volveré por la noche y trabajaremos en el suero.

Pero me sujetaba con una fuerza antinatural. Afuera, el viento me traía en sus aullidos las mismas advertencias que me susurraba el corazón. Volví a pensar en los brazos de la silla astillados y en la facilidad con la que podría partirme los huesos. Me puse a temblar, pero no de frío.

Sharkey levantó la cabeza y empezó a gruñirle a Edward.

—Él nunca comprenderá lo que hay en tu interior —comentó entre susurros—. Él quiere a la hija de Moreau, a la niña que conoció, pero tú ya no eres así. Ya no eres la hija de nadie. Ahora puedes pensar por ti misma, cuidar de ti. Eres Juliet, y eso es suficiente, cosa que Montgomery nunca entenderá.

Con la otra mano me acarició con delicadeza por encima del costillar, pero me retorcí para liberarme de él, sin saber muy bien si debía o no creer en lo que decía.

—E-el p-profesor se va a preocupar.

—Y a mí qué el profesor. No pienso permitir que nada ni nadie se interponga entre nosotros.

Se acercó tanto que noté su aliento en el cuello, cálido, húmedo. Flotaba un hedor diferente en el ambiente, un hedor animal que no era el ligero olor a humedad típico de Sharkey. Era más fuerte, más primitivo. Me sentí como, si en aquel mismo instante, estuviera viendo la tenue línea que separaba al humano de la bestia y que tanta curiosidad me inspiraba.

Curiosidad que, en ese instante, podía suponer mi muerte.

—Te amo, Juliet.

Sharkey se puso de pie mientras gruñía con más fuerza.

Por el timbre de voz de Edward, más grave ahora, supe que el chico que conocía estaba empezando a desaparecer. La bestia estaba acostumbrada a conseguir lo que quería y yo le estaba negando lo que más le interesaba: yo misma. ¿Hasta dónde llegaría para conseguirme? Debía tener cuidado. Mucho cuidado.

—Edward, por favor...

Me cogió de la mano con la fuerza suficiente como para dejarme moratones. Al mirarle a los ojos me quedé sin aliento, pues sus pupilas empezaban a alargarse. En cuestión de momentos, la bestia habría emergido por completo. Se acercó tanto a mí que me rozó el lóbulo de la oreja con los labios.

—No pienso dejar que te vayas.

Era la bestia quien hablaba, no Edward. Él jamás me habría asustado de aquella manera.

157

Sharkey ladró dos veces a pleno pulmón.

—Tengo que irme a casa —dije intentando controlar el temblor de la voz—. De lo contrario, el profesor enviará a la mitad de la policía a buscarme, que no tardará en seguir mi pista hasta aquí. No podemos permitir que encuentren este lugar. Que te encuentren a ti. Volveré esta noche y estaremos juntos.

Me obligué a mirarle a los ojos, a aquellos ojos de animal. Ignoré lo mucho que se le estaban ensanchando los hombros, lo mucho que se le estaba oscureciendo el pelo de los brazos. Esbocé una sonrisa forzada y recé para que lo convenciera. Dejó de asirme con tanta fuerza y, con cuidado, me liberé del agarrón.

Cogí una de las botas e hice el ademán de calzármela, pero el cuchillo que escondía en el interior cayó al suelo con un ruido metálico. «¡Maldita sea!». Me agaché a recogerlo, pero él fue más rápido.

Me sujetó la muñeca con una mano que más bien parecía un grillete. Sharkey rompió a ladrar con tanta fuerza que me lastimaba los tímpanos.

—¡Suéltame!

Hice un esfuerzo por recuperar el cuchillo, pero solo conseguí excitar aún más los instintos del depredador. Mientras me agarraba la muñeca con aquella fuerza, sentía que los huesos de su mano cambiaban y se estremecían, a medida que se iba acelerando la transformación.

Oí un ruido frenético, como alguien a la carga, y vi que Sharkey se lanzaba contra él y le mordía al tiempo que rugía. La bestia lo lanzó por los aires de una sola patada y el perro aterrizó quejándose en la cama.

—¡Ni se te ocurra hacerle daño!

Intenté alejarlo del perro pero, al agarrarlo del brazo, obtuve el efecto contrario al deseado y se volvió hacia mí con mirada lasciva.

—Juliet —musitó con los ojos dilatados y brillantes. La bestia afloraba a toda velocidad—, cuánto te he echado de menos.

Se inclinó para acercarse a mí y me apoyó la frente en la sien para olerme el pelo y la piel. Me acarició la mejilla con los labios y temblé al comprobar, con pavor, lo frío que estaba su cuerpo.

—No puedo evitarlo. Soy lo que soy. Un animal. No puedes culparme por ello.

Me acarició la mejilla con el hocico. Notaba su respiración fría en la piel al tiempo que las últimas trazas de la voz de Edward desaparecían. Aquella voz. Aquella humanidad. El tono era tan profundo que resultaba antinatural y, al mismo tiempo, hablaba como un ser humano, de forma calculada y educada. La criatura que tenía ante mí era más grande, alta y fuerte... Era el mismo cuerpo, pero ahora le pertenecía a alguien muy diferente. No podía evitar tiritar de miedo con cada uno de los escalofríos que me recorrían la columna, ni que se me pusiera la carne de gallina.

Antes de que me diera cuenta, me estaba besando. Y no eran los besos cariñosos y tranquilos que Edward me había dado la noche anterior. El animal estaba saliendo a la superficie y era apasionado, nada apocado; y también estaba despertando algo en mi interior, algo salvaje, temerario, pero hice a un lado esa parte de mí mientras el corazón me latía desbocado y me devolvía al presente. Aquello era lo que me había fascinado de él: que el hombre y la bestia compartieran el mismo aliento... aunque ahora me aterrorizaba.

Pues bien, yo también podía ser un monstruo. Tan solo necesitaba un arma... pero el cuchillo estaba demasiado lejos. Eché un apresurado vistazo a la habitación, en busca de cualquier objeto que tuviera a mi alcance y que pudiera usar como arma. En la mesa había un bote de polvo de potasio y, desesperada, lo cogí justo en el momento en que se oía un sonido terrible, como huesos que se alargan y se deslizan, un sonido que solo había oído otra vez en la vida... cuando la bestia había sacado las garras.

Cerré los ojos mientras cogía el potasio. Noté la punta de tres garras afiladas sobre mi espalda; cuidadosas al principio, pero ejerciendo enseguida la suficiente presión como para rasgarme el vestido y llegar a la piel. Me revolví y las garras me cortaron la parte delantera del hombro. Sentí una punzada de dolor.

—Lucha si quieres —empezó a decirme entre jadeos—, pero no va a cambiar nada.

Sus besos se mezclaban con el dolor que me producían las garras. Dejé caer el bote de potasio. El cristal se rompió en pedazos al estrellarse contra el suelo, lo que lo sorprendió el tiempo suficiente como para que consiguiera liberarme de él y tirar el agua de la palangana sobre el elemento químico, lo que inició una reacción. La mezcla empezó a sisear y a crepitar, a calentarse con rapidez. Me protegí la cabeza con los brazos justo cuando la reacción explotaba y formaba una nube de humo y chispas.

La bestia rugió enfadada mientras yo me alejaba. Con tanto humo era imposible ver nada y, a tientas, intenté dar con el cuchillo, que había caído al suelo. Se lo hundí en el costado y lo obligué a retroceder hacia la mesa de trabajo.

Oí un estrépito de cristales rotos cuando la bestia se precipitó sobre mi equipo. El sonido de utensilios rotos se mezcló con sus gruñidos. Tosiendo, busqué, también a tientas, mis botas en el suelo, llamé a Sharkey y abrí la puerta de par en par. El perro salió del ático como una bala por delante de mí y bajó la escalera a todo correr. Yo salí detrás de él, tambaleándome, con el pelo de la nuca como escarpias, convencida de que la bestia me seguía de cerca.

Llegamos hasta la puerta de la calle, la abrí de un empujón y, una vez fuera, empecé a respirar grandes bocanadas del frío aire de invierno. No sé cómo, pero me encontré corriendo por la calle, mientras el perro me seguía de cerca. Lo veía todo borroso, solo fogonazos mezclados con el humo químico. La nieve que caía. El crujido del hielo. Lámparas resplandecientes y guirnaldas de Navidad. Y, de pronto, Sharkey ya no corría a mi lado. Se había perdido entre las calles. Pero no podía detenerme. No podía volver a buscarlo.

Desaparecí en la ciudad de humo y acero y ni una sola vez miré atrás.

CAPÍTULO DIECISIETE

Subí por el emparrado del jardín y entré en mi dormitorio pocos segundos antes de que el cuco diera las siete de la mañana. Cosa de un minuto después, las tablas de arriba crujieron por el peso del profesor, que bajaba la escalera camino del comedor. Lo único que podía hacer de momento con las prendas ensangrentadas era esconderlas debajo de la cama. Luego me puse un camisón y me acosté. Tenía la sensación de que se me había olvidado hablar, mantenerme en pie o hacer cualquier otra cosa que no fuera permanecer entre aquellas colinas de almohadas, encogida en posición fetal, agarrándome las rodillas con fuerza.

No podía dejar de pensar en la forma en que Edward se había transformado en la bestia. La lenta elongación de las pupilas, la manera en la que se le habían rasgado los nudillos para que salieran las garras. Me bajé el cuello del camisón y me toqué los cortes inflamados y rojos del hombro. Durante todas aquellas noches entre las viejas paredes de madera del taller, junto a la crepitante estufa, me había reconfortado la presencia de alguien que compartía mi secreto. Había llegado a sentirme feliz. Qué tonta había sido. Ahora, además, había perdido a Sharkey.

Llamaron a la puerta.

—¿Señorita Juliet? —La voz de Mary me llegaba desde el otro

lado de la puerta—. Un mensajero acaba de traer una carta para usted.

—Pásala por debajo de la puerta —respondí con voz bronca.

Oí el crujido del papel mientras la mujer hacía lo que le había pedido. Esperé hasta que dejaron de oírse sus pasos para ponerme un jersey con el que tapar las heridas del hombro y recogí la carta. El lacre que la sellaba aún estaba fresco. Rasgué el sobre y saqué una hojita de papel con tres sencillas palabras escritas en ella:

Por favor, perdóname.

Hice una bola con la hoja y la tiré al fuego. Observé cómo los bordes se oscurecían y se retorcían sobre sí mismos. Quería que le perdonase, pero ¿cómo iba a hacerlo? Parte de mí quería echarle la culpa de todo a la bestia. Él era la culpable, no Edward. Aunque, ¿no había dicho el propio Edward que eran como las dos caras de una misma moneda? Cuanto más tiempo pasaba, más próximos estaban la bestia y él.

Estaba claro que yo no era rival para la bestia en lo tocante a la fuerza física. La única manera de detenerla era curando a Edward... pero ¿cómo iba a poder estar de nuevo en la misma habitación que él después de que la bestia casi me hubiera rajado de arriba abajo?

«Y después de lo que habéis hecho en esa cama», me susurró una vocecita.

Caí desplomada al suelo. Otra vez estaba sola. Podía decírselo al profesor y a Elizabeth, pero ya me consideraban bastante inestable sin añadir todo aquello a la receta. Sin Edward, no tenía en quién confiar.

Me pasé la mañana dándole vueltas a la cabeza. Me daba miedo salir de la habitación. Me daba miedo quedarme; al fin y al cabo, la nota que me había enviado quería decir que podía encontrarme allí adonde fuera.

Horas después, volvieron a llamar a la puerta. Esta vez era Elizabeth.

—Juliet, ¿otra vez estás enferma? ¿Quieres que te suban el té? Y tranquila si has cambiado de opinión respecto a lo del baile de máscaras de esta noche, puedo enviar una nota para decir que no asistirás.

¡La fiesta de los Radcliffe! Se me había olvidado por completo. Lucy debía de pensar que era una amiga horrible, ¡y eso que no sabía lo que había hecho aquella misma noche con el hombre al que ella amaba! Doblé el cuerpo y me cogí la cabeza con las manos. La voz de Edward se me coló en la cabeza: «No pienso permitir que nada ni nadie se interponga entre nosotros».

Me senté. Un cosquilleo de preocupación me recorría la columna. Al decirme eso, había supuesto que se refería al profesor o a Montgomery pero ¿se detendría ante algo? O, mejor dicho, ¿ante alguien? Al fin y al cabo, Lucy se interponía entre ambos. Edward sabía que mi amiga tenía una voluntad muy fuerte, que haría cualquier cosa para protegerme. ¿Sería capaz de hacerle daño a ella con la intención de tenerme solo para él?

Me peiné el pelo hacia atrás con los dedos y abrí la puerta. Elizabeth pareció sorprenderse por efecto de mi repentina energía y me miró como si sospechara de mí.

—No, no he cambiado de opinión. ¿Qué hora es?

Elizabeth le echó un vistazo al reloj de cuco del descansillo.

—La una y cuarto.

—Me vestiré en casa de Lucy. Mi máscara y mi vestido ya están allí. Por favor, pídele a Ellis que tenga preparado el carruaje a eso de las tres.

Se mordió la parte interior del labio como si no se creyera una palabra. Pues que pensase lo que quisiera; al fin y al cabo, nada de lo que imaginase sería peor que la verdad.

—Entonces, nos veremos allí por la noche. El profesor no va a venir, ¡y eso que Radcliffe le ha prometido su mejor coñac! —Hizo una pausa—. La verdad, me apetece divertirme un poco.

Por la tarde, Ellis me dejó frente a la casa de Lucy. La puerta de hierro de la verja estaba abierta de par en par como si pretendiera atraerme al interior. En el jardín había una buena cuadrilla de trabajo que se dedicaba a barrer el camino de entrada y a colocar entre los árboles candelas que se encenderían por la noche, cuando llegasen los invitados.

No quería molestarles, así que rodeé la casa, camino de la puerta de servicio, que era por donde entraba a hurtadillas a ver a Lucy cuando sus padres no aprobaban nuestra amistad. Me resultó extraño doblar aquella esquina y ver los setos pisoteados por las botas de tantísimos trabajadores y el suelo sucio de sal de la calle y de todo tipo de porquería. Era como mi vida pasada... una vida a la que no quería volver bajo ningún concepto.

Un carro de reparto esperaba en el callejón. Los caballos del tiro piafaban, impacientes. No podía ni imaginar todas las extravagancias que el padre de Lucy habría comprado para la fiesta: mantelerías de encaje tejidas con hilos rojos y verdes, velones de todos los tamaños, cajas y cajas de champán. Vacilante, llamé a la puerta de los sirvientes, que abrió Clara con cara de cansancio. Iba a echarme la bronca, pero en cuanto me reconoció se le iluminó la cara.

—¡Señorita Juliet! ¿Por qué no ha entrado por la parte de delante? Bueno, da lo mismo. ¡Dese prisa, que Lucy la está esperando!

Me hizo un gesto para que pasara, cerró la puerta casi sin aliento y se limpió las manos en el delantal.

—Sígame, que la acompaño arriba antes de que me echen en falta. Dios mío, no se hace a la idea de cuántos pedidos nos están llegando hoy.

Nos sobresaltamos al oír un grito en la cocina, seguido del graznido de un ganso y del estrépito de sartenes. La criada me llevó apresuradamente por la despensa y subimos una escalera estrecha hasta el primer piso, donde vi de reojo el salón de baile en fase de preparación, con su enorme abeto de Navidad, los suelos abrillantados, los trabajadores subidos en escaleras y las sirvientas con bandejas de plata llenas de bocaditos. De pronto, me di cuenta de que ya íbamos camino del segundo piso, donde estaban los dormitorios.

Allí, por suerte, gracias a la mullida alfombra y a los pasillos casi vacíos, no había tanto ruido y empecé a relajarme. Hasta que oí a alguien maldiciendo en el dormitorio de la izquierda.

—¡Oh, al diablo! ¡Y este puñetero lazo también!

Suspiré aliviada. Solo Lucy maldecía de esa manera y se le permitía. Clara me llevó por el pasillo alfombrado hasta la habitación de mi amiga y asomó la cabeza por la puerta.

—Clara, estos tirabuzones me están dando muchos quebraderos de cabeza. Por favor, dile a Molly que suba.

—Sí, señorita. Por cierto, la señorita Juliet ha llegado.

Oí una conmoción, como si algo de metal se cayera al suelo y, a continuación, la cabeza despeinada de Lucy apareció por el vano. Llevaba puesto un corsé y una combinación con detalles de encaje, los lazos de los tirabuzones estaban a medio atar y tenía los ojos especialmente azules, grandes y bonitos.

Me agarró mientras emitía una especie de gruñido y tiró de mí hacia el interior de la habitación.

—¡Serás...! ¡Ya creía que no ibas a venir!

Me encontré frente a un tocador en el que se veían lazos, cepillos y un bote de polvos faciales volcado. Daba la impresión de que hubieran dejado suelto un animal salvaje por la estancia.

Cogió una máscara de la mesa, una delicada maravilla de color negro y púrpura que solo cubría los ojos y de uno de cuyos lados salían brillantes plumas verdes, como si se tratase del ala extendida de un pájaro a punto de alzar el vuelo. Era la máscara más preciosa que había visto en la vida, pero Lucy me la mostró como si fuera una vulgar lata de alubias.

—Mi madre eligió esta para mí, pero la detesto. —Se dejó caer en el banco del tocador y dejó la máscara a un lado—. Es tan aburrida... ¡Seguro que a John le encanta!

Me adelanté para poner bien el bote de polvos faciales. El maquillaje, los lazos y el jarrón con lirios del tocador no encajaban con lo que había venido a decirle. Ay, ojalá la fiesta no fuera esa noche y pudiéramos bailar y beber champán y pasar una última noche a solas antes de hacer saltar su mundo en pedazos con mi confesión. Pero Edward estaba por ahí, en algún lado, y mi amiga merecía saber la verdad acerca del hombre del que se había enamorado.

Mientras tarareaba una cancioncilla dulce y se admiraba en el espejo, me acerqué a la puerta y la cerré con cuidado. Mi amiga tenía delante un surtido de brochas y polvos y coloretes y se debatía entre cuál aplicarse primero y cuál después.

Respiré hondo.

—Lucy...

—Como no empieces a prepararte nos perderemos el baile.

Tomó una brocha gorda y empezó a aplicarse polvos en las mejillas. Seguí junto a la puerta, sin saber cómo ordenar las palabras que se me agolpaban en la garganta. Me miró exasperada, de modo que me acerqué al tocador y empecé a juguetear desganada con un colorete. Los lirios de la mesa copaban mi atención. Las flores se atenían a las leyes de las matemáticas, algo que poca gente sabía. Si uno se fijaba bien, era evidente la repetición de los patrones. Intenté hacerlo, fijarme bien... pero Lucy chasqueó los dedos y me miró a los ojos por el espejo. Su mirada era inquisitiva.

—Juliet, ¿qué estás pensando?

Su voz tenía un timbre más suave de lo normal. Para los demás, tendía a elevar el tono, a exagerar con sus palabras. En cambio, allí, en la intimidad del dormitorio, había dejado de actuar. Lo menos que podía hacer era mostrarle la misma cortesía.

Me senté en el borde del banco, a su lado.

—¿Recuerdas cuando dijiste que éramos como hermanas y que siempre nos lo contaríamos todo?

Asintió muy despacio.

—Te he mentido respecto a lo de la isla.

Abrió los ojos de par en par, pero no dijo nada. Dejó la brocha encima de la mesa, se puso de pie y fue a la puerta para cerrarla con llave. Luego, volvió a sentarse a mi lado.

—Lo sospechaba —susurró, pero sin que en su voz hubiera atisbo alguno de enfado—. Desapareciste hace un año y, cuando volviste, cuando te encontré en aquel hospital, delgada como una ramita, medio loca y sin un penique, repitiendo una y otra vez que habías encontrado a tu padre pero que había muerto, sabía que había algo que no me contabas. —Miró hacia la puerta—. Venga, dime qué es.

Nunca habría pensado que me resultaría sencillo reducir las vivencias de todo un año a una conversación corta y susurrada en el silencioso dormitorio de Lucy, pero en cuanto le relaté que había llegado a la isla y que había descubierto los secretos de mi padre, la historia me salió sin más. Le conté lo de Montgomery y le dije que nos amábamos, pero que él había preferido quedarse allí en vez de volver conmigo. Le hablé de los hombres bestia, tan amables y aniñados al principio; y de que había presenciado cómo mi padre los creaba en aquel laboratorio de color rojo sangre; de cómo habían sufrido después una regresión hasta convertirse en monstruos. No dijo ni esta boca es mía en el tiempo que duró mi relato. Estaba pálida y había perdido la voz.

Justo antes de contarle lo más duro —lo de Edward—, decidí hacer una pausa. Había dicho que lo admiraba. No era sencillo revelarle que el chico era en realidad una de las creaciones más fascinantes de mi padre... y el famoso asesino en serie de Londres.

—Hay más, pero... —Su lividez me hizo dudar porque pensé que saber lo de Edward haría que el corazón se le rompiera en pedazos; así que tragué saliva y dije—: Mi padre se carteaba con alguien de Londres, alguien del King's Club. Hay cartas...

Me quedé callada al ver la reacción de su rostro. Había permanecido en el más completo silencio durante mi relato pero, de repente, se puso roja como un tomate.

—¿Cartas? —susurró—. ¿Cartas? Ay, Dios mío, Juliet...

Antes de que me diera tiempo a decir nada, me abrazó con la fuerza de la desesperación y noté que el corazón le iba tan rápido como a mí el mío.

—Sé que es difícil de creer —añadí mientras le devolvía el abrazo, con más fuerza si cabe.

—No, no... no lo entiendes. Ay, si me lo hubieras dicho antes... Si lo hubiera sabido... —Me agarró con fuerza por los hombros—. Juliet, yo tampoco te lo he contado todo. —Tragó saliva—. Sé lo de las cartas.

CAPÍTULO DIECIOCHO

Sentí como si me apretaran el corazón.

—¿Qué quieres decir?

Oímos pasos en el corredor y mantuve la boca cerrada hasta que se alejaron; lo más probable es que fuera una de las doncellas, pero me había asustado. Parecía como si los martilleos y las discusiones de los trabajadores, abajo, se produjeran a kilómetros de distancia. En la habitación de Lucy solo se oía el ligero crepitar del fuego y el tictac del reloj de pie, que estaba en el pasillo.

—Cuánto me gustaría que me hubieras contado antes todo esto, Juliet. Ahora hay muchas cosas que encajan... y la situación es peor de lo que había imaginado. No pensaba que todo esto estuviera relacionado con...

Empezó a subirme un cosquilleo por todo el cuerpo.

—Lucy, no tengo ni idea de lo que estás hablando.

Tomó aire y, cuando habló, lo hizo despacio y en voz baja:

—¿Te acuerdas de cuando estuvimos en la tienda, comprando los vestidos? ¿Recuerdas que te dije que había encontrado unos documentos acerca de los negocios de mi padre y que estaba preocupada? Eran cartas, Juliet. Las encontré en su escritorio. No había nombres, solo códigos, pero era evidente que estaban escritas de puño y letra de mi padre. Hace tiempo que aprendí a falsificar su letra para firmar cheques bancarios. Estoy segura de que era su caligrafía.

De repente, sabía a ciencia cierta a qué se estaba refiriendo. Edward había llegado a Londres con un puñado de cartas que un colega le había escrito a mi padre, algunas de las cuales no se habían llegado a enviar. La identidad de ese colega era desconocida y el muchacho sospechaba de una decena de personas, incluido el padre de Lucy.

—Tenía razón... —musité. Me puse de pie con tanta violencia que el florero tembló y los lirios que contenía temblaron con él—. Es tu padre —dije más alto—. En las cartas, tu padre se refiere a sí mismo como «Del King's», ¿verdad?

—¿Cómo lo sabes? —Estaba confundida.

La cabeza me empezó a dar vueltas, frenéticamente, mientras intentaba averiguar qué significaba aquello. Me aliviaba saber que no era el profesor el colega con el que se carteaba mi padre, sino el padre de Lucy. Ahora bien, si había algo que sabía a ciencia cierta, era lo terrible que es desconfiar del propio padre.

—Porque no eres la primera persona que me habla de las cartas. ¿De qué hablan?

Frunció el ceño.

—De transacciones comerciales en su mayoría. Recibos y cuentas bancarias. Unos cuantos temas a los que no les encuentro sentido, como un listado de libros de la Biblia. En las cartas se mencionan los experimentos de pasada y otros detalles que no entendí cuando las leí. Hablan de un ayudante llamado Montgomery y de sirvientes con nombres extraños, como Balthasar, que me suena a personaje de Shakespeare. Todas estaban firmadas con un alias: Paracelso.

—Paracelso... Era un antiguo alquimista. Mi padre tenía su libro en uno de los estantes del estudio.

Recordé a los hombres bestia de mi padre, los sirvientes con nombres extraños a los que aludía mi amiga. Balthasar, Áyax, el pequeño Cimbelino. Pero qué tonta había sido al pensar que mi padre centraría sus miras solo en la isla. Era demasiado arrogante. Cómo no, quería que el mundo conociera la ciencia que había desarrollado.

—¿Había notas científicas entre las cartas? Diagramas, anotaciones... ese tipo de cosas.

Negó con la cabeza.

—No. Las cartas hacen referencia a las investigaciones y descubrimientos, pero mi padre debe de guardar en otro sitio las que hacen referencia a ellos. —Se apoyó en el tocador, estupefacta—. P-pensaba que tu padre y el mío s-solo se conocían por la amistad de nuestras madres...

Recordé la fotografía que colgaba en el pasillo del Departamento de Investigación Medica de King's College.

—Tu padre y el mío eran viejos conocidos. Pertenecían a una asociación profesional llamada King's Club.

—He oído a mi padre hablar de ella, pero por encima. No es académico. La mayoría de sus negocios tienen que ver con líneas de ferrocarril y marítimas, e inversiones...

Era evidente que le estaba dando vueltas a la cabeza en busca de alguna conexión, pero yo ya sabía cuál era. Los suministros, los barcos, la buena porcelana... Había dado por hecho que mi padre tenía una cuenta bancaria secreta con la que pagaba todo aquello a pesar de que, cuando desapareció, nuestros acreedores nos hubieran hecho ver que el hombre estaba casi en la ruina.

—Estaba invirtiendo —dije—. Invertía en las investigaciones de mi padre. ¿Has hablado con alguien de esas cartas? ¿Con la policía?

Se echó a reír con amargura.

—¿Con el inspector Newcastle como pretendiente? Nunca arrestaría al hombre que podría convertirse en su suegro. Además, las cartas por sí mismas no demuestran nada. Solo me llamaron la atención por la gran cantidad de dinero que enviaba a ultramar. Hasta que no me has contado tu historia y me he dado cuenta de que los nombres y los detalles encajaban, no sabía que tu padre fuera el destinatario de esas cartas.

Puso la mano sobre el vestido de seda de color verde extendido sobre la cama.

—Si mi padre estaba involucrado en todas esas cosas terribles a las que se dedicaba tu padre, ¿cómo podemos estar seguras de que no se dedica a ello también? ¿De que no coge animales y los abre en canal, les enseña a hablar, les inyecta sangre humana...?

Parecía que hubiera envejecido un año en los últimos diez minutos.

—¿Tiene laboratorio? —le pregunté.

—No. Jamás le he visto mostrar el más mínimo interés por la ciencia. Pero suele hacer viajes de negocios que duran días. Nunca sé adónde va ni qué es lo que hace.

Se puso de pie y empezó a caminar por la habitación. Era difícil ordenar toda aquella información. Llamaron a la puerta y se oyó la voz dulce de Molly.

—Señorita Lucy, ¿necesita que la ayude con el pelo?

Descorrí el pestillo y abrí la puerta un resquicio, lo suficiente para decirle a la chica que nos arreglaríamos el pelo la una a la otra. Los invitados no tardarían en empezar a llegar. No podíamos evitar que se celebrara el baile. Puede que entre los invitados llegara también Edward, enmascarado y peligroso, y que me pidiera disculpas de nuevo.

Pasé los dedos por el vestido de seda roja que colgaba del biombo. ¿De verdad me lo iba a poner para asistir al baile como si no pasase nada? ¡Pasaba algo muy gordo! El techo bajo el que estábamos cobijaba al colega de mi padre... y quién sabe qué pretendía hacer con la información que este le había enviado.

—Todavía no te he contado lo peor —susurré.

Lucy dejó de dar vueltas y me miró. En sus ojos advertí sorpresa y miedo, y no era plato de buen gusto tener que ser yo quien se lo dijera.

—Henry Jakyll no es quien tú crees.

Arrugó la frente.

—¿Henry? ¿Qué tiene él que ver con todo esto?

—Tiene mucho que ver. —Retorcí la tela del vestido—. No se llama Henry; se llama Edward Prince y sé muy bien quién es. Nos conocimos en un barco, cerca de la isla de mi padre, y me ha seguido hasta aquí. —Dejé resbalar la mano por la seda—. Lucy... es una de las creaciones de mi padre.

Esperaba que gritase, que se desmayase... pero se sentó en el borde de la cama, encima de su vestido, sin importarle lo más mínimo que lo estuviera arrugando. Estaba tan blanca como si hubiera visto un fantasma.

—No te entiendo.

—Te he contado cómo creaba mi padre a los hombres bestia. Con la mayoría de ellos recurrió a la cirugía para recolocar las articulaciones de los huesos e injertar piel nueva de modo que parecieran casi humanos y pudieran hablar. Sus facultades mentales, no obstante, nunca iban más allá de las de un niño. Sin embargo, desarrolló otra técnica en la que no necesitaba la cirugía para nada. Combinaba componentes humanos y animales mediante procedimientos químicos que alteraban la carne del animal en el plano celular. La criatura a la que dio vida era muy superior a todas las demás; de hecho, podría considerarse una nueva raza. Era capaz de pensar con la misma racionalidad que un ser humano, podía leer y podía sentir todo tipo de emociones. Su aspecto era completamente humano, a diferencia de los anteriores experimentos. —Hice una pausa y me retorcí las manos, nerviosa—. Al principio, ni siquiera yo sabía que era una de sus creaciones...

175

—Para. ¡Para! ¡Lo que estás diciendo es imposible!

Oí el tintineo de cascabeles afuera. Llegaban los primeros invitados. Se nos acababa el tiempo. Me mordí el labio y me retorcí las manos con más fuerza.

—No, no lo es. Lo he visto con mis propios ojos. Parece humano y, desde luego, tiene un lado humano que hace que se muestre agradable, generoso; pero también tiene un lado sombrío. En la isla se produjeron una serie de asesinatos... en los que a las víctimas les arrancaban el corazón.

Entrelacé las manos con fuerza. No sabía cómo proseguir, pero vi en la expresión de Lucy que no era necesario que lo hiciera.

—Es Henry, ¿verdad? —me preguntó entre susurros—. O, bueno, Edward. Él es el Lobo de Whitechapel, ¿no?

Me miraba fijamente a los ojos con la esperanza de que le dijera que no, pero no quería tener más secretos con ella.

—Le dije que se alejara de ti... por eso te envió la carta. No quería que estuviera cerca de ti por si acaso no conseguía controlar su transformación en algún momento y corrías peligro. Lo siento. Lo hice pensando en ti.

La sensación de culpabilidad me dolía en el costado, como una costilla rota. No estaba siendo del todo sincera con ella... porque también me había acostado con él.

Bajó un poco el mentón para indicarme que me había oído y empezó a morderse una uña.

—¿Qué vamos a hacer?

Se oyó el ruido de la puerta principal al cerrarse y las risotadas de los recién llegados ascendieron por la escalera. Respiré hondo, me acerqué a la cama y cogí su vestido.

—Nos vamos a vestir y vamos a bajar antes de que empiecen a echarnos de menos. Quiero que permanezcas toda la noche cerca del inspector Newcastle. Siempre va armado, así que con él estarás a salvo... porque cabe la posibilidad de que Edward aparezca. Si le ves, prométeme que no hablarás con él.

Se mordió el labio.

—Pero si Henry... es decir Edward... también está envuelto en esto, ¿no podría ayudarnos?

La chispa de esperanza que había en sus ojos me hizo ver que lo que sentía por él no se había debilitado a pesar de las terribles verdades que acababa de contarle acerca del muchacho. Me incliné hacia delante, la cogí del brazo e insistí:

—Te he dicho que es peligroso. Tú no has visto cómo se transforma. Se le hinchan los músculos y parece que se le revienten los tendones. Se le oscurecen los ojos y se le entrecierran como a los animales... y le salen unas garras de entre los dedos.

—¡Para!

Se tapó la cara con las manos. Me di cuenta de que yo tenía una mano suspendida ante su rostro, como una garra retorcida que me dispusiera a clavarle igual que Edward había hecho conmigo. Lucy lloraba. Estaba claro que él le importaba de verdad. ¿Me correspondía a mí pisotear aquel afecto? Tenía la responsabilidad de protegerla de él... pero si encontraba una cura que hiciera desaparecer a la bestia, Edward no volvería a ser un peligro para ella. No tenía razones para oponerme a que fueran novios. Entonces, ¿por qué me daba un vuelco el corazón y me enfurecía al pensar en ambos como pareja?

Mientras ella lloraba casi en silencio con las manos aún en la cara, me senté en el banco del tocador intentando desentrañar mis propios sentimientos. ¿Se debería a lo que había pasado entre nosotros la noche anterior?

«Pero eso fue un error —me dije a mí misma—. Un error que no volverás a cometer».

—Es demasiado peligroso, Lucy —dije por fin—. Sé que lo quieres, pero su mitad siniestra va haciéndose con él y ya ni siquiera yo me siento segura a su lado. Por eso te lo he contado, para advertirte.

—A pesar de saber las cosas tan terribles que ha hecho, sufro al pensar que está solo ahí afuera... que le están dando caza como si fuera un animal... que no tiene a nadie en quien confiar... —Lloriqueaba entre frase y frase.

El reloj de pie volvió a dar la hora desde el pasillo y Lucy miró en dirección a la puerta.

—Oh, no... ¡la fiesta está empezando! —Se secó los ojos—. Esperarán que bajemos. Ayúdame a ponerme el vestido. ¡Corre!

Cogimos el vestido de seda verde y la ayudé a pasarlo por la cabeza. Le abroché los botones de la espalda con urgencia y, después, me vestí yo. Le di la espalda mientras me ajustaba el amplio escote a la altura del hombro para que nadie viera las marcas que me había dejado en él la bestia.

—No sé cómo va a ayudarle que le demos de lado. Seguro que le resultaría más fácil controlarse si tuviera un refugio adecuado, comida y medicinas —comentó mientras se ponía ante el espejo y empezaba a arreglarse el pelo con movimientos rápidos y diestros.

—Te aseguro que puede cuidar de sí mismo. Lo mejor que puedes hacer para ayudarle es enseñarme las cartas. ¿En qué piso está el despacho de tu padre?

—Ay, Juliet, pero ahora no, ¡que está llegando todo el mundo!

—Tu padre estará ocupado. Puede que no volvamos a tener otra oportunidad en mucho tiempo.

Se mordió el labio, se acercó a la mesa y cogió nuestras máscaras. Luego, me tendió unas horquillas y me dijo:

—Vale, pero péinate, por amor de Dios, que pareces una salvaje con el pelo suelto.

Descorrió el pestillo de la puerta y se asomó al pasillo, que estaba en calma. Los únicos ruidos que se oían eran los de la fiesta, que empezaba ya en el piso de abajo. Me puse las horquillas como pude mientras avanzábamos corriendo por el pasillo. Me apretaban los zapatos, pero poco podía hacer al respecto en aquel instante. Bajamos por la estrecha escalera de servicio tan en silencio como dos ratoncillos, enfundadas en los elegantes vestidos de baile, hasta que llegamos a un largo corredor con puertas a ambos lados. Lucy se acercó de puntillas a una de ellas y pegó la oreja para oír. Al poco rato, giró el picaporte.

El despacho del señor Radcliffe era diametralmente opuesto al de mi padre, tan meticuloso con el orden que siempre dejaba el escritorio recogido al final del día, excepto un plumero con cuatro plumas estilográficas y una resma de papel para tomar notas. Por contra, el del padre de mi amiga estaba cubierto por un caótico batiburrillo de papeles arrugados, y de cajas y entregas apiladas por el suelo y en la única silla que había en toda la estancia. De las paredes colgaban retratos con marcos bañados en oro que, sin lugar a dudas, eran de sus ilustres ancestros.

—Encontré las cartas en una de estas pilas —dijo mientras se apresuraba hacia el escritorio—. Recuerdo el aspecto que tenían. Si siguen aquí, las encontraré.

Empezó a revolver entre los papeles sin orden ni concierto. Por lo visto, les venía de familia. Se me iba acelerando el corazón con el sonido de los papeles. Rebusqué un poco, pero no había manera de encontrar nada en aquella desorganización, compuesta en su mayoría por páginas de libros de contabilidad y cuentas de negocios ferroviarios. Largos pedidos de motores de automóvil por parte del gobierno francés, una compañía de investigación holandesa y un particular alemán que debía de ser más rico que Midas. Encontré una carpeta rígida de cuero con el sello del King's Club repujado y respiré con fuerza.

Sin embargo, en su interior no encontré nada que nos resultara de utilidad; solo correspondencia acerca del orfanato de cuyo mecenazgo se encargaba el club, junto con un listado de los miembros actuales de la organización y de sus caritativas donaciones en lo que iba de año. En la lista había veinticuatro nombres entre los que, cómo no, se encontraban el propio Radcliffe, el doctor Hastings e Isambard Lessing, el historiador alemán al que había sorprendido discutiendo con el profesor. También reconocí algunos otros nombres, como el de Arthur Kenney, dueño del *London Times*; el del embajador francés, Claude Rochefort; unos cuantos lores y nobles, y varios miembros del Parlamento. Empecé a sentir una sensación de vacío en la boca del estómago. No tenía ni idea de que los integrantes del club fueran tan notorios, tan influyentes y que tuvieran contactos en Francia, Alemania y otros países.

Acabé de revisar unas cuantas pilas de papeles, pero no encontré las cartas de mi padre, por lo que decidí buscar en las cajas —envío de un sastre muy reputado—. Levanté una tapa. Era una caja llena de camisas blancas nuevas que aún olían a tiza de sastre. Había una caja más pequeña que contenía pañuelos con el monograma de los Radcliffe. Dejé aquella caja a un lado y abrí una sombrerera alta de color azul.

El primer vistazo me hizo dar un salto al tiempo que ahogaba un grito. Lucy me miró desde la mesa y le señalé la sombrerera con mano temblorosa. Todavía sentía la necesidad de ponerme a chillar.

—D-dentro de la caja... —conseguí decir con el aliento entrecortado—. No es un s-sombrero.

Se acercó con cautela e hizo ademán de agacharse para abrir la caja, pero la cogí de las manos y tiré de ella hacia la puerta.

—Pero las cartas... —empezó a decir.

—Olvídate de las cartas, ya volveremos más tarde a por ellas.

—¡Pero es que...!

—Lucy, ahí dentro hay un cerebro —le expliqué entre susurros.

Abrió los ojos como platos y se apartó de la caja.

—¿Estás segura?

—Sé muy bien el aspecto que tiene un cerebro humano preservado en un tarro de formaldehído. Tenemos que irnos de aquí. Vayamos al baile y actuemos como si no pasase nada. Tu padre no debe sospechar siquiera que lo sabemos.

—¿Cómo quieres que me comporte con normalidad sabiendo que guarda un cerebro en una sombrerera?

—Pues vas a tener que hacerlo. Vamos.

Abrí la puerta y cogí las máscaras mientras salíamos. Corrimos hasta la escalera de caracol. Desde allí la música se oía más fuerte. Me puse la máscara y le dije a Lucy que hiciera lo propio con la suya. Nos apresuramos por la escalera hasta el piso en el que se celebraba el baile pero, antes de llegar, nos topamos con un hombre alto que presidía la fiesta. El hombre giró su demacrado rostro hacia nosotros. ¡Era el señor Radcliffe!

Se me hizo un nudo en el estómago. Conocía a aquel hombre desde que era una niña... pero ahora era todo un extraño para mí. Durante el tiempo en que mi madre y yo prácticamente nos moríamos de hambre en la calle, él sabía que mi padre seguía vivo. Se carteaba con él. Le enviaba dinero. Y, ahora, resulta que guardaba en su despacho órganos preservados, quién sabe con qué propósito.

Me miró a los ojos. Él los tenía de un azul tan pálido que parecían casi tan blancos como el pelo de las sienes. Tuve que esforzarme por seguir respirando con la máscara puesta.

—Ah, Lucy, así que aquí estás. Tu madre te estaba buscando.

—L-lo siento, p-papá. He tenido que ayudar a Juliet con el pelo.

Seguía envarado en la escalera, sin dejar de mirarme.

—Así que la de la otra máscara es usted, señorita Moreau. Sigue dándonos problemas, ¿eh?

Por su tono de voz, daba la sensación de que estaba bromeando, pero no sonreía. Nos ofreció un brazo a cada una.

—Si me permitís. Mi hija y los invitados de honor no deberían entrar en el baile sin acompañante.

Miré a Lucy. No teníamos más remedio que obedecer. Le tomé del brazo y mi amiga hizo lo mismo. Así, del brazo de un monstruo, entramos en el baile de máscaras.

CAPÍTULO DIECINUEVE

El baile ya había empezado y los invitados bailaban sin parar cuando bajamos del brazo del señor Radcliffe la escalera de caracol. La música subió de volumen para darnos la bienvenida y trajo consigo delicadas notas de risas, acompañadas de olor a canela y a abeto. Yo avanzaba con precaución, bizqueando a través de los agujeros de la máscara e intentando no pisarme el dobladillo del vestido. Lucy tenía más práctica en estas lides y parecía como si se deslizase por el aire. Nadie habría dicho que acababa de enterarse de que el joven al que amaba era un asesino y de que su padre guardaba cerebros en sombrereras.

Desde la escalera, el ir y venir de los invitados parecía un mar colorido. Parejas enmascaradas con trajes y vestidos resplandecientes bailaban al ritmo del vals que tocaba el cuarteto de cuerda acomodado junto a las brillantes velas que iluminaban el árbol de Navidad. El enjambre de invitados era tan denso que me daba vueltas la cabeza.

Así la barandilla con fuerza por instinto, al notar que se me endurecían las articulaciones de la mano. El vértigo, el dolor de los artejos... la enfermedad me atacaba por culpa de la presión. Me mordí la cara interna de la mejilla de forma nerviosa, con la intención de intentar superar los síntomas con voluntad, hasta que sentí el sabor de la sangre. Una nota aguda tocada de repente por el violinista me hizo ahogar un grito.

El señor Radcliffe me miró. Sus ojos, desenmascarados, parecían dos microscopios que intentaban analizar mis pensamientos. Me aclaré la garganta y dejé que acabara de guiarnos por la escalera. Una vez abajo, besó a Lucy en la mejilla, cubierta por la máscara, y me dedicó a mí un saludo con una caballeresca inclinación de cabeza. En cuanto pude retirar la mano de su brazo, le cogí la mano a Lucy y la arrastré hasta el caos.

—Juliet, ¿qué vamos a hacer? —me susurró.

—Prométeme que vas a permanecer cerca del inspector Newcastle —le respondí yo, también entre susurros, mientras buscaba al hombre entre la multitud—. Sé que no estás interesada en él, pero es policía. Con él estarás a salvo. No te apartes de su lado ni un instante y, mañana, ven a verme a casa. Ya decidiremos qué hacer cuando podamos hablar en privado.

Asintió y nos mezclamos entre los invitados. Las parejas de baile avanzaban en movimientos circulares al ritmo del vals y nos separaron a la una de la otra. Intenté hacer caso omiso del vértigo que me estaba invadiendo y me giré, buscando a Lucy, pero lo único que vi fueron antifaces. Los zapatos, además de hacerme daño, resbalaban en aquel suelo pulido, por lo que tuve que apoyarme en una ventana.

Una chica con una máscara preciosa me miraba sin quitarme ojo. De pronto me di cuenta de que me encontraba ante un espejo, no una ventana, y de que la chica era yo. Con aquel vestido de seda rojo y la máscara no me había reconocido. La chica del espejo parecía una persona más feliz, digna de formar parte de aquella multitud. Su máscara —mi máscara— era de dos colores; una mitad blanca y la otra de color rojo oscuro, a juego con el vestido. Así era como me sentía, como si me faltase una mitad... la que se había quedado en la isla. Aquella era la más fuerte, la que sabía cómo moverse en silencio por el sotobosque de la selva, la que se había enfrentado a una bestia con garras de quince centímetros, la que se había opuesto a mi padre. Esa otra mitad sabría qué hacer.

Debajo de la máscara me temblaban los labios. Lo que estaba sucediendo me superaba. Avancé entre la muchedumbre a empellones mientras percibía mi propio aliento, húmedo y cálido, sobre la careta de papel maché. Noté en la boca la espesa pasta de harina y papel de periódico. Periódico... titulares... podría estar cubriéndome el rostro con noticias de los asesinatos de Edward. Empezaba a asfixiarme. La cinta con la que me ataba la máscara me estaba irritando la piel y tenía ganas de arrancarme el antifaz para respirar aire fresco.

¿Dónde estaba Lucy? ¿Cada vez había más invitados o eran imaginaciones mías?

Por el rabillo del ojo vi la galería acristalada y avancé hacia ella tambaleándome. El picaporte me resbalaba porque tenía la mano sudada. Lo giré y salí a la fría noche, a la soledad que me ofrecía el mirador vacío. Me agarré a la barandilla y solté el lazo de la máscara con urgencia hasta que conseguí quitármela —sin importarme que se me estropeara el peinado— y respirar a bocanadas.

Se veían las estrellas. No era habitual en Londres, donde el hollín que soltaba el carbón por las chimeneas y las luces de las fábricas contaminaban el cielo. Me froté los hombros porque tenía un poco de frío. Los setos y los macizos de flores del jardín —vacíos estos últimos— estaban cubiertos de nieve. Lucy y yo solíamos jugar al escondite entre aquellos setos, hacía toda una vida ya.

Le di la vuelta a la máscara y la contemplé. La pintura roja se había corrido un poco y alguna de las lentejuelas se había caído al desabrochármela con tanta ansiedad.

«¿Será así como se siente Edward, como una persona dividida, partida en dos mitades?».

La puerta se abrió y escuché unos pasos detrás de mí. Me giré y me topé con un hombre alto que llevaba una máscara dorada. Di un paso atrás por instinto, con miedo a que mis pensamientos hubieran hecho que Edward se materializara allí mismo.

—Hola, señorita Moreau.

El hombre se quitó la careta y vi que tenía el pelo castaño y unos dientes muy blancos que me resultaban conocidos. Se trataba de John Newcastle. Hacía dos semanas, la mera presencia de un policía me habría aterrado, pero ahora tenía preocupaciones mucho mayores que aquel inspector colado por mi mejor amiga.

—Inspector.

Hizo un gesto hacia la fiesta.

—Necesitaba usted un poco de aire fresco, ¿verdad? No es la única.

Me tendió su copa de champán, pero rechacé su ofrecimiento con la cabeza. Si me emborrachaba bajaría la guardia, algo a lo que no me atrevía, en especial ahora que ni él ni yo, las dos personas más adecuadas para proteger a Lucy, estábamos junto a ella.

—No, gracias.

—¿No debería estar usted con Lucy? Yo diría que lo está buscando.

—¿En serio? —Dejó de observar las estrellas al oír aquello y me miró con cara de sorpresa—. Pensaba que no quería volver a verme. Seguro que le ha contado lo de mi proposición.

Asentí.

—No pierda la esperanza —respondí mientras buscaba la más mínima pista de un vestido de seda verde a través de la puerta acristalada—. Quizá se precipitara al hacérsela. No la presione tan pronto.

Se apoyó con aire casual contra la barandilla de ladrillo sin soltar la copa de champán.

—He de reconocer, señorita Moreau, que tenía la impresión

de que no le caía bien a usted, por lo que su consejo me resulta el doble de sorprendente; pero se lo agradezco.

Inclinó la copa y bebió el contenido de un trago, tras lo que la dejó sobre la balaustrada.

—Quizá también haya cambiado de opinión respecto a lo de ayudarme a resolver el caso de su padre. Sé que no es el lugar adecuado para tener esta conversación... discúlpeme.

Crucé los brazos con fuerza. De pronto sentía mucho frío.

—Me temo que no he cambiado de opinión. Hay cosas que es mejor que permanezcan en el pasado.

—No es inteligente dejar algo como esto sin resolver. Hasta que el caso no esté cerrado, su padre no desaparecerá de sus pensamientos... ni de los del público. Su muerte solo es un rumor. Hace seis meses encontraron muerto un gato en Cheshire; le habían hecho una vivisección. Pensamos que se trataba de una broma de mal gusto, pero los rumores empiezan sin más ni más. ¿Por qué no creer que Henri Moreau ha vuelto a Inglaterra y ha seguido su trabajo justo donde lo dejó...?

—Está muerto —dije con brusquedad porque no quería oír más al respecto.

Lo del gato, fuera una broma o no, me dejó mal cuerpo. Me llevé la mano a la cabeza, que me dolía, y tiré la copa de champán, que cayó al jardín y se rompió en mil pedazos.

El inspector Newcastle ni se inmutó.

—Eso ¿cómo lo sabe? ¿Acaso ha estado en contacto con él? ¿He de creer que...?

—Crea lo que quiera —le interrumpí, furiosa conmigo misma por el desliz.

No debería haber dejado que la simple mención de mi padre me afectara. Me puse la máscara de nuevo y me dirigí a la puerta.

—Le aseguro que está muerto. Puede cerrar el caso y dejar de interrogarme.

Quizá fuera un poco seca, pero entré en el cálido salón de baile y dejé al hombre con un palmo de narices. Mientras me abría paso entre la multitud, noté que algo me rozaba la cabeza y casi me enganchaba el pelo, tras lo que le pisé la cola del vestido a una mujer envuelta en satén azul. Le musité una disculpa y me fui hacia la pared, lejos del gentío.

Con algo de suerte, el inspector Newcastle no prestaría atención a lo que acababa de decirle de mi padre y reaccionaría a lo de Lucy; se quedaría con ella el resto de la noche y la mantendría a salvo de Edward.

«Y de Radcliffe». Aquel pensamiento sombrío se apoderó de mí al recordar el cerebro de la sombrerera. Mientras me dirigía a una silla vacía, una mujer con una careta de bandido enmascarado me cogió del brazo. Intenté zafarme, hasta que se quitó la máscara y me dedicó una sonrisa de medio lado. Era Elizabeth.

—Me preguntaba dónde estabas. Pensaba que te encontraría con Lucy.

Me apoyé una mano en el prieto corpiño.

—He salido al balcón a tomar un poco de aire.

Acercó la mano para quitarme algo del pelo, justo en el lugar donde me había rozado uno de los invitados. Era una florecilla blanca.

La estancia, a pesar de toda la agitación y conmoción, se detuvo como si una cámara acabase de capturar el momento en una fotografía.

—Qué flor tan bonita. No la reconozco. ¿De dónde la has sacado?

«Es el regalo de un monstruo».

Cogí la delicada flor. Era idéntica a la que guardaba entre las páginas de mi diario. Al darle la vuelta... vi que aquella también estaba manchada de sangre y la oculté en la mano antes de que Elizabeth se diera cuenta

¿De quién sería la sangre? Se me secó la garganta al recordar la transformación de la bestia.

—Me la ha dado Lucy —le mentí mientras miraba entre los bailarines y el corazón me latía como si se me fuera a salir del pecho.

Aquella flor implicaba que la bestia estaba allí, pero todos los invitados llevaban el rostro cubierto. Para un monstruo tan habilidoso como él, aquel baile era un patio del recreo.

—Tengo que ir a buscarla. —Apreté el puño con más fuerza—. Si me disculpas...

Me alejé un paso, pero Elizabeth me cogió del brazo.

—No creas que no sé de qué va todo esto —me dijo entre susurros.

Me quedé pasmada hasta que esbozó una sonrisa poco a poco e hizo un gesto con la cabeza para señalar hacia el otro lado del salón de baile.

—Ese hombre de la máscara negra no ha dejado de mirarte ni un instante mientras hablábamos. El pobre muchacho está embelesado. No me habías dicho que tuvieras un admirador.

Miré entre el bosque de caras sin mucho interés. ¿Qué más me daba tener un admirador si había un monstruo entre nosotros? Los invitados seguían bailando en círculos y no dejaban de cotillear entre sí, lo que hacía casi imposible fijar la mirada en una cara durante mucho rato. Excepto en una.

Entre la multitud, un hombre enmascarado permanecía de pie, mirándome. Pero no solo me miraba. Tenía sus sentidos clavados en mí de tal manera que el corazón se me desbocó. No se trataba de un admirador, sino de un depredador acechando a su presa.

—Sí, ese de ahí —dijo Elizabeth para pincharme—. ¿Quién es?

Llevaba una máscara negra que le cubría toda la cara provista de dos puntas que bien podían ser orejas o cuernos, y una sonrisa siniestra pintada. Me recordaba a un animal. Un lobo. ¡Un chacal!

—No lo conozco. Si me disculpas...

Me aparté de Elizabeth tambaleándome y para acercarme al titilante árbol de Navidad, que estaba lleno de regalitos envueltos y lazos dorados. Una vez allí, me apoyé en la pared.

Por lo visto, daba igual que llevase la cara oculta detrás de una máscara. La bestia estaba allí y me había reconocido.

CAPÍTULO VEINTE

Busqué las salidas como por instinto. Solo había dos: la que daba a la gran escalera de caracol y la de la galería, que daba a los jardines. ¿Debía salir corriendo o estaría más a salvo entre la multitud? Ni siquiera la bestia atacaría a alguien delante de tantísimos testigos. Pero, claro, en algún momento acabaría el baile. Entonces tendría que marcharme y Elizabeth sería mi única escolta por las calles oscuras de la ciudad.

Una mujer que estaba allí cerca soltó una risotada tan estridente que pareció un chillido. La música sonaba muy alta. El parloteo, aún más. Los invitados bailaban con desorden, achispados por el vino. La bestia estaba de lo más tranquila entre la multitud, sin quitarme ojo.

Podía pedirle ayuda a Elizabeth, pero pensaría que estaba loca. El inspector Newcastle había venido con una decena de oficiales, pero no me atrevía a decirle que el asesino al que estaba buscando se encontraba allí mismo porque no quería que Edward cayera en las manos de personas que quizá lo cortaran en pedazos —¡chas, chas, chas!— para estudiar la ciencia de mi padre.

—¿Te encuentras bien? —me preguntó Elizabeth, en cuyo tono de voz ya no quedaba rastro de burla.

—Creo que he tomado demasiado champán. —Me abaniqué

la cara. Quería que me dejara en paz porque estar a mi lado era muy peligroso—. Tan solo quiero descansar aquí un momento. Luego volveré a bailar. Ve tú, de verdad.

Se tranquilizó.

—Eso espero... o te haré bailar con el señor Willowby ¡y ya sabes que baila como un pato!

En cuanto se alejó, el enmascarado empezó a avanzar hacia mí. Una punzada de miedo me revolvió las entrañas. Tenía una ventana tras de mí y ningún sitio hacia el que escapar. Avanzaba con tal gracilidad entre los bailarines que daba la impresión de que se estuvieran apartando para dejarlo pasar. Llegaría en unos instantes. ¿Qué iba a decirme? ¿Me amenazaría? ¿Me atacaría? ¿O me diría una vez más que estaba enamorado de mí?

El olor a periódico de la máscara me asfixiaba. Me la quité de golpe y corrí hacia la puerta de la balconada. Lo único que tenía en mente era apartarle de todos aquellos cuerpos cálidos y tentadores. Al fin y al cabo, había venido a por mí, no a por ellos.

El hombre de la máscara de lobo inclinó la cabeza. Me observó con sus ojos oscuros mientras me apresuraba por la pista de baile. Hizo una pausa breve y cambió de dirección para seguirme. Las puertas de la balconada aún estaban abiertas de antes y las blancas cortinas que la flanqueaban danzaban al viento. Varios hombres y mujeres hablaban cerca de la puerta, con las mejillas enrojecidas y copas de vino en la mano. Me abrí paso entre ellos, salí a la balconada y cerré la puerta tras de mí.

El frío me abrazó. A través de la puerta de cristal, miré el salón iluminado con velas y vi a una chica con una máscara de cisne que bailaba y reía. Sobre mi cabeza, las estrellas y la luna brillaban tanto como antes y las maldije. Ahora necesitaba oscuridad. Un lugar en el que ocultarme.

Alguien abrió la puerta. El hombre de la máscara de lobo salió a la balconada. Era como si fuésemos las dos únicas personas de toda la fiesta, solos bajo las estrellas, separados apenas por unas losetas.

No permitiría que aquello acabase así. Bajé la escalera que daba al jardín a todo correr, aun a sabiendas de que aquellos setos en penumbra eran el lugar más indicado para cometer un asesinato, pero también la única posibilidad que tenía de alejarlo de los invitados y escapar. Al fondo del jardín había una verja que daba a un callejón. Una vez allí, le daría esquinazo por entre las calles.

El hombre de la máscara bajó la escalera detrás de mí.

Los setos del jardín de Lucy me eran tan familiares como los pasillos del sótano de King's College. Guardaba muchos recuerdos de aquel lugar: mi amiga y yo habíamos explorado cada uno de sus rincones mientras perseguíamos hadas o jugábamos a coger. Aquella era la única ventaja que tenía, que yo conocía el laberinto de setos y la bestia no.

Corrí a esconderme detrás del muro de setos más cercano. Se había vuelto más ralo con la edad y vi entre sus ramas que el hombre se aproximaba. Se detuvo al final de la escalera y miró hacia atrás para verificar que nadie nos había seguido. Al comprobar que así era, avanzó hacia los setos. Corrí hacia la siguiente hilera mientras la nieve me empezaba a empapar los zapatos de satén. Se iban a estropear, pero ¿qué más daba? Tenía que llegar a toda costa a la verja de la parte trasera y rezar para ser capaz de treparla.

Me detuve y escuché. En esa zona los setos estaban más poblados y no me permitían ver. Podría estar en cualquier lado.

Tomé aire profundamente y me apresuré a girar el muro de setos, dejé atrás otra hilera y llegué a la pared de ladrillo. La verja negra se alzaba a pocos metros de mí. Solo tenía que dar unos pasos más...

Una mano salió de entre las sombras y me cogió de la muñeca. Empecé a gritar, pero el hombre me tapó la boca a toda velocidad con la otra mano. Sentí en la espalda su pecho rígido, musculoso. Levanté la mirada hacia las luces de la balconada, que apenas estaban a unas decenas de pasos, aunque bien podrían haber estado en otro planeta.

—¡Chist!, que te van a oír —me dijo el hombre de la máscara de lobo—. Pensarán que es un encuentro amoroso y vendrán a investigar.

Casi me ahogo por el impacto de la sorpresa. Aquella voz, tan dulce y profunda al mismo tiempo... no era la de la bestia. Ni la de Edward tampoco.

Dejé de hacer fuerza para librarme de sus manos.

—Montgomery... —dije soltando el aire.

CAPÍTULO VEINTIUNO

El hombre se puso delante de mí y se quitó la máscara. Al hacerlo, el rubio pelo le cayó por la cara; pero daba igual, ya sabía a quién tenía ante mí. Era imposible olvidar aquella voz, que pertenecía a un joven que conocía de toda la vida; una voz que me traía recuerdos en los que nos veía a los dos con las manos entrelazadas, besándonos, acariciándole el cabello.

Mi cerebro se negaba a creerlo. La razón me decía que se trataba de una alucinación. Sin embargo, mi corazón sabía que Montgomery era real. La máscara se me cayó de las manos.

Su rostro había perdido aquel color bronceado y estaba lleno de cortes que empezaban a curarse. Los ángulos de sus rasgos eran aún más pronunciados. Siempre había sido fuerte, pero ahora había algo diferente en él: estaba como más duro, más robusto. Verlo despertó los recuerdos dolorosos de la última noche en la isla, esperando en el bote mientras el complejo ardía en la distancia. Me resultaba imposible olvidar cómo el cabo caía de sus manos, cómo empujaba la embarcación con la bota, sin previo aviso, para que me alejara.

«¡Estamos hechos el uno para el otro!», le había gritado entre las olas.

«No, le pertenezco a la isla», me había respondido.

Con aquellas palabras, Montgomery había mandado a pique mi corazón. El recuerdo hizo que se me doblaran las rodillas, pero me cogió en los brazos antes de que llegara a caer sobre la nieve. Seguía siendo muy rápido. Muy fuerte.

Nos miramos a los ojos. Muy atractivo.

Lo tenía tan cerca que podía sentir el latido de su corazón a través de nuestros ropajes.

—Dios, cuánto te he echado de menos...

Su voz era un susurro que me acariciaban los labios, pero aquellas dulces palabras me sacaron de la sensación onírica y sentí de nuevo todo el dolor de su traición como si se me acabase de abrir una herida. Lo empujé y me aparté tambaleándome antes de que me besara. Si pensaba que lo iba a perdonar con tanta facilidad, se equivocaba.

—¿Qué estás haciendo aquí? —inquirí—. Me dijiste que nunca volverías. Me abandonaste.

—Y no sabes cuánto lo siento.

Su aliento cálido convirtió en vaho el aire que nos separaba. Se acercó a mí con precaución como si yo fuera un caballo encabritado.

—No quería abandonarte... pero no tenía alternativa.

—Pues podrías habérmelo dicho, ¡en vez de empujar el bote con el pie!

—Lo sé. —Miró de nuevo hacia la balconada, que estaba por encima nosotros, para asegurarse de que estábamos solos—. Me comporté como un cobarde, pero es que no sabía cómo exponerlo. Pensaba que no lo entenderías y temía que insistieras en quedarte conmigo. Tenía que estar seguro de que había hecho todo lo posible por ponerte a salvo.

—¿A salvo? ¡Casi muero en el bote!

Se pasó una mano por la cara, como si estuviera buscando qué decir.

—Si te hubieras quedado en la isla habrías muerto sin lugar a dudas.

La nota de arrepentimiento de su voz me llevó a hacer una pausa. Montgomery jamás habría abandonado la isla, a menos que algo terrible lo hubiera forzado a hacerlo. ¿Qué habría sucedido en aquel pedazo de tierra en llamas después de que me fuera? Había intentado no pensar en ello, pese a que, desde entonces, me despertaba por las noches con pesadillas en las que hombres bestia revertidos se enfrentaban unos a otros, destrozándose entre sí, mientras Montgomery ejercía de príncipe impío entre tanta locura.

—¿Que estés aquí —empecé a decir con prudencia— significa que todos los isleños han muerto?

—Muertos o medio muertos —respondió como si no le afectase, pero se le quebró la voz.

—¿Qué ha sucedido?

Volvió a mirar hacia la balconada, tras lo que me frunció el ceño al verme tiritar en la nieve.

—Te estás muriendo de frío. Vamos adentro y te lo explico todo.

—No soy una niña frágil que se resfría por menos que nada. Cuéntamelo.

Me observó en la oscuridad, como si estuviera sopesando si debía creerme o no. Al rato, se quitó la chaqueta, me la puso por encima de los hombros y me los frotó para que entrara en calor. No fue la fricción lo que me hizo entrar en calor, sino su proximidad. Había olvidado cómo olía, a heno fresco y a sol ¡por mucho que estuviéramos en medio de la ciudad!

—No tuve más remedio que marcharme —empezó a decir—. El complejo había ardido y los isleños se habían convertido en criaturas salvajes que, a pesar de campar por la jungla, no sabían cazar ni alimentarse por sí mismas. Me quedé a vivir en la vieja cabaña de Jaguar con la idea de criar conejos y dárselos de comer a los hombres bestia; pero el instinto se apoderó de ellos y no eran conejos lo que querían. Ansiaban presas mayores y acabaron atacándose los unos a los otros. A los pocos meses, ni siquiera recordaban que yo era su amigo. Me vi obligado a darles caza uno a uno, a matarlos antes de que me mataran ellos a mí.

No le temblaba la voz, pero la ansiedad con la que se pasaba la mano por el pelo le delataba. Quería con toda su alma a aquellas criaturas e incluso había ayudado a dar vida a muchas de ellas. Cuando llegué a la isla, los hombres bestia eran civilizados, vivían en un pueblecito y solo comían vegetales. Incluso iban a rezar a una iglesia que ellos mismos habían construido. Ahora bien, en cuanto mi padre dejó de administrarles el tratamiento, enseguida revirtieron a su condición animal y, al final, a pesar del genio científico de Montgomery, la situación se redujo a la ley de la jungla: mata o muere.

—Lo siento —susurré.

Miró hacia otro lado, hacia los setos.

—Tenías razón al decir que no deberíamos haberlos creado. Fue una locura por parte de tu padre hacerlo y yo fui un iluso por ayudarle. Matarlos por misericordia fue mi penitencia. —Bajó la voz mientras volvía a mirar hacia la balconada y, a continuación, se acercó a mí—. Pero uno de ellos escapó, Juliet. Volví para enterrar los cadáveres de los que habían muerto en el incendio y resulta que el de Edward no estaba allí.

Hablaba en voz baja y sus palabras, cargadas de advertencia, pretendían sorprenderme; pero cómo iba yo a sorprenderme si, la noche anterior, había yacido en los brazos de la persona de la que Montgomery estaba hablando. Sentí tantísimo calor en los arañazos del hombro que, a pesar de llevarlos tapados con la seda roja del vestido, tuve la sensación de que Montgomery era capaz de notarlos.

—Sobrevivió al fuego —insistió Montgomery, que había confundido mi silencio con angustia—. Le di caza durante semanas. Me dejaba notas en las que imploraba que le diera la oportunidad de curarse y me pedía ayuda para ello. Pero no se la di... no podía... porque el monstruo de su interior también me dejaba mensajes. Las escribía a nombre de «señor Escondido» e iban remitidas al «señor Buscador». La presa escribiéndole a su cazador. Me quedé pálida. Hablar de la bestia en aquellos términos, como si fuera una criatura pensante, me hacía sentir incómoda. Prefería imaginármela como un animal sin cerebro, por mucho que supiera que no era así. Estaba dotada de sentidos. Era inteligente.

—La caligrafía era la misma. Las había escrito la misma mano; aunque los enfoques eran diferentes, pues en el caso de la bestia era como si un demonio estuviera desbarrando. Dijo que pensaba abandonar la isla y venir a Londres. Que se merecía conocer los placeres y los sinsabores de la vida y que haría lo que fuera necesario para experimentarlos.

—¿Has estado siguiéndolo desde entonces? —susurré.

—Sí. Se escondió en el Curitiba cuando aquel maldito capitán Claggan volvió. Me ha dejado notas por medio mundo en el bolsillo de sus víctimas como si esto solo fuera un juego para él.

Se frotó la cara para entrar en calor, o quizá estuviera intentando que desaparecieran aquellos recuerdos.

—Está en Londres. Llegué la semana pasada y he estado buscando pistas. He venido al baile porque he pensado que, al haber tantos colegas de tu padre reunidos, quizá buscase venganza. Y cuando te he visto a ti...

—¿Cómo me has reconocido?

—Nada más llegar hice unas indagaciones y descubrí que vives con el profesor Von Stein y su sobrina. —Torció la comisura de la boca—. Además, te habría reconocido en cualquier parte, con máscara y todo.

Me acarició la mano y me permití soportar su contacto. No le había perdonado... No era tan fácil. Y, a pesar de ello, allí, mientras la nieve nos estropeaba los zapatos, en la ciudad en la que ambos habíamos crecido, era imposible fingir que no sentía nada por él.

—Ya sé lo de Edward —dije en voz baja.

Dejó caer la mano, estupefacto.

—¿Que los sabes? ¿Lo has visto? ¿Ha intentado ponerse en contacto contigo?

Me cogió el brazo con tanta fuerza que me zarandeó. En un abrir y cerrar de ojos, el cazador obsesionado había sustituido al chico honesto y trabajador que yo conocía.

«Tiene secretos —me había advertido Edward—. Secretos que aún no conoces».

Me temblaban los labios. Por inevitable que fuera, no estaba preparada para tener aquella conversación. Edward y yo estábamos conectados de una manera muy profunda —primitiva— que Montgomery jamás llegaría a entender. Era el humano que vivía en nuestro interior luchando contra el animal que también llevábamos dentro. Aquello nos unía, entrelazaba su destino y el mío, nuestros deseos.

—L-los asesinatos... He o-oído hablar de los asesinatos del Lobo de Whitechapel y sabía que tenía que ser él, que había vuelto de entre los muertos.

Sentí la tentación de contarle el resto —cómo había investigado los cadáveres de sus víctimas y cómo me había topado con él en casa de Lucy—, pero algo me lo impidió; posiblemente su mirada, en la que veía que estaba decidido a matar a Edward. Aunque puede que fuera este quien lo matara a él. De una u otra manera, uno de ellos moriría. A menos que yo lo evitase, claro está.

Me llevé la mano a los arañazos que tenía por debajo del vestido. Entre los inquietos pensamientos, me asaltó algo que había dicho Montgomery: llevaba una semana en Londres... y no había venido a verme. De no ser por nuestro encuentro casual de esa noche, ¿habría venido a buscarme?

No me dio tiempo a preguntárselo porque la puerta de la balconada se abrió sobre nosotros y oímos unos pasos. Se me encogió el estómago al pensar que podía ser la bestia. Montgomery me puso un dedo en los labios para indicarme que permaneciera callada y tiró de mí hacia las sombras que proyectaba la balconada, donde nadie pudiera vernos. Asentí, conteniendo el aliento y temiendo escuchar el tamborileo de unas garras sobre la balaustrada de piedra, lo que querría decir que la bestia nos había encontrado.

Sin embargo, solo oí el siseo de una cerilla al encenderse, tras lo que la brisa nos trajo olor a tabaco. Se oyeron pasos de más personas, tres o cuatro hombres en total. Uno de ellos habló y enseguida me sentí aliviada:

—¿Habéis visto adónde ha ido la muchacha?

Era una voz de barítono, la de una persona que llevaba toda la vida fumando. La reconocí enseguida, era la del señor Radcliffe, el padre de Lucy. La imagen del cerebro en la sombrerera me abordó de improviso. Quizá no debería haberme sentido aliviada tan pronto.

—Hay tantas máscaras ahí dentro que es difícil seguirle la pista —respondió otro de ellos.

—La mascarada es indispensable para nuestro propósito —dijo el señor Radcliffe—. La creación de Moreau no habría venido de no ser porque podía disfrazarse. ¿Estáis seguros de que ningún hombre ha intentado hablar con ella? Apostaría lo que fuera a que han hablado. El idiota que trajo la última carta de Moreau, el tal capitán Claggan, dijo que el chico estaba enamoradísimo de ella.

Me quedé sin aliento al darme cuenta que la muchacha de la que estaban hablando era yo.

CAPÍTULO VEINTIDÓS

Giré con brusquedad la cabeza hacia Montgomery. Lo peor era que también hablaban de «la creación de Moreau», lo que significaba que sabían lo de Edward. Montgomery se acercó un dedo a los labios y, en silencio, bajó la mano a la pistola que llevaba en el costado.

—La chica se ha perdido entre la multitud —dijo otro de ellos.

—Pues encontradla —soltó Radcliffe—. Es nuestra mejor baza para darle caza a él. Si Claggan nos hubiera dado una descripción mejor antes de morirse con la botella en la mano... Pelo oscuro, menos de veinte años... ¡pues como la mitad de los hombres de ahí adentro!

Uno de ellos escupió por encima de la balaustrada y comentó:

—Ese tarabilla de Von Stein no suelta palabra. En cuanto empecé a hablar de Moreau, me cerró la puerta en las narices. A Lessing casi lo agarra de la solapa y lo echa a la calle.

—Dejádmelo a mí —comentó Radcliffe—. Por cierto, ¿qué tal van los preparativos?

—Los especímenes estarán listos en dos semanas, siempre y cuando capturemos a la creación de Moreau, tras lo que será cuestión de extraerle lo que necesitamos y dejarlo todo listo para Año Nuevo.

—Rochefort está hablando con sus contactos en París sobre la fecha exacta de entrega. Amenazan con cambiar de opinión, pero en cuanto hayan visto lo que tenemos planeado, ¡doblarán el pedido actual!

—Excelente —dijo Radcliffe antes de darle una última calada al puro y arrojarlo al jardín, a mis pies.

Ahogué un grito porque me chamuscó una de las bailarinas, pero Montgomery me tapó la boca con fuerza. Pareció que pasaba una eternidad hasta que los pasos empezaron a alejarse y oímos cerrarse la puerta de la balconada. Volvíamos a estar solos en el jardín.

Montgomery dejó de taparme la boca y respiré con brusquedad.

—¡Saben lo de Edward! —exclamé—. Claggan debió de enterarse en el barco de lo de sus dos yos y, de alguna manera, consiguió ponerse en contacto con el King's Club. ¡La fiesta es una trampa! Sabían que yo iba a asistir y pensaban que lo atraería. Toda esa bobada de «la invitada de honor»... Creía que pretendían obtener el favor del profesor... ¡y lo que querían en realidad era usarme como cebo!

Montgomery se pasó una mano por la frente.

—No saben qué aspecto tiene. Eso nos da la posibilidad de llegar hasta él primero. Maldita sea, ¿cómo han llegado a enterarse de su existencia?

—Radcliffe es la persona con quien se carteaba mi padre desde la isla; el colega secreto que firmaba «Del King's». ¿No sabías lo de las cartas? Seguro que eras tú quien las enviaba.

Negó con la cabeza.

—Las entregaba, sí, pero lo único que hacía Radcliffe era pagar las facturas del viaje, de los animales exóticos y de los suministros. Fletar un barco a la isla tenía un coste exorbitante. Nunca intercambiaron conocimientos científicos; de ser así, lo habría impedido.

—¿Llegaste a leer las cartas?

—Claro que no; estaban cerradas... Pero tu padre me lo juró.

Su voz se fue apagando al darse cuenta de que mi padre le había mentido, como nos había mentido a los demás. Por mucho que mi padre apreciara a Montgomery, ni siquiera a él lo había dejado al margen de sus mentiras.

Me llevé una mano a la cabeza porque todo empezaba a encajar.

—Claro que intercambiaban conocimientos científicos. Estoy segura porque Lucy leyó unas cartas que hacían referencia a ello y ya has oído que hablaban de especímenes. Han dicho que lo único que necesitaban era extraerle algo a Edward. Lo más probable es que se trate de sangre o tuétano. No sé qué otra cosa podría ser. Deben estar intentando copiar las criaturas de mi padre.

Montgomery torció el gesto. No se mostró en desacuerdo conmigo, lo que me preocupó aún más. Proseguí:

—Han dicho que todo estaría listo en dos semanas, a tiempo para Año Nuevo. ¿Qué estarán planeando?

—No lo sé —respondió arisco—, pero tenemos que descubrirlo.

Di unos pasos sobre la nieve.

—Esta tarde he encontrado un cerebro humano.

—¿Un cerebro?

—Sí, en el estudio de Radcliffe; en una sombrerera. Él no es científico, así que lo debe de guardar para alguno de los otros hombres. No sé qué estarán haciendo, pero no solo tiene que ver con animales, sino también con seres humanos.

Montgomery señaló la balconada con el mentón.

—Yo diría que eran cuatro —comentó—; puede que cinco, si uno de ellos era bajito. Eso significa... —Se frotó la cara mientras pensaba.

Acabé la frase por él:

—Significa que Radcliffe no es el único implicado, que el asunto es mucho más importante de lo que imaginábamos. Tiene sentido, porque Radcliffe es un hombre de negocios, no un científico. Él está proporcionando los recursos económicos mientras que los demás se encargan de la investigación, de los especímenes, del aspecto político... En el King's Club hay varios miembros del Parlamento. Incluso han mencionado a Rochefort, el embajador francés. Eso significa que esta trama no es cosa de un solo hombre ni de un grupo que opera en Londres. Tienen contactos en Francia, Alemania... ¿Quién sabe hasta dónde llegan?

Me apoyé en la pared, con el cuerpo entumecido. Mi mente, sin embargo, trabajaba como si fuera un motor de vapor.

Me llevé la mano al pecho. Hombres como aquellos, con recursos ilimitados y contactos, podrían cambiar el sistema. Si se lo proponían, podrían hacer que la vivisección y la experimentación con animales fuera legal. Podrían fundar universidades dedicadas en exclusiva a las investigaciones de mi padre. Podrían recrear sus criaturas. Podrían apoderarse de todo lo que mi padre había hecho en aquella isla incomunicada y extenderlo por todo el globo.

—Montgomery, no podemos permitir...

No me dio tiempo de acabar la frase porque oímos un alarido en el salón de baile.

Montgomery y yo subimos la escalinata a todo correr y cruzamos la puerta de la balconada. Los invitados estaban pegados unos a otros, murmurando y empujándose para ver qué era lo que había sucedido.

La chica de la máscara de cisne estaba de puntillas a mi lado. Intentaba ver por encima de los demás.

—¿Qué ha sucedido? —le pregunté.

—Una mujer ha chillado. Creo que ha sido la señora Radcliffe.

—¡La madre de Lucy!

Tiré de Montgomery para que me acompañara hacia la gran escalera de caracol y dejamos atrás a la muchacha de la máscara de cisne.

—¡Vamos, puede que le haya pasado algo a Lucy!

Intentaba abrirme camino entre la multitud, pero nadie me dejaba pasar, así que Montgomery se puso delante. Su forma de moverse entre la multitud era tan elegante como la manera en la que avanzaba entre los árboles y sorteaba los arbustos en la jungla. Tenía que esforzarme —y me tropezaba una y otra vez— para seguirle el ritmo. No tardamos en llegar a la parte delantera de la multitud, que no dejaba de murmurar.

—¡Lucy! —grité al ver a mi amiga en la escalera.

Estaba apoyada contra la gran barandilla de madera, sin la máscara, pálida y aturdida, pero ilesa. Le tomé las manos.

—¿Qué ha sucedido? —susurré.

Medio mareada, señaló a un grupo de personas que había en los peldaños.

—Mamá ha gritado, se ha oído un revuelo en el descansillo y, a continuación, ha caído escaleras abajo cubierta en sangre.

Mi amiga miraba fijamente el final de la escalera, donde el inspector Newcastle, el señor Radcliffe y unos cuantos hombres más permanecían inclinados sobre su madre. La mujer no dejaba de gritar, pese a que cuando me acerqué un poco más, me quedó claro enseguida que las heridas eran leves. Los cortes del brazo eran superficiales, aunque bien es cierto que de los tres arañazos brotaba una cantidad muy escandalosa de sangre que le manchaba el vestido blanco.

Tres arañazos.

Miré a Montgomery y mis miedos se vieron confirmados por la expresión de su rostro. Que fueran tres los cortes significaba que el ataque era cosa de la bestia.

Por lo visto, no éramos lo únicos que habíamos notado aquel detalle en particular, porque en cuanto a la señora Radcliffe se le pasó la conmoción, empezó a gritar:

—¡El lobo! ¡Ha sido el lobo!

—¡El lobo está aquí! —gritó una mujer entre la multitud—. ¡Corred!

Mi imaginación empezó a funcionar a toda velocidad. Vi sangre que manaba de heridas abiertas, que formaba charcos en el suelo y manchaba los elegantes zapatos de baile de todos los presentes. La sangre brotaba y brotaba hasta que la pista de baile quedaba totalmente cubierta, ahogaba el sonido de los instrumentos del cuarteto de cuerda y caía en cascada por la balconada hacia el jardín, justo donde Montgomery y yo habíamos estado.

Montgomery me apretó la mano y la alucinación desapareció. Recé para que no me diera un ataque allí, en público y en aquel momento tan inconveniente, y me masajeé las articulaciones de los nudillos. Todo el mundo chillaba al tiempo que recogía sus pertenencias y corría con premura hacia la puerta principal.

—Está jugando con nosotros —me dijo Montgomery—. Tengo que sacarte de aquí.

El salón bullía por el pánico. Debido al caos, alguien chocó contra el enorme árbol de Navidad que había a mi lado y lo desestabilizó. Unas manos fuertes me apartaron de él segundos antes de que cayese al suelo con gran estruendo, acompañado del estrépito de los ornamentos de cristal rotos y de una nueva serie de chillidos.

Me giré para darle las gracias a la persona que había evitado el peligro y me encontré con un hombre gigantesco y joven, a juzgar por su pelo oscuro, que llevaba una máscara roja que me ocultaba sus rasgos —todos, excepto los ojos—. Me quedé boquiabierta al ver que eran de un intenso color amarillo y que resplandecían. ¡Era la bestia!

Grité para alertar a Montgomery, pero mi voz se perdió en el caos producido por los invitados mientras corrían hacia la salida. Desesperada, miré en derredor y lo vi a unos cuantos metros, ayudando a una mujer que había quedado atrapada debajo del enorme abeto. Él, en cambio, no me vio, y la bestia, sin perder tiempo, me aferró el brazo con sus dedos nudosos y tiró de mí en la dirección opuesta a la que seguía todo el mundo.

Me retorcí pero, sin un arma, no tenía nada que hacer contra él. Tiraba de mí hacia la puerta que llevaba a las estancias traseras, donde, entre sombras, nadie nos vería.

—¡Te voy a matar por lo que acabas de hacer! —le chillé furiosa.

—Lo veo improbable —respondió con aquella voz profunda e inhumana—. Has tenido dos oportunidades de hacerlo y no lo has hecho.

—Por la mera razón de que Edward también habita ese cuerpo. ¡Suéltame! Como te vea Montgomery...

Se rio desde lo más hondo de la garganta y me alegré de que aquella cosa —que era y no era Edward a un tiempo— llevara el rostro oculto tras una máscara.

—¿Te refieres al perro de caza de Moreau? No le tengo ningún miedo y, además, por lo que he visto en el jardín, para ti tampoco significa nada. —Se acercó a mí tanto que sentí ese calor antinatural suyo, como si una fortísima fiebre lo abrasara por dentro—. Lo has rechazado, amor mío.

Giré la cabeza para mirar a la multitud, que seguía sumida en el desconcierto, chillando, y entre la que no veía a Montgomery.

—No querías sus besos, ¿eh? Quieres los míos —rugió en voz baja y seductora.

Se inclinó hacia mí como si pretendiera besarme y lo empujé con fuerza, pero se limitó a reír. Era como un juego entre dos amantes. Me aprisionó contra la pared. La armadura de ballena del corsé se me clavaba en el cuerpo y me llevé una mano al estómago. La bestia también sintió la rigidez de la faja y me susurró:

—No es tu naturaleza ir así, atada. Al igual que yo, eres demasiado salvaje como para estar enjaulada. ¿Por qué no te lo quitas?

Oír las mismas palabras que, inocentemente, me había dicho Edward unos días antes, solo sirvió para que el dolor se agudizase. Rechiné los dientes. No me había dado cuenta hasta aquel instante, pero justo encima de nosotros, atado con un lazo de color rojo, colgaba un ramo de muérdago.

—Son mis labios los que quieres sentir, ¿verdad? —dijo exhalando las palabras.

Sentí su aliento, tan distinto al de Edward, más cerca. Olía a ron y a carne.

—Amor mío... —insistió, pronunciando cada sílaba como si las estuviera saboreando, como si ansiara tragarme viva.

«¡Ahora!».

Le di un codazo en el costillar, justo donde lo había acuchillado la noche anterior. Gritó de dolor y aproveché para apartarme de él como pude —vestida con aquellas ropas rígidas— y correr hacia el salón de baile. El árbol de Navidad cruzaba de un lado a otro la estancia y me cortaba la huida hacia la puerta.

—¡Juliet!

Montgomery me llamaba desde la escalera, buscándome entre la multitud. Corrí en su dirección mientras él bajaba con urgencia la escalera y pasaba con gran agilidad por encima del árbol.

—La bestia me ha encontrado —le dije resollando—. Lo he herido, pero eso no lo detendrá mucho rato.

—El suficiente, espero.

Me cogió de las manos y me ayudó a pasar por encima del

abeto, de cuyas ramas rotas, en las que se me enganchaba el vestido de seda, emanaba un rico olor a savia. Rasgué las enaguas para liberarme y cuando volví a tocar el suelo pulido con los pies, corrimos hacia la puerta.

Vi el traje de satén verde de Lucy por el rabillo del ojo. Estaba inclinada sobre su madre, y el inspector Newcastle se encontraba a su lado, de pie, listo para protegerla.

—No puedo dejar aquí a Lucy —dije sin aire.

—No le va a pasar nada. No la busca a ella.

Tiró de mí, dispuesto a llevarme por la fuerza si era necesario. Lucy se giró en el último instante y me vio. Abrió la boca, aterrada, y deseé con todas mis fuerzas que no se hubiera visto envuelta en aquello. Antes de que me diera tiempo a decirle nada, Montgomery me llevó hacia la puerta. Con la melena rubia suelta parecía un poco salvaje, un bárbaro entre la nobleza.

—¡Juliet, tenemos que irnos!

Miré a Lucy unos segundos más y le grité:

—¡Quédate con John! ¡Mañana hablamos! ¡Lo siento...!

La envolvió la multitud. Montgomery me cogió aún más fuerte de la mano mientras se abría paso entre los invitados hacia la entrada principal.

—¿Te ha hecho daño?

—Ha intentado besarme.

Me miró alarmado mientras bajábamos la escalera a toda velocidad entre la gente enmascarada. Íbamos tan deprisa que tuve que levantarme la falda casi hasta las rodillas.

Por fin llegamos al final de la escalera y salimos a la calle apresuradamente, con el resto de elegantes invitados. Hacía muchísimo frío y era tan tarde como para que no hubiera en la calle otros carruajes que no fueran los de los asistentes; aunque demasiado temprano para los panaderos y los vendedores matutinos. Montgomery cogió calle abajo a buen ritmo. Me vi obligada a trotar con aquellos zapatos que tanto daño me hacían para conseguir seguirle el paso.

Mientras nos alejábamos a toda velocidad de la casa de Lucy, con los zapatos empapados y rotos, me di cuenta de que aún tenía polen de la florecilla blanca entre las uñas y me lo limpié en el vestido.

Había sido idiota al guardar la primera flor. Ahora, Lucy, Elizabeth y todos los que habían asistido a la fiesta estaban en peligro. ¿Saldría el nombre de alguno de ellos en los periódicos del día siguiente, como otra de las víctimas del Lobo de Whitechapel?

Le había prometido a Edward que lo ayudaría... pero hacerle promesas a un asesino era peligroso.

CAPÍTULO VEINTITRÉS

No aflojamos el paso hasta que llegamos a Picadilly Circus, donde las calles siempre están llenas de gente, sea la hora que sea. Me solté de la mano de Montgomery y me apoyé, encorvada, contra una farola.

—Necesito respirar —resollé.

Mientras tanto, él paseaba por la acera frotándose el cogote con la mano. No dejaba de escrutar todas y cada una de las sombras que nos rodeaban, como si Edward pudiera estar oculto entre ellas.

—Tenemos que volver a por Lucy. Está en peligro —dije.

—La bestia no va a matar en público; es malvado, pero no idiota. Para él, esto es como un juego.

Pensé en cómo me había llevado debajo del muérdago con la intención de robarme un beso. ¿Un juego? Puede, pero el más letal que había conocido en la vida.

—¿Qué te ha dicho?

—Nos ha visto en el jardín. Creo que está celoso.

—¡Maldita sea!

Montgomery seguía dando vueltas y se inquietaba cada vez que pasaba un carruaje.

—Si no vamos a regresar a por Lucy, tengo que volver a casa. Tanto el profesor como Elizabeth se estarán preguntando qué ha sido de mí. Además, quiero asegurarme de que Elizabeth ha llegado bien a casa.

Montgomery lo consideró durante unos instantes. Las arrugas de su frente se iban haciendo más y más profundas.

—¿Estás segura de que podemos confiar en el profesor? Él también perteneció al King's Club.

Se me puso la carne de gallina al oír lo que sugería —igual que había hecho Edward—, a pesar de que sabía que solo pretendía ser prudente.

—Ya has oído a los que hablaban en la balconada: han intentado conseguir información de él y los ha mandado a paseo todas las veces. Quizá sospeche en qué están metidos... ¡Quizá pueda ayudarnos!

—¿Le has contado algo de la isla?

—Que encontré allí a mi padre y que es donde murió. Nada más. A Elizabeth le he contado aún menos.

—Será mejor que, por ahora, siga siendo así. Cuanta menos gente haya involucrada, mucho mejor. Le estoy muy agradecido al profesor por lo que ha hecho por ti pero, ahora mismo, no puedo confiar en nadie. No sabemos hasta dónde alcanza esta conspiración.

Me recorrió un escalofrío. Había perdido durante el caos la chaqueta que Montgomery me había dejado y tenía los brazos de piel de gallina. El dedo gordo de la mano izquierda se me torció por sí mismo, de repente, y un dolor sordo me subió por el brazo. Me iba a dar un ataque, tal y como había temido. Apoyé la cabeza en las manos, cada vez más rígidas, e intenté respirar mejor mientras una ola de vértigo me tragaba. Montgomery debió de ver que me tambaleaba, porque se agachó a mi lado y me sujetó de las manos para enderezarme.

—¿Qué pasa? ¿Qué te sucede?

—La enfermedad —conseguí susurrar, aunque el dolor que

sentía de repente era tan fuerte que me costaba hasta hablar—. Me llega en oleadas. Estos últimos meses ha empeorado. El suero de mi padre empieza a no hacerme efecto. He intentado crear un nuevo tratamiento, pero no lo he conseguido.

—Estás ardiendo —musitó tras ponerme la mano en la frente—. No deberías seguir a la intemperie. ¿Puedes caminar?

Intenté incorporarme, pero el mareo me obligó a apoyarme de nuevo en la farola.

—Necesito descansar un rato más.

—No pienso esperar ni un minuto más. Necesitas atención médica; no podemos seguir aquí, en la calle.

Me cogió en brazos y mis protestas quedaron ahogadas por el frufrú del vestido de seda roja.

—Tengo alquilada una habitación en una posada de Camden Town, no muy lejos de aquí. Allí tengo suministros médicos.

—Pero el profesor se va a preocupar...

—¡Pues que se preocupe! Va a tener que esperar unas horas más. Además, seguro que si te llevo a su casa en este estado, me mata.

Para cuando llegamos a Camden Town, la luna bañaba las calles con una luz delicada y las ratas hurgaban entre la basura. Allí, las calles estaban aún más abarrotadas que en Whitechapel, donde había casuchas de hojalata y ladrillo a ambos lados de la vía.

Se detuvo ante una casa de huéspedes situada en una esquina. El cristal roto de una de las ventanas se había repuesto de cualquier manera con papel de periódico, lo que no impedía que el olor a cerveza amarga saliera por ella. De donde debería haber estado el cartel de la casa, que faltaba hacía tiempo, colgaban unas cadenas.

Le convencí de que me encontraba lo suficientemente bien como para entrar caminando, aunque me pasó un brazo por la cintura para sujetarme.

215

—Me había parecido entender que era una posada —musité—; esto se parece más a una alcantarilla.

—Dejamos la isla con lo puesto. He ganado unas pocas coronas haciendo alguna que otra labor médica, pero no es barato seguirle la pista a un asesino.

Hizo un gesto con la cabeza hacia una de las ventanas del piso de arriba, se llevó dos dedos a los labios y emitió un silbido agudo.

—¿Dejamos? —pregunté un poco mareada aún—. ¿Es que no estás solo?

La ventana se abrió y por ella apareció una cara peluda que quedó iluminada por la luz de la luna. A pesar de ser horrenda y estar deformada, lucía una enorme sonrisa. Por muy enferma que me sintiera, no pude evitar devolvérsela medio mareada. ¡Montgomery había venido acompañado de Balthasar! Desafiaba a la lógica que siguiera vivo y, al mismo tiempo, no podía por menos que alegrarme de ver una cara tan fea pero tan querida para mí.

—¡Balthasar! —lo saludé.

Cuando lo conocí me asustaron sus ojos hundidos, la joroba y su enorme tamaño; hasta que vi la bandeja con té y galletas que llevaba en las manos. Puede que fuera una de las creaciones de mi padre, pero no era ningún demonio.

—¡Vamos a subir! —dijo Montgomery.

Balthasar entró de nuevo en la habitación. Aunque me alegraba de verlo, no pude por menos que mirar a Montgomery con cara de preocupación. ¿Por qué lo habría traído a Londres? ¿Acaso no era peligroso? Habíamos jurado no dejar salir de la isla a ninguna de las criaturas de mi padre. Los miembros del King's Club ya andaban detrás de Edward; ¿qué pasaría si se enteraban de la existencia de Balthasar?

Montgomery me abrió la puerta y decidí preguntárselo más tarde, cuando la cabeza no me diera tantas vueltas. La planta baja era una vieja cervecería. Los hombres allí presentes, de esos que seguían bebiendo a pesar de no ser horas, me miraron con lascivia mientras Montgomery me guiaba hacia la estrecha escalera, donde el frío de la calle se colaba por las grietas de la pared de madera.

La escalera protestó bajo nuestro peso mientras Montgomery me ayudaba a subirla. Cuando llegamos arriba, trasteó con las llaves, pero la puerta se abrió con un chirrido y Balthasar salió y me dio un abrazo efusivo.

Al principio me tensé, pero enseguida me relajé y correspondí a su gesto de cariño. Entendí por qué se dice que el olor es el sentido que evoca recuerdos más fuertes. La criatura olía a Londres —cera de vela, grasiento pescado frito—, pero también olía a sí mismo: una mezcla de lana húmeda y humo de madera. De pronto, se me hizo un nudo en el estómago al reconocer aquellos olores.

Lo abracé más fuerte de lo que me proponía. Con él, la vida había sido sencilla. Daba igual que fuera un monstruo y que yo fuera la hija de un loco. En aquel momento no éramos sino dos amigos que no se veían desde hacía mucho.

Lo solté y di un paso atrás.

—Me alegro de verte, Balthasar.

—Y yo, señorita —respondió mientras jugueteaba con la punta del pie y sonreía.

—Venga, venga, entrad —nos apremió Montgomery—. Balthasar, Juliet no se encuentra bien; tráeme el maletín.

Pasé al interior de la habitación con cuidado, pues estaba más oscura que el propio pasillo. La única luz provenía de unas cuantas velas. La habitación era pequeña y tenía una sola ventana que parecía de papel y que daba al callejón. Disponía también de una chimenea, pero el fuego estaba apagado y por ella solo entraba aire frío. La cama estaba deshecha. Había varios baúles, uno de ellos abierto, pero aun así, después de una semana, aún no lo habían vaciado del todo. Me di cuenta de que Montgomery no tenía intención de quedarse mucho tiempo; el suficiente para dar caza a su presa. De no ser por lo que había sucedido en el baile de máscaras, ¿habría pasado por Londres sin venir a verme? Al fin y al cabo, yo lo había elegido a él, pero él a mí, no.

Balthasar rebuscó apresuradamente entre los baúles mientras Montgomery me llevaba hasta la silla que había junto a una mesa llena de periódicos. Los titulares que hablaban de los asesinatos del Lobo de Whitechapel estaban enmarcados en un círculo de tinta roja y rodeados de anotaciones del propio Montgomery. Dejé las manos debajo de la mesa para evitar que vieran los espasmos y los cambios de forma tan antinaturales que estaban padeciendo.

—Siento mucho el desorden —comentó Montgomery mientras apilaba los periódicos—. Sin la mano de una mujer... bueno, ya sabes. He estado buscando en los diarios y gacetas toda la información posible acerca de los asesinatos. Parece ser el único tema de conversación de la ciudad, lo que implica muchas especulaciones y pistas falsas.

Balthasar se acercó con pasos tentativos y un maletín médico de color negro en las manos.

—Gracias, amigo. Ahora, si no te parece mal, coge esta moneda y baja a ver a la posadera. Dile que quizá no volvamos en unos cuantos días.

Rebuscó una moneda en el bolsillo y se la dio a Balthasar, que se marchó arrastrando los pies, cerró la puerta tras de sí y nos dejó a solas en la habitación.

Me puse colorada. No me quedaba a solas con Montgomery desde que había estado en la isla. Aún me ponía nerviosa a su lado, como cuando no era más que una niña y estaba locamente enamorada de él, el sirviente callado que ayudaba a mi padre en el laboratorio y me pasaba libros de biología en secreto.

Solo que todo había cambiado. Yo ya no era la hija del señor y él ya no era un criado. Ahora ya sabía cómo era besarle. Y le había mentido acerca de cuándo había visto a Edward... además de omitir que habíamos hecho el amor.

Miré hacia otro lado, como si tuviera miedo de que me leyera el pensamiento. Los músculos del brazo me empezaron a temblar con espasmos y me los froté con fuerza para aliviar la tensión del momento. Montgomery se acercó al hogar y se arrodilló para encender el fuego. Me reconfortó el sonido de los leños cuando los apiló, el ruido de la cerilla al encenderse y el chisporroteo de la llama.

¿Lo estaba poniendo todo en peligro al esconderle la verdad? Aunque, ¿acaso él no me estaba ocultando cosas?

—Me ha sorprendido ver a Balthasar —dije poco a poco—. Me alegro, claro está... pero pensaba que en la isla habíamos quedado en que... —No hizo falta que terminara la frase.

Se sacudió el hollín de las manos y vino a sentarse a la mesa, frente a mí. El dolor que transmitía su mirada era suficiente respuesta.

—Sé lo que dijimos pero, para mí, es parte de mi familia. Puede parecer una tontería, pero no tengo padre ni madre... no tengo a nadie. Cuando era pequeño veía cómo jugaban los niños en la calle y deseaba tener hermanos. Sé lo que es Balthasar, pero no me importa. Es lo más parecido a un hermano que tendré jamás.

Sentí el deseo irreprimible de cogerle las manos y besarle los nudillos. Yo también había sido una niña solitaria y son los niños que no tienen familia los que más la idealizan.

—Es que has venido hasta aquí, hasta tan lejos, para matar a Edward con la intención de que no siga asesinando... pero también para que nadie pueda estudiar el trabajo de mi padre si lo capturan. Ahora bien, podrían hacer lo mismo con Balthasar, por mucho que esté hecho con un método más burdo.

—Lo sé —respondió mientras se miraba las líneas de hollín que le habían quedado en las manos—, sé que no debería haberlo traído, que no debería haber permitido que siguiera viviendo... pero no soy perfecto y nunca he dicho que lo fuera. Tengo debilidades, como mi afecto por él... —continuó diciendo al tiempo que levantaba la vista— y por ti.

Los músculos de los brazos se me retorcieron con más fuerza. Me puse de pie, temblando y mareada, y empecé a caminar para suavizar los síntomas —y para tranquilizar el latido de mi corazón, por qué no decirlo—. Mientras lo hacía, Montgomery me analizaba con el ojo atento del cirujano.

—Dime cuáles son tus síntomas y de qué manera han ido a peor.

Volví a sentarme y, mientras le explicaba el problema que tenía con el suero, Montgomery abrió su maletín, que estaba lleno de instrumental médico. A ambos nos resultaba más sencillo, más natural, hablar de cosas tangibles como la carne y los huesos que no de los asuntos del corazón.

Sacó un vial tapado con un corcho que contenía un líquido turbio. Creía que lo iba a meter en una jeringuilla e inyectármelo pero, sorprendentemente, me lo tendió y dijo:

—Bebe.

Cogí el pequeño frasco, pero dudé.

—¿Qué es?

—Un brebaje que preparo para Balthasar. Alivia los efectos de su dolor entre inyecciones. No te va a curar, pero mitigará los síntomas el tiempo suficiente como para que te lleve a casa del profesor, donde podré tratarte de la forma adecuada.

—¿Vas a acompañarme a casa del profesor?

—Si crees que te voy a dejar sola después de lo que hemos oído esta noche, es que te has vuelto loca. Los miembros del King's Club gobiernan la ciudad; si eres su objetivo, vas a necesitar mi ayuda. Hace tiempo conocí al profesor y, con un poco de suerte, me recordará de manera favorable. Venga, bebe.

Destapé el vial y, vacilante, olí su contenido. Astringente, con un toque de azufre.

—Valeriana —solté un poco sorprendida.

Era la misma medicina que le había dado a Edward para aliviar sus dolores.

—Sí, junto con otros ingredientes.

Me lo bebí de un trago y sentí náuseas tan fuertes que a punto estuve de vomitar. El sabor era mucho peor que el olor.

—Debería haberle puesto un poco de menta, pero como Balthasar nunca se queja... Mira a ver si se te han ido los temblores y puedes caminar.

Me apartó la silla como solía hacer cuando era nuestro sirviente, me apoyé en la mesa y me puse de pie, temblorosa.

—Me las arreglaré.

Justo en ese momento se abrió la puerta y oí el ruido característico de los pasos de Balthasar. Montgomery le dio unas palmaditas en la espalda y dijo:

—A Balthasar no le importaría lo más mínimo llevarte a cuestas hasta Highbury, pero dudo que al profesor le gustara ver a su pupila con el vestido roto y en brazos de un hombre así.

—No, dudo que le gustara —convine mientras observaba a la criatura.

Montgomery se me quedó mirando unos instantes.

—¿Estás segura de que podemos confiar en el profesor?

—Apostaría la vida.

—Por Dios, espero que no tengamos que llegar a eso. Balthasar, mete algo de ropa para los dos en una bolsa. Voy a tener que pensar en una excusa para que el profesor nos deje pasar a Balthasar y a mí unos días en su casa, de manera que podamos cuidarte.

Cuando se aseguró de que, en efecto, yo podía caminar y la

criatura había preparado una bolsa con ropa para ambos, dejamos la posada. La luna estaba bien alta, por lo que supuse que hacía mucho que había pasado la medianoche. No soportaba pensar en lo nerviosos que estarían el profesor y Elizabeth por mi desaparición.

—¿Qué tal el viaje? —le pregunté a Balthasar, en parte por pasar el rato y en parte porque me daba cuenta cada vez que lo miraba de cuánto lo había echado de menos—. ¿Has visto mucho mundo?

—Sí, señorita. He montado en camello.

Montgomery se acercó a mí y me susurró con tono jocoso:

—Casi le parte la espalda al pobre animal.

No dejamos de hablar camino de casa del profesor. Por mucho que me alegrara de ver a Balthasar, no podía evitar que su presencia en Londres me inquietara. Las criaturas de mi padre jamás deberían haber existido. Bastante peligrosas eran en una isla perdida de la mano de Dios en el Pacífico Sur, pero aquí, en la capital del mundo occidental, donde la organización más poderosa de la ciudad más importante del planeta ansiaba conseguir la ciencia de mi padre...

Ahora bien, Montgomery quería a Balthasar y yo no podía culparle por perdonarle la vida y seguir con su tratamiento. Al fin y al cabo, tampoco había tanta diferencia respecto a la manera en la que yo había puesto en peligro mi vida por ayudar a Edward. Sin embargo, ¿cuál era el futuro de una creación impía como Balthasar, si es que lo tenía?

Por fin llegamos a la amplia calle Dumbarton. La luz de la luna la bañaba. Fui apretando el paso cuanto más nos acercábamos y más segura me sentía. Qué raro era tener a Montgomery a mi lado cuando, durante meses, no había sido sino un sueño. Lo miré de reojo. Su cuerpo estaba allí, ¿pero lo estaría también su corazón?

Bajé un poco el ritmo cuando vi la casa de arenisca. Todas las luces estaban encendidas, lo que la destacaba de forma antinatural entre las de los vecinos. Miré por los alrededores en busca de Sharkey, pues tenía la esperanza de que hubiera vuelto después de que se quedara atrás en nuestra huida. Nada, no estaba por ningún lado. El suero de Montgomery me había repuesto, de modo que corrí hasta la puerta y toqué la aldaba, que tenía forma de cabeza de caballo.

Elizabeth abrió la puerta de par en par con cara de preocupación. Nada más verme soltó un grito de alivio, me atrajo hacia sí y me dio un abrazo. Oí unos pasos en la escalera y vi que el profesor bajaba en ese momento, con una bata granate por encima del pijama.

—¡Gracias a Dios que has vuelto! Elizabeth me ha contado lo que ha sucedido en casa de los Radcliffe. ¡Temíamos que, presa del pánico, te hubieras perdido y no volviéramos a verte!

Me cogió de los hombros con sus grandes manos mientras me miraba a los ojos desde detrás de sus gafas.

—Estoy bastante bien, solo un poco aturdida. Me alegro de ver que has llegado sana y salva, Elizabeth.

—Te he buscado por todo el salón de baile. Cuando me he encontrado con Lucy me ha dicho que un caballero joven te estaba poniendo a salvo casi por la fuerza la última vez que te había visto. —Y miró a Montgomery de forma analítica—. Supongo que es a usted a quien debemos agradecérselo, joven caballero.

—Es un viejo amigo —empecé a decir—. Es...

—Soy Montgomery James.

Se presentó con una inclinación de cabeza cordial y me tomó de la mano, lo que no me pareció muy apropiado. Acto seguido, tiró de mí para pasarme un brazo por los hombros y añadió:

—Soy el prometido de Juliet.

CAPÍTULO VEINTICUATRO

Me apretaba el hombro con fuerza. Por mucho que sus palabras me hubieran pillado por sorpresa, mi cara de estupefacción no era nada en comparación con la del profesor y la de su sobrina. El profesor hizo ademán de ir a hablar, pero no le salió ni una sola palabra de la boca. Elizabeth escrutó con sus preciosos ojos azules la manera en la que nos dábamos la mano, mi vestido embarrado y el pelo largo y suelto de Montgomery. Ambos apretaban la boca con fuerza y nos miraban con los ojos hundidos, como una par de cucos salidos de un reloj.

—Parece que las sorpresas de la noche no han acabado aún —comentó ella—. Será mejor que pase, señor James.

—Una cosa más... —soltó Montgomery antes de mirar hacia atrás, hacia donde se encontraba Balthasar, medio escondido entre las sombras.

La luz de la luna destacaba las deformidades de su espalda y aumentaba las sombras de sus ojos, por lo que parecía la viva imagen de un monstruo.

—Me acompaña un amigo —siguió diciendo—. Llevamos tiempo viajando juntos y les estaría muy agradecido si le permitieran a él también calentarse frente a su fuego.

Cuando Balthasar avanzó arrastrando los pies hasta la escalera de entrada, Elizabeth abrió aún más los ojos. El profesor, por su parte, parecía dispuesto a darle con la puerta en las narices.

—Buenas noches —dijo Balthasar con su habitual sonrisa torcida.

El profesor seguía sin saber qué decir. Hasta que su sobrina no se aclaró la garganta y musitó algo acerca de los buenos modales, el profesor no nos dejó entrar.

Aunque el reloj de cuco dio la una en aquel instante, no tardamos en encontrarnos sentados en la biblioteca, alrededor de una tetera que Elizabeth se había empeñado en preparar. Montgomery se sentó conmigo en el sofá de dos plazas. Me agarraba la mano con fuerza; en realidad, no me había soltado desde que había hecho el anuncio.

—Sígueme la corriente —me había susurrado mientras nos sentábamos en el sofá—. Ya te contaré el porqué.

Se oía el tictac del reloj y la tetera echaba humo por el pitorro. Me daba la impresión de que, por patidifusos que los hubiera dejado Montgomery, era Balthasar lo que realmente los había dejado sin habla. La criatura estaba sentada con desgarbo junto a la chimenea en una banqueta demasiado pequeña para él. Lo envolvían las sombras y estaba tan quieto que cabía pensar que se hubiera quedado dormido.

—Bueno, el té.

Elizabeth rompió el silencio y se levantó para servirlo. Miró a Montgomery con atención.

—Imaginará cuál ha sido nuestra sorpresa al verle, señor James. A Juliet se le había olvidado comentarnos que estaba usted en Londres... y que se habían prometido.

Me miró con los ojos entrecerrados y me revolví en el sofá, incómoda.

—Tenía miedo de lo que opinaríais. Montgomery es quien me llevó a la isla de mi padre el año pasado.

226

—¡Un criado! —exclamó de repente el profesor, aunque no había desdén alguno en su tono de voz—. De eso lo conocía, ahora caigo. Claro, era usted criado de la familia Moreau.

Montgomery asintió y el profesor se puso cómodo en el sillón.

—Recuerdo que era usted un chaval callado. Leal. Trabajador. Aunque no puedo decir que apruebe que se haya prometido usted con mi pupila sin pedirme permiso primero.

—Y le pido disculpas, señor. Se lo propuse nada más regresar a Londres. Me temo que, con las prisas, fue la opinión de Juliet la única en la que fui capaz de pensar.

—¿Por eso has estado tan reservada y por eso te escapabas? —me preguntó de sopetón Elizabeth, mientras giraba la cabeza hacia mí con tal brusquedad que a punto estuvo de derramar el té.

En su voz percibí amonestación y alivio a partes iguales. Estaba tan preocupada la noche en la que me vio entrar por la ventana de la cocina que enterarse de que me estaba encontrando con mi prometido en secreto había debido de ser para ella un alivio considerable.

—Sí —mentí.

Aquel era el momento de lanzar una mirada arrobada a Montgomery o disculparme con una sonrisa por haberlos preocupado, pero no pude hacer ni lo uno ni lo otro. Actuar como la enamorada de Montgomery en aquel momento, cuando acababa de volver a verlo después de tantos meses y aún sentía las caricias de Edward en la piel, era un papel que no estaba preparada para representar.

Pero parecía que no importase. Los demás interpretaron mi agarrotamiento, creo, como parte de la tensión nerviosa que me había provocado lo sucedido en el baile de máscaras.

—¿Cuáles son sus intenciones, señor James? —preguntó el profesor.

—Tengo ciertas aptitudes para la medicina y me gustaría ejercer de aprendiz de algún doctor, quizá en un pueblecito, y que Juliet me acompañara allí como mi esposa.

Lo miré. ¿Estaría diciendo la verdad o solo sería una historia para complacer al profesor? Por lo general, era muy fácil saber por dónde iba pero, en aquella ocasión, no supe reconocer ninguna de las señales habituales, lo que me produjo gran curiosidad y me hizo sospechar un poco. Ya me había roto el corazón en una ocasión. No le permitiría que lo hiciera con tanta facilidad una segunda vez.

«Hay cosas que no te ha contado», las palabras de Edward resonaron en mi cabeza.

Montgomery me miró y sonrió.

El cuco volvió a cantar. Ya había pasado una hora desde que habíamos llegado y Elizabeth miró al profesor, al que se le cerraban los ojos.

—Ha sido un placer conocerle, señor James, pero debe comprender nuestra sorpresa al saber la noticia. Lo mejor será que nos vayamos a la cama y mañana nos explicará más cosas.

El profesor se puso de pie.

—Y mientras, usted y su compañero, si es que consigue levantarlo de la silla, pueden dormir en el cuarto de invitados de la tercera planta.

Era evidente que sus palabras iban cargadas de intención porque nos miró de forma incisiva a Montgomery y a mí mientras pronunciaba la frase. Puede que estuviéramos prometidos, pero no estábamos casados; así que, hasta que lo estuviéramos, por las noches habría al menos un piso de separación entre ambos.

Les dimos las buenas noches a Elizabeth y a él. Mientras los demás seguían hasta sus correspondientes dormitorios, ella se detuvo en la puerta del mío con una vela en la mano.

—¿Por qué no nos lo habías dicho? —susurró.

—No estaba segura de que os pareciera bien que hubiera sido sirviente... o su relación con mi padre.

—Todos estábamos relacionados con tu padre, Juliet. Por esa regla de tres, todos somos culpables.

Me miré las manos y asentí.

—¿Le amas?

Volví a sentir la presión del papel que debía representar. Mientras intentaba ordenar mis sentimientos y proporcionarle a Elizabeth una respuesta satisfactoria, me di cuenta de que no era fácil.

—Es un buen hombre.

Dejé de lado el centenar de razones por las que el amor entre Montgomery y yo no era algo sencillo; que me hubiera abandonado, que hubiera ayudado a mi padre... y que yo hubiera hecho el amor con otro hombre. Sentía que aquel embrollo empezaba a asfixiarme como las enredaderas en verano.

Me lanzó una sonrisa cargada de compasión. Ella no se había casado y le había oído comentarle al profesor que consideraba el matrimonio una trampa diseñada para tener a las mujeres metidas en el dormitorio y en la cocina. Si me compadecía porque creía que ese sería mi destino es que no me conocía bien. Yo nunca podría ser una esposa dulce y obediente por mucho que me esforzase.

Se marchó y, sin su presencia, la habitación me resultó cavernosa, solitaria. Me quité el rígido vestido de baile con el dobladillo embarrado y me puse un camisón. Cerré los ojos y escuché los ruidos que hacía la casa mientras se asentaba. Todo se quedó en silencio excepto por el viento, que golpeaba las ventanas.

Me puse las zapatillas y avancé en silencio hasta la puerta. El dormitorio de Montgomery estaba en la misma planta que el del profesor, pero el anciano dormía como un tronco y, además, en la isla había aprendido a moverme en el más completo silencio.

Giré el pomo, lista para subir a hurtadillas al piso de arriba. Cuál no fue mi sorpresa al ver que Montgomery estaba al otro lado de la puerta. Había sido más rápido que yo. Nuestras miradas se cruzaron. Tenía los ojos del profundo color azul de las llamas.

—¿Puedo pasar?

Montgomery echó otro leño a la pequeña chimenea del dormitorio. Lo observé, rememorando cómo me preparaba el fuego cuando era pequeña. Era tan callado por aquel entonces. Aunque seguía siéndolo, era imposible no darse cuenta de su presencia. No era solo que se hubiera convertido en un joven fuerte, sino que desprendía cierta calma, como si hasta el fuego al que daba vida con sus manos supiera que se trataba de alguien en quien se podía confiar.

Consiguió que el fuego rugiese y este iluminó con su luz parpadeante las cortinas y el edredón de plumas. Me pregunté si allí, recortada contra un telón de fondo tan elegante, le seguiría gustando, teniendo en cuenta que se había enamorado de mí en medio de la selva, frente al mar rompiente.

—Ha sido una respuesta impulsiva —dijo—, pero era lo mejor que se me ha ocurrido en ese momento. De no ser así, al traerte a tu casa después de medianoche, con el vestido roto y embarrado... habrían pensado que soy un villano de la peor calaña. Si me hubieran dado tiempo para explicar que te había rescatado en el baile de disfraces y que te había acompañado a casa, sería un extraño educado y me habrían dado las gracias profusamente, pero me habrían pedido con amabilidad que me fuera. Al decirles que estamos prometidos, tendremos la posibilidad de estar solos y de viajar juntos, y también nos servirá para justificar que de vez en cuando nos escabullamos los dos solos.

—Lo entiendo. Solo que ha sido toda una sorpresa. Hacía meses que no te veía. Por lo que yo sabía, bien podrías haber estado muerto. Además, bastante le he mentido ya al profesor, cuando lo único que él ha hecho ha sido mostrarme amabilidad.

Se puso bien un mechón y dijo:

—¿Acaso está tan lejos de la realidad?

Dejé que el crepitar del fuego llenase la estancia. En la isla nunca había querido separarme de él, pero ahora se abría entre nosotros un abismo tan ancho como el océano que había tenido que cruzar sola y herida. Él, en cambio, había aparecido en el turbulento baile y me había mirado como si nada hubiese cambiado. Pero había cambiado todo.

La noche anterior había compartido el lecho con Edward. Había hecho el amor con un asesino pensando que estaba a salvo en su compañía. Había sido más que tonta.

—¿Por qué no has venido antes a por mí?

Mis palabras, meros susurros, se mezclaron con el crujir del fuego.

Se sentó en la cama, junto a mí, sobre las sábanas de seda y el mar de almohadas que a tantísimos miles de kilómetros estaban de la sencillez de la isla en la que nos habíamos enamorado. Me cogió la mano —que era muy pequeña al lado de la suya— y, muy despacio, se la llevó a los labios.

El corazón me rugió al mismo volumen que el fuego. El recuerdo del empujón que Montgomery le había dado al bote aún estaba fresco y no tenía claro que estuviera preparada para aquello. Heridas así de profundas no se cierran en un día.

—Era muy complicado —contestó en voz baja—. Cuando seguí a Edward hasta aquí no pude por menos que pensar en ti. Cada día me planteaba venir y disculparme por haberme separado de ti de aquella manera... decirte que pensaba en ti a todas horas.

Me apretó la mano. Esta vez no me estaba dejando a la deriva, como meses atrás en el bote.

—Pero cada vez que pensaba en nuestra vida juntos... eran demasiadas las cosas que se interponían entre los dos. Al principio, el destino de los hombres bestia. Nunca me habría perdonado dejarlos allí solos.

—Ya no hay hombres bestia.

—No, pero ahora es Edward quien se interpone entre nosotros. Juliet, quiero llevar una vida sencilla. No quiero monstruos en el armario ni tener que asustarme de las sombras. Primero pretendía resolver el asunto de Edward. Y luego tenía planeado venir a buscarte para que lleváramos esa vida.

Se había acercado más a mí, como bien me había hecho saber mi corazón desbocado. Me cogió el mentón con la mano.

—Nunca he dejado de quererte y nunca lo haré.

Allí, en la calmada intimidad de mi habitación, por lo visto, me había abandonado la razón. Aunque me hubiera hecho tantísimo daño... seguía siendo el joven del que me había enamorado. ¿Iba a echar por la borda una relación de toda la vida por una vieja herida?

—Te he echado de menos —musitó.

Me rozó la mejilla con los labios. Aunque me preguntaba si sería capaz de perdonarle con tanta facilidad, allí, sentados sobre el edredón de seda la respuesta era sencilla: «¡Sí, sí, sí!». Se lo hubiera perdonado todo.

Me incliné hacia él y me besó. Había soñado tantas veces con volver a verle que aquello no me parecía real. Lo besé una y otra vez, mareada a la luz de la luna que entraba por las ventanas.

—Juliet.

Susurró mi nombre junto a mi mejilla y me pareció una caricia. La sensación de su piel cálida me despertó del sueño, como si hubiera estado caminando sonámbula por la vida desde que había abandonado la isla.

Lo obligué a bajar la cabeza y volví a besarle. En aquella ocasión no lo hice con delicadeza. Se me habían acelerado la respiración y el pulso. Correspondió a mi beso con la misma pasión. Quería que nos pasáramos el resto de la vida besándonos, no permitir que volviera a alejarse de mí.

Rozó con el pulgar el cuello de mi camisón, el lugar donde acababa la tela y empezaba la piel. Mientras me trazaba un sendero de besos en el cuello, bajó la tela que cubría el hombro y la reemplazó con sus labios.

Me incliné hacia atrás con las manos enmarañadas en su pelo, sin dejar de pensar que hacer el amor con Edward había sido un error. Debería haberme reservado para él, el hombre al que amaba.

¿Qué haría si lo descubría?

Se detuvo de repente y se sentó con brusquedad. Me miraba la piel desnuda del hombro. Abrí la boca, confusa, y me toqué la piel suave que acababa de besarme. Pero mis dedos se toparon con los feos arañazos que me había hecho la bestia con sus garras.

—¿Cómo te has hecho esos arañazos?

Percibí una inflexión extraña en su voz y recordé que Montgomery había visto los desgarros de la bestia en muchísimos cadáveres, de modo que sabía muy bien cómo rasgaban la piel aquellas garras, el espacio que había entre ellas. Estaba claro que iba a reconocerlas.

—Montgomery... —empecé a decir apresuradamente.

Era evidente que la intimidad del momento se me escapaba entre los dedos y le agarré del brazo para intentar evitar que así fuera, pero se zafó de mi mano, se puso de pie y empezó a dar vueltas frente a la chimenea.

—Me has dicho que no habías visto a Edward hasta esta noche.

—Para y te lo explico.

—Me has dicho que no lo habías visto. Me has mentido.

—En realidad, no he dicho eso... eres tú quien lo ha supuesto. No sabía cómo decírtelo.

—¡Podría haberte matado!

—¿Es que crees que no lo sé? —Me puse de pie como una centella para enfrentarme a él. Me mordí el labio para intentar concentrarme—. Sé que es peligroso. Pienso en ello a cada momento, ¡a cada instante! Todas sus víctimas murieron por mi culpa... Todas me habían hecho algún mal. Una de ellas era una chica que conocí en la casa de huéspedes y que me robó el anillo de mi madre. Otra era un miembro del Parlamento que nos dio una paliza a mi madre y a mí hace muchos años. Otra era el abogado que hizo que los jueces le arrebataran su fortuna a mi padre. Ninguna de esas personas era un ángel, aunque tampoco merecían la muerte. Desde que Edward volvió, vivo en una cárcel con barrotes de miedo, por lo que no te atrevas a decirme que no me doy cuenta de lo peligroso que es.

Me quedé sin aire y resollé para recuperarlo. Proseguí:

—Pero también hay bondad en él y merece la pena conservarla. Está tan ansioso por detener a la bestia como nosotros. Intentaba curarse y me pidió ayuda. Quizá si le hubieras demostrado la misma compasión...

—¿Compasión? —repitió siseando—. ¿Por qué iba a sentir compasión por un monstruo?

—¡Porque él y yo no somos tan diferentes! Sé muy bien lo que significa que experimenten contigo. Necesito una cura tanto como él. Trabajábamos juntos para obtenerla. Estábamos haciendo progresos hasta que... —Me llevé la mano a los arañazos del hombro—. Cada vez le cuesta más controlarse. La bestia se hace más fuerte cada día que pasa.

—Deberías habérmelo dicho.

Se acercó a las ventanas y apartó la cortina de una de ellas para ver la calle, el mundo exterior.

—Bueno, no soy la única que guarda secretos

Giró la cabeza de sopetón y me miró con la intensidad de un cazador.

—¿Qué quieres decir con eso?

—Edward me advirtió de que hay cosas que no me has contado.

Regresó a mi lado.

—¿Qué te ha dicho?

Sus movimientos rápidos, casi dominados por la desesperación, me dejaron claro que Edward no me había mentido. Montgomery me escondía algo.

—Las cartas, por ejemplo.

—Ya te he dicho que no las leí. Tu padre me decía que eran meras transacciones mercantiles, fondos para los suministros que necesitábamos.

—¿Y no se te ocurrió pensar que quienes le proporcionaban apoyo financiero esperaban algo a cambio?

Se pasó una mano por la cara.

—Cometí errores, Juliet. Admiraba a tu padre. Lo quería. No me cuestionaba cosas que debería haberme cuestionado. Aun así, sería un error permitir que Edward viviera.

—¿Y no es un error permitir que Balthasar viva? ¿Por qué hay que hacer una excepción con uno pero no con el otro? —le espeté.

Me miró, molesto, pero le sostuve la mirada.

—Sí, Balthasar es bueno, pero Edward también lo es. Nunca le has entendido. No como le entiendo yo.

Se me llenó la voz de ternura inconscientemente, lo que hizo que Montgomery dejase de ir de un lado para el otro.

—¿Y cómo le entiendes tú? ¿Como amiga —dijo, contemplando las marcas de mi hombro—, o como algo más?

—No se te ocurra acusarme de nada —y cerré la boca con fuerza.

Pero los celos se habían apoderado de él y no iba a detenerse.

—¿Te mintió diciéndote cuánto te amaba? ¿Que haría cualquier cosa por ti? ¿Te besó? ¿Fueron correspondidos sus besos?

A pesar de que se estuviera acercando mucho a la verdad, por instinto, extendí la mano para darle una bofetada, pero me agarró de la muñeca antes de que llegara a golpearle. Si él respiraba con agitación, yo más.

—Tienes razón —dije a todo correr—, Edward intentó besarme... y se lo permití. Le permití que hiciera mucho más... ¡porque él vino a buscarme! ¡Porque él me quiere de verdad!

Montgomery abrió los ojos como platos. Me di cuenta de que había ido demasiado lejos, de que me había pasado. Me había herido y yo lo había herido a él, pero el amor nada tenía que ver con intercambiar golpes y hacerse daño. No éramos animales. Me mordí el labio; deseaba que aquellas palabras no hubieran salido de mi boca. Deseaba que fueran mentira... en vez de ser ciertas.

—Lo siento —me disculpé—. No estabas. Pensaba que no volvería a verte.

Me acerqué a él, pero se apartó de golpe.

—¿Piensas que mi amor no es verdadero? —me preguntó. Luego murmuró algo entre dientes y salió disparado hacia la puerta.

—¿Adónde vas?

—A buscar a Edward y a pegarle un tiro en la cabeza —dijo, tras lo cual salió por la puerta y la cerró de golpe tras de sí.

Oí cómo crujía la escalera y el portazo de la puerta principal. Montgomery desapareció en la fría noche.

Me puse el abrigo y las bailarinas y salí corriendo detrás de él, pero me tropecé con una masa gigantesca que dormía a unos pasos de mi puerta; de hecho, me habría caído al suelo y habría despertado a toda la casa de no ser porque el somnoliento Balthasar me cogió en el aire.

—Balthasar... —susurré mientras me esforzaba por sentarme aprovechando que me tenía cogida del brazo—, ¿qué estás haciendo aquí?

No me quitaba las manos de encima. Se puso de pie y me levantó con él, me sacudió el abrigo y me llevó de vuelta a la habitación.

—Montgomery dice que se quede aquí. Que me asegure de que no sale.

Lo miré encolerizada, pero ni se inmutó. Si algo distinguía a aquella criatura, era su lealtad. Si Montgomery le decía que se bebiera una pinta de arsénico, lo haría sin cuestionárselo.

Me sonreía mientras me cerraba la puerta en la cara.

—Buenas noches, señorita.

«Y tanto que iban a tener que ser buenas», pensé mientras me dirigía apresuradamente a la ventana y abría la cerradura, porque si no encontraba a Edward antes que Montgomery, sería peor que una pesadilla.

CAPÍTULO VEINTICINCO

No me había dado tiempo a cambiarme e iba en camisón, pero para cuando llegué corriendo a Shoreditch, sudaba a mares por debajo del grueso abrigo. Me detuve ante el edificio donde tenía alquilado el ático. En el taller había una lámpara encendida cuya luz resplandecía y titilaba con calma.

La bestia no necesitaba luz gracias a sus ojos de animal... así que tenía que tratarse de Edward. Aun así, subí la escalera con precaución. Llevaba el cuchillo en la mano, lista para defenderme si era necesario. Llegué al descansillo y pegué la oreja a la puerta. Se oía cómo el viejo edificio crujía y se asentaba, un tintineo de cristal en el interior y las patas de una silla arrastradas por el suelo, como si alguien se pusiera de pie.

Agarré el cuchillo con más fuerza antes de girar el pomo y abrir la puerta lo necesario para echar una ojeada. En la pared se veía una sombra en movimiento que me pareció gigantesca, inhumana, hasta que me di cuenta de que era efecto de la lámpara, que proyectaba sombras muy alargadas y que la figura era, lisa y llanamente, la de un joven inclinado sobre una lata de jamón cuyo contenido vertía a un plato de porcelana con ayuda de una cuchara. A continuación, le puso el plato a un perrito negro que meneaba la cola con impaciencia.

Una tabla crujió bajo mi peso y Edward levantó la vista. Se

incorporó al verme y tanto la cuchara como la lata se le cayeron de las manos y repiquetearon en el suelo. Sharkey las olisqueó sin darse cuenta de la tensión que había entre Edward y yo.

—Juliet...

Todavía llevaba el atuendo del baile de máscaras que, ahora, sin los músculos hinchados de la bestia, le quedaba más holgado. La chaqueta estaba tirada sobre la cama, por lo que iba solo con el pantalón, la camisa y el chaleco, de cuyo bolsillo sobresalía la cadena del reloj de oro.

Negó con la cabeza y se acercó a mí.

—No deberías haber venido.

—Es mi ático.

—Es muy peligroso. Soy muy peligroso.

—Me habías dicho que la bestia no es capaz de poseerte durante más de dos horas y hace mucho que ha acabado el baile.

Entré y cerré la puerta tras de mí. Por la cara que puso era evidente que no le parecía bien, pero no protestó. Volvió a agacharse para seguir dándole de comer a Sharkey.

—Eso era antes, pero he estado tan preocupado por ti que se está aprovechando de que tengo la cabeza en otras cosas. Ahora me domina durante tres o cuatro horas. Podría haber estado controlándome todavía.

—Vale, pero no lo está —respondí desde el centro de la estancia con la esperanza de que mis palabras sonasen valerosas, no asustadas, que era como me sentía. Me miré la punta de las bailarinas—. ¿Recuerdas lo que ha pasado esta noche en la fiesta?

No respondió de inmediato.

—Recuerdo algo, pero no está muy claro. Recuerdo muérdago y un lazo rojo. —Bajó la voz—. Recuerdo tu rostro.

«Así que quieres besarme, ¿eh?». Caminé hasta la ventana y empecé a tirar del encaje del camisón, que me daba picores.

—La bestia ha atacado a la señora Radcliffe.

Asintió.

—Sí, eso también lo recuerdo... aunque no muy bien. El olor a sangre es... digamos «evocador».

—¿Por qué a ella?

—La bestia es muy protectora contigo. Lucy me mencionó una vez que su madre te había dado de lado cuando tu familia perdió su fortuna y es probable que la bestia tomara buena nota. —Hizo una pausa—. Es culpa mía que consiguiera salir. Pensaba que la tenía bajo control, pero entonces os vi a Montgomery y a ti en el jardín... Había ido al baile para pedirte disculpas por lo que pasó aquí ayer, pero al verte con él me puse celoso y eso le proporcionó a la bestia la debilidad de la que aprovecharse.

Sus palabras despertaron todo tipo de sentimientos en mi interior. Mi pecho se agitaba al ritmo de emociones encontradas al verlo allí, tan guapo entre las rosas, y pensar en la pobre señora Radcliffe; y, entre todas ellas, había una por la que creía que incluso podría ir al infierno... pero es que me halagaba tanto que la bestia hiciera todo aquello por mí.

Me aclaré la garganta.

—He venido a decirte que Montgomery ha salido a darte caza, aunque no conoce este sitio. No le he hablado de él.

—Gracias —dijo, acompañando sus palabras de una inclinación de cabeza.

—Lo he hecho tanto por él como por ti. Si os encontraseis ahora mismo, creo que alguno de los dos podría morir, quizá incluso ambos. En cualquier caso, Montgomery no debería ser la peor de tus preocupaciones. Hemos oído hablar de ti a varios miembros del King's Club. Era con el señor Radcliffe con quien mantenía correspondencia mi padre pero, por lo que parece, toda la organización está involucrada. Saben lo tuyo. El capitán Claggan les informó de que estabas en Londres.

Miró hacia otro lado.

—Era imposible esconder a la bestia durante tanto tiempo en el mar. Me dominó en el barco de Claggan y mató a unos cuantos marineros. Claggan conocía el trabajo de tu padre... y debió deducir que yo era una de sus creaciones.

—Bueno, pues pretenden atraparte. No sé cuáles son sus planes, pero han hablado de especímenes y he encontrado, ¿quién me lo iba a decir?, un cerebro humano en el estudio del señor Radcliffe. Han dicho que necesitaban extraerte algo. No puedes permitir que te atrapen.

Se acercó a mí y las manchas doradas de sus ojos resplandecieron por efecto de la luz. Era Edward, sí, pero la bestia lo estaba desangrando por dentro.

—¿Por qué me adviertes?

Se me ocurrían un millar de razones: que él y yo no éramos tan diferentes; que, en parte, era responsable de su existencia y, por tanto, de sus crímenes; que me sentía mal por haber hecho el amor con él y, después, haber elegido a Montgomery nada más aparecer este.

—No podemos dejar que te cojan —empecé a responder al fin—, porque pretenden usarte para recrear el trabajo de mi padre.

Aquella era la única razón que no tenía nada que ver con el ovillo de emociones en el que estaba enmarañada.

Una vez hube acabado de hablar, el único sonido que se oía era el que hacía Sharkey al comer el jamón enlatado y el de la madera que crepitaba en la estufa. En la silla que había junto a esta se veía aún marcada la forma de mi cuerpo. Aquel taller era una extensión de mí misma; un sitio en el que podía guardar mis secretos, como el chico que me observaba en aquel mismo instante con una mirada de abrasador deseo en los ojos.

—¿Es esa la única razón?

Su pregunta, a pesar de ser directa, llevaba otra implícita:

«¿De verdad es por lo de la investigación de tu padre... o por el innegable lazo que hay entre nosotros?».

—Juliet, nada de lo que diga serviría para disculparme lo suficiente.

—Pues no digas nada —lo corté a todo correr—. Además, no fuiste tú, sino la bestia.

Me oía hablar y mis palabras me parecían bastante cargadas de verdad, pese a que parte de mí todavía se preguntaba dónde estaba trazada la línea que los separaba al uno del otro.

—Ahora que ha vuelto Montgomery voy a intentar convencerle para que me ayude, aunque Dios sabe que no va a ser tarea fácil. Él asistía a mi padre con los sueros, así que, entre los tres, encontraremos el ingrediente que falta. Ahora bien, has de darme tiempo. Si te viera en estos instantes, solo querría cortarte la cabeza.

Me di la vuelta y caminé hacia la puerta. Antes de llegar, saqué un paquetito que llevaba en un bolsillo del abrigo. Sharkey ladró y Edward se agachó para acariciarle la cabeza. Mientras estaba de espaldas, eché en su taza de té la valeriana en polvo que contenía el paquetito. Deseé que drogarle no fuera la única opción que me quedaba para controlarlo, pero es que la bestia ya se había escapado dos veces antes de que Edward consiguiera encadenarla y al menos una persona había muerto por ello. ¿Sería capaz de perdonarme a mí misma si la bestia volvía a liberarse y hacía daño a alguien más?

Abrí la puerta para marcharme.

—¡Espera! —dijo mientras cogía a Sharkey del suelo y me lo tendía—. Llévatelo. No se aparta de mi lado y tengo miedo de transformarme algún día antes de que le dé tiempo a escapar. Lo último que quiero es más sangre inocente en las manos. —Hizo una pausa—. Le he cogido muchísimo cariño.

Dejé a Sharkey en el jardín del profesor para que pasara allí la noche y le saqué un cuenco con estofado de ternera. Era un perro callejero, así que estaba acostumbrado a buscarse la vida. Además, estaba segura de que, de necesitarlo, sería capaz de encontrar el camino de vuelta al puesto de Joyce, en el mercado. En cuanto me metí en la cama, se me empezaron a hinchar y endurecer las articulaciones, heraldo del inminente ataque que llevaba días amenazándome. Era como si todo el cuerpo se me hubiera quedado rígido. Tenía grandes escalofríos y el dolor de cabeza que sentía detrás del ojo izquierdo me enviaba punzadas de dolor al cerebro. Era peor que ningún ataque que hubiera tenido. Entre las alucinaciones en las que veía huellas de patas de tres dedos por el techo de la habitación, me venían destellos en los que Montgomery me inyectaba sueros y en los que el profesor me observaba preocupado a través de sus anteojos; incluso llegué a ver la cara de Lucy. No obstante, era incapaz de determinar si algo de aquello era real o si todo o parte eran figuraciones de mis sueños inquietos. Allí tendida, mareada, no podía dejar de pensar en el diario de mi padre, en la página en la que ponía que el glucógeno recién extraído era más efectivo. Pero, claro, aquello suponía realizar una vivisección, y la mera idea de rajar a Sharkey, o a cualquier otra criatura viva, hacía que la bilis me subiera por la garganta.

Cuando por fin desperté, empapada en sudor y sin saber cuánto tiempo había pasado allí, si un día o una semana, Montgomery me explicó que llevaba tres días perdiendo y recuperando el conocimiento. Por encima de su hombro vi que el fuego ardía en la chimenea y que los troncos estaban colocados tal y como él acostumbraba a hacerlo. La discusión que habíamos tenido la noche en la que sucumbí a mi enfermedad había abierto todo un abismo entre nosotros, pero no lo suficientemente ancho como para que no pudiéramos tender un puente que nos acercara en momentos difíciles. Nos amábamos, pero él estaba en lo cierto: mientras Edward siguiera entre los dos, nunca podríamos estar juntos.

Montgomery se apropió del comedor del profesor y se pasó la mañana probando diferentes sueros, esforzándose por curar mi enfermedad, ante la perplejidad de Elizabeth y del profesor, que se vieron obligados a comer en la cocina. Para el té de la tarde, tenía la lengua en carne viva de tanto probar pastillas, ambos brazos llenos de pinchazos de agujas y, por desgracia, era evidente que no me había curado.

Apoyé la cabeza en la mesa del comedor, su mesa de trabajo improvisada.

—Ya te dije que había probado todas las fórmulas de mi padre. Se puede decir que son lo único que tiene sentido en su diario pero, aun así, ninguna funciona.

Alguien cerró la puerta principal de golpe y, a continuación, se oyó una gran conmoción en el vestíbulo. Montgomery y yo corrimos al pasillo, desde donde vimos una extraña escena: Balthasar, obsequioso, agarraba a Lucy de la mano mientras ella lo golpeaba una y otra vez con el bolsito.

—¡Suéltame, monstruo! —gritó antes de pegarle en la oreja.

—Pero ¿qué está pasando? —exclamé.

—He encontrado a esta chica husmeando en el jardín —respondió Balthasar.

—¡Por amor de Dios, yo no estaba husmeando! ¡He venido para ver si ya estabas bien y este monstruo me ha abordado!

—Balthasar, déjala —le ordenó Montgomery.

—¿Has oído? ¡Suéltame!

Balthasar torció el gesto, pero la soltó. Lucy se sacudió la chaqueta y lo miró enojadísima por encima del hombro.

—Sigues pálida como una muerta, Juliet —observó mi amiga—, pero, al menos, no hablas de abrir perros en canal. Y, ahora, podrías decirme ¿qué es eso de que estás prometida? Elizabeth se lo ha contado a la tía Edith y todo el mundo habla de ello.

Se quedó mirando a Montgomery, que se dio la vuelta poco a poco y volvió a sus indagaciones médicas en el comedor. Me quedé con Lucy en el vestíbulo, pero ella se empeñaba en seguir a Montgomery con la mirada.

—Es él, ¿verdad? —Se acercó para echar un vistazo desde la puerta—. Ay, Dios mío, Juliet, ¡es guapísimo!

—Es mentira que sea mi prometido. Es Montgomery James, el ayudante de mi padre, ese del que te he hablado. Ha seguido a Edward hasta Londres y se inventó lo de que estamos prometidos para justificar que estuviéramos solos mientras intentamos averiguar qué está tramando el King's Club.

Parpadeó, confusa, e hice una pausa porque me di cuenta de que no tenía ni idea del peligro que suponía no solo su padre, sino las personas que lo rodeaban. Me la llevé al comedor y Montgomery levantó la mirada.

—Lucy está al corriente de todo, excepto de lo que descubrimos la otra noche.

Le expliqué lo que les habíamos oído decir a su padre y a otros miembros del club cuando salieron a la balconada.

—Pero ¿para qué necesitan a Edward? —preguntó preocupada.

—No estamos seguros —contestó Montgomery.

—Hablaban de extraerle algo para completar a los demás especímenes. —Me quedé callada al darme cuenta de que estaba hablando de que querían rajar de arriba abajo al hombre que ella amaba—. Bueno, tengan lo que tengan en mente, parece que lo pondrán en práctica el día de Año Nuevo.

Lucy se quedó muy sorprendida.

—¿En Año Nuevo? ¿Y dices que el King's Club está involucrado?

Asentí. Tenía un mal presentimiento.

—¿Por qué lo preguntas? ¿Sabes algo?

—Papá forma parte del comité de actividades caritativas del club. Este año han decidido hacer un baile para indigentes al que asistirán los pobres de la ciudad. Van a darles una comida caliente y ropa de segunda mano. La plaza del Parlamento estará a rebosar y... —hizo una pausa—, está previsto para Año Nuevo.

Montgomery y yo nos miramos alarmados. Él se levantó y caminó hasta una de las ventanas, inmerso en sus pensamientos.

—¿Significará algo o será una mera coincidencia? —preguntó Lucy.

—Ni idea —respondí—, al menos, de momento.

Mi amiga rebuscó en su bolso y sacó un manojo abarrotado de llaves que dejó sobre la mesa.

—Pues descubrámoslo. Se las he robado a mi padre. He pensado que podrían sernos de mucha utilidad.

Se me abrieron los ojos como platos.

—Ay, Lucy, como lo descubra...

—Por eso tenemos que ser rápidas. Una de ellas abre el salón de fumadores del Departamento de Investigación Médica de King's College, que es donde se reúnen los del club. No debería haber nadie allí esta noche porque mi padre ha salido de viaje de negocios a primera hora de la mañana. Tengo que dejar las llaves en su mesa antes de que vuelva a casa mañana o se pondrá furioso.

—¿Quieres investigar esta noche?

—Es mi padre, Juliet. Tú tienes el privilegio de saber que el tuyo estaba loco; yo, en cambio, no podré dormir hasta qué descubra en qué está metido el mío.

Negué con la cabeza. Me resistía a involucrarla aún más.

—¿Cómo vamos a entrar en la universidad? Además, ahora, después del ataque que tuvo lugar en tu casa, el profesor me vigila como un halcón.

—Esta tarde hay una charla sobre el papel de la mujer en la dirección del hogar. Se celebra en un piso superior del edificio. Dile que vamos a asistir. Montgomery podría llevarnos.

No era mala idea y tamborileé con los dedos mientras pensaba.

—Podría fingir un desmayo en mitad de la charla y Montgomery y tú podríais decir que me lleváis a casa...

—... Pero, en realidad, entraremos a escondidas en el salón de fumadores del King's Club.

—Bajo ningún concepto —soltó Montgomery, que interrumpió nuestras intrigas y cogió las llaves—. Es demasiado peligroso. Iré yo.

—¿A una charla para mujeres? —inquirió Lucy—. Vas a llamar la atención, ¿no te parece? Además, no tienes ni idea de lo que tienes que buscar. Yo soy la única que ha leído las cartas.

Se mantuvieron la mirada hasta que Montgomery maldijo entre dientes y volvió a dejar las llaves sobre la mesa.

—De acuerdo, iremos juntos. —Me miró y añadió—: Ahora sé por qué sois amigas. Pensaba que eras la mujer más imposible del mundo, pero acabo de descubrir que sois igual de imposibles.

CAPÍTULO VEINTISÉIS

Fingir un desmayo durante la charla sobre el papel de las mujeres no fue complicado, en especial gracias a mi reciente enfermedad. Estábamos sentadas entre un mar de damas con aspecto de aburridas en aquellas sillas de respaldo recta del salón de actos recubierto de caoba de la universidad. El orador, con su tono monocorde, habría conseguido que me quedara dormida de no ser por la excitación que me producía pensar en lo que teníamos planeado. Mientras nos hablaban de las tareas del hogar me pareció de lo más natural desmayarme y aferrarme al respaldo de la silla que tenía delante mientras me quejaba de los vapores. Lucy representó perfectamente su papel y dijo que se encargaba de ir a buscar a un cochero. No tardó en volver con Montgomery. Su gran atractivo hizo que hasta algunas de las mujeres que estaban dando cabezazos hacía un momento despertaran, pero nos fuimos antes de que el orador empezara a hablar del siguiente punto: la manera correcta de atender a un marido enfermo.

Bajamos la escalera de mármol a toda velocidad hasta que llegamos a la planta baja. Lucy nos guiaba y pasamos por delante de las fotografías enmarcadas entre las que estaba aquella de 1875 desde la que me observaba mi joven padre. Se detuvo ante una puerta y sacó el tintineante aro de llaves, pero la cogí del brazo para que se estuviera quieta.

Me llevé un dedo a los labios y pegué la oreja a la hoja para ver si oía algo en el interior de la estancia. Que el padre de Lucy no estuviera en la ciudad no significaba que los demás miembros del King's Club no fueran a reunirse. Ahora bien, la habitación estaba en el más completo silencio. Miré a mi amiga y asentí.

Lucy insertó en la cerradura de latón una llave con el blasón del club y abrió la puerta con precaución. Aparte de la poca luz que entraba por unas ventanas situadas en el lado este, el lugar estaba a oscuras. Olía mucho a puro, pero, por debajo, también se percibía un fuerte perfume a colonia de hombre y un olor más terreno que me hizo pensar en cuando enterraba el rostro en el pelo de Sharkey. Tragué saliva. ¿Por qué iba a oler a animal en un salón de fumadores?

Entramos despacio. Montgomery encontró un interruptor en la pared y lo pulsó para encender las luces eléctricas. Me protegí los ojos del resplandor repentino.

Lucy soltó un grito y me di la vuelta. De la pared, a su lado, colgaba una bestia de relucientes ojos negros que le enseñaba los colmillos. Mi amiga se parapetó tras un sofá y yo respiré aliviada. Era un jabalí disecado, y no era el único trofeo. Al menos había veinte cabezas de animales en la pared: ciervos con astas de nueve puntas, leones cuyo rugido había quedado congelado en el tiempo, cebras sin cuerpo y lechuzas posadas en los estantes superiores de las librerías.

—Esto no es buena señal —musitó Lucy mientras se apartaba del jabalí.

—No tiene por qué ser así —respondí, mientras estudiaba los ojos de una ardilla que jamás volvería a parpadear y que se encontraba sobre la mesa que me quedaba más cerca—. A mucha gente le gusta la taxidermia, lo que no significa nada en especial. Hasta el profesor tiene un lince en el estudio. Creo que se lo regaló un pariente.

—Pues a mí no me gusta —dijo Lucy, que temblaba.

Montgomery se había acercado a los estantes y estaba rebuscando entre los títulos encuadernados en cuero. Lucy empezó a inspeccionar los premios y diplomas enmarcados que colgaban de las paredes. No se veían gabinetes, ni escritorios o cajas donde guardar notas. El salón era justo lo que parecía: una estancia elegante y masculina llena de sillones clásicos de cuero y humidificadores para puro, pensada para que una decena o más de hombres se arrellanaran mientras fanfarroneaban de sus logros.

Pasé la mano por las paredes y por la gran chimenea en busca de compartimentos secretos, pero no encontré nada. De las paredes colgaban más fotografías enmarcadas que documentaban la historia de las obras caritativas del King's Club. Vi algunas de la construcción de un orfanato y también un decreto real de 1855 en el que les daban las gracias a los miembros del club por sus esfuerzos para detener el brote de cólera. Ver sus supuestas buenas obras colgando de la pared hizo que se me encogiera el estómago. No había forma de saber cuáles eran sus motivos. A mi entender, aquellos pobres huérfanos estaban destinados a sufrir un sino horrible. Al fin y al cabo, de algún sitio habría salido el cerebro de la sombrerera, ¿no?

En veinte minutos habíamos buscado por todos lados pero no habíamos encontrado nada que tuviera que ver con lo que tenían planeado para el baile de Año Nuevo en honor de los pobres; ni referencia alguna a que estuvieran financiando experimentos científicos.

—Deben de guardar los informes en otro sitio —comentó Lucy mientras se dejaba caer en uno de los sofás de cuero.

Asentí.

—Si pudiéramos hacer una copia de la llave y volver para espiarlos cuando estén manteniendo una de sus reuniones...

Montgomery me hizo callar con una seña rápida.

—¡Viene alguien! —susurró—. ¡Rápido, salgamos al pasillo!

Apagó la luz y nos quedamos a oscuras.

Encontré la mano de Lucy y salimos con premura. Oía los pasos que se acercaban, pero aquellos pasillos eran como un laberinto, y el eco engañaba. A Lucy le dio el tiempo justo de cerrar la puerta con llave y sacarla de la cerradura antes de que dos hombres con una lámpara doblaran la esquina. Nos enfocaron con ella.

—¿Quién hay ahí? —gritó uno de ellos.

Me sentí como un cervatillo cegado por la lámpara de un cazador. Montgomery nos cogió de la mano y nos alejamos de ellos a la carrera, pero él no conocía aquellos pasillos. Yo, en cambio, sí.

—¡Por aquí! —les dije al tiempo que giraba una esquina hacia un corredor que daba a una escalera que llevaban al sótano.

A menudo, los profesores dejaban una de las puertas exteriores de abajo sin cerrar. Bajamos a toda prisa la escalera, pero los hombres nos seguían. El agudo silbido de uno de los guardas nocturnos resonó por los oscuros pasillos.

—¡Ahora, por aquí! —les susurré a Montgomery y Lucy tan alto como me atreví.

El depósito de cadáveres estaba a la vuelta de la esquina y desde allí no quedaría mucho para llegar a la puerta que daba al exterior. Allí no había ventanas, por lo que la única luz que teníamos era la de la lámpara de nuestros perseguidores, que iluminaba las paredes justo detrás de nosotros.

Por fin llegamos a la puerta que daba a la calle. Me lancé contra ella, pero ni se movió.

—¡Maldita sea! —grité—. ¡Tenía que ser hoy cuando la cerraran!

Teníamos a los perseguidores casi encima, así que tanteé los bloques de piedra de la pared hasta que encontré un pomo. Abrí la puerta a pesar de no saber adónde daba.

Los tres bajamos dando tumbos por un estrecho tramo de

escalones, oscuro como la noche, que llevaba a una planta cuya existencia desconocía. La atmósfera era densa debido al olor a moho y tierra, que tanto me recordaba a la jungla. Nos apiñamos abajo del todo y escuchamos. Oímos ruido de pasos sobre nuestra cabeza, pero nadie se acercó a la puerta. Esperamos durante lo que diría que fueron diez minutos, aunque me pareció una eternidad. Palpé la pared, pero no encontré interruptores de la luz ni tuberías del gas.

—Todavía no han debido de adecuar esta planta para la energía eléctrica —susurré.

El aire chisporroteó cuando Lucy encendió una cerilla, cuya luz iluminó débilmente los pasillos. Eran más antiguos de lo que me había imaginado, así que debían de formar parte de los cimientos originales. El suelo estaba lleno de insectos muertos y de porquería, y pensé que por allí no había pasado nadie en muchos años hasta que Lucy iluminó el suelo y vimos pisadas recientes sobre el polvo.

Montgomery se agachó y recogió una vela rota, y mientras mi amiga y él se esforzaban por encenderla, fui hasta una puerta que había al final de aquel distribuidor. Intenté abrirla. Estaba cerrada. Me agaché para mirar por el ojo de la cerradura, pero el interior estaba muy oscuro porque no debía de haber en él ninguna ventana. No obstante, mis oídos captaron un ligero sonido: era un ruido extraño, pero que me resultaba familiar, como ondas de agua. Me acerqué más al ojo de la cerradura y el olor a productos químicos me resultó asfixiante.

—Venid —les pedí—. Aquí ha estado alguien hace poco.

Montgomery probó a abrir la puerta.

—Cerrada.

—Lucy, prueba con las llaves —le dije.

—Son las llaves personales de mi padre. La única que tiene el escudo del King's Club es la del salón de fumadores de arriba.

—No tenemos muchas opciones.

Sorprendidos, comprobamos que la cuarta llave que utilizó abría la cerradura. Los nervios me revolvieron el estómago de tanto preguntarme para qué necesitaría el King's Club una habitación secreta en lo más profundo de la universidad.

Montgomery sacó la pistola.

—Permaneced detrás de mí. Por si acaso —nos ordenó.

La puerta crujió al abrirla. Cuando entramos, lo único que vimos a la luz de la titilante vela fueron mesas de trabajo y filas de armarios, pero en la pared más alejada, la luz que llevaba Lucy se reflejaba en lo que parecían espejos. El olor era más fuerte ahora. A pesar de la poca luz, empecé a adivinar la forma de media decena de tanques de cristal idénticos que, al inspeccionarlos más de cerca, resultaron estar llenos de un fluido transparente. Nos miramos, nerviosos. Lucy se quedó atrás, pero yo me acerqué para apreciar mejor aquel líquido espeso.

—Juliet —la voz de Montgomery tenía un tono de advertencia—, no te acerques tanto.

En el interior del tanque, suspendido en el líquido, había algo del tamaño de un gato grande que ni se movía ni hacía ruido alguno. Mientras los ojos se me adaptaban a la escasa luz, empecé a apreciar el cuerpo a medio formar de una criatura parecida a un roedor, cuyos miembros solo se intuían. No tenía pelo en ninguna parte del cuerpo, desde la mandíbula a lo que parecía una cola rizada. La boca estaba más desarrollada que el resto del cuerpo y parecía poderosa y ancha, como la de un reptil con una resplandeciente dentadura. Me di cuenta de inmediato.

—Son las criaturas de la isla. Aquellas que mi padre creó con forma de rata, solo que mucho más grandes.

Montgomery se acercó para echarle una ojeada al líquido espeso.

—Sí, así es, es el diseño de tu padre —confirmó—. Aunque

nunca había visto ninguna creada de esta manera. No están cosidas. Es como si las estuvieran criando a partir de los componentes de varios animales, utilizando los tanques como úteros artificiales. Rata y comadreja, diría yo, vistos sus rasgos físicos... y con algo que les proporcione ese tamaño, claro.

Me acordé de aquel tanque de cristal que había en el laboratorio de mi padre en el que había algo vivo, extraño, latente. ¿Era esto lo que había estado haciendo mi padre en todos aquellos tanques de cristal que destrocé en la isla? ¿Sería así como había creado a Edward? Se me hizo un nudo en el estómago al imaginarlo metido en un sitio así. Era demasiado real como para haber nacido de esa manera, demasiado humano.

—¡Ahí hay más! —comentó Lucy al tiempo que iluminaba con la vela la pared de enfrente, donde, en efecto, había una decena más de tanques con criaturas a medio formar—. ¿Qué son estas cosas?

—Experimentos —respondí mientras miraba a Montgomery—. Aquí es donde el King's Club lleva a cabo sus experimentos. Ya han empezado.

Al darme cuenta de lo horroroso que era aquello, tuve que apoyarme en la pared por miedo a marearme. Lucy estaba tan pálida como el papel.

Ansiosa por saber el porqué, le cogí la vela a Lucy y me acerqué a los armarios que había en las paredes. En una esquina vi un montón de cuadernos de notas repletos de garabatos. Al pasar las páginas me di cuenta de que aquella caligrafía tan precisa era la de mi padre. Se trataba de la investigación que les había enviado a cambio de que subvencionaran sus gastos y la compra de provisiones. Los leí con atención pero tan rápido como pude. Ahora bien, a pesar de saber mucho de anatomía y fisiología, apenas entendí nada. Había explicaciones muy detalladas del reemplazo celular y de algo a lo que mi padre se refería una y otra vez como

255

«factores mutagénicos hereditarios», junto con dibujos a plumilla de los tanques y las criaturas que albergaban en su interior.

—A ver si tú le encuentras sentido a esto —le dije a Montgomery mientras le tendía los cuadernos.

Los cogió y los estudió con atención. Seguí con algún otro de los cuadernos, que estaban escritos a mano por la misma persona, pero no era la caligrafía de mi padre. Le pedí a Lucy que se acercara para ver si reconocía la letra, pero dijo que, desde luego, no era la de su padre. En aquellas páginas había anotaciones fechadas de los experimentos que llevaba a cabo quienquiera que las escribiera. La más reciente era de aquel mismo día, por la mañana. La leí con el corazón en un puño:

22 de diciembre de 1895. 7:10 de la mañana.

He proporcionado a los especímenes un complejo rico en nutrientes. El índice de crecimiento es de 29/38; más rápido de lo que habíamos estimado. Si todo sigue así, alcanzarán su tope de crecimiento a la semana de recibir el reemplazo de fluido cerebroespinal. Aproximadamente con 200 ml de fluido cerebroespinal del anfitrión tendremos suficiente para un mínimo de cien terapias de reemplazo celular.

El cuaderno se me cayó de las manos mientras me giraba para estudiar a las criaturas a medio formar que había en los tanques. Aquello no tenía nada que ver con la vivisección que había presenciado en el laboratorio de mi padre. Aquello era algo nuevo, el procedimiento que había diseñado para crear a Edward. Esa gente solo necesitaba el fluido cerebroespinal de Edward —el anfitrión— para que el desarrollo de los seres llegase a término y pudieran despertarlos.

Me volví hacia los demás.

—Las cartas de mi padre describen por encima cómo organizar estos tanques, qué fluidos utilizar y cómo hacer que las criaturas crezcan, pero solo con las cartas no pueden hacer nada más. Una cosa es crear los seres y, otra muy distinta, darles vida. Para esto último necesitan a Edward y el código transgénico de su fluido cerebroespinal. Si consiguen duplicar ese código e insertárselo a los huéspedes... entonces sí que podrán darles vida.

Lucy se llevó la mano a la boca.

Hojeé el cuaderno de nuevo y vi que el bioquímico que se encargaba de actualizarlo venía dos veces al día: por la mañana y por la tarde. Las notas de la tarde las tomaba entre las ocho y las ocho y media de la noche.

—Montgomery, ¿qué hora es? —le pregunté a todo correr.

Sacó un reloj del bolsillo del chaleco, lo consultó y respondió:

—Las ocho menos diez.

—El médico del club que hace estas anotaciones no tardará en venir. No podemos permitir que nos encuentre aquí.

Dejé el cuaderno en su sitio y lo coloqué todo de manera que pareciera que allí no había entrado nadie.

—Es hora de que le contemos todo esto al profesor. Él conoce a estas personas y quizá pueda decirnos algo de ellas.

Cerramos la puerta al salir y subimos la escalera de vuelta al sótano. Quienesquiera que nos hubieran estado persiguiendo, hacía tiempo que se habían dado por vencidos y los pasillos estaban en el más completo silencio. Subimos hasta el salón de actos, que justo en aquel momento estaba empezando a vaciarse de señoras somnolientas, y nos unimos a ellas para salir a la calle, sumida en la oscuridad de la tarde. Montgomery nos ayudó a subir al carruaje y, a continuación, se aupó al pescante.

Una vez a salvo en el coche, Lucy se acercó a mí y me dijo:

—Has dicho que necesitan algo que tiene Edward en su cuerpo. —Hablaba en susurros y le temblaba la voz—. ¿Significa eso que van a matarlo?

Me alegré de que la oscuridad de la caja me impidiera verle la cara.

—Sí, me temo que sí.

Hicimos en silencio el resto del viaje hasta casa de Lucy. Quedamos para vernos al día siguiente. Luego, ya sola, pensé una y otra vez en qué iba a decirle al profesor. Puede que fuera un error no habérselo contado antes. Él había denunciado la labor de mi padre porque era lo que se debía hacer; y estaba segura de que ahora también haría lo debido. Era un perro viejo y tranquilo, pero capaz de morder si se le provocaba. Elizabeth nos prepararía su té con regaliz y el profesor pediría algo de fiambre para la cena, durante la cual se nos ocurriría un plan y, por fin, podríamos dormir como es debido.

Montgomery detuvo el carruaje frente a la casa del vecino del profesor. No entendí por qué hasta que bajé y vi que otro carruaje bloqueaba la puerta de entrada de la del profesor.

Un fornido caballo con la crin oscura y recortada pifiaba junto a un agente. Elizabeth hablaba con otro policía en la escalera de entrada. La puerta estaba abierta y por ella salía una cálida luz que se derramaba sobre las sombras de la noche y la cara y el pelo de la mujer. Al oír mis pasos, Elizabeth se volvió.

Estaba llorando. Llevaba por encima de los hombros uno de los viejos abrigos del profesor que, por lo visto, se había puesto a todo correr. La charla solo había durado un poco más de lo establecido, así que no podía ser que estuviera preocupada por nosotros. Cuando me vio, se llevó una mano al pecho y bajó la escalera atropelladamente.

—Juliet... gracias a Dios que has vuelto.

—No pretendía preocuparte.

Me acarició el pelo, como para asegurarme de que estaba a salvo.

—¿Está despierto el profesor? —le pregunté con un mal presentimiento—. Me gustaría hablar con él.

Al oír la pregunta gimió con más fuerza y me abrazó. Vi que, detrás de ella, el policía cambiaba el peso del cuerpo de uno a otro pie como si estuviera nervioso y que en la casa había más personas.

¿A tanta gente habían llamado solo porque hubiéramos llegado un poco tarde?

—Ay, Juliet... el profesor...

Me fijé en lo que ponía en el lateral del coche de la policía. Sobre la madera oscura se leían unas palabras escritas con letras brillantes de color blanco, que se me clavaron en el corazón: «Depósito de cadáveres».

—El profesor está muerto... —dijo por fin con voz ahogada—. Lo han asesinado.

CAPÍTULO VEINTISIETE

La policía no había movido todavía el cadáver. Oí que hablaban de «lugar del crimen» e «investigación de asesinato», conceptos que reducían la vida del profesor a unas páginas en un informe. No era el lugar de un crimen, sino el ordenado estudio del profesor, donde el gato acostumbraba a quedarse dormido en el hueco que su dueño dejaba en la silla. No se trataba de una víctima más, que era como la policía se refería a él, sino de la persona que me había devuelto la vida. Con el tiempo habría acabado por convertirse en el padre que debería haber tenido.

Mientras la policía explicaba el asesinato, Montgomery me rodeaba fuertemente con los brazos, como si pensase que aquella noticia podía provocarme un desmayo. Elizabeth tiritaba debajo del enorme abrigo del profesor, a pesar de lo cálida que estaba la casa.

—Quiero verlo —dije.

—Ay, Juliet... no creo que sea buena idea —comentó Elizabeth—. Yo preferiría no haberlo hecho. Cuando he vuelto de la cena en el club de mujeres y he entrado en el estudio para... —Se dio la vuelta antes de que se le quebrara la voz.

—Tengo que verlo.

Montgomery no dijo nada. Me cogió de la mano y le dijo algo a uno de los policías, que nos acompañó al estudio. Reconocí la forma de la cabeza del profesor, sentado en la silla, como siempre. Estaba frío y en silencio, como el resto de la habitación. Debajo de la silla había un charco de sangre.

Avancé pasito a pasito, torpemente, hasta que lo vi. Le faltaban las gafas y aún tenía los ojos abiertos. El asesino no le había tocado la cara... solo le había dejado tres cortes profundos en el pecho.

Me di la vuelta mientras gritaba.

Recordé una ocasión en la que el profesor me había preparado té porque me encontraba enferma y recordé también lo mucho que le gustaba trastear con el reloj de cuco mientras se zampaba un plato de pan de jengibre de Mary.

—No mires —me dijo Montgomery—. Es mejor que no lo hagas.

Incluso su tono de voz, generalmente muy calmado ante cualquier peligro o inconveniente, sonaba vacío.

—Está muerto —dije mientras agarraba a Montgomery de la camisa, más furiosa de lo que había estado jamás.

—Lo siento.

—¡Montgomery, está muerto! Le han arrancado el corazón, como a los demás.

Pensé en los cadáveres que había visto en el depósito. Creía que la bestia solo mataba a aquellos que me habían hecho daño, pero el profesor no me había hecho nada; todo lo contrario, había sido muy bueno conmigo, había creído en que tenía futuro y me había tratado como un padre debería tratar a su hija. Entonces me puse a pensar en la bestia, en su forma de rugir cuando me había atacado en el taller, cuando había convertido a Edward en un demonio ante mis propios ojos. Nunca debería haber olvidado lo que era en realidad.

—Ya sabes quién ha sido —siseé.

Oí pasos que llegaban al vano de la puerta. Levanté la mirada y vi al inspector Newcastle, muy elegante, como si le hubieran hecho abandonar una cena oficial. No llevaba la coraza de cobre ni el revólver del costado; en cierta manera, parecía más joven. Se quedó allí e intercambió unas cuantas palabras con Elizabeth en voz baja, antes de acercarse al cadáver y estudiarlo con la mirada tranquila de un policía que había visto escenas así en innumerables ocasiones.

—Señorita Moreau, siento mucho su pérdida... y que haya sido de esta manera.

Tragó saliva. Desde que lo conocía no lo había visto así, como desprevenido. Era evidente que no tenía mucha experiencia dando el pésame a mujeres de la calle Highbury.

—Creo que no nos conocemos —comentó mientras daba un paso adelante y le tendía la mano a Montgomery.

—Me llamo Montgomery James, de Portsmouth. Soy el prometido de Juliet. Llevo unos días aquí.

Elizabeth se aclaró la garganta y se disculpó. Mientras abandonaba la habitación miró con atención a Montgomery, fijándose en concreto en el bulto que tenía en el costado, donde llevaba el revólver. Era una mujer muy inteligente. Antes de que acabara la noche querría una explicación de por qué mi supuesto pretendiente iba armado.

—Tendré que examinar el cadáver antes de llevárnoslo. Lo siento muchísimo, de verdad. Habría sido mejor que no entrara usted, señorita Moreau.

Hizo ademán de darme una palmadita en la espalda, pero Montgomery carraspeó y el inspector bajó la mano.

—Señor James, me gustaría que se quedara para hacerle unas preguntas.

Montgomery me miró con aire interrogante. Asentí.

—Estaré en la cocina —y empecé a abandonar la estancia.

—Me temo que a usted también tendré que interrogarla, señorita Moreau. A Elizabeth ya le han tomado declaración.

Debió de ver la cara que ponía, porque añadió enseguida:

—Le haré las preguntas pertinentes al señor James y con usted ya hablaré en otro momento más apropiado.

No respondí. Una vez en el pasillo oí el cucú del reloj que estaba en el descansillo, tras lo que sonó dos veces más a todo correr. Miré hacia arriba y vi que Elizabeth adelantaba las agujas para que el pájaro saliera y poder, así, acariciarlo tal y como hacía el profesor. Me dio un vuelco el corazón al verla tan sola, tan perdida, intentando capturar el eco de los hábitos del hombre.

Mis zapatos de vestir resonaban demasiado fuerte, así que me los quité y fui hasta la cocina en medias. La cocina era un sitio donde siempre me había sentido a gusto, entre el crepitar del fuego y la larga maceta de hierbas aromáticas que Mary tenía junto a la ventana. Pero me detuve en la entrada. Ambas sillas estaban ocupadas.

Balthasar estaba sentado en una de ellas. Me había tenido tan absorta la noticia de la muerte del profesor que no había pensado en él desde que habíamos vuelto a casa. Tenía las manos entrelazadas y murmuraba algo para sí.

En la otra silla estaba Sharkey. Debía de haberse colado en la casa dada la confusión. Me di cuenta de que Balthasar no estaba hablando para sí, sino que le estaba asegurando al perrito que todo iba a salir bien.

—Balthasar. —Se me quebró la voz.

Se puso en pie de un salto y empezó a mover los labios mientras buscaba las palabras.

—Lo siento, señorita. Me apena mucho lo sucedido. —Señaló a Sharkey—. Si quiere, vuelvo a dejarlo en la calle. Es que daba la impresión de tener tanto frío cuando lo he visto por la ventana... que me ha parecido adecuado dejarlo entrar para que se calentase un poco.

—No pasa nada.

Entré en la cocina y las baldosas me congelaron los pies. Cogí a Sharkey y me lo puse en el regazo. Le acaricié el pelo duro del cuello y miré el fuego, a punto de apagarse.

—Se llama Sharkey —comenté. Me alegraba poder hablar de algo que no fuera el cadáver del piso de arriba—. En cierto modo, me pertenece. Nunca le hablé al profesor de su existencia porque me daba miedo lo que pudiera decirme. Pero ahora... —Se me fue apagando la voz—. Después de lo que ha pasado, dudo mucho que Elizabeth me impida quedármelo... por muchas pulgas que tenga.

Balthasar asintió.

—Sí, señorita. Nadie debería estar solo. Ni una muchacha, ni un perrito.

Al cabo de un rato dejé a Sharkey en el suelo y subí a mi dormitorio. Cerré la puerta con el pestillo y me senté en la cama, sobre el edredón de seda. Cogí mi diario y lo abrí por la página donde guardaba la flor. La saqué por el tallo por miedo a tocar los delicados pétalos secos. Edward me había advertido de que sus transformaciones eran cada vez más frecuentes e impredecibles. Y yo había sido tan arrogante como para pensar que podría curarlo de una enfermedad tan insidiosa.

Volví a dejar la flor en el diario y lo cerré, enfadada. Si se lo hubiera contado todo al profesor... quizá esto no hubiera pasado. Quizá no hubiera estado solo en casa ni le hubiera abierto la puerta a un desconocido. Pero ahora era tarde.

Y temí que también lo fuera para Edward. Montgomery y yo daríamos con él. Si no conseguíamos arrancarle a la bestia de dentro, si no había manera de separarlos a uno de otro... lo mataría yo misma.

De lo único de lo que estaba segura mientras bajaba la escalera era de que la bestia que habitaba en el interior de Edward

Prince no volvería a tener la oportunidad de matar a ninguno de mis seres queridos.

Estaba acostumbrada a noches interminables en las que apenas dormía, pero aquella fue una de las más largas de mi vida. La policía se llevó el cadáver del profesor y Mary se puso a limpiar las manchas del suelo, tanto las de sangre como las de las lágrimas que se le caían mientras lo hacía. Hasta que el reloj de cuco no dio las doce, la casa no volvió a ser nuestra. Elizabeth preparó una gran tetera de té con regaliz y nos retiramos a la biblioteca, pues nadie quería acercarse siquiera al estudio del profesor y recordar sus ojos abiertos.

Elizabeth se había puesto un vestido blanco de encaje y una bata; elegante, como siempre. Lo único que revelaba el episodio terrible de aquella noche era su pelo, que le colgaba lacio a la espalda en vez de con sus habituales rizos. Pensé en el momento en que la había visto acariciando el cuco y se me estremeció el corazón.

—Venga, bebed —dijo, al ver que ni siquiera tocábamos la taza—. Al profesor le gustaba el té con regaliz; si dejáis que se enfríe le estaréis haciendo un feo a su memoria.

Montgomery se aclaró la garganta y cogió la taza con el gesto torpe de quien ha sido criado y no está acostumbrado a que le sirvan.

—Se lo agradezco, señora.

Se había echado el pelo hacia atrás y se había desabotonado un par de botones de la camisa; y, allí sentado, tal y como estaba, me pareció el hombre más guapo que había visto jamás.

—Ahora que el profesor ha muerto, Juliet, soy yo quien pasa a ser tu tutora.

Hizo una pausa, como si hubiera algo más que quería decir,

pero miró a Balthasar, que estaba en un rincón de la estancia y cambió de opinión.

—Ha sido una noche muy larga. Deberíamos intentar dormir —acabó diciendo.

Me dio un beso en la frente y susurró una plegaria que no alcancé a entender.

En cuanto se marchó, me desplomé en la silla, exhausta. Montgomery le pidió a Balthasar que se llevara a Sharkey a la cocina y le pusiera un cuenco con agua, pues no quería que su amigo oyera la conversación que indefectiblemente íbamos a tener.

El fuego crepitaba y la estancia olía a regaliz, pero lo único en lo que podía pensar yo era en la sangre.

—Ha sido la bestia —susurré.

Montgomery se pasó una mano por la cara.

—Lo sé.

—Ha matado al profesor, Montgomery. Tenemos que detenerlo.

—He peinado la ciudad. No deja ni una huella.

Tragué saliva. La bestia no dejaba ningún rastro porque era yo misma quien le había dicho a Edward que dejara la habitación que tenía en aquella casa de mala reputación y porque le había advertido de que Montgomery le seguía. Y aquello era lo que había conseguido, que asesinara al profesor.

—Se alojaba en una habitación alquilada de una casa de Shoreditch, en el ático —dije en voz baja—, aunque dudo que vayamos a encontrarlo allí ahora. Dudo mucho que se atreva a volver allí después de lo que acaba de hacer... y tampoco a la habitación en la que vivía antes. Sin embargo, sé cómo podemos dar con él. Espérame aquí.

Corrí a mi dormitorio y cogí la flor que tenía en el diario; volví a la biblioteca y la dejé en la mesita de té.

—Deja estas flores en los escenarios del crimen. Son muy raras, así que en algún lugar concreto tiene que encontrarlas.

Montgomery cogió la flor y se me encogió el estómago al ver algo tan delicado en unas manos tan grandes; me daba miedo que la estropeara. Mi angustiado corazón no sabía qué pensar. Edward nunca me había traicionado... pero ahora quería matarlo a sangre fría. Ahora bien, ¿qué opción teníamos?

Me di cuenta de que me estaba mirando. Me observaba de una manera extraña con sus ojos azules, como si me considerase una desconocida. Solo me había mirado así otra vez, cuando, en la isla, yo me había subido al carro desesperada mientras el complejo ardía... segundos después de ayudar a matar a mi padre. Aún hoy seguía sin saber si me había visto facilitarle a Jaguar la entrada al laboratorio.

Entonces me di cuenta de que era una mirada de temor. Le daban miedo las cosas de las que me veía capaz. Me tenía miedo. Preocupada, me dio un vuelco el corazón. Me mordí el labio con tanta fuerza que casi me hice sangre. ¿Conocería el mayor de mis secretos? ¿Habría visto lo que hice aquella noche en la isla? ¿Seguiría amándome si se enterase?

—Descubriremos de dónde ha salido la flor —dijo con precaución— y, después, haremos lo que es debido.

CAPÍTULO VEINTIOCHO

La floristería a la que vendía mis rosales injertados era una de las mejores de Londres. Sus dueños eran una pareja de Oriente Próximo que importaban las flores de países de los que yo ni siquiera había oído hablar. Mientras avanzaba hacia *Flores Narayan - Mayoristas y Minoristas* agarré con fuerza el bolso en el que llevaba el diario. Me había llevado un tiempo convencer a Montgomery de que, en vez de acompañarme, era mejor que intentara enterarse de algo escuchando a escondidas a los miembros del King's Club.

Entré en la floristería y me sobresaltó la campanilla que sonó cuando abrí la puerta de cristal. Una mujer de mediana edad y tez morena, que se cubría la cabeza con un pañuelo de color naranja brillante, se apoyó en el mostrador. Sujetaba una escoba con la misma elegancia que si fuera un parasol.

—Ah, señorita Moreau. ¿Qué tal van las rosas?

Dejó la escoba a un lado y tiró al suelo con la mano unos recortes de plantas que habían caído sobre el mostrador, lo que hizo que el polen bailoteara en los difusos rayos de sol de la mañana. En la tienda olía a verano gracias a las flores, que lo observaban todo en silencio pero sin perder detalle.

—Espero tener algunas más acabadas antes de Año Nuevo, señora Narayan, pero lo cierto es que hoy he venido a hacerle una pregunta. ¿Entiende usted de flores tropicales?

Me sonrió de medio lado.

—¿De dónde cree que traemos la mayoría de estas?

Dudosa, di un paso hacia delante mientras agarraba con fuerza el diario a través del rígido cuero del bolso. Miré hacia la calle, nerviosa, porque no quería que nadie más viera la flor que, sin lugar a dudas, debería estar en un archivo de pruebas de Scotland Yard.

—Si le enseño una flor, ¿podría identificarla?

—Por supuesto. A verla —respondió mientras me hacía un gesto para que me acercara al mostrador.

Saqué la flor de entre las páginas del diario y la dejé frente a la mujer.

—Me gustaría saber en qué floristería de la ciudad se puede comprar esta flor. Es bastante importante.

Se agachó y la analizó con atención. Una pelusilla blanca que flotaba por la tienda me cayó en la manga del abrigo. La cogí como si fuera a concederme un deseo.

«Encontrar a Edward —deseé sin darme cuenta—. Haberme equivocado con él y descubrir que ha sido otro el que ha matado al profesor... otro...».

Era un deseo estúpido. Dejé caer la pelusilla al suelo.

La mujer, que había estado tamborileando con los dedos sobre el mostrador, dejó de hacerlo. Me miró a los ojos, pero su mirada ya no era amable.

—¿Dónde ha conseguido esta flor?

Tragué saliva.

—La encontré en la calle. M-me pareció muy bonita y ahora quiero comprar más.

Me tendió la flor de malos modos.

—Se llama *Plumeria selva*. Esta flor no la va a encontrar a la venta en ninguna floristería, ni siquiera en las más exóticas. No duraría lo suficiente al sacarla del agua como para importarla y no es lo suficientemente valiosa como para que los invernaderos la comercialicen. —Me dio la impresión de que elegía las siguientes palabras con mucho cuidado—. Que es lo mismo que les dije a los agentes de Scotland Yard cuando vinieron a preguntarme si las vendía. —Se inclinó hacia delante y bajó la voz—: Ha leído los periódicos, ¿verdad? Esa flor es la tarjeta de presentación del Lobo de Whitechapel. Si la encontró usted en la calle, podría ser importante para la investigación. Debería entregársela a la policía.

—No me diga... —Guardé la flor en el diario—. Pues voy a ir ahora mismo. —Le estaba mintiendo. Metí el diario en el bolso, pero dudé—. Por curiosidad; si el asesino no las ha comprado en ninguna floristería de Londres, ¿dónde cree que las ha conseguido?

La señora Narayan volvió a coger la escoba y empezó a tamborilear en el palo. Era evidente que no le gustaba hablar de aquellos temas tan macabros.

—Debe de cultivarlas él mismo; aunque no entiendo por qué. Puede que viva fuera de la ciudad y que tenga espacio suficiente para tener su propio invernadero o jardín invernal. Tiene que ser un lugar cálido y húmedo. Además, tendría que tratarse de un gran jardinero para conseguir que esta planta le diera flores en Inglaterra.

Desde luego, Edward no tenía invernadero y tampoco es que se le diera bien la jardinería. «En un lugar cálido y húmedo», repetí mentalmente mientras pensaba en la isla. Justo en ese instante me di cuenta; en Londres había un sitio donde siempre me sentía como si estuviera en aquel pedacito de tierra bañado por el sol... «El Real Jardín Botánico».

—Bien... —le hice un saludo tembloroso con la cabeza—, supongo que lo mejor será que vaya a Scotland Yard.

Salí de la floristería apresuradamente y el corazón me empezó a repicar tan rápido como la campanilla de la puerta.

Volví a todo correr a la casa del profesor, con el corazón a punto de salírseme del pecho por lo que acababa de descubrir. El cielo se estaba nublando y amenazaba tormenta. La gente que había salido de compras pasaba con urgencia por mi lado, ansiosa porque no le pillara el chaparrón y por estar cerca de un fuego junto a sus seres queridos, cantando *Noche de paz* o *Tres reyes de Oriente*.

Cuando llegué a casa, Montgomery se había ido, pero Balthasar estaba allí, preparándole té con regaliz a Elizabeth, que leía en la biblioteca con aquellas gafas que tanto la hacían parecerse a su tío. Me quedé en el vano de la puerta y la observé. No pasaba una sola página, sino que tenía la mirada fija en el decantador del profesor.

—Ha venido un hombre —dijo.

Me sorprendió, porque estaba de espaldas a mí, así que debía de haberme percibido.

—Un historiador llamado Isambard Lessing.

Me senté en el sofá brocado que había frente a ella.

—¿Otra vez quería los diarios de vuestra familia? —le pregunté.

Ladeó la cabeza, mirándome como si fuera una extraña.

—Visitó al profesor hace unas semanas y le preguntó por herencias y demás —añadí.

Elizabeth enarcó una ceja:

—¿Es eso lo que te contó el profesor? No, querida, no es eso lo que está buscando el tal Lessing. Me ha preguntado por ti. No le he contado nada, como es natural. No puede haber nada bueno en el interés de un viejo como él por una jovencita como tú.

Tragué saliva. No sabía qué pensar de aquello.

—¿Qué ha preguntado?

—Quería hablar contigo. No sé qué tontería sobre un fideico-

272

miso que la universidad tenía a nombre de tu padre... Estoy segura de que nada de lo que decía era verdad. Huelo a los mentirosos a distancia. Ni siquiera me creo que sea historiador. —Arrugó la frente, preocupada—. Juliet, has de ir con cuidado.

Entonces, el profesor me había mentido. Lessing había venido a hacerle preguntas acerca de mí —por orden de los del King's Club, sin lugar a dudas— y el profesor había discutido con él y, después, me había contado aquella mentira de los recuerdos de familia para que no me preocupara. Una cosa más que había hecho para mejorar mi vida, puede que incluso para salvármela, y que ya no podría agradecerle.

—Elizabeth —empecé a decir con la intención de ofrecerle mis condolencias, pero me cortó.

—El funeral será el jueves en Saint Paul's, pues allí es donde tiene una parcela para ser enterrado. Era muy conocido en Londres, así que asistirá mucha gente. —Se pasó la mano por la cara—. Me gustaría no tener que asistir. Sé que lo que acabo de decir parece horrible, pero es que con tanta gente presentando sus condolencias aunque apenas lo conocieran... No sé si lo voy a soportar.

Por el rabillo del ojo percibí movimiento en la puerta y giré la cabeza para ver de quién se trataba. Era Montgomery, que volvía de sus quehaceres. Traía la cara sembrada de arrugas de preocupación.

Le apreté la mano con fuerza a Elizabeth y, después, le di un beso tierno en la mejilla, tal y como ella había hecho la noche anterior.

—No vas a estar sola. Yo estaré contigo.

Me sonrió, pero era una sonrisa muerta.

Me encontré con Montgomery en el pasillo y este me hizo un gesto para que lo acompañara al dormitorio. Una vez allí, cerramos la puerta.

—¿Que has descubierto? —le pregunté.

Por la expresión de su cara supe que, fuera lo que fuese, no se trataba de nada bueno. Miró hacia la puerta y respondió:

—Cajas.

—¿Cajas?

—Cajas para envíos ferroviarios. ¿Recuerdas que, en el baile de máscaras, oímos cómo los del King's Club mencionaban a Rochefort, el embajador francés? Pues he seguido su carruaje hasta la estación de tren de Southampton, donde se ha reunido con Radcliffe y el jefe de estación para hablar de cómo iba la construcción de varias decenas de cajas reforzadas con barrotes de acero. Han dicho que eran para piezas de automóviles que iban a enviar al Ministerio de Defensa francés y que lo harían una semana después de Año Nuevo.

Arrugué el ceño.

—Eso no demuestra nada.

—Juliet, a las cajas les estaban haciendo respiraderos.

Al entender a qué se refería sentí que me daba un vahído y me apoyé en la pared.

—Van a enviar a las criaturas —lo dije entre susurros porque el asunto era tan terrible que no me atrevía a hacerlo en voz alta—. Van a dar vida a las criaturas y enviarlas a Francia... al Ministerio de Defensa.

Montgomery asintió, apesadumbrado.

—Edward es lo único que les falta.

—Tenemos que encontrarlo nosotros primero —dije mientras rebuscaba el diario en el bolso—. Le he enseñado la flor a la señora Narayan. Sé de dónde saca la *Plumeria*, del invernadero del Real Jardín Botánico. Es el único sitio de todo Londres donde se reproduce el clima adecuado para que florezca. El profesor solía llevarme allí los fines de semana, cuando había alguna exposición. La bestia debió de seguirme y el sitio le recordaría a la isla.

Durante la semana de Navidad va a estar cerrado, lo que lo convierte en el lugar ideal para esconderse.

Se oyeron las campanas de la iglesia y miré por la ventana. Había empezado a nevar. Copos delicados caían sobre las ramas de acebo y un aya luchaba con los tres niños a los que cuidaba para que dejasen de cogerlos con la lengua.

—Iremos esta noche —dijo Montgomery—; Balthasar y yo.

—La bestia no aparecerá si te ve allí. Tenemos que atraerlo... mientras tú observas desde lejos.

—¿Qué propones, que le llevemos carne cruda? —soltó Montgomery con sorna.

—No, carne no... —Dudé—. A mí misma.

Montgomery negó enérgicamente con la cabeza.

—¡De eso nada! Pareces Radcliffe, ofreciéndote como cebo.

—Es nuestra mejor opción. Sabemos que me ha estado siguiendo. Sabemos que es a mí a quien quiere... y allí, en un sitio tan parecido a la isla, será incapaz de resistirse.

—Pero no tenemos garantía de que sea Edward quien aparezca. Es muy probable que se haya transformado en la bestia.

—Entonces deberemos estar preparados para ambos.

Montgomery empezó a pasear de un lado para otro, sopesando la idea, pero negó con la cabeza.

—Se dará cuenta de que es una trampa. Nos olerá a Balthasar y a mí.

—No, si evitamos que el viento le lleve vuestro olor. Tendréis que permanecer fuera del invernadero. Podréis verlo todo a través de las paredes de cristal. Dejaré la puerta abierta para que entréis a todo correr y lo capturéis.

Por un instante me sentí como si le estuviera dando órdenes, tal y como hacía mi padre, como si siguiera siendo un sirviente. «Pero no es como con mi padre —pensé—. Montgomery y yo somos socios en este asunto».

275

—¿Y adónde lo llevaremos?

—Lo traeremos aquí. La casa tiene un sótano de piedra en el que apenas se oye nada.

—¿Qué le diremos a Elizabeth?

—Lo que sea necesario. Es más importante capturar a Edward antes que los del King's Club. Es una mujer fuerte, sabrá entender la situación.

—No me gusta la idea.

Me froté los delicados huesos de la mano, que habían empezado a moverse a voluntad. Era un mal momento para que la enfermedad decidiera hacer aparición de nuevo; demasiado pronto después del último episodio, hacía tres días.

—Pero no tenemos más opciones.

Siguió caminando dormitorio arriba, dormitorio abajo y, por fin, preguntó como si maldijera:

—¿Cuándo?

Tragué saliva.

—Esta noche.

CAPÍTULO VEINTINUEVE

Por la noche, el invernáculo del Real Jardín Botánico perdía todo su esplendor. El sol ya no se reflejaba en los miles de cristales de las ventanas. No se veía en su interior el resplandor de las lámparas. Se convertía en un frágil castillo de sombras y hielo, y en el último sitio del mundo en el que me apetecía estar.

Escalé la valla con la falda recogida a la altura de la cintura mientras Montgomery y Balthasar daban la vuelta al jardín en el carruaje, para escalarla por el lado opuesto. Mientras corría por los jardines y, después, cuando tiraba de la pesada puerta del invernadero, las gárgolas de piedra colocadas en fila, centinelas de los secretos del interior, resplandecían a la luz de la luna como si fueran blancas.

El calorcito del interior relajó la rigidez de mis articulaciones. Las calderas bullían bajo mis pies y bombeaban vapor que ocultaba en parte las palmeras y las convertía en formas sombrías y acechantes. No oía sino el crujir de las hojas y el borboteo del vapor. Desenvainé el cuchillo mientras empezaban a sudarme las sienes.

Por la noche, la escalera de espiral que daba a la pasarela tenía el aspecto esquelético de una mano de hierro retorcida que se alzaba hacia el techo abovedado. Así la barandilla y empecé a subir la escalera, que se bamboleaba a mi paso. Enseguida llegué a la alta pasarela, desde donde se dominaba todo el invernadero con un solo golpe de vista.

Allí, la temperatura era todavía más cálida. Desde tan arriba, a través del techo de cristal, se veían también las luces de Londres. Ahí afuera, en algún lado, Lucy cenaba con sus padres al tiempo que intentaba ocultar que sabía que su padre era un conspirador; Elizabeth dormía profundamente, sin saber que habíamos salido de casa; y miles de personas que no merecían morir hacían miles de cosas normales y corrientes.

Caminé por la pasarela hasta que algo de color blanco, a lo lejos, me llamó la atención. Me detuve. Era una cueva artificial situada entre una serie de palmeras bajas, escondida entre los senderos. Me agarré con fuerza a la barandilla de la pasarela y forcé la vista. El suelo de la cuevecita estaba lleno de florecillas blancas... ¡de *Plumeria selva*!

Bajé la escalera a todo correr; mis pasos reverberaban en la cavernosa estancia de cristal. Me apresuré por los caminos de piedra y me abrí paso a través de los coloridos pájaros del paraíso hasta que me encontré frente a la cueva. Me quedé sin respiración. Estaba sobre una cama de *Plumeria Selva* que, sin duda, debía de ser la fuente de donde salían las flores manchadas de sangre que usaba el asesino como tétrica tarjeta de presentación. Había encontrado la guarida de la bestia.

Oí un crujido de una rama detrás de mí. Me di la vuelta y vi a Edward entre las palmeras.

El Edward que yo conocía había desaparecido, como una hoja arrastrada por la corriente del riachuelo que discurría por la gruta. No obstante, el hombre que tenía ante mí tampoco era el monstruo rugiente que me había arañado el hombro. Tenía un tinte amarillento en los ojos, y el pelo de los brazos era más oscuro. Estaba atrapado en algún punto entre el hombre y la bestia, igual que yo era presa de mi glacial enfermedad.

—Edward —pronuncié entre susurros.

Miré hacia la pared de cristal con la esperanza de entrever a Montgomery. Con un poco de suerte ya estaría corriendo hacia la puerta, listo para interceptar a Edward y tirarlo al suelo. Con los músculos hinchados, Edward se agachó para recoger unas pesadas cadenas de hierro que me pusieron un nudo en el estómago. Había llegado a soñar que era él quien me liberaba de mis cadenas y resultaba que, ahora, iba a atarme.

Alcé el cuchillo, pero negó con la cabeza.

—No lo hagas. Bastante difícil me resulta mantenerla alejada ahora que no deja de susurrarme al oído. Las transformaciones son ya muy rápidas. Si me amenazas, no seré capaz de contenerla.

—Edward, esto es una trampa —susurré—. Montgomery llegará en un instante.

—Lo sé —dijo, pausado, mientras arrojaba a mi lado del riachuelo las cadenas, que cayeron a mis pies con ruido metálico—. Las cadenas no son para ti, sino para mí. He leído en el periódico lo del asesinato del profesor. —Hizo una pausa, como si mantuviera una lucha interna—. Cuando la bestia mataba a gente que te había hecho daño era más fácil excusar sus crímenes. Ahora, sin embargo, sé que es demasiado fuerte. Ya no puedo contenerla. Corre, encadéname a ese árbol. No podré retenerla mucho más.

Lo miré. No tenía claro si podía creer en él. Me estremecí cuando cruzó el arroyo de un salto con una gracia impropia de los seres humanos. Aunque temía que lo hubiera hecho para atacarme, pegó la espalda a la palmera.

—¡Date prisa!

Me acerqué a todo correr y le pasé la cadena alrededor del cuerpo con tanta fuerza como me atreví, pese a que, a cada vuelta que daba, él gruñía: «Más fuerte». Los eslabones de la cadena le rasgaban la ropa. Aseguré la cadena con el grueso candado que le había dado en su momento y lo miré a los ojos; su fulgor no era normal.

—Y ahora, apártate de mí. —Su voz se tornaba más profunda—. Y, te diga lo que te diga la bestia, ni se te ocurra desatar las cadenas.

Me aparté hacia la cueva trastabillando y me caí entre las flores. ¿Dónde estaba Montgomery? Ya debería haber llegado. Había visto transformarse a Edward antes, una vez en el granero de mi padre y otra en mi ático, pero aquella vez, entre las palmeras y las enredaderas, me pareció más salvaje. No podía apartar la mirada mientras el dolor lo destrozaba por dentro y el crecimiento de los músculos rasgaba las costuras de la camisa. Las uñas se le volvieron negras; el pelo, más oscuro y largo.

Me eché hacia atrás gateando, con el corazón en la boca. Le colgaba la cabeza y, por unos instantes, solo le oí respirar... respirar... ¿Por qué no decía nada?

—Edward, ¿me oyes?

Las cadenas crujían al ritmo de los restringidos movimientos de su pecho. De repente olía a algo diferente, a una mezcla de sudor y hierro de las cadenas, mezclado con un aroma terroso a humo de tabaco.

Dejó caer la cabeza y me miró con unos insidiosos ojos amarillos.

—No, amor mío... Edward no.

CAPÍTULO TREINTA

Adelanté a toda velocidad la mano, sujetando el cuchillo como si se tratase de una extensión de la misma. Me preparé para que se lanzase contra mí y me desgarrara, pero a pesar de que el pánico se había apoderado de mí, no me llegó el temido ataque, solo el sonido débil de su respiración contra las cadenas. Respiré aliviada.

Me acerqué con precaución a él hasta que no estuve muy lejos.

—No puedes hacerme daño porque estás encadenado. Además, tengo un cuchillo.

—Resulta adorable que pienses que se me puede detener con un cuchillo.

Era la misma voz que la que tenía en el baile de máscaras, cuando me había llevado bajo el muérdago y me había hablado tras la máscara roja; una voz demasiado humana para un demonio como él pero que, al mismo tiempo, evocaba el olor de la isla y el recuerdo de cuevas ocultas detrás de cataratas y de bestias caminando en silencio por la jungla. Parte de mí anheló que volviera a hablar.

—Si pudieras liberarte de esas cadenas, ya lo habrías hecho. Ese candado está diseñado para resistir fuerzas mucho mayores que la tuya.

Casi podía sentir su siniestra sonrisa. Las calderas soltaron más nubes de vapor al tiempo que varios goterones de sudor me caían por la cara y me empapaban la ropa. Al principio, interpreté su silencio como mi triunfo: era yo la que tenía el poder, la libertad, mientras que él estaba atrapado. Sin embargo, su constante silencio hacía que me sintiera cada vez más incómoda. ¿Dónde estaba Montgomery?

Me acerqué al ventanal y pegué la cara contra el cristal helado. Afuera no había sino oscuridad. Ni siquiera estaba encendido el anillo de farolas que rodeaba el lago y que me hubiera confortado en aquella noche desolada.

—Afloja las cadenas, amor mío. Solo un poco, que no puedo respirar.

Sentí una punzada de dolor al pensar en los patrones de cardenales que Edward me había enseñado tanto en el pecho como en los brazos, y que casi parecían bonitos de tan intricados que eran. Aquella noche le saldrían muchos más... pero esta vez por mi culpa.

Agarré el cuchillo con más fuerza.

—No voy a hacerlo.

—Me van a asfixiar.

—Me da igual.

—Él también morirá.

Concentró en mí su mirada. No me cabía duda de que era un truco; un truco de lo más burdo... pero el cuerpo seguía siendo el de Edward. La voz, algunas palabras y expresiones, me resultaban familiares.

—L-lo siento. Sabes que no debo hacerlo. Montgomery llegará de un momento a otro. Hasta entonces, preferiría que no me hablaras.

Sentí que me ardían las mejillas y recé para que no pudiera ver en la oscuridad.

—Y, sobre todo —proseguí—, no me llames... de esa manera.

—¿Cómo, «amor mío»?

Soltó una risotada que parecía el ladrido de un perro.

—¿Por qué, si eso es justo lo que eres? Nos parecemos mucho más de lo que quieres admitir.

—Te odio.

—Pues odias lo que tú también eres: un animal, como yo. No me quieras hacer ver que nunca has sentido la emoción de la caza. Nada de carabinas, ni de enaguas de seda, nada que te constriña. Campar por la ciudad como si volviéramos a estar en la isla, sentir cómo te bulle la sangre, cómo se te acelera el pulso. Envidias mi libertad. Tú misma lo dijiste.

—Pero no quiero matar a nadie.

—Son favores que te he hecho. No me digas que en parte no te alegras de que hayan muerto: Penderwick, sir Danvers... ¿Acaso no fantaseabas con hacerles daño por lo que le habían hecho a tu familia?

—¡Para! No pretendas convencerme de que lo que haces es por mi bien. Disfrutas asesinando. —Sacudí la cabeza de lado a lado—. Nada lo justifica.

Esbozó una sonrisa siniestra.

—¿El asesinato de tu padre tampoco?

Me quedé sin aire al darme cuenta de que acababa de caer en su trampa dialéctica. Cuando le abrí la puerta a Jaguar para que matara a mi padre daba por hecho que Edward estaba muerto. Nunca se me había ocurrido pensar que pudiera enterarse de lo que yo había hecho.

—Ay, amor mío, ahora no ves el asunto de la misma manera, ¿eh? Sé muy bien lo que sucedió en la isla aquella noche. Pensabas que estaba muerto, pero estaba vivito y coleando. Lo vi con mis propios ojos: una chica que ayuda a un monstruo a matar a su propio padre. Lo hiciste para impedir que un mal mayor se extendiera por el mundo. ¿En qué se diferencia eso de lo que yo he hecho?

Solo podía mirarle; no me salían las palabras. No me gustaba lo que estaba dando a entender: que él y yo éramos iguales. Yo no había matado a mi padre porque disfrutara con la sangre... pero el resultado había sido el mismo. ¿Qué más daba la motivación cuando el resultado era la muerte? Lo cierto era que no me había arrepentido en ningún momento.

Le daba vueltas a la cabeza a toda velocidad en busca de un argumento, una justificación, una explicación racional de por qué éramos diferentes, pero lo único que me salió fue:

—¿Y lo del profesor? ¡Él solo me había ayudado!

La bestia me observó con atención, en silencio, mientras las calderas liberaban más nubes de vapor. Por penetrante que fuera su mirada, vi que parpadeaba.

—A ese no lo he matado yo, amor mío.

—¡Pues claro que sí! Vi el cadáver. Vi las heridas.

Inclinó la cabeza, pero sin dejar de mirarme de aquella forma tan extraña y humana al mismo tiempo. Me estaba mintiendo. Seguro. Diría cualquier cosa para conseguir lo que pretendía.

—Lo mataste tú —insistí furiosa—. Y lo hiciste porque estás fuera de control.

Enarcó una ceja.

—¿Fuera de control? Sí, puede que tengas razón. Aun así, no he sido yo. Anoche no estuve ni cerca de Highbury. Me da igual que me creas o no, pero es la verdad.

Ni siquiera me molesté en contestarle. Me puse a caminar entre los helechos con la mente hecha añicos, como una ventana rota, por culpa del asalto al que me sometían los recuerdos del cadáver del profesor. Me picaba el cuello del vestido y tiré de él.

—Sabes que no es natural —empezó a decir en voz baja con

aquel tono insidioso que se me clavaba en el cerebro—, eso de vestirse con prendas ajustadas y zapatos que aprietan tanto que apenas puedes caminar con ellos. Hablar de menudencias cuando están teniendo lugar acontecimientos tan terribles en la ciudad. Nunca te has sentido parte de este mundo, ¿verdad? Tú y yo no estamos hechos para vivir así. Somos diferentes. Te he visto trabajar en esa habitación secreta tuya, esa que consideras un taller, pese a que los dos sabemos lo que es: un laboratorio como el de tu padre. Te he visto leyendo el diario de tu padre durante horas, sin respirar apenas. ¿Cómo te justificas? ¿Te dices a ti misma que no tienes otra opción? ¿Que no disfrutas leyendo las maravillas científicas que descubrió y que revolucionarían el mundo? Admítelo, te encanta.

—Buscaba una cura —conseguí murmurar a pesar de lo secos que tenía los labios.

—Ah, sí, la famosa cura. ¿No te das cuenta de por qué no te has curado todavía? No es porque no puedas... sino porque no quieres. Siempre has tenido ese animal en tu interior, revolviéndose; desde que eras una niña. Ha sido más amigo tuyo que cualquiera de esas muchachas que, en la iglesia, sueltan risitas nerviosas detrás del abanico. Te da miedo quedarte vacía si te deshaces del animal; convertirte en un armazón humano al que no le importe que los días se pasen de la manera más aburrida, ocupado en quehaceres rutinarios, sin llegar a sentir, sin llegar a vivir de verdad. No, al menos, como vivo yo.

Lo único que era capaz de hacer era mirarlo. Quería decirme a mí misma que lo que aseguraba era mentira. Estaba desesperada por conseguir una cura... ¡moriría si no la encontraba! Incluso en aquel instante sentía que la rigidez me subía por los brazos hasta el codo y me palpitaba la cabeza justo detrás del ojo izquierdo.

—Sin cura, entraré en coma.

—¿Seguro? En realidad, no tienes la más mínima idea de lo que sucederá, ¿o me equivoco? Lo único que sabes es lo que especulaba tu padre, y ambos somos conscientes de que su arrogancia era mucho mayor que su talento. —Sonrió—. Te corroe la curiosidad... por eso hay algo muy dentro de ti que está saboteando todos los intentos de conseguir la cura. En realidad, te mueres de ganas por saber en qué te convertirás. Y en cuanto a Edward, pongamos las cartas sobre la mesa, ¿te parece? En lo más profundo de ti tampoco quieres que se cure... porque el que te fascina soy yo.

Intenté negar con la cabeza, pero tenía el cuello agarrotado.

—Montgomery —susurré—, Montgomery llegará de un momento a otro.

—Incluso he visto cómo mirabas a ese asqueroso perrillo —comentó entre dientes como si no me hubiera escuchado—. Lo pensabas, ¿verdad? En abrirlo en canal y ver lo que tiene dentro.

—¡No! —Negué violentamente con la cabeza—. ¡Nunca lo haría!

—Seguro que tu padre hizo esa magnánima afirmación en algún momento, al principio. Cambiarás de opinión, como hizo él. ¿No te has preguntado por qué el idiota del doctor Hastings no ha muerto todavía? Te lo estoy guardando, amor mío. Llevas meses soñando con pagarle con la misma moneda y no podía arrebatarte tanto disfrute. Considéralo mi regalo.

Recordé que Hastings había acusado a aquellos dos estudiantes de King's College de seguirlo y que Edward me había asegurado que la bestia había estado acechando a un doctor. Se trataba de Hastings y ahora sabía por qué la bestia no lo había matado. Por mí.

—Nada de lo que dices es cierto —le espeté—. No nos parecemos en nada y cuanto antes se deshaga de ti Edward, mejor.

Le pegué una bofetada, pero ni se estremeció. Las cadenas

entrechocaron y tintinearon cuando la bestia se retorció entre ellas. Horrorizada, vi cómo conseguía liberar un brazo y me cogía de la muñeca antes de que me diera tiempo a apartarme.

Sonriendo a la luz de la luna, se dislocó el hombro.

La bestia contorsionaba el cuerpo mientras, una a una, las cadenas iban cayendo al suelo enteras. No me soltó la muñeca ni un instante. Me había equivocado. Me había equivocado tanto.

—¡No! —grité mientras intentaba liberarme—. ¡Te puse valeriana en el té la última vez que nos vimos, debería haber sido suficiente! Y el candado... ¡no podrás romperlo!

—Vamos, amor mío, vamos. ¿Crees que no me di cuenta de lo del té? —Se acercó tanto a mí que noté la calidez de su aliento—. Y lo de las cadenas... bueno, digamos que siempre he sabido cómo liberarme de ellas.

Sorprendida, dejé la mano inmóvil.

—Pero en el ático... e-estuviste contenido. Pasaste días sin matar.

—Por supuesto que maté. Me liberaba de las cadenas y escondía los cadáveres para que no me descubrieras. ¿No te das cuenta? Todo lo he hecho por ti.

—¡Yo no te lo pedí!

Saqué el cuchillo de la bota y le hice un corte en el brazo con todas mis fuerzas. Apenas se inmutó porque era casi imposible herir aquella piel; no obstante, sirvió para que me soltara. Me alejé por las rocas, chapoteando en el arroyo, pero algo me agarró por el tobillo. Hice fuerza para liberarme apoyándome en el suelo, en las plantas... pero no sirvió de nada. La mano de la bestia me subió por la pantorrilla hasta el muslo, hasta la cintura... y me la rodeó. Me dio la vuelta y, riendo, me sujetó contra el suelo. Reía como si aquello fuera un juego.

¿Dónde estaba Montgomery?

Los ojos, completamente amarillos, le resplandecían. Tenía la cara de Edward, su cuerpo... pero ni una cosa ni otra le pertenecían ya a él.

—¡Suéltame!

Pero me arrastró a la cama de flores con fuerza sobrehumana.

—¿De verdad piensas que no somos iguales? ¿De verdad piensas que no estamos hechos el uno para el otro? Podría haberte atrapado en un centenar de ocasiones. Podría haberte matado, probado tu sangre... porque no sabes cuánto lo deseo. Me he cansado de ser paciente. —Me puso la rodilla sobre el muslo y solté un alarido de dolor—. ¿Acaso un monstruo no merece la posibilidad de redimirse? ¿Acaso no merece tener un compañero? A Edward lo ayudabas mucho... pero ¿y yo qué?

Doblé los dedos detrás de la espalda porque me empezaban los espasmos en las articulaciones y era por culpa de la transformación de la bestia.

—¡Tú eres el monstruo, no Edward!

—Pero tú también llevas un monstruo dentro, ¿no es así? —Sentí su aliento caliente en el rostro cuando se acercó para susurrarme—: Si yo merezco ser castigado, amor mío, tú también.

—Estás loco —siseé.

Se había vuelto loco, le había dado vía libre a su salvajismo. Mi única oportunidad de salir con bien de aquella situación era el cuchillo, pero ¿dónde estaba? Con la cabeza sobre el barro, lo único que veía eran las flores, con su empalagoso aroma. Los suaves pétalos me acariciaban la piel.

Me rasgó el vestido por la costura del hombro y me bajó la manga. Notaba cómo los huesos de sus manos cambiaban para hacer hueco a las garras que tenía enterradas en su interior, y mi propio cuerpo respondía con los síntomas y dolores que tan familiares me eran. Me besó en el cuello y me acarició el hombro con los colmillos, como si quisiera morderme. Intenté zafarme de él, pero gruñó y me agarró con más fuerza.

—Sabes tan dulce —me susurró al oído—. Y cuanto más peleas, más dulce.

Me besó con violencia mientras buscaba el bajo del vestido con la mano y me lo subía hasta el muslo. Me acarició la suave piel de las rodillas con los dedos. Me crujieron los huesos.

Oí un sonido parecido al de un metal al rozar otro metal y vi que empezaban a salirle las garras.

El sudor de su frente me caía sobre la cara.

—Te doy una oportunidad más, amor mío. Pídemelo y te traeré a Hastings. Podemos acabar juntos con él; juntos, como es nuestro sino.

Por un segundo se me pasó por la cabeza la imagen del cadáver de Hastings con el cuello desgarrado y la sangre manando de la herida y me alegré. Lo deseé. Me había causado tantos males...; por no hablar de todas las chicas de las que había abusado. Porque yo sabía que había otras.

Sentí la tentación, pero no era idiota. Cogí una piedra. Me sudaba tanto la mano que se me resbalaba entre los dedos. Apreté los dientes. Solo tenía una oportunidad. Debía darle en la sien para desorientarlo. Agarré con fuerza la piedra mientras la bestia me pasaba una garra por la mejilla y dejaba tras de sí una línea de sangre que me provocó un dolor punzante.

—¿Y bien, amor mío?

El viento golpeó los cristales y la estructura entera del invernadero crujió y osciló. La bestia levantó la vista, lo que me dio el tiempo suficiente para golpearle con la piedra. Luego lo aparté de un empujón mientras la sangre de la herida que acababa de hacerle me caía sobre el vestido.

En ese mismo instante, una explosión de cristales hizo añicos el mundo.

CAPÍTULO TREINTA Y UNO

Chillé y me tapé la cabeza con los brazos. Una lluvia de cristales cayó sobre la cama de flores y tintineó como una música terrible al precipitarse al riachuelo. Justo en ese instante nos envolvió una nueva nube de vapor.

A mi lado, la bestia rugía y se agarraba la cabeza con fuerza. Lo observé y me di cuenta de que había retraído las garras y de que su tamaño estaba mermando: ¡estaba recuperando la forma humana!

Una helada ráfaga de aire me levantó el vestido. Conseguí sentarme, temblorosa, mientras un frígido viento invernal entraba por la cristalera rota, junto a la cueva. Un hombre se asomó agachado por el ventanal, medio envuelto por la niebla, con la camisa blanca llena de cortes a la altura de los brazos y los hombros, que ya empezaban a teñirla de sangre.

—¡Montgomery! —dije resollando mientras gateaba hacia él por encima de los cristales rotos, sin prestar atención al agudo dolor que me provocaban en las palmas y en las rodillas.

Saltó a través del ventanal.

—Juliet —dijo entre suspiros mientras se enfrentaba al dolor de sus heridas.

En una mano llevaba una pistola y en la otra un cuchillo de caza, pero me abrazó de todas formas.

—Hemos tardado más porque un incendio en el Eastwick ha hecho que la policía cerrase muchas calles y no podíamos pasar con el carruaje, así que he venido a todo correr. Temía que fuera demasiado tarde.

—Dios mío, tienes sangre por todo el cuerpo.

—¿Te ha hecho daño?

—No... Lo he aturdido, al menos por un rato. —Me aparté de golpe, al ver que le caía sangre de la cabeza y que tenía el pelo lleno de cristales—. Tiene que verte un médico.

Negó con la cabeza.

—Primero tenemos que resolver lo de Edward.

—Hay unas cadenas en esa palmera. No puede romperlas, pero sabe dislocar las articulaciones para liberarse de ellas, así que debemos andar con cuidado.

Me tropecé con mi vestido roto mientras avanzábamos con urgencia hacia las cadenas. La bestia se iba convirtiendo poco a poco en lo que quedaba de Edward, que gemía de dolor.

—Deja que yo me encargue —me dijo Montgomery—. Sal a buscar a Balthasar. Seguro que ya ha conseguido llegar a la verja con el carruaje. No puedo transportar solo a la bestia.

Me giré hacia el ventanal roto para salir por él, pero me detuve. Una fría ráfaga de viento me alborotó el fino vestido.

—¿A qué esperas? Debemos darnos prisa.

Había jurado que no le volvería a dar la oportunidad a Edward Prince de matar a ninguno de mis seres queridos. Me había sentido tan borracha de ira tras la muerte del profesor... Y aún me sentía así, pero no podía quitarme de la cabeza las palabras de la bestia: «A ese no lo he matado yo, amor mío». No había sonreído al negarlo. Puede que fuera una locura, pero le creía.

—Vas a matarlo en cuanto me vaya —susurré.

Montgomery enarcó una ceja. Como no lo negaba, lo cogí de la camisa y le pedí que me prometiera que no lo haría.

—Ha estado a punto de matarte. Es lo que habíamos convenido.

—Quizá merezca la muerte... pero quizá no. Edward sabía que le habíamos tendido una trampa, pero ha venido igualmente para entregarse. Me ha dicho que suponía que su mitad sombría había matado al profesor, pero la bestia me ha dicho que no ha sido él. Sé que lo más posible es que sea mentira, pero no quiero que esto acabe así. Quiero llevarlo a casa del profesor y decidir allí qué hacer con él.

Como no respondía, lo sacudí de la camisa y chillé:

—¡Prométemelo!

—¡De acuerdo! —Me guio hacia el ventanal, con la pistola en una mano—. Te doy mi palabra —Era tan evidente que estaba enfadado como que era honesto.

Dejé atrás la maraña de helechos y aquella terrible cueva llena de *Plumeria selva*. Mi vestido era un andrajo y había perdido una bota. Mientras me agachaba para pasar por el agujero de cristal, ni siquiera noté el frío en el pie descalzo, pues tenía los sentidos concentrados en la urgencia del momento. Crucé el puente del lago a todo correr y vi que Balthasar me esperaba junto a la puerta.

—¡Ven, corre, necesitamos tu ayuda!

Até los caballos a un poste y trepó por la verja con una agilidad sorprendente para un hombre de su tamaño. Corrimos hasta el invernáculo. Noté que el aire olía a cloroformo y vi que del bolsillo de Montgomery sobresalía un pañuelo. Enseguida me di cuenta de que el pecho de Edward subía y bajaba. Estaba inconsciente, pero vivo. Montgomery lo había encadenado de manera que daba igual lo que hiciese con sus extremidades porque sería incapaz de liberarse.

—¿Puedes con él? —le preguntó a Balthasar, que asintió y se echó a Edward al hombro como si fuera un saco de avena.

Juntos corrimos hacia el carruaje y volvimos a esa ciudad de la que no me sentía parte pero que saludé como a un viejo amigo.

Balthasar subió por la verja y, después, pasó el cuerpo de Edward por encima con ayuda de Montgomery que, acto seguido, hizo un estribo con las manos ensangrentadas para ayudarme a escalar. Cuando ambos estuvimos al otro lado, subimos a la caja y Balthasar, al pescante. Oí el chasquido de un látigo y empezamos a movernos.

Miré en derredor en busca de algo de tela y me fijé en una de las cortinas; la rasgué y la usé para detener el sangrado de las heridas que Montgomery tenía en el rostro.

—No tenemos mucho margen —comenté—. Necesitas atención médica y, además, no sabemos cuánto tiempo va a mantener sedado el cloroformo a Edward.

Mis manos, que también sangraban, me temblaban de forma incontrolada y no pude contener un gemido. Montgomery me quitó la cortina rota de las manos y me dijo:

—No te preocupes. Hemos conseguido detener a Edward antes de que matara a nadie más y antes de que los del King's Club lo hayan encontrado. Se ha acabado.

Me pasé una mano por la cara.

—¡Ni mucho menos! ¡Están negociando con el ejército francés! Están gastando una fortuna en las cajas para transportar a esas criaturas. ¡No creas que van a darse por vencidos con tanta facilidad!

Me echó el pelo hacia atrás con su gran mano.

—Al menos, se ha acabado por esta noche.

Me besó antes de que pudiera reaccionar. Sabía a sangre y a sudor, lo que me revolvió el estómago. Empecé a llorar y él me besó las lágrimas. Me puso una mano en la mejilla y con la otra me acarició la suave piel del cuello.

—Me daba tanto miedo no llegar a tiempo —me susurró

junto al pelo—. Si te hubiera hecho daño lo habría descuartizado.

Cerré los ojos para aprovechar al máximo aquel instante. Pocas veces en la vida me había sentido tan bien. La última vez, en la isla, antes de conocer los terribles crímenes de mi padre, cuando pensaba que podríamos volver a ser una familia. Qué equivocada estaba; qué niña era. Lo más probable es que ahora no me equivocase...

Lo besé para acallar aquellos pensamientos. No quería pensar ni en mi padre, ni en Edward ni en lo que sería de él. Durante meses había soñado con Montgomery, y aquí estaba ahora, cogiéndome del brazo mientras, exhaustos y en silencio, viajábamos en el carruaje. Me dolían todos los huesos, lo que me recordó que padecía la misma maldición que Edward, aunque la mía permanecía muy oculta bajo la piel.

«Ahora es parte de ti —había dicho la bestia—. ¿Qué serías sin ella?».

Aparté la cortinilla y me concentré en la ciudad hasta que llegamos a casa del profesor: escaparates y más escaparates con guirnaldas navideñas y calles nevadas y silenciosas. Bajé dando tumbos del carruaje y llamé a la puerta de entrada con fuerza mientras Montgomery y Balthasar sacaban a Edward, que seguía inconsciente y encadenado. Intenté pasarme la mano, que tenía rígida, por el pelo, pero ¿de qué iba a servir? El vestido estaba hecho trizas y cubierto de sangre. Elizabeth se daría cuenta nada más verme de que algo malo pasaba.

Pero Elizabeth no respondió. Aporreé la puerta, la llamé por su nombre y miré por una de las ventanas.

—Debe de estar dormida —le dije a Montgomery—. Voy a trepar hasta la ventana de mi dormitorio.

Subí por el emparrado y entré en la casa, pero seguía sin haber rastro de Elizabeth. Las enormes estancias estaban tan en silencio que daba miedo. Además, las llaves de la sobrina del profesor no estaban en la puerta.

Abrí para que Montgomery y Balthasar pasaran.

—No está en casa. Debe de haber salido.

—Menuda suerte —comentó Montgomery.

Balthasar y él entraron con Edward, pasaron de largo del comedor —completamente preparado— y se dirigieron a la cocina. Al sótano se accedía por una puertecilla y la escalera que descendía hasta allí era estrecha, por lo que Balthasar tuvo que bajar los escalones con mucho cuidado para no tropezarse. Una vez abajo, abrí la oxidada puerta de la despensa y Balthasar introdujo a Edward en la estancia.

Empecé a soltar las cadenas.

—¿Estás loca? —me espetó Montgomery—. Déjalo encadenado.

—Será mejor que usemos las cadenas para ponerlas alrededor de los tiradores. Lo único que guardaba el profesor aquí abajo eran las verduras, y no era necesario encerrarlas bajo llave.

Cuando acabé, le tendí las pesadas cadenas a Montgomery.

Edward dormía inquieto. Tenía la cabeza ladeada y movía los ojos por debajo de los párpados. Observé la mancha de sangre seca de la sien, donde le había golpeado. Se la limpié con el pulgar. Noté que tenía una fiebre muy alta.

—¿Juliet?

Era Montgomery. Parpadeé y aparté la mano. Me ayudó a ponerme de pie y cerró la puerta tras de mí. Colocó las cadenas para que no pudiera abrirse desde dentro y comprobó que fueran resistentes. Miré una última vez el cuerpo magullado de Edward por la ventana con barrotes de la puerta de la despensa. Sentí una punzada en el pecho.

Quizá, en efecto, me fascinasen las investigaciones de mi padre. Quizá alguna de ellas me pareciera brillante. No obstante, la bestia se equivocaba al decir que yo no quería curarme ni quería que Edward se curase. Lo que más quería yo en el mundo era que ambos nos liberáramos de aquella maldición. Puede que mi padre me dominara mientras estaba vivo... pero no pensaba permitir que siguiera haciéndolo después de morir.

CAPÍTULO TREINTA Y DOS

Subimos la escalera de vuelta a la cocina justo en el momento en que el reloj de cuco anunciaba la medianoche. Miré a mi alrededor, sorprendida por la quietud de la casa y por lo vacía que parecía.

—Deberíamos dar con Elizabeth —dije—. Puede que haya salido a buscarme.

—Esta ciudad es muy grande —comentó Montgomery—. Sería imposible encontrarla sin más. Lo mejor es quedarse aquí y esperar a que vuelva.

Se tambaleó un poco y entonces me fijé en la telaraña de cortes que tenía en los brazos y en los cristales que seguían clavados en su cuerpo.

—Lo primero es lo primero. Necesitas que te cosa esas heridas o te caerás redondo. Ven, acompáñame.

Lo guie por la escalera hasta el estudio del profesor y encendí la luz. Por un instante tuve la sensación de que iba a ver allí su cadáver, goteando sangre sobre el suelo. Pero no, la silla estaba vacía, exceptuando al gato, que aparté con delicadeza con la rodilla para que Montgomery se sentara. Me apoyé en el borde del escritorio para examinar las heridas.

El maletín médico del profesor seguía en el armario lleno de polvo, encima de viejos diarios y cajas. Lo cogí y lo dejé sobre la

299

mesa. A la luz tenue del quinqué, mientras el gato se paseaba entre mis piernas, volví a sentirme a salvo, aunque solo fuera por unos segundos.

—Por favor, desabróchate la camisa —le pedí con suavidad.

Empezó por los puños. Con uno de ellos tuvo mucho cuidado porque había una esquirla de cristal clavada en la tela. Luego, se desabotonó la pechera. Con gestos de dolor, permitió que le ayudase a quitarse la camisa, y a despegarla en ocasiones de la piel.

Contuve el aliento al verle el pecho, lleno de sangre, cortes y morados. Morados que no eran muy diferentes de los de Edward. Le toqué el hombro con delicadeza mientras estudiaba los cortes con ojo de cirujano. Después, cogí una botella de whisky de un estante.

—Quizá sea mejor que le des un buen trago antes de que empiece.

Cogió la botella agradecido mientras yo ordenaba el instrumental que había sacado del maletín: unas pinzas, una aguja estéril e hilo, y una bandejita de hojalata.

Con las pinzas en la mano me resultó imposible no analizar el patrón de sus cortes. Las heridas siempre me habían fascinado. Las de Montgomery eran cortes rectos, perfectos. Era una pena, la verdad, porque las heridas rectas curaban peor que las irregulares.

Se estremeció cuando le toqué en el antebrazo con las frías pinzas.

—Lo siento.

Se retiró de la cara un rubio mechón.

—No pasa nada. Ahora bien, preferiría que me dejases que te curara primero el corte que tienes en la cara.

Me toqué la mejilla y me quedé sorprendida al retirar la mano y ver las yemas de los dedos manchadas de sangre. Estaba tan aturdida durante el episodio con la bestia que apenas había notado el arañazo que me había hecho.

—Yo no he atravesado un ventanal de cristal. A mi cara no le va a pasar nada porque no la lave con agua y jabón durante unas horas.

Examiné con detenimiento el cristal que tenía en el antebrazo y se lo extraje poco a poco con las pinzas.

El trabajo táctil como aquel me encantaba. Podía dejarme llevar por la rutina y me permitía no pensar en todo lo sucedido. Trabajaba en silencio e iba llenando la bandejita de hojalata. Cuando me aseguré de que no le quedaba ninguna esquirla en el cuerpo, le limpié la sangre antes de ponerme con la aguja y el hilo y coserle las heridas más feas.

Me faltaba poco para acabar —Montgomery tenía la piel cosida a puntadas negras— cuando, con voz temblorosa y que amenazaba con romperse, interrumpió el silencio.

—Tenía miedo de que te matara. He visto por la ventana cómo te atacaba... y he sentido como si me estuvieran arrancando el corazón.

Cambié de posición, con el hilo y la aguja justo encima del último corte.

—No sabes cuánto me alegro de que estuvieras allí.

—Debería haber llegado antes. Te has encargado de la bestia tú sola. Eres más fuerte de lo que crees.

No estaba segura de cómo responder a aquellas palabras tan amables que me aceleraban el pulso, así que decidí seguir cosiendo. Ni se inmutó. Di las puntadas a toda velocidad, una detrás de la otra. Parpadeé con fuerza con la cabeza gacha, pero se me escapó una lágrima, que cayó sobre su piel.

Me cogió del mentón con cuidado y me levantó la cabeza. Tenía el ceño fruncido por la preocupación.

—¿Por qué lloras?

Miré hacia otro lado y me sequé las mejillas con el dorso de la mano. Se inclinó hacia mí y la silla crujió, pero me aparté de él y me puse a caminar por el corto espacio que separaba el escritorio de la librería. Las emociones tiraban de mí en una y otra dirección.

—Esta noche, antes de que llegaras, he encadenado a la bestia a un árbol. Hemos estado hablando y las cosas que ha dicho de mi padre y de quién era yo... En parte creo que tiene razón. En mi interior hay algo antinatural. Lo noto, muy adentro. No me interesan las mismas cosas que a las demás chicas y siento curiosidad por otras por las que no debería interesarme. Me fascina tanto la investigación de mi padre que me cuesta dejar de pensar en ella. Y eso hace que me sienta como un monstruo.

Apreté los labios como si eso me fuera a ayudar a dejar de llorar.

—Es por tu enfermedad —empezó a decir después de permanecer en silencio unos instantes—. Empeora y tu cerebro no sabe cómo enfrentarse a ello. Es lo que causa estas ansias antinaturales. Cuando te hayas curado no habrá nada anormal en tu interior.

Pensé en los espasmos, en los mareos, en las alucinaciones de bestias que avanzaban entre la alta hierba de la selva.

—¿Tú crees?

—Por supuesto. ¿O acaso piensas que iba a enamorarme de un monstruo?

Ahogué un gemido.

—Esa es la cuestión... que no sabes todo lo que sucedió la última noche en la isla. Hice algo terrible.

—Chist. —Me pasó una mano por el pelo—. Hace tiempo que dejamos atrás la isla. Yo he hecho las paces con ella y tú deberías hacer lo mismo.

—No lo entiendes. Esa noche, mientras lo guardabas todo en

el carro, te mentí. Te dije que volvía a por el tratamiento pero, en realidad, volví al laboratorio. Mi padre se había encerrado allí... y Jaguar estaba esperando.

—Juliet, olvida esas pesadillas —dijo con voz suave.

Sacudí la cabeza al verme invadida por los recuerdos: la pintura de color rojo sangre bullendo por el calor del fuego, la cola de Jaguar moviéndose en la oscuridad...

—Fui yo quien lo mató. —Me costó mucho que me salieran las palabras y me volví hacia la ventana—. Yo le abrí la puerta a Jaguar. Puede que fuera él quien lo hizo, pero yo soy igual de responsable.

Miré a Montgomery al tiempo que me enfrentaba a aquella terrible penitencia que tanto me mortificaba. Él ya había pagado por sus crímenes al quedarse en la isla para ayudar a los hombres bestia que había creado junto con mi padre. Aquel era, en cambio, mi castigo: admitir mi culpabilidad, contárselo todo y resignarme a afrontar las consecuencias de lo que pensara.

—¿Y? ¿Sigues considerando que no soy un monstruo?

Me apartó un mechón de pelo con gran dulzura. Cuando me atreví a mirarle a los ojos, descubrí, sorprendida, que no me estaba juzgando.

—Ya lo sabía, Juliet.

Tragué saliva.

—¿Qué?

—Vi lo que hiciste. Tardé mucho en entender el porqué y, durante un tiempo, incluso me diste miedo. Pero te conozco. Te amo. Lo hiciste por el bien común. Consideras que hasta la peor de las bestias merece la oportunidad de redimirse. —Me levantó el mentón—. Eres brillante, como tu padre, pero careces de su crueldad. Esta noche he llegado a pensar que te perdía... y me he dado cuenta de que nada me asusta más en el mundo. Quiero estar siempre contigo.

Me besó y me lo pidió entre susurros:

—Cásate conmigo.

Se me detuvo el corazón. El mundo entero se detuvo.

No sabía qué decir. Fue como si mis pensamientos se difuminaran por la habitación igual que la tenue luz del quinqué.

«Cásate conmigo».

Me senté en el alféizar para no caerme. Había estado enamorada de Montgomery desde que era pequeña y solía soñar despierta con nuestro callado sirviente. Pero habían cambiado tantas cosas. Había conocido a Edward, me había reencontrado con mi padre... y un océano se había extendido entre nosotros.

Dado mi silencio, que se debía a lo estupefacta que me había dejado su proposición, se aclaró la garganta como si se sintiera avergonzado y dijo:

—Había pensado conseguir algo de muérdago, esperar hasta Navidad, hacerlo más adecuadamente... —Tragó saliva y rebuscó en su bolsillo hasta que sacó un anillo de plata—. Sé que te dije que quería que se resolviera lo de Edward antes, pero es que no puedo esperar. Llevo toda la vida queriendo tener una familia. Mi padre es el único pariente que quizá siga vivo pero jamás daré con él, lo sé. Sin embargo, hay algo que sí puedo tener: tú y yo, nuestra propia familia. —Sus ojos azules, suaves como el cielo de la mañana, se encontraron con los míos—. Quiero casarme contigo.

Me dio un vuelco el corazón. En realidad, ¿a cuál de aquellos hombres amaba? ¿Al criado de la infancia? ¿Al cirujano brillante? ¿Al cazador decidido? Montgomery era tan joven y tenía tan poco definido el camino que quería seguir en la vida... como yo.

—¿Juliet?

Sentí un vacío en el estómago. Lo amaba, pero ambos habíamos cambiado desde la isla. Él se había visto obligado a matar a todos los hombres bestia a los que antes trataba como amigos, lo que lo había curtido. ¿Le devolvería el matrimonio parte de su dulzura? ¿Sería yo buena esposa? No tenía conocimientos domésticos. Apenas sabía coser un botón. Aunque no solo era aquello. Una esposa debía rendir todas sus posesiones y pertenencias a su marido, tenía que obtener su permiso para firmar cualquier contrato legal, a veces, incluso, para viajar sola. Confiaba en Montgomery, pero ya me había equivocado antes con los hombres...

—Juliet, ¿me has oído? —dijo, con voz cargada de preocupación.

Hice una especie de gesto de asentimiento. Fue lo único que me salió.

—¿Es eso un sí? —me preguntó mientras una sonrisa afloraba en sus labios.

Abrí la boca para decirle que no. Tan solo había asentido para decirle que le había oído, nada más. Una propuesta de matrimonio no era algo a lo que se respondía con tanta facilidad. Elizabeth le había dicho al profesor en una ocasión que el matrimonio era una jaula y yo tenía la sensación de estar de acuerdo con ella.

Noté algo frío en el dedo, miré hacia abajo y vi cómo me ponía el anillo de plata. No me salía la voz; era incapaz de decir nada. Montgomery, en cambio, me abrazó y me besó en la sien, en la frente, en la mejilla.

—Te amo —dijo entre susurros.

Me quedé mirando el anillo. Dios mío, ¿cómo iba a decirle que no ahora? ¿Quería decirle que no? Lo lógico era que nos casáramos. Lo amaba. Quería estar con él. Pensaba en él a todas horas. Entonces, ¿por qué una parte de mí se sentía como un tren a punto de descarrilar?

Me llevé una mano al corsé y deseé aflojármelo un poco. Quizá mis miedos se debieran a que no me lo esperaba. Jamás había dudado, hasta entonces, de lo que sentía por él... excepto cuando me había abandonado a mi suerte en el bote; pero eso ya lo había superado.

—Yo también estoy contenta —conseguí articular.

Su petición me había pillado por sorpresa, pero seguro que la cosa salía bien. Que el matrimonio de mis padres hubiera sido un fracaso no quería decir que yo fuera a cometer los mismos errores. Sonreí y lo hice de corazón.

—Sí, quiero casarme contigo.

Me tembló un poco la voz, pero Montgomery lo atribuyó a los típicos nervios femeninos.

A tientas, me buscó la mano y, con el dedo gordo, empezó a dibujar círculos de manera ausente sobre el anillo.

—La decisión más sencilla de mi vida —susurré.

Pero ¿era así?

Montgomery entrelazó los dedos con los míos, que seguían doblándose a su antojo. Poco a poco, me di cuenta de que la fuente de su agitación ya no tenía que ver con Edward; me miraba a mí, me contemplaba el cuello y las curvas. Tenía la sensación de que ansiaba acariciar todo aquello que veía.

Se acercó para acariciarme el pómulo con los labios. El contacto me aceleró el pulso mientras pensaba en el matrimonio y en todo lo que conllevaba... en especial, esas cosas que hacían las parejas casadas, a solas, esas cosas que yo había hecho apresuradamente con Edward en un momento de pasión pero que me gustaría disfrutar poco a poco con Montgomery.

Se me desbocó el pulso, como un pajarillo sin alas. ¿Por qué, de repente, sentía timidez a su lado? No es que no nos hubiéramos besado hasta entonces o que no nos hubiéramos tocado; y tampoco se podía decir que fuera inocente en lo que se refería a estar con hombres. La casa crujía, se asentaba, lo que me recordó que no había nadie, que no estaban ni Elizabeth ni los criados.

A excepción de Edward, atado en el sótano, y de Balthasar, que lo vigilaba, estábamos solos.

Fui hasta la puerta y la cerré. Prometida con Montgomery James, el chico de los fascinantes ojos azules...

Me atrajo hacia sí y me besó con tanta fuerza que algunas de las heridas de los brazos se le reabrieron y tuvimos que parar y esperar hasta que se las hube cosido de nuevo. A pesar de mis pecados, de los suyos y de que sabíamos que los del King's Club no tardarían en venir a por nosotros, Montgomery no paraba de sonreírme —incluso soltaba alguna que otra risotada— y de besarme, y el tiempo se nos escapaba entre los dedos.

—Mi futura esposa —me susurró junto a la mejilla.

Su sonrisa se esfumó cuando oímos pasos en la escalera, seguidos del sonido de la puerta del estudio al abrirse de golpe. Elizabeth se encontraba en el vano de la puerta y aún tenía nieve en el pelo.

Ahogué un grito y me restregué la cara, como si quisiera borrar los besos de Montgomery.

—He salido a buscarte —dijo mientras analizaba la escena con el ceño fruncido—. Por favor, dime dónde has estado, por qué el señor James está cubierto de puntos y, lo más importante, ¿quién es el joven que está encerrado en el sótano?

CAPÍTULO TREINTA Y TRES

Elizabeth era lo más parecido que tenía a una madre. La noche en la que me había cepillado el pelo y me había contado lo que recordaba de mis padres había servido para cimentar un lazo entre ambas. Parte de mí ansiaba contarle lo de la proposición, pero ella ya pensaba que estábamos prometidos y, como dejaba patente la expresión de su rostro, le preocupaban asuntos más inmediatos.

La seguimos hasta la biblioteca, donde colgó su abrigo junto a la puerta mientras Montgomery y yo nos sentábamos incómodos en el sofá. Mis pensamientos saltaban del anillo que llevaba en el dedo al chico encerrado en el sótano y a la manera en la que debíamos explicárselo todo para conseguir que no llamase a la policía en cuanto acabásemos de hablar.

—El señor Balthasar se ha retirado —nos comentó—. Cuando he vuelto a casa me lo he encontrado vigilando la puerta del sótano. Podéis imaginar mi sorpresa al descubrir que había un hombre encerrado en la despensa. He intentado que el señor Balthasar me lo explicara, pero estaba igual de desconcertado que yo por la situación, por lo que le he dado uno de los camisones del profesor y lo he acompañado a su dormitorio. —Se arrodilló frente al hogar apagado con una expresión de extrañeza en el rostro—. Se ha cambiado delante de mí. No es nada pudoroso su amigo —le comentó a Montgomery antes de volver a mirarme—. Y, desde luego, no se parece a ningún ser humano que yo haya conocido.

Dudé. Elizabeth era inteligente y era evidente que, gracias a sus conocimientos de medicina, se había dado cuenta de que había algo raro en las deformidades de Balthasar; ahora bien, ¿habría llegado a sospechar cuál era su verdadera naturaleza? Al igual que su tío, se había mostrado totalmente en contra de la labor de mi padre, así que no imaginaba siquiera de qué sería capaz si se enteraba de que uno de los experimentos vivientes de mi padre dormía en su casa desde hacía unos días y que el más peligroso de todos estaba encerrado en el sótano.

—Balthasar es un buen hombre. No supone ningún peligro, te lo prometo —le dije.

—¿Y el hombre del sótano?

Mi silencio fue suficiente respuesta. Enarcó una ceja y cogió un tronco para echarlo a la chimenea. Montgomery le dijo que ya se encargaba él, pero Elizabeth le lanzó una mirada fulminante.

—Soy capaz de apilar leña para la chimenea, señor James —respondió mientras encendía una cerilla—. Voy a pedirles a Mary y a Ellis que no vuelvan durante el resto de la semana. Creo que es lo mejor... dado que habéis secuestrado a una persona. —Se sacudió el polvillo de las manos, ennegrecidas por la labor de encender el fuego, y se sentó en la butaca de cuero—. ¿Quién de los dos va a explicarme lo que está sucediendo de verdad?

Montgomery y yo nos miramos. Él estaba nervioso, pues nunca se había sentido cómodo en presencia de Elizabeth.

—Cuéntale todo lo que consideres oportuno —me dijo—. Yo voy a bajar a ver cómo está Edward.

Me dio un beso en la mejilla antes de dejarnos solas.

Sabía que tenía que hablar, pero había tantas cosas que decir que no tenía claro cómo empezar a expresarlas. En la calle se oyeron los cascabeles de los jaeces de los caballos que tiraban de un carro y miré por la ventana. Tanta alegría no tenía cabida en aquella estancia, al menos en ese momento, con la conversación a la que me enfrentaba.

Fue Elizabeth la que habló primero.

—A mi padre, el hermano del profesor, le encantaba la taxidermia. Es una afición nauseabunda, lo sé, pero cuando era niña yo idealizaba a mi padre. Por eso, me encantaba el olor de los productos y demás, y le ayudaba con las pieles. Conozco muy bien la diferencia entre el pelo de los seres humanos y el de los animales, Juliet, y tu amigo del piso de arriba es de los segundos.

Tragué saliva.

—Sí, lo sé.

Su tono de voz bajó, como las llamas más cálidas del hogar:

—Es uno de los experimentos de tu padre, ¿verdad? Te encontraste con tu padre en la isla y no había dejado de experimentar, ¿no es cierto?

Así, dicho en voz alta, hacía que todo volviera a resultar de lo más real. Mi secreto acababa de ser desvelado, pero quizá fuera lo mejor. Me arrepentía de no habérselo contado todo al profesor y no podría soportar la idea de que la muerte de Elizabeth pesase también sobre mi conciencia.

—Pensé que lo consideraríais imposible.

Elizabeth se reclinó en el sillón de cuero.

—Por desgracia, estoy muy familiarizada con las situaciones extrañas que se dan en el mundo. Ya te dije que mi familia tiene sus propios esqueletos en el armario, y me temo que no se trata solo de nuestro linaje ilegítimo. Nuestros ancestros estaban medio locos y no todos ellos eran escrupulosos. He leído sobre sus viajes... y dan escalofríos. —Se acercó tanto al fuego que me sorprendió que no se quemara la cara—. Siempre creí que tu padre tendría éxito, y por eso lo delaté.

De pronto, tuve la sensación de que el pequeño fuego daba demasiado calor. Me puse de pie sin darme cuenta.

—¿Fuiste tú quien dio inicio a los rumores?

—Sí.

—Pensaba que había sido el profesor quien lo había delatado.

—El profesor fue quien alertó a la policía, sí —respondió con calma—, pero fui yo quien alimentó los rumores. No olvides que tu madre y yo éramos amigas. Era una mujer muy dulce, pero no muy inteligente. No tenía ni idea de lo que tu padre hacía en su laboratorio. En cambio, yo lo descubrí enseguida. —Hizo una pausa—. Te pido disculpas por lo que os pasó a tu madre y a ti; no era mi intención que os quedaseis en la calle.

Me pasé por los labios una uña que tenía rota. Durante muchísimos años había pensado que odiaba a los hombres que habían provocado el escándalo que había hundido a mi familia... y resultaba que había sido aquella mujer, que no era tan distinta de mí, la que había traicionado a mi padre por el bien del mundo. La misma razón por la que yo había participado en su asesinato.

Me acerqué a la ventana. Aún era noche cerrada y la calle estaba en silencio excepto por el viento, que se colaba entre las guirnaldas y las agitaba. Se encendió una luz en la planta baja de una casa de enfrente y vi a un hombre con gorro de dormir que se puso a calentar leche en la cocina. Tenía tanta hambre que me rugió el estómago.

—Antes de enfrentarse al escalpelo de mi padre, Balthasar era un oso y un perro —empecé a explicarle.

—¿Y dices que ahora es un hombre?

La luz de la cocina de la casa vecina se apagó.

—No solo eso; es mi amigo.

—Y el joven que hay en el sótano, ¿también es tu amigo?

—Lo fue. Ahora no sé lo que es. Mi padre desarrolló un nuevo procedimiento con el que cambiar la composición de las criaturas en el plano celular. Creó a Edward a partir de una serie de partes de animales y sangre humana, pero consiguió algo que resulta impredecible. Edward es un hombre... pero también un monstruo. El monstruo vive bajo su piel, literalmente. —Hice una pausa—. Él es el Lobo de Whitechapel.

Elizabeth se sentó muy erguida, con los ojos como platos.

—¿El asesino del profesor? ¿Por eso lo habéis traído aquí en vez de entregárselo a la policía? —Bajó la voz—. ¿Pretendéis matarlo para vengaros de él?

Me mordí el labio.

—No voy a negar que es un asesino. Admite haber cometido todos los asesinatos que se le imputan, excepto el del profesor. Sé que parece una locura, pero me siento tentada a creerle.

El viento sopló por la chimenea e hizo que el fuego temblara. Elizabeth no me quitaba ojo.

—No podemos llevarlo a la policía porque hay una organización que lo está buscando y sus intenciones son muchísimo peores que las de mi padre. Quieren utilizarlo para crear criaturas como él que, por lo que hemos descubierto, están destinadas al Ministerio de Defensa francés. No puedo ni imaginar qué querrán hacer los militares con criaturas así. Son malvadas, Elizabeth. Sanguinarias.

Sus ojos titilaban con aquella frialdad que impedía saber lo que estaba pensando.

—¿Qué organización?

—El King's Club, seguro que la conoces, porque el profesor formó parte de ella, aunque no durante mucho tiempo. Pretenden proseguir con los experimentos de mi padre; de hecho, ya han empezado. Encontramos su laboratorio.

Se recostó, pensativa.

—El King's Club está involucrado...

313

—Sé que resulta difícil creerlo.

—Oh, no, no he dicho eso —respondió con sequedad—. Nunca he confiado en ninguno de sus miembros y el profesor tampoco. Que es, de hecho, el motivo por el que abandonó el club. ¿Has oído hablar de la epidemia de cólera que hubo en 1854?

Asentí mientras recordaba el decreto real que colgaba enmarcado en una de las paredes del salón de fumadores del club.

—Por lo visto, ellos contribuyeron mucho a detenerla. Fue una de sus obras de caridad —comenté.

Elizabeth soltó una carcajada irónica.

—¿Obra de caridad? Ni mucho menos. Si hubo alguien que se benefició de la epidemia fueron los del King's Club y sus cuentas bancarias. La ciudad invirtió en un nuevo sistema de alcantarillado y plantas depuradoras, y fueron las empresas de los miembros del club las que produjeron todo el granito y todas las tuberías para el proyecto. Además, sé que uno de sus miembros era doctor en epidemiología.

Me acerqué a ella.

—¿Me estás diciendo que fueron ellos los que iniciaron el brote para obtener ganancias monetarias?

Se encogió de hombros con cierta rigidez.

—No hay pruebas, claro está, pero es lo que sospechaba el profesor. —Se recostó mientras se tocaba ansiosamente las uñas—. Durante los últimos años enviaron a varios representantes para hablar con él y conseguir que volviera a unirse a ellos, y no dejaron de preguntarle sobre los diarios de nuestros antepasados. Seguro que el profesor pensó que eso era lo que quería Isambard Lessing. Debió de sorprenderle que fuera a ti a quien estaba buscando.

Ladeé la cabeza al pensar en los diarios que el profesor guardaba en el armario del estudio.

—¿Qué hay en ellos para que tengan tanto interés en conseguirlos?

Elizabeth siguió mi mirada.

—Los que hay arriba acumulando polvo no contienen más que anotaciones e información genealógica. El resto de la información sobre nuestra familia la tengo yo bien escondida en la mansión de Escocia.

Se puso de pie y atizó el fuego. Se movía y actuaba de forma tan relajada que era evidente que no le resultaban extrañas aquellas sorpresas de medianoche. Me pregunté cómo sería su vida en los páramos del norte. Supuse que una mujer que vivía sola tenía que estar preparada para cualquier eventualidad.

—Necesitamos tu ayuda —le dije—. Que no digas nada, solo eso. Mientras Edward esté encerrado en el sótano no puede hacer daño a nadie. Tan solo tenemos que encontrar una cura para su estado antes de que los del King's Club den con él.

—Podéis contar conmigo —empezó a responder—, y no solo porque no vaya a decir nada, sino porque ya he desarrollado tratamientos en otras ocasiones. Puedo ayudaros a curarle.

La mirada severa de sus ojos azules se había suavizado. Recordé el beso que me había dado en la frente, como una madre haría con su hija, y se me encogió el corazón.

—¿Lo harías? —pregunté entre susurros.

Se acercó hasta donde me encontraba yo y se sentó a mi lado.

—Ahora eres mi pupila, Juliet. Es decir, que somos familia. Mi tío solía decir que no hay nada más importante que la familia.

No sabía muy bien qué pensar de sus palabras. Mis dos progenitores habían estado ausentes durante la mayor parte de mi vida. No tenía hermanos. Mis demás parientes me habían dado de lado. En el último año, la palabra «familia» se había convertido en sinónimo de traición... al menos, hasta la propuesta de matrimonio de Montgomery. Ahora, él y yo formaríamos la nuestra. Pero un esposo no era lo mismo que una madre, un padre o un hermano. Las palabras de Elizabeth me daban la esperanza de volver a tener un lazo parecido.

Vacilante, le cogí la mano y se la apreté.

El cielo estaba de color gris y el día neblinoso mientras recorríamos apesadumbrados las pocas manzanas que nos separaban de la iglesia donde se iba a celebrar el funeral del profesor. Pensar en todas aquellas caras desconocidas y en las conversaciones susurradas hacía que me dolieran las muñecas, pero me subí los guantes e ignoré el dolor. Se lo había prometido a Elizabeth.

El profesor era muy conocido, así que no me sorprendió ver una larga fila de carruajes esperando para que bajasen los asistentes. Lo que no esperaba, eso es cierto, era la gran multitud que se apelotonaba contra la verja de la iglesia: marineros, vendedores y, en definitiva, todo tipo de personas vestidas con abrigos andrajosos, que no paraban de murmurar en aquella fría mañana de invierno. Dos o tres de ellas llevaban corazas de metal baratas y agarraban con fuerza periódicos arrugados.

Sentí repulsión al pensar que no habían ido para llorar al profesor, sino que asistían para deleitarse con el último acto de violencia del Lobo. Para ellos era un circo. Un juego cruel.

Montgomery me apretó la mano con más fuerza.

—¿Cómo se atreven? —susurré con furia al tiempo que se me retorcían las articulaciones, tan molestas como mi corazón.

Habría maldecido a voz en cuello de no ser porque en ese momento la multitud nos vio, engalanados para un funeral, y sus integrantes empezaron a lanzarnos preguntas indiscretas: «Señorita, ¿vio usted el cadáver?», «¿Había mucha sangre?», «¿Vio usted la flor?».

Estaba a punto de ponerme a gritar, pero Montgomery nos abrió paso y nos guio a Elizabeth y a mí al otro lado de la verja. Mi tutora era de las que se enfurecían en silencio, alguien cuyas reacciones eran peligrosas. Hasta que no estuvimos dentro de la magnífica iglesia, con las puertas firmemente cerradas, no recuperó el color de la cara.

—¡Qué parodia! —soltó como si escupiera—. Si es el Lobo lo que quieren, es el Lobo lo que se merecen.

En el interior, la muchedumbre no se comportó mucho mejor. Cientos de rostros se giraron cuando entramos, todos ellos amables, pero severos. Sonrisas de pena mezcladas con tintes de escándalo en la mirada. Susurros, susurros y más susurros. Debían de estar disfrutando con el hecho de que la hija del loco se hubiera visto envuelta en otro escándalo horrible.

Al menos vi una cara amiga entre la multitud: la de Lucy. Me saludó en silencio desde una de las primeras filas de bancos. Estaba sentada con sus padres y con el inspector Newcastle. Este hizo una solemne inclinación de cabeza y le susurró algo a Lucy, que lo miró sorprendida y negó con la cabeza. Me dio un vuelco el corazón. No estarían comentando los rumores también ellos, ¿verdad?

En la primera fila se habían reservado unos asientos para la familia de la víctima, pero no soportaba la idea de sentarme tan cerca del ataúd. Montgomery se sentó conmigo en la última fila, donde la voz del sacerdote era un murmullo y los curiosos no dejaban de mirarme mientras fingían ajustarse sus elegantes sombreros de invierno.

Llegó un momento en que no pude soportar las miradas furtivas. A la media hora le dije a Montgomery al oído que iba a tomar el aire y me dirigí a la puerta lateral, que daba a un claustro en el que por fin pude respirar aire fresco. Caminé dando tumbos sobre la nieve, con los zapatos de domingo, zigzagueando entre las lápidas del cementerio de la iglesia.

Allí no había rostros que se volvieran hacia mí ni que cuchicheasen; solo un agujero recién excavado en el suelo, hacia el que me llevaron los pies.

Me dejé caer de rodillas al lado de la tumba. La lápida era sencilla, a diferencia de la inmensa mayoría de las demás; testimonio del tipo de vida que había llevado. «Victor von Stein», decía. «1841-1895. Padre y amigo querido».

Supuse que había sido Elizabeth quien había pensado en aquella frase, aunque no sabía si con lo de «padre» se refería a mí o al hijo que el profesor había perdido hacía tanto tiempo. La sepultura esperaba el ataúd. Hundí la mano en la fría tierra, aunque lo que en realidad anhelaba acariciar era la mano arrugada del profesor.

«Lo siento mucho, profesor», pensé.

—Mis condolencias, señorita —dijo una voz detrás de mí.

Me di la vuelta sorprendida porque pensaba que estaba sola. Un hombre delgado como un palo, que llevaba una chaqueta de trabajo y barba de tres días, se apoyaba en una pala, al tiempo que señalaba la tumba con un gesto de la cabeza.

—Debe de ser usted de la familia. Le sorprendería saber cuántas veces vienen hasta aquí los familiares en busca de un momento de paz. Tengo entendido que era un gran hombre. Nunca había visto tanta gente.

Se quitó el sombrero, aunque el gesto no resultó muy natural.

—Lo era —musité—. ¿Es usted quien va a enterrarlo?

Asintió con el sombrero contra el pecho y los mechones entrecanos bailando al viento.

Abrí el bolso y saqué de él unas monedas.

—Pues gracias —dije mientras se las tendía.

Las cogió casi a regañadientes.

—No será mucho trabajo. Con los vacíos es fácil.

—¿Los vacíos?

—Los ataúdes vacíos. Los de la gente que ha sido incinerada. En realidad, no pesan nada. —Hizo una pausa—. ¿Es que no lo sabía, señorita?

¿Incinerado? ¿A qué obedecía que el cadáver del profesor hubiera sido incinerado? Como pariente más cercano, era Elizabeth quien tenía que haber pedido que así fuera. Sin embargo, y por muy moderna que fuera, me costaba creer que hubiera cometido una blasfemia tal.

—¿Quién ha dado la orden?

Se rascó la oreja.

—Pues la policía.

¿La policía? Se me heló la sangre. Aquello era muy extraño. Las cremaciones solo se llevaban a cabo en casos extraordinarios, por ejemplo, cuando tenía alguna enfermedad contagiosa. La muerte del profesor había sido violenta, pero él no padecía ninguna enfermedad. ¿Por qué iba a haber ordenado la policía que lo quemaran?

Le murmuré un «gracias» al enterrador, que se volvió a poner el sombrero y se lo tocó a modo de despedida.

Recordé las palabras de la bestia: «Aun así, no he sido yo. Me da igual que me creas o no, pero es la verdad». Desde luego, el asesinato del profesor iba en contra del retorcido deseo de la bestia por protegerme. Además, ahora que lo pensaba, ¿dónde estaba la flor que siempre dejaba el Lobo de Whitechapel? Empecé a sentir un hormigueo en la columna. Si no había sido la bestia... ¿quién?

—Juliet.

Era Montgomery.

Me di la vuelta y vi que cruzaba el cementerio en dirección a mí. Detrás de él, Balthasar y un agente de policía de uniforme esperaban en el claustro. Clavé los dedos en la tierra para no caerme.

319

—¿Te encuentras bien? —me preguntó—. Llevas aquí media hora. El servicio ha terminado.

Asentí sin dejar de pensar en la sepultura vacía.

—El inspector Newcastle quiere hablar contigo. —Había bajado la voz—. He intentado posponerlo diciéndole que no te sentías bien y que si tenía que ser hoy, justo después del funeral... pero dice que no puede seguir esperando a que declares, que ya lo ha aplazado tanto como le permite la ley.

Me humedecí los labios, que tenía bien secos. En aquel momento, Scotland Yard era el último lugar del mundo al que quería ir. Aunque, de pronto, al tiempo que me aumentaba el cosquilleo de la columna, me di cuenta de que el inspector Newcastle tendría detalles del asesinato del profesor, el informe de la autopsia y el de la investigación. Quizá pudiera explicarme por qué lo habían incinerado y confirmarme que no había ninguna flor en la escena del crimen.

—De acuerdo, ya voy.

—Te acompaño

Dejamos atrás la tumba recién excavada y fuimos hacia el agente de policía que me esperaba.

CAPÍTULO TREINTA Y CUATRO

Entrar en Scotland Yard por la puerta principal y con un agente de policía a mi lado me recordó la última vez que había estado allí, hacía meses, esposada, enferma y enfadadísima con el doctor Hastings y con una sociedad que le permitía acusarme a pesar de que era él quien merecía ir a la cárcel.

—Por aquí, señorita —me indicó el agente guiándome hacia una escalera—. Tengo que llevarla al despacho del inspector. Me temo que el caballero tendrá que esperarla aquí.

Montgomery me puso la mano en la espalda.

—No te pasará nada, ¿verdad?

—Es una comisaría de policía. Si no estoy a salvo aquí, que Dios nos ampare. —Le hice un gesto hacia uno de los bancos de la fría entrada—. Seguro que no tardo mucho, tan solo quiere mi declaración.

Me guardé de hablarle de las ganas que tenía de tantear a Newcastle para descubrir, si era posible, más detalles sobre el asesinato del profesor.

Puede que el mármol de la escalera de Scotland Yard hubiera sido lujoso en su día, pero ahora, después de que lo hubiera pisado tantísima gente, estaba de lo más ajado. Subimos tres pisos, donde el suelo recién pulido contrastaba con el resto del viejo edificio. Allí debían de estar los despachos de los jefes, lejos de la chusma.

El policía llamó a la última puerta, que abrió el propio Newcastle, con su coraza de cobre y el mismo pañuelo de seda negra con el que había asistido al funeral. Le dijo al agente que ya podía retirarse y a mí me hizo un gesto para que pasara.

—Señorita Moreau, le pido disculpas por esta molestia imperdonable. Sé que está usted de duelo y Elizabeth me ha contado que ha estado enferma hace unos días. —Me acompañó al interior del despacho—. ¿Quiere un té? Uno de mis agentes jura que los remedios herbales son los mejores para superar las enfermedades. Puedo pedir que nos lo suban.

Me llevé la mano a la cabeza. Ojalá no hablase tan rápido.

—Estoy bien, pero gracias.

Me senté en la silla que, frente a la suya, había en el escritorio.

Aquel despacho era un bastión del conocimiento académico. Había estantes que corrían de pared a pared, llenos de libros imponentes, y dos cuadros, uno a cada lado del escritorio: uno del Londres lluvioso y el otro de un bazar de Oriente Próximo. Claro, el hijo de un zapatero no tenía retratos de antepasados ilustres que colgar.

Me recordé que debía ser muy cautelosa. Newcastle quería lo mejor para la ciudad, pero el King's Club era muy poderoso y las acusaciones de una huérfana podrían resultar ridículas. Incluso podrían provocar que alguien empezase a hacer preguntas acerca de mi pasado.

Se sentó a la mesa.

—¿Seguro que no quiere un té?

—No, gracias.

Sonrió como si quisiera decir que era yo quien se lo perdía y empezó a tamborilear con los dedos en el borde del escritorio. Cohibida, crucé los brazos a la espera de que empezara a hablar y, así, poder hacerle yo también mis propias preguntas. Me fijé en un daguerrotipo de Lucy que tenía sobre la mesa en un marco de plata, que debía de ser el objeto más caro de toda la estancia.

Aquello me hizo sonreír, a pesar de todo. Por lo menos, tenía a alguien que la amaba y cuidaría de ella.

—En el funeral no he tenido oportunidad de presentarle mis condolencias por la muerte del profesor —dijo al cabo del rato, al tiempo que se ponía cómodo—. Considero que fue muy cortés al hacerse cargo de usted, ya que era huérfana de padre y madre. Me resulta curioso que en el baile de máscaras insistiera en que su padre ha muerto, si bien no se ha celebrado ningún funeral ni existe registro alguno en los juzgados...

—Preferiría hablar de la muerte del profesor. Seguro que lo entiende.

—Por supuesto.

Se inclinó hacia un lado y sacó un pañuelo del bolsillo de la chaqueta, por si yo necesitaba secarme los ojos. No se lo cogí.

—Supongo que su muerte la ha afectado mucho, y lo siento. En especial, por haber muerto a manos de ese monstruo.

No respondí. No estaba segura de si debía compartir mis dudas con él. Miré de pasada el escritorio y vi una carpeta de color marrón repleta de papeles, en cuya cubierta decía: Lobo de Whitechapel.

—¿Por qué no me cuenta lo que sucedió la noche en la que asesinaron al profesor? —dijo con tono amable—. Si es que se siente con fuerzas.

Hice lo posible por apartar la mirada de aquella carpeta que tan ansiosa estaba por consultar.

—Montgomery James, que es un viejo amigo... y mi prometido, aunque no lo hayamos anunciado públicamente, nos acompañó a Lucy y a mí a una charla en la universidad. Al volver a casa es cuando vimos el coche del depósito y nos enteramos de lo del asesinato.

Garabateó algo en un cuaderno de notas y asintió con solemnidad.

—Muy bien. Siento muchísimo haber hecho que viniera aquí en un día como hoy, pero tenemos procedimientos, ¿sabe?

—Entonces, ¿eso es todo?

Asintió mientras dejaba la pluma.

—A menos que quiera tomar ese té.

—N-no.

Lo normal era que me marchara, pero no podía sacudirme la sensación de que había algo que no cuadraba en el asesinato de mi tutor.

—Disculpe, inspector... —empecé a decir poco a poco—, me preguntaba si tiene más pistas del caso.

—Oh, estoy bastante seguro de que el asesino es el Lobo de Whitechapel. Las heridas son idénticas. —Ladeó la cabeza—. ¿Por qué lo pregunta? ¿Cree que podría haber otro responsable?

Cogí su pañuelo, lo arrugué en la mano y volví a dejarlo, mientras pensaba en la bestia encadenada en el invernáculo: «A ese no lo he matado yo, amor mío».

—Me sorprendió que no hubiera ninguna flor en el estudio del profesor la noche en la que fue asesinado. ¿No le parece extraño?

Asintió y se recostó.

—Ya nos habíamos fijado, pero no significa nada en sí mismo. Puede que el asesino se quedase sin flores. Quizá se hayan congelado. —Se frotó la barbilla—. Veo que es usted muy observadora.

—Bueno, no se me había ocurrido hasta hace poco.

Dudé. La policía no me gustaba, pero el inspector Newcastle era muy distinto a los agentes que me habían arrestado hacía ya tanto tiempo en el hospital. Además, había llegado muy arriba siendo tan joven gracias a su ambición y al trabajo duro. Estaba muy interesado en resolver el caso para ascender, para recibir la gratitud de toda la ciudad y, lo más probable, para tener más opciones de casarse con Lucy.

Miré los libros que tenía en los estantes: filosofía, periodismo, ciencia forense. ¿Me creería un hombre tan racional si le contaba que sospechaba de la existencia de otro asesino, otro monstruo? La bestia me había asegurado que no era responsable de aquel crimen, pero era imposible saber si decía la verdad a menos que demostráramos que, en efecto, había un segundo asesino.

Golpeé el suelo con el tacón de la bota. Tenía dudas. El inspector Newcastle bien podía pensar que estaba loca. Aunque quizá tuviera las herramientas para ayudarme...

—Podría haber otra explicación —dije con cautela.

Enarcó una ceja. Me levanté y me puse a caminar por delante de los estantes para ver si eso me tranquilizaba.

—Temo que vaya a sonar un tanto inverosímil.

Sonrió.

—Si supiera usted cuántas teorías inverosímiles he escuchado acerca de la identidad del Lobo de Whitechapel... A una muchacha tan observadora como usted, sin embargo, la tomaré más en serio; no como a los demás tarabillas.

Me quedé fría al oír aquella palabra: tarabilla. No era un término común, pero hacía poco que lo había oído... cuando estaba con Montgomery en el jardín de Lucy, la noche del baile de máscaras, y escuchábamos hablar a los miembros del King's Club. Uno de ellos había utilizado aquel término.

Miré con atención al policía. Tal vez fuera una coincidencia que no demostraba nada, lo mismo que la ausencia de la flor en el lugar del crimen del profesor. Habíamos visto el listado de miembros del club y Newcastle no se encontraba entre ellos.

—¿Cuál es su teoría, señorita Moreau? —me insistió con amabilidad.

Seguí observándolo. Había dicho que confiaba en mi opinión pero ¿qué inspector que se preciase tomaría en serio lo que le dijese una muchacha de diecisiete años? Me mordí el labio. Quizá me estuviera siguiendo la corriente por el mero hecho de que era amiga de Lucy. Me senté despacio, intentando encontrarle el sentido a todo aquello.

—Sí, mi teoría... Tiene que ver con la ausencia de la flor y con el hecho de que el profesor no se parezca en nada a las demás víctimas.

Se me había secado la boca y tuve que tragar saliva. Newcastle me observaba con atención y no parecía que estuviera perdiendo la paciencia, a pesar de que no dejaba de tamborilear con los dedos sobre el escritorio a toda velocidad.

¿Por qué alguien que sencillamente le seguía la corriente a una joven iba a escucharla con tanta ansiedad?

Miré la carpeta de color marrón y me fijé mejor. Juraría que aquella letra la había visto antes. Me acerqué un poco más y me aclaré la garganta. Usé mi reciente enfermedad para justificar que me apoyara en su mesa.

El rabito tan particular de la ele, la floritura de la pe... Sí, me resultaba muy familiar. La había visto hacía muy poco y me había llamado la atención, pero ¿dónde? «En el laboratorio oculto que tiene el club en la universidad —pensé—. ¡En los cuadernos!».

A punto estuvo de darme un ataque. La letra era igual que la del científico del King's Club que ponía al día los diarios con los detalles de lo que acontecía en los tanques del laboratorio. ¡El inspector Newcastle era el científico! Aunque, ¿cómo era posible que supiera tantísimo de bioquímica? Apreté los puños para que no se notara que me temblaban las manos y miré en derredor: los libros, los cuadros... La placa que tenía sobre la mesa decía que se había licenciado en ciencia forense, disciplina que se encargaba no solo de estudiar las pruebas de calle, sino también las médicas. Entonces, aquel hombre no era un simple inspector... también era científico.

Empezó a costarme respirar. Hice los cálculos mentales tan

rápido como pude. En efecto, el inspector tenía la edad adecuada para haber sido alumno de mi padre.

Todo aquello me llevaba a hacerme una terrible pregunta: ¿sería John Newcastle uno de ellos? Repasé todo lo que sabía de él. ¿Acaso no salía él del laboratorio del segundo sótano cuando me sorprendió cerca del depósito de cadáveres? A Newcastle empezaba a extrañarle mi silencio. Cogí de nuevo su pañuelo y me lo llevé a los ojos para que no viera mi expresión de espanto. ¿Sería ese el motivo de que me hubiera hecho tantas preguntas acerca de mi padre? ¿De que hubiera sido tan amable conmigo? Llevaba tomándome por tonta desde que nos habíamos conocido.

—Creo que empieza a apetecerme esa taza de té que me ha ofrecido antes. De repente he pensado en el profesor y me siento muy débil.

Gracias a unas lágrimas fingidas y a lo mucho que estaba temblando, mi actuación resultó de lo más convincente.

—Ahora mismo.

El inspector se puso en pie de inmediato, conmovido por ver a una mujer llorar en su despacho. Se acercó a la puerta, la abrió y dijo:

—¿Marlowe? —Casi de inmediato—: Dónde demonios estará... Un momento, señorita Moreau.

Y oí el eco de sus pasos mientras se alejaba por el pasillo.

Me acerqué a su mesa a tal velocidad que casi me subí encima. Abrí la carpeta y encontré páginas enteras de notas y cartas, pero nada que se saliera de lo normal. Busqué a la desesperada en sus cajones, pero solo encontré más cartas y cuadernos. En ninguno de ellos aparecía la letra de mi padre y en ninguno de ellos se hablaba de los experimentos de la isla.

Oí que se cerraba una puerta en el piso de abajo y decidí que sería mejor que me sentara pero, justo en ese momento, me fijé en un emblema que me resultaba familiar, impreso en uno de los sobres del policía. Se trataba de la imagen de Prometeo entregando el fuego a la humanidad, rodeada por una frase en latín: *Ex scientia vera*. «Mediante el conocimiento se llega a la verdad». Era el lema del King's Club. Lo reconocí porque lo había visto en la vieja fotografía que colgaba en los pasillos de King's College.

Conseguí abrir la carta a pesar de lo que me temblaban los dedos. Se trataba de la carta de iniciación del King's Club en la que se le comunicaba que había ciertos logros no especificados que estaban pendientes de resolución y que la decisión le sería comunicada en Año Nuevo.

Patidifusa, la dejé caer sobre un botecito de tabaco y una serie de objetos personales: unos gemelos, un cortapuros y unos anteojos. Sin dejar de temblar, cogí los anteojos y los miré a la luz. Eran sencillos, estaban muy usados y tenían una fina montura de alambre que se curvaba a la altura de las orejas. La lente izquierda tenía un arañazo y la derecha, una gota de sangre. Eran los del profesor. Volví a dejarlos en el cajón, que cerré de golpe y me alejé del escritorio como si quemara.

Solo había una razón para que el inspector tuviera las gafas del profesor entre sus efectos personales en vez de guardarlas debidamente catalogadas en la sala de pruebas, que es donde deberían estar: que la bestia me hubiera dicho la verdad. No había matado al profesor. Era el inspector quien debía de haber preparado su asesinato... o haberlo matado él mismo, por inverosímil que resultara. En uno u otro caso, estaba en la guarida del enemigo.

Abrí de par en par la puerta del despacho y salí corriendo por el pasillo pulido. Iba tan deprisa que a punto estuve de caerme por la escalera. Ansiaba regresar junto a Montgomery cuanto antes y contárselo todo: que Newcastle era miembro del King's Club, que había sido un protegido de mi padre, que le había tendido una trampa a Edward muy posiblemente para intentar que yo cooperase con él... Pero me topé con el inspector por la escalera.

—¡Señorita Moreau! —Se sorprendió al verme—. El té estará listo en un momento. ¿Por qué se...?

—¡M-me temo que t-tengo náuseas! Me han venido de repente. Ya seguiremos con esta conversación en otro momento.

—Pero si iba a contarme su teoría...

—Bah, no era nada. Discúlpeme.

Me hice a un lado y seguí bajando la escalera con premura. Montgomery vino corriendo hacia mí al ver el estado en el que me encontraba. Le cogí la mano y me puse de puntillas para susurrarle algo al oído.

—Estaba equivocada. Aquí no estoy a salvo. Tenemos que irnos ¡cuánto antes!

CAPÍTULO TREINTA Y CINCO

No me atreví a explicar lo que había sucedido hasta que estuvimos a salvo en casa del profesor. Elizabeth nos lanzó una mirada escrutadora cuando entramos, pero pasé de largo y fui directamente a la cocina. Abrí la puertecita que daba al sótano y bajé a todo correr.

—Edward —dije entre susurros.

Por la ventana que daba a la despensa vislumbré una figura que paseaba arriba y abajo.

—Edward, tengo que hablar contigo.

La forma en sombras se acercó y la luz que provenía de la escalera le iluminó los rasgos del rostro. Los ojos con los que me miró brillaban de forma antinatural, como los de un gato. Ahogué un grito.

—¿Has venido a hacerme una visita, amor mío?

—Tengo que hablar con Edward.

—Pues vas a tener que esperar largo y tendido.

Detrás de mí oí el sonido de las botas de Montgomery al bajar por la escalera para reunirse conmigo junto a la puerta de la despensa. La bestia esbozó una leve sonrisa.

—Vaya, sabueso de Moreau. Pensaba que ya te habrían matado. Bueno, qué más da, es algo que no tardaré en remediar. Dime, ¿para qué querías verme?

El corazón me hizo un ruido metálico en el pecho, como si fuera una cadena.

—Es por el asesinato del profesor.

Los ojos le brillaron aún más.

—Ya te dije que eso no era cosa mía y creo que si quieres saber más es porque has descubierto que digo la verdad. —Ladeó la cabeza—. A ver si lo adivino... no había flor junto al cadáver, ¡a que no!

—¿Cómo lo sabes?

Echó la cabeza hacia atrás y empezó a carcajearse.

—Los idiotas de Scotland Yard no han conseguido descubrir de dónde las sacaba. Yo no lo maté, así que es imposible que hubiera flor alguna junto al cadáver. —Me estudió de forma fría y calculada—. Déjame salir y te ayudaré a encontrar al verdadero asesino.

—No necesitamos tu ayuda —le espetó Montgomery con gran frialdad.

Entendía su enfado, pero ¿dónde estaba aquel niño al que yo había conocido, aquel muchacho que tan bien comprendía que el mundo no era blanco o negro, que creía en las segundas oportunidades... incluso para alguien tan cruel como mi padre?

Pero la bestia no miraba a Montgomery.

—Libérame, amor mío —susurró—. Haré lo que tú no puedes hacer... le arrancaré el corazón al verdadero asesino y así se hará justicia.

Percibí una especie de ronroneo en su voz, tan seductor como peligroso. Le estaba hablando a esa parte de mí que se parecía a él, la que era implacable, merodeadora. Estaba lo suficientemente cerca como para sacar los brazos por el ventanuco abarrotado, pero no lo hizo. Por el contrario, fui yo quien sintió la necesidad de acariciarle la cara, aquellos rasgos duros que se parecían tanto a los de Edward pero que no lo eran.

Montgomery me apartó de la puerta.

—Vamos, que solo nos va a contar mentiras.

Permití que me guiase a la cocina escaleras arriba, pese a que fui incapaz de dejar de pensar en la cara atormentada que acababa de ver en la despensa. Puede que la bestia fuera muchas cosas pero, desde luego, no creía que fuera un mentiroso.

Elizabeth nos esperaba ansiosa en la cocina. Balthasar se había ido a la cama, por lo que preparamos té y fuimos al salón, donde le conté lo que había descubierto en Scotland Yard.

—Newcastle forma parte del King's Club. Sabía que yo estaba protegiendo a Edward, por lo que le ha tendido una trampa con la esperanza de que yo me volviera contra él y le ayudase a atraparlo... Y a punto he estado de hacerlo.

—Los del King's Club ya utilizaron a Lucy como cebo en el baile de máscaras —comentó Montgomery—. Y han demostrado que están dispuestos a asesinar. No se van a detener ante nada hasta que no tengan a Edward. Solo podemos hacer una cosa.

Se refería a matar a Edward. Estudié su cara para determinar hasta qué punto estaba hablando en serio. No me gustaba aquella parte de él, la del cazador endurecido, aunque, hasta cierto punto, temía haber sido yo quien lo había vuelto así. Era yo quien había hecho trizas su fe en mi padre, quien había provocado la regresión de los hombres bestia y quien lo había obligado a enfrentarse a los terribles seres que había creado con sus propias manos.

—No... —dije en voz baja—. Ni por asomo.

Elizabeth paseaba por detrás del sofá. Apretaba la mandíbula con fuerza, pero no le temblaban las manos lo más mínimo.

—Puede que tenga razón, Juliet.

—¡Eso sería asesinato!

—¡Ha matado a una decena de personas! —argumentó Montgomery—. Y el doble en la isla. Que no sea el asesino del profesor no quiere decir que sea inocente. ¿Por qué quieres protegerle a toda costa?

«Porque él me ha protegido a mí —pensé—. Porque tú no estabas aquí y él vino a buscarme y, a su manera, ha intentado salvarme. Porque la bestia tiene razón al decir que no somos tan diferentes».

—El profesor me dio una segunda oportunidad —solté—. Me ofreció la posibilidad de llevar una buena vida cuando todos los demás estimaban que debía pudrirme en la cárcel. Yo tampoco tengo las manos limpias. Y tú tampoco. Se lo debemos.

—Si abrimos la puerta de la despensa, la bestia se desmandará.

—No hablo de dejarla libre, sino de curar a Edward.

—Lo hemos intentado...

—¡Y seguiremos intentándolo! En ese cuerpo queda parte de él, estoy segura. Aún nos queda tiempo. Fue mi padre quien le hizo esto, ¿no lo comprendes? Si Edward muere, es él quien gana.

Montgomery me miraba de forma extraña.

—¿De verdad lo haces por salvar a Edward —me preguntó con una voz tan calmada de repente que me dio miedo— o es que quieres superar a tu padre en su propio campo?

Me subió una extraña sensación por la columna. Elizabeth me miró parpadeando. ¿Superar a mi padre en su propio campo? Quise negar con la cabeza. Decir que no. Quería hacerlo para darle otra oportunidad. Para dármela a mí también. Siempre había tenido la sensación de que su destino y el mío estaban entrelazados; al fin y al cabo, la bestia que vivía en su interior no era tan diferente del animal que yo llevaba dentro. Ambos nos encaminábamos hacia nuestra propia destrucción: él porque acabaría siendo víctima de la bestia y yo porque acabaría falleciendo víctima de mi enfermedad. ¿Qué implicaba para mí que no hubiera esperanza para Edward?

—No, no tiene nada que ver con superar a mi padre —respondí consiguiendo controlar el tono de voz—, sino con actuar como es debido. Ríndete si quieres, pero mientras quede bondad en Edward, pienso seguir intentándolo. Quiero que sepas que si lo matas a él, también estarás matando una parte de mí.

Di media vuelta y subí la escalera hasta mi dormitorio. Oí que Montgomery me llamaba y que Elizabeth le decía que me dejara sola un rato. Me puse el camisón y empecé a caminar de uno a otro lado. No me apetecía estar sola en aquella estancia vacía, con la chimenea apagada y aquellos almohadones tan duros. Quería algo sencillo, algo que no se me revolviera en las manos y me apuñalara por la espalda, un simple momento de paz en medio de aquella situación tan complicada.

Salí al pasillo y miré hacia el desván. Los pies me llevaron hasta el pequeño dormitorio que Elizabeth le había asignado a Balthasar. Llamé con suavidad a la puerta, pero no obtuve respuesta. Abrí y, nada más entrar, me di cuenta de que se trataba del cuarto de un bebé, lleno de muebles pequeños y juguetes. Me acordé de que mi madre me había hablado de la esposa del profesor, que había muerto hacía muchísimo tiempo, al poco de dar a luz.

Balthasar estaba hecho un ovillo en la camita y, aun así, le colgaban los pies. A su lado, en el suelo, había una muñeca. Dormía profundamente y no quise despertarlo. Cogí una mecedora y me senté a su lado después de recoger la vieja muñeca, que debía de tener cien años y debía de haber sido muy querida, porque estaba cosida aquí y allí, en las partes que habían empezado a rasgarse. Pasé el dedo por aquellas suturas perfectas, obra sin duda de un cirujano. Me imaginé al profesor cosiéndola con amor para su hijo. La dejé a los pies de la cama, de donde se había caído.

La habitación daba un poco de miedo porque la única luz que

entraba en ella era la de la luna, que atravesaba una cortina diáfana e iluminaba un viejo retrato de familia. Concretamente, de un niño. La plaquita con el nombre ya no estaba y recordé que el profesor me había contado que su hijo había muerto con la misma edad que uno de sus antepasados.

Me mecí en aquella habitación que seguía igual que cuando había muerto el hijo del profesor, con los fantasmas de los juguetes cubiertos por una gruesa capa de polvo. Vi un balancín con forma de caballito, un teatro de marionetas de madera y unos bloques de juguete. Pasé los dedos por el tejado de una vieja casa de muñecas y sentí pena por todo lo que había perdido el profesor... y más todavía por no haber llegado a decirle lo mucho que me importaba. Montgomery no era el único que anhelaba tener familia.

Mi idea no era la de estar allí mucho rato, pero estaba tan cansada que en un momento dado debí de quedarme dormida allí mismo, junto a Balthasar. Soñé que estaba en medio de uno de los riachuelos de la isla, que corría teñido de sangre. La hierba crujía al tiempo que los hombres bestia me iban rodeando por todos lados.

Me desperté porque un brazo pesado me sacudía el hombro. Pegué un salto sobresaltada y me encontré con la cara de Balthasar frente a la mía.

—Pasa algo afuera, señorita.

Descorrí la cortina a toda prisa. Estaba granizando y las pelotas de hielo sonaban como perdigones al estrellarse contra el cristal. Me costó divisar el carruaje que había en la calle, de cuyo pescante colgaba una lámpara.

De pronto, llamaron tan fuerte a la puerta de entrada que el ruido conmocionó toda la casa. Volví a correr la cortina. Debían de ser altas horas de la madrugada, entre la medianoche y el amanecer; ¿quién podía venir a horas tan intempestivas?

Balthasar me cogió del brazo.

—Es mejor que no haga ruido, señorita.

Oí que alguien bajaba por la escalera camino de la entrada. Por la fuerza de las pisadas, debía de ser Montgomery. Volvieron a golpear la puerta, esta vez más fuerte y acompañando los golpes de voces que no sé lo que decían. Volví a mirar por la ventana, entornando los ojos para ver mejor a través del granizo y la nieve, y conseguí leer lo que decía en el carruaje, en grandes letras mayúsculas: «Scotland Yard».

—Oh, no... esto no puede ser nada bueno —musité—. Acompáñame abajo.

Pero me cogió del brazo una vez más.

—Espere, señorita.

—Montgomery está abajo —susurré—. ¡Podría ser Newcastle! ¡Quizá intente arrestarle!

Pero Balthasar no me estaba prestando atención, sino que tenía la cabeza inclinada y surcada de arrugas mientras intentaba escuchar. Su oído era muy fino pero ¿de verdad podía entender lo que estaban diciendo en la planta baja?

Por fin, dijo:

—Es a por usted a por quien han venido.

Oímos más pasos, esta vez en el interior de la casa, acompañados de una fuerte discusión. Se me aceleró el corazón. Por lo menos eran cinco. Se oyó un estruendo, seguido de pasos más ligeros en la escalera; los de Elizabeth, sin duda, que bajaba a investigar qué sucedía.

Intenté abrir la ventana, pero aquel no era mi dormitorio; aquella ventana estaba bien cerrada.

—¡Balthasar, necesito que me ayudes!

Examinó la cerradura y, acto seguido, rebuscó entre los juguetes polvorientos hasta que encontró un caballito de palo y empezó a golpearla hasta que la rompió. Abrí la ventana y sentí la fría nieve en la cara.

—¡Corre, baja y ayuda a Montgomery y a Elizabeth! Yo voy a esconderme y volveré cuando haya pasado el peligro.

—Por favor, señorita, tenga cuidado —dijo, señalándome los pies—, que no lleva zapatos.

—Lo tendré

Salí por la ventana del desván y se me encogió el estómago al darme cuenta de que estaba en una tercera planta sobre el jardín. Por el exterior de la casa descendía un bajante de cobre viejo y roñoso. Lo alcancé y bajé por él poco a poco. Iba en camisón y me estaba helando. Resbalé casi cuando había llegado al suelo. Por suerte, caí sobre una pila de nieve que impidió que me hiciera daño; ahora bien, el golpe me dejó una rozadura en la espinilla. Miré hacia arriba y vi luz en mi dormitorio. Si hubiera pasado allí la noche en vez de hacerlo en la habitación del bebé, ya me habrían cogido.

Tenía muchísimo frío en los brazos y en las piernas. Pronto empezaría a sentir dolores y, a continuación, un terrible entumecimiento. Me puse de pie con dificultad. Sin abrigo ni botas me congelaría en cuestión de minutos; no me daría tiempo a llegar a mi ático de Shoreditch... Quizá tampoco me diera tiempo a llegar a casa de Lucy, en la plaza Cavendish, pero no me quedaba otra. Eché a correr sobre la nieve hacia la puerta del jardín sin apenas ver nada por culpa de los copos.

Alguien me estaba esperando. Sentí que me cogía antes de ver de quién se trataba. La sorpresa hizo que me revolviera y le arañara, pero, fuera quien fuese, iba acompañado de alguien que llevaba guantes de cuero como los de los cocheros. Juntos, eran demasiado fuertes para mí. Hasta que las luces de la casa no iluminaron su pelo canoso no reconocí aquel terrible rostro.

—Esta vez no te me vas a escapar —me dijo el doctor Hastings.

CAPÍTULO TREINTA Y SEIS

Estaba furiosa. Me había deshecho de él una vez y hubiera vuelto a conseguirlo de no ser por el cochero, que me sacaba treinta centímetros. Además, yo no tenía ni cuchillo ni rasqueta, nada con lo que defenderme.

—Métela en el carruaje —le ordenó Hastings con sorna—. Y avisa a Newcastle de que ya la tenemos.

Por mucho que le arañara la cara y le diera patadas en sus partes, el conductor me arrastró para obligarme a avanzar. Cuando me metió de malos modos en el interior del carruaje no pude evitar hacer un gesto de dolor, temblando a más no poder al estar vestida únicamente con un camisón. La caja se inclinó cuando se subió el doctor, que cerró la puerta tras de sí.

Intenté escapar por el otro lado, pero la puerta estaba cerrada. Me tenían atrapada. Con los ojos bien abiertos, pegué la espalda al rincón más alejado. El doctor Hastings empuñaba una pistola.

—¿Sabes?, siempre detesté a Von Stein. Se creía más inteligente que nosotros. Qué pena que ya no pueda protegerte.

—¿Fuiste tú quien lo asesino? —le solté entre dientes.

—No, no tuve el honor, pero da lo mismo. Verte encerrada de por vida me satisfará lo suficiente.

Sujetaba la pistola con gesto vacilante, pues lo hacía con la izquierda, la mano que yo le había lisiado. En el interior del carruaje había tan poca luz que no veía la cicatriz, aunque sabía muy bien que estaba allí.

—Newcastle me prometió que obtendría mi venganza. A veces, los juzgados son muy indulgentes. Soy muy bíblico. «Ojo por ojo», ¿no es como se suele decir?

Sentía la ira pasando de vértebra en vértebra. Prefería la muerte antes que permitir que volviera a ponerme la mano encima. Deseé que la bestia le hubiera arrancado el corazón cuando tuvo oportunidad de hacerlo. Había personas que no merecían vivir, y si pensar así me convertía en un monstruo... me daba igual.

Sonrió y sus finos labios dejaron al descubierto la punta de la lengua.

—Bueno, señorita Moreau, ahora soy yo quien tiene el objeto cortante.

Sacó un cuchillo y se acercó tanto a mí que pude oler su peste a leche agria. Me apoyó el cañón frío de la pistola contra el brazo y se me puso la carne de gallina.

—Sé buena chica y estira esa muñequita tuya. O te corto los tendones de la mano, tal y como tú me hiciste, o te pego un tiro en la cabeza. Tú eliges.

Podría darle una patada, lanzarme contra él... pero es que tenía dos armas. Mientras me acercaba el cuchillo a la muñeca, oí que alguien introducía una llave en la cerradura de la puerta e intentaba abrirla a todo correr.

La puerta se abrió de par en par y albergué cierta esperanza hasta que vi que se trataba del inspector Newcastle, cuya coraza de cobre brillaba a la luz de la luna.

—Deme unos minutos más, inspector, que enseguida acabo con ella.

—No, ya ha acabado —respondió el policía.

Cogió al profesor del cuello de la camisa y lo arrojó al suelo. Me quedé mirando, estupefacta, incapaz de reaccionar. Lo último que hubiera esperado es que Newcastle viniera en mi ayuda.

Le dijo algo al conductor refiriéndose al doctor, que gimoteaba en la acera, subió al coche y cerró la puerta. El carruaje echó a andar con un ruido sordo.

—Le pido disculpas por exponerla a un hombre tan vil —me dijo mientras se ajustaba los gemelos de la camisa—. Me temo que ha sido necesario, porque sin su declaración no podíamos conseguir una orden para entrar en su casa.

Hizo una pausa.

—¿De verdad fue usted quién lo lisió? Impresionante.

Tiré del pomo de la puerta para intentar abrirla, pero Newcastle me apartó de ella y me empujó contra los asientos acolchados y afelpados que tenía frente a él.

—Señorita Moreau, cálmese. No tengo intención de hacerle daño. Tan solo quiero hablar.

—¿Por eso me está secuestrando?

—No, no la estoy secuestrando, la estoy arrestando, para lo que tengo plenos poderes. Hubo un desistimiento de la acción en el caso contra usted, lo que no quiere decir que se retiraran los cargos formales. —Se ajustó la coraza—. Con suerte, conseguiremos llegar a un acuerdo que la mantenga lejos de prisión. De hecho, seguro que encontrará mi oferta de lo más beneficiosa para ambos.

Como no respondí, sonrió con gesto triste y añadió:

—Sé que vio los anteojos. Dejó una huella en una de las lentes. Tenemos copia de sus huellas gracias a su arresto anterior.

El carruaje dio un salto cuando dejamos atrás el liso pavimento de Belgravia y nos internamos en una calle adoquinada. Puede que se tratara de la calle Stately, o de la zona norte de Highbury. Las gruesas cortinas ocultaban el mundo exterior.

—¿Quién lo mató? —pregunté, con una calma sepulcral.

Newcastle encendió la lámpara como si no hubiera oído la pregunta. Se sentó bajo la llama, escondido bajo su propia sombra titilante, de manera que la luz me cegaba cada vez que intentaba mirarlo.

—Debe de estar congelada. Tome mi abrigo.

Se quitó el abrigo de lana y me lo tendió. Por mucho que quisiera tirárselo a la cara y exigirle que me respondiera, lo cierto es que era incapaz de controlar el temblor de los brazos y de las piernas. Me eché el abrigo por los hombros y me repugnó sentir su olor tan cerca.

—No habrá involucrado a Lucy en esto, ¿verdad?

—No he sido yo quien la ha involucrado, señorita Moreau, sino usted. Yo jamás la hubiera puesto en peligro.

—No pretenderá hacerme creer que se preocupa por ella.

Un hombre como aquel, tan falaz, no era de los que pensaran en los demás. En cambio, frunció el ceño con aire de sinceridad.

—Me preocupo muchísimo por ella. En mi trabajo oigo mentiras a diario, señorita Moreau. No sabe cuánto admiro a una muchacha que dice lo que piensa de verdad, a pesar de que en un amplio número de ocasiones sea para dejar patente la pobre impresión que tiene de mí. De hecho, eso hace que me preocupe aún más por ella. Que ella sufra por esto es culpa suya.

—Tenía que advertirla. Su propio padre está implicado en el asunto.

—Señorita Moreau, todo el King's Club está implicado. —Sonrió y los dientes le brillaron en las sombras—. Pero eso ya lo sospechaba, ¿verdad? Cuando me enteré de que había vuelto a Londres sentí gran curiosidad por conocerla. Cuando Claggan nos contó que su padre había muerto, usted pasó a ser nuestra esperanza. Pensaba que sería usted inteligente y me encantó descubrir que así es.

Se recostó en el asiento y sacó una pipa y tabaco del bolsillo de la pechera. Llenó tranquilamente la cazoleta, como si tuviéramos todo el tiempo del mundo.

—Ha visto usted el laboratorio, ¿verdad? —El humo de la pipa llenó el carruaje—. Los guardias nocturnos vieron a una chica por los pasillos y encontré huellas al día siguiente que, sin lugar a dudas, eran demasiado pequeñas para ser de alguno de nuestros miembros.

Pensé en mentir. En no decir palabra. Pensé muchas cosas, incluso en lanzarme a su cuello... pero, al final, la curiosidad me pudo.

—Sí, lo he visto.

—Estoy muy interesado en saber si se parece al de su padre, pues es usted una de las pocas personas que lo ha visto.

—Mi padre lo tenía todo más ordenado.

Se rio con ganas.

—Qué inteligente. Es usted una mujer rara, señorita Moreau.

El carruaje saltó de nuevo cuando volvimos a internarnos por un pavimento liso. El policía le dio otra calada larga a la pipa, con aire pensativo.

—Fui alumno de su padre, ¿sabe? Ciencia forense. Me tomó bajo su protección pero jamás me invitó a ningún acto social. Era difícil llegar a conocerle.

—¿Contrató a alguien para que asesinara al profesor —le interrumpí— o lo hizo usted mismo?

Se reclinó en los cojines mientras el carruaje se movía a uno y otro lado. Era evidente que se estaba deleitando al dilatar la respuesta.

—Es una pena, la verdad, pero el profesor era un anciano. Su muerte era necesaria porque sabíamos que usted estaba protegiendo a la creación de Moreau y pensamos que la única manera de hacer que saliera de su escondite era que lo entregara usted misma... si, por ejemplo, pensaba que había matado a alguien próximo a usted.

—Pero su estratagema no funcionó y ahora tiene las manos manchadas de sangre.

—Me temo que eso también era necesario.

—No tiene ni idea de lo que van a hacer si dan vida a las criaturas que tienen en esos tanques. Ya han visto de qué es capaz el Lobo. Creen que podrán controlarlas, pero no es así. Destruirán la ciudad.

Al ver que su única reacción ante mis últimas palabras no era otra que tirar la ceniza de la pipa al suelo del carruaje, como si nada, me di cuenta de la terrible verdad, de cuál era el plan que tenían para Año Nuevo en el baile para pobres de la plaza Parliament.

—Así que eso es lo que pretenden, ¿verdad? —dije entre susurros—. Quieren sembrar el caos en la ciudad. ¿Por qué? ¿Con qué propósito?

—No se trata de sembrar el caos, señorita Moreau, sino de construir. Puede que su padre estuviera loco, pero le aseguro que yo no. Siempre he tenido presentes las aplicaciones prácticas de su investigación, y no soy el único.

—¿Se refiere al ministro de Defensa francés? —pregunté como si le escupiera—. Van a usarlos como armas biológicas, ¿verdad?

Se encogió de hombros.

—La actuación bélica es una de las posibles aplicaciones de la investigación de Moreau, sí, y, sin lugar a dudas, es la que más interesa al gobierno francés. Me temo, no obstante, que no son los franceses los únicos interesados. Existe un hospital estadounidense interesado por la tecnología científica para experimentar con trasplantes de riñón de babuino. También existe una empresa holandesa de armas interesada en dotar a los soldados de su país de mejor vista y oído mediante injertos animales. Incluso se está hablando de utilizarlo para las comunicaciones: perros parlantes que puedan colarse tras las líneas enemigas... aunque eso me parece un tanto fantasioso. Hasta tenemos un barón alemán, un particular, que se está muriendo debido a una enfermedad cardíaca. Está dispuesto a pagarnos la mitad de su fortuna si le demostramos que los trasplantes de corazones de cerdo funcionan. La ciencia de su padre revolucionará el mundo, señorita Moreau.

—¿Quiere hacerme creer que el King's Club está criando monstruos y asesinando gente por altruismo? ¿Para que un viejo pueda tener un corazón joven?

El policía levantó una ceja.

—Puede usted creer lo que quiera. No nos interesan las repercusiones, sino desarrollar el mecanismo que las haga posibles. Lo que el mundo decida hacer con esa tecnología es cosa suya. Nuestro plan consiste en perfeccionar la ciencia de Moreau y, después, hacer lo que mejor se nos da: sacarle beneficio.

Le dio otra larga calada a la pipa y volvió a soltar una nube de humo que permaneció flotando entre ambos.

—Por desgracia, nuestros posibles compradores son escépticos. Tenemos que demostrarles la eficacia de esta tecnología.

—El baile para pobres. Van a dejar sueltas a las bestias en una plaza abarrotada... —No me costó mucho hacer unos sencillos cálculos—. Morirán cientos de personas, ¿solo para que puedan demostrarles a sus compradores que la técnica funciona? ¿Cómo lo explicarán en los periódicos? No podrán contar lo que han hecho.

Le dio otra calada a la pipa con calma.

—¿Es que no ha oído hablar de la epidemia de perros salvajes? Los rumores dicen que ha sido un invierno tan duro que entran en manada en la ciudad por las noches en busca de restos de comida o de cualquier cosa a la que hincarle el diente.

Lo miré incrédula ¿Perros salvajes? ¿De verdad pensaban que la gente se iba a creer una historia tan ridícula? Pero, claro, el King's Club controlaba el *London Times* —entre muchas otras empresas y negocios— y Newcastle tenía influencia en la policía. Podían publicar lo que les diera la gana.

—Montgomery encontró las cajas para hacer los envíos —dije casi para mis adentros, mientras pensaba en sus planes—. Van ustedes a permitir que las bestias campen a sus anchas el día de Año Nuevo para hacer su asquerosa demostración y, después, las van a enviar a Francia.

Se encogió de hombros como si nada.

—Como le he dicho, Francia solo es el primer cliente. Ya estamos planeando una segunda demostración para la empresa armamentística holandesa. Esa será más complicada porque requiere experimentar con sujetos humanos. Lessing se encarga de coordinar las etapas del plan, pues él es el responsable del orfanato; donde viven todos esos niños que no tienen quien se preocupe por ellos, ya sabe.

Arañé el acolchado del asiento y cerré los ojos con fuerza. Elizabeth tenía el pálpito de que Lessing no era solo historiador y estaba en lo cierto.

—Van a asesinar a niños.

—No, no. No somos tan crueles. No morirán, a menos que algo salga mal. De hecho, estoy seguro de que a esos huerfanitos les encantará tener mejor vista y oído. Las cicatrices se irán borrando.

Durante unos momentos, mientras nos estudiábamos mutuamente, solo se oía el ruido del carruaje sobre el pavimento. No parecía que fuera un monstruo. Tenía el aspecto de esas personas acostumbradas a salirse con la suya y no quedaba en él nada de esa caballerosidad que me había parecido ver al principio. Dejando a un lado la coraza, bajo las mangas de su camisa de color crema se adivinaban fuertes músculos cuyo desarrollo requería gran disciplina. Y sus ojos —que me analizaban y también rebuscaban en mí— tenían una mirada de fuego.

—La he arrestado para que hablemos como iguales.

—¿Iguales? ¿Una muchacha y el mejor detective de Scotland Yard?

—En el King's Club somos pensadores modernos. Una mujer podría obtener mucho poder entre nosotros. La hija de Henri Moreau sería muy respetada. Incluso me desharía de ese idiota de Hastings por usted. No hay muchos sitios donde puedan ofrecerle tanto.

Estudié las arrugas de su rostro con atención. No había torcido la boca, no se había rascado la nariz. Me estaba diciendo la verdad... o, al menos, parte de la verdad.

—Si desea contribuir en las decisiones que tomemos en lo tocante a la investigación de su padre —prosiguió—, únase a nosotros. Escucharemos lo que tenga que decir. Nosotros, por nuestro lado, la convenceremos de las implicaciones positivas del trabajo de su progenitor. No nos juzgue antes de haber tenido en cuenta toda la información. Hemos convencido de la validez de lo que estamos intentando conseguir a muchos de los que dudaban.

Lo decía muy en serio. Un inspector de Scotland Yard me estaba ofreciendo un papel destacado en el futuro de la ciencia de mi padre, entre los hombres más poderosos del país más importante del mundo. No puedo negar que la oferta no me atrajera. En esta ciudad, las mujeres estaban relegadas al dormitorio o al salón de té. Carecían de puestos de poder, de autoridad o influencia. La vida que llevaba Elizabeth me lo demostraba: era una mujer de lo más inteligente, interesada en la medicina, y que tenía que vivir en los confines del mundo para poder ser la dueña de su vida.

Ahora bien, Newcastle era imbécil si pensaba que algún día llegaría a admitir que la ciencia de mi padre tenía aplicaciones positivas. Conocía muy bien los resultados de su trabajo... pues los tenía encadenados en la despensa del profesor.

—Que el diablo se los lleve a usted y a su oferta.

Enarcó la ceja izquierda.

—Le pido que lo reconsidere. Está en juego el futuro de los logros científicos.

El carruaje cogió otro bache y ambos saltamos dentro del coche. No me cupo duda de que, por educada que fuera su forma de expresarse, sus palabras llevaban implícita una amenaza: o me ponía de su lado o iría a la cárcel.

—No es necesario, mi respuesta sigue siendo la misma.

Se frotó el mentón mientras pensaba en mis palabras.

—Me temo que no puedo aceptar un no por respuesta. Su talento se perdería detrás de unos barrotes, talento que nos es muy útil. Somos como una asociación, ¿sabe? Cada uno de nosotros tiene un cometido. Los miembros del Parlamento se encargan de que el gobierno siga apoyando nuestros negocios. Las personas como Radcliffe financian operaciones y proporcionan transporte discreto para nuestros productos. Arthur Kenney confecciona a medida los titulares de los periódicos para que la gente lea lo que queremos, tal y como queremos que lo lea.

—¿Y cuál es su papel?

—Controlar a la fuerza policial, claro está. Dar caza a la creación de Moreau fingiendo que investigamos a un asesino en serie. —Le dio una última calada a la pipa—. Y también me encargo de otras tareas no tan agradables. Soy el miembro más reciente y me temo que es parte del proceso de iniciación.

—¿Como qué?

Dejó la pipa a un lado.

—Como asesinar a su tutor.

Di un alarido y me lancé a por la pipa con la intención de metérsela por la nariz y llegar al cerebro, pero se anticipó a mis movimientos y me obligó a permanecer sentada sobre el mullido asiento de terciopelo.

—Admiro su valor, pero le pido una vez más que lo reconsidere. No me gustaría tener que matar a una preciosidad como usted. Sería imposible consolar a Lucy.

Arañé con tanta fuerza la tela del asiento que la rasgué.

—¡Está tan loco como mi padre!

—Soy decidido, que es muy diferente.

Uno de los caballos relinchó de miedo y el carruaje se detuvo de improviso. En la calle, se oyeron ruidos de pelea, seguidos de un grito del cochero. La cabina sufrió una sacudida y se movió a izquierda y derecha. La lámpara titiló violentamente. Newcastle salió despedido contra los asientos de enfrente.

La puerta se abrió de golpe.

—¡Balthasar! —grité mientras su enorme figura ocupaba el vano por entero.

Newcastle abrió los ojos de par en par nada más verlo. Ese momento de duda fue lo único que necesitó la creación de mi padre para cogerme en andas y sacarme del carruaje, con el abrigo del inspector aún por encima de los hombros. Me dejó de pie en el suelo y noté el frío en las plantas de los pies al tiempo que Sharkey me recibía con alegres ladridos y movía la cola.

Newcastle hizo ademán de venir a por mí, pero Balthasar lo cogió del brazo y se lo retorció, tras lo que le aplastó la cabeza contra la puerta. El inspector cayó desmayado sobre el pavimento, junto al conductor, que también estaba inconsciente.

Balthasar señaló a Sharkey con uno de sus dedazos.

—La ha seguido y ha vuelto a casa. Montgomery no entendía lo que quería, pero yo, sí.

—Os ha traído hasta mí.

—Sí —convino Balthasar mientras se agachaba a darle unas palmaditas al perrillo de ojos saltones—. Buen perro.

—Y tanto. Os estoy muy agradecida, pero debemos irnos

corriendo de aquí. Tengo una habitación en Shoreditch cuya existencia Newcastle desconoce. ¿Me llevarías?

Balthasar me cogió en brazos, con abrigo de Newcastle y todo, porque apenas podía andar por las calles congeladas sin calzado y, mientras Sharkey trotaba a nuestra vera, me llevó bajo la nieve.

CAPÍTULO TREINTA Y SIETE

No había vuelto al taller que tenía en el ático desde la noche en la que advertí a Edward acerca del King's Club. Una vez allí, envié a Balthasar junto con Sharkey a avisar a Montgomery de lo que había sucedido. Me quedé sola en la silenciosa habitación, con los recuerdos como única compañía. Siempre me había gustado la soledad.

Sin mi presencia o la de Edward, los rosales se habían marchitado y la habitación estaba impregnada del olor dulzón de la podredumbre. El edredón de retales estaba tirado en el suelo polvoriento. Me agaché para sacudirlo y echármelo por encima de los hombros, pues estaba congelada. Luego, aún en camisón, me metí en la cama y por fin conseguí dormir bien.

No podían haber pasado más de una o dos horas cuando me desperté sobresaltada porque aporreaban la puerta. El miedo se apoderó de mí hasta que oí la voz de Montgomery. Abrí y me abrazó.

—Balthasar me lo ha contado todo y hemos venido de inmediato. Él dormirá abajo para vigilar. —Me acarició la mejilla con la suya—. Pienso matar a ese malnacido de Newcastle con mis propias manos.

Tiré de él para que entrara y cerré la puerta.

—No servirá de nada. No trabaja solo. Además, aunque lo matases, la mitad de la policía de la ciudad se te echaría encima.

Me senté en la cama, que aún retenía mi calor.

—Newcastle enviará más policías para arrestarte. Elizabeth tiene un plan para que parezca que has huido. Cuando las cosas se hayan tranquilizado, te llevaremos de vuelta a casa del profesor.

—¿Y Edward?

—Estaba inconsciente cuando me he marchado. Exhausto por las transformaciones.

Se fijó en la cama. Arreglé las sábanas para intentar no pensar en la noche de pasión que habíamos pasado Edward y yo. Por la manera en la que Montgomery apretó los puños, tuve la sensación de que estaba pensando en lo mismo.

—¿Cuánto tiempo ha pasado aquí?

Jugueteé con las esquinas del edredón.

—Una o dos semanas. Antes del baile de máscaras. —«Antes de que tú llegaras»—. Entonces aún podía controlarse.

Me toqué el hombro. Ahí seguían los arañazos.

—Prefiero no pensar en ello. Ni en él —comentó, mientras se sentaba en la cama y me frotaba los hombros por encima del edredón—. Lo único que quiero es estar contigo.

Me cogió la mano, se la llevó a los labios y besó el anillo de plata. El corazón me empezó a palpitar como loco. Me di cuenta de que íbamos a pasar solos el resto de la noche, tiempo suficiente para que sucediese cualquier cosa. Al fin y al cabo, estábamos prometidos. Sabía que las damas decentes no se sentaban en la cama con jóvenes apuestos, por muy prometidas que estuvieran con ellos, pero ya hacía tiempo que había dejado de importarme la opinión de la sociedad acerca de mi castidad.

Me puse de pie y fui hacia la puerta. Necesitaba un momento para respirar. Aproveché para comprobar que la puerta estaba bien cerrada. Me quedé allí, con la frente apoyada en el armazón de madera, intentando controlar mis temblores nerviosos.

Cuando me di la vuelta, Montgomery estaba agachado, desatándose las botas. Sus manos, fuertes, efectuaban la operación con rapidez. Se le había salido un mechón de la coleta y le caía sobre los ojos. Cuando acabó y levantó la cabeza para mirarme por entre aquel pelo rubio, yo me sentía desamparada.

Había hecho el amor con Edward sin pararme a pensarlo y ahora me arrepentía. No quería que me pasase lo mismo con él. «Al diablo con el arrepentimiento».

Me habría tambaleado por la habitación de no ser porque se puso de pie y me llevó hasta la cama. Nos besamos y dejé que el edredón cayera al suelo.

—Quítate el camisón, que huele al tabaco de Newcastle.

Busqué a tientas el lazo de encaje. ¿Debía de comportarme de alguna manera en particular? ¿Debía intentar seducirle? Por lo que parecía, no necesitaba que lo hiciera. Daba la impresión de estar dispuesto a arrancarme el camisón si yo no era capaz de quitármelo.

Me detuve. Por mucho que lo deseara, no me parecía bien hacerlo así. Era muy precipitado. Esta vez no se trataba de un desesperado acto de soledad, como la vez anterior.

—Montgomery, creo que... —pero mis palabras se fueron apagando mientras me quedaba sin aire.

Me rodeó las caderas con las manos y me tumbó en la cama. Pensé en todo lo que deberíamos decirnos el uno al otro, como pedirnos permiso para tocarnos en uno y otro lado, sugerir que nos metiéramos bajo las sábanas por modestia o hablar de hasta dónde íbamos a llevarlo. Ahora bien, en cuanto me besó, todos aquellos pensamientos se desvanecieron. ¿Hablar? ¡Pero si casi era incapaz de pensar! Lo único que podía hacer era sentir y todos y cada uno de mis sentidos estaban tan desbordados que no me creía capaz de seguir sintiendo durante mucho más rato.

—Sé lo que estás pensando —me susurró. Me quedé sorprendida—. Que podemos esperar hasta que estemos debidamente casados. No tengo intención de apremiarte, pero tampoco quiero estar lejos de ti, Juliet. Ahora no. Por favor.

No estaba segura de si me sentía aliviada o todo lo contrario. Una parte de mí ansiaba sentirlo y otra parte consideraba que era mejor esperar. Mientras nos besábamos en la vieja cama de madera pensé en que la sociedad decía que la intimidad debería ser amable, tranquila y tierna. Desde luego, la manera en la que Montgomery me besaba en los labios no eran precisamente tierna.

Y, aun así, se mantuvo fiel a su palabra. Como yo. Me quedé dormida en sus brazos, vestida aún con el camisón; en pantalones él. Durante unas horas me dio igual que Scotland Yard estuviera tras mi pista y que mi destino fuera tan incierto como el de Edward; no me importó volver a ser huérfana. Montgomery y yo nos teníamos el uno al otro y nuestro amor superaría cualquier cosa.

Cuando me desperté, por la mañana, Montgomery estaba empaquetando mi equipo científico para llevárnoslo con nosotros.

—Ya deberíamos poder colarnos en casa del profesor a hurtadillas. Balthasar nos espera fuera.

Desenredé brazos y piernas del viejo edredón y me puse despacio un vestido que tenía en el taller mientras me fijaba en detallitos del ático en los que nunca había reparado, como la forma en la que los rayos de sol entraban por la ventana o el aire de viejo gnomo que tenía la estufa.

—Supongo que no voy a volver.

Pasé los dedos por los ajados pilares de la cama y también por la cómoda, donde guardaba el té con menta que me había calentado los huesos muchas noches tras la caminata que me daba hasta allí. Si cerraba los ojos parecía que no hubiera cambiado nada: Sharkey seguía hecho un ovillo junto a la estufa, sobre la que había una tetera llena de agua, lista para preparar té; la vieja silla esperándome...

El profesor me había dado todo lo que una chica podría desear: un mar de almohadones, un bosque de candeleros de plata, montañas de libros. Entonces, ¿por qué se me encogía el corazón al pensar que dejaba para siempre aquella horrible habitación?

Miré a Montgomery por encima del hombro. Seguro que era incapaz de imaginar siquiera la batalla que se libraba en mi corazón. Días atrás me había dicho que esas tendencias tan extrañas eran síntomas de mi enfermedad; que cuando estuviera curada no volvería a tener sentimientos extraños.

Me acerqué a la mesa de trabajo, donde él estaba guardando los viales de sales de fosfato. Pasé el dedo por el lomo del diario de mi padre.

—Eso era de tu padre —comentó sorprendido.

Cogí el libro, lo abrí con cuidado y acaricié el viejo papel.

—Lo encontré entre los suministros del bote. Supuse que habías sido tú quien lo había dejado allí.

—Si lo hice, fue por error. Aquella noche lo empaqueté todo apresuradamente. ¿Me lo dejas?

Se lo tendí con dudas. Lo manejaba sin cuidado, a diferencia de mí, y pasaba las páginas con brusquedad.

—La mitad de lo que pone no tiene sentido —comenté—. Usa unas abreviaturas que no he sido capaz de descifrar.

—Sí, me acuerdo de ellas. Pero no son abreviaturas, sino un código que desarrolló él mismo. Nunca llegué a entenderlo.

—Si consiguiéramos descifrarlo, quizá encontráramos la manera de curar a Edward. —Hice una pausa—. O a mí.

Fue como si aquella idea le diera ánimos. Esbozó una sonrisa y fue pasando, una detrás de otra, las páginas llenas de letras y números sin aparente sentido.

—Tu padre juraba en hebreo cada vez que escribía en código. No paraba de meterse con la iglesia y la religión. Maldecía todos sus libros por orden: «¡Malditos salmos! ¡Malditos proverbios! ¡Maldito Eclesiastés!».

Negó con la cabeza y cerró el libro, lo metió en la caja y empezó a guardar los quemadores.

Fruncí el ceño y saqué de nuevo el libro.

—Por lo que recuerdo, mi padre no era religioso en absoluto. Me cuesta creer que perdiese el tiempo con la religión, aunque fuera para maldecirla.

—Estaba loco, Juliet, no pretendas encontrarle la lógica.

Pero aquellas palabras se me quedaron metidas en la cabeza. Abrí el diario y busqué alguno de los códigos. Me imaginé a mi padre escribiéndolos mientras pensaba en libros de la Biblia. De hacerlo, no era por interés religioso... en cuyo caso, ¿por qué lo hacía?

Se me ocurrió una idea que me revolvió el cerebro como una ráfaga de viento que se lleva las hojas secas.

—Dios mío... —El corazón me latía a toda velocidad—. Claro. ¡La Biblia! ¡Usaba un código basado en los libros de la Biblia porque ese es el único libro que todos y cada uno de los miembros del King's Club tendría en casa!

—¿Un código basado en la Biblia?

—Sí... Fíjate en estas letras y en estos números. Son la referencia de unos capítulos y versículos.

Montgomery entrecerró los ojos para leer el diario.

—Podrías tener razón pero sin una clave no tenemos por dónde empezar.

—¿A qué se parecería esa clave?

—No sé, una cuadrícula de algún tipo. Una tabla con los sesenta y seis libros de la Biblia y su correspondiente...

Se quedó callado al ver que se me iluminaba la cara.

—Lucy... —murmuré—, Lucy lo ha visto. Leyó las cartas que mi padre le envió a Radcliffe y me dijo que había referencias a la Biblia. ¡Debía de escribir la clave en sus cartas!

Me resultaba imposible esconder la emoción que me producía la idea de descifrar los secretos del diario de mi padre.

—El problema es que no podemos ir a su casa —comentó Montgomery—. A estas alturas, Newcastle ya habrá alertado a todos los miembros del King's Club.

—Pues se nos tendrá que ocurrir algo.

Miré por la ventana para ver qué hora marcaba el reloj de la torre de la iglesia de Saint Paul. Casi las diez. Miré hacia abajo y vi a Balthasar sentado en un viejo muro de piedra, desmenuzando un bollito glaseado y echando las migajas a las palomas. Miré a Montgomery.

—¿Cuánto tardaríamos en llegar a la plaza Grosvenor?

CAPÍTULO TREINTA Y OCHO

En cuanto acabamos de empaquetar todo lo que necesitaríamos para fabricar el suero, cerré la puerta del ático y le dejé una nota a la casera en la que le decía que no pensaba volver. Luego, pasé los dedos una última vez por la basta madera de aquella puerta que no volvería a ver. Abajo nos reunimos con Balthasar y le dimos el alto a un cabriolé al que le dijimos que nos llevara a la plaza Grosvenor, en uno de los mejores barrios al norte de Strand. Le pedí al cochero que nos dejase junto a la arcada cubierta de hiedra de una vieja iglesia, donde podríamos permanecer escondidos.

Me pegué a Montgomery.

—Lucy recibe clases de música tres veces a la semana en la Académie de Musique, justo enfrente. Las clases acaban a las diez y media y toma un carruaje en el parque Lincoln que la lleva a casa, para lo que ha de pasar por aquí. Balthasar podría echarnos una mano...

Montgomery se sorprendió.

—¿Pretendes que la rapte?

—Es muy amable, lo sé por experiencia. —Me aparté de Montgomery y dije en voz alta—: Balthasar, tenemos que recoger a una amiga mía. ¿Te acuerdas de Lucy Radcliffe? Quiero darle una sorpresa, por lo que necesito que la traigas hasta aquí con la mayor discreción posible. ¿Podrías hacerlo sin perder las formas?

Asintió con entusiasmo.

Tuvimos que esperar un rato más hasta que una joven con una capa de color verde oscuro y el pelo largo, oscuro y rizado salió de la academia con un maletín de violín en la mano.

—Es ella —le indiqué a Balthasar.

—Sí, señorita.

Y desapareció entre las sombras con sorprendente sigilo. Montgomery y yo aguardamos unos instantes, observando desde la arcada. Mi amiga caminaba por la acera en dirección al parque Lincoln sin saber que un hombre la acechaba entre los arbustos.

Oí un grito apagado, seguido del crujido de unas ramas. Nos dirigimos a toda velocidad a la parte más alejada de la iglesia y llegamos justo cuando ellos salían de entre los arbustos nevados. Balthasar le tapaba la boca a Lucy con la mano mientras esta se la arañaba. Hasta que me vio, momento en que abrió los ojos como platos.

Con un gesto, le pedí a Balthasar que la soltara.

—Buen trabajo. Ya puedes dejarla.

Balthasar se hizo a un lado y Lucy tomó aire con fuerza al tiempo que chistaba, molesta.

—Juliet, ¿eres la responsable de este secuestro? Dios mío... ¡Bravo! Supongo. No pensaba que te atrevieras. —Se le ensombreció la cara—. Llevo preocupada por ti desde la muerte del profesor. Qué tragedia...

La mención del hecho me puso mal cuerpo.

—Gracias, de verdad. Siento haber tenido que raptarte, pero no me atrevía a ir a tu casa y tenía que asegurarme de que no te seguía nadie. —Me mordí el labio, temerosa de contarle todo lo demás—. Fui a declarar ante el inspector Newcastle y encontré una carta del King's Club en su despacho.

Se quedó boquiabierta.

—¿Del King's Club? ¿En el despacho de John?

—Entiendo que desconocías que fuera miembro.

Se llevó la mano al pecho.

—¡Por supuesto que lo desconocía!

—Pues hay más. También encontré los anteojos del profesor en uno de los cajones. —Tomé aire—. Lo asesinó Newcastle... e hizo ver que había sido Edward.

Lucy se quedó pálida y se apoyó contra la pared, completamente estupefacta.

—Dios bendito... ¿estás segura?

—Me lo confesó él mismo.

—Siempre me había parecido un poco raro, pero ¿tanto como para ser un asesino? Supongo que si hasta mi padre está envuelto en esto, cualquiera podría estarlo. —Cerró la boca con fuerza. No estaba en absoluto dolida—. ¿Me habéis secuestrado para contármelo?

—En parte. Tenemos el diario de mi padre, con el que podríamos encontrar una cura para Edward. El problema es que está escrito con un código. La clave para descifrarlo está oculta en las cartas que mi padre le enviaba al tuyo. Necesitamos que las encuentres y se las robes.

Miré a Balthasar, que estaba sentado tranquilamente en la escalera medio rota de la parte de atrás de la iglesia, empujando con el dedo a una polilla hacia un azucarillo que se había sacado del bolsillo.

—Mi padre está de viaje toda la semana y mi madre no se ha levantado de la cama desde el ataque que sufrió en el baile de máscaras. Dile a tu hombre que nos consiga un carruaje y os entrego las cartas en media hora.

Lucy cumplió con su palabra. No llevábamos ni veinte minutos esperando en el cabriolé cuando la vimos salir por la puerta principal de su casa. Se dirigió apresuradamente hacia nosotros, con una cartera de cuero bajo el brazo. En cuanto estuvo a salvo con nosotros en el carruaje, Montgomery le indicó al cochero que arrancara. Mi amiga suspiró y me tendió la cartera.

—He de confesar que no estoy hecha para esto —dijo—. Una cosa es escabullirse para recibir el beso de un caballero, pero por las cartas de un loco y a sabiendas de que mi padre está implicado hasta el cuello en este asunto... ¡Además, la sombrerera con el asqueroso cerebro sigue ahí!

Se llevó una mano a la frente como si estuviera a punto de desmayarse.

—Lo has hecho la mar de bien —la alabé.

—No sabes lo que es vivir en esa casa ahora que sé a lo que se dedica mi padre en realidad. Por Dios, ¡cuánto me alegro de que vaya a estar fuera toda la semana! No puedo mirarle a la cara sin que se me revuelva el estómago. No sé qué estáis planeando, pero espero que sirva para resolver este asunto. Supongo que mi padre acabará en la cárcel o que desaparecerá, como el tuyo... Mi madre se quedará deshecha.

Balthasar se inclinó hacia ella y le dio unas palmadas en la mano para reconfortarla. Con aquel gesto tan amable, la muchacha recuperó el color. Luego, se ajustó los puños del vestido y no volvió a abrir la boca durante el resto del viaje.

Llegamos a casa del profesor a eso del mediodía y me di cuenta de que algo malo pasaba en cuanto cruzamos la puerta de entrada. Elizabeth estaba sentada a la mesa del comedor, limpiando un mosquete que, por lo menos, debía de ser del siglo XVI. Junto a ella había una botella de ginebra y un vaso medio vacío. Sharkey temblaba a sus pies.

Me detuve en el vano.

—Elizabeth, ¿por qué estás limpiando ese mosquete?

Nos observó con una mirada enloquecida y, acto seguido, miró en dirección a la cocina. Desde donde me encontraba solo veía la puertecita del sótano, cerrada... y la mesa de la cocina pegada contra ella.

—¿Ha sucedido algo mientras estábamos fuera? —pregunté con tono de duda.

Un segundo después de decir aquello, oímos un golpe tremendo que provenía de abajo, que hizo temblar toda la casa. Lucy dio un alarido y yo me agarré a la mesa para no caerme. Sharkey, que estaba debajo, temblaba aún con más fuerza que antes.

—Lleva toda la mañana así —comentó Elizabeth antes de apurar el vaso de ginebra—. Esos rugidos suyos podrían despertar a los muertos. A primera hora he bajado para ver cómo estaba... —Se quedó pálida y continuó limpiando el arma con vigor renovado—. Podéis comprobar por vosotros mismos cómo se encuentra, pero será mejor que bajéis con una pistola por si acaso. Ah, por cierto, no os preocupéis ni por el inspector Newcastle ni por el resto de la policía. Les he contado tal cuento chino que ya deben de estar a mitad de camino de Dublín. Pasarán algunos días hasta que se den cuenta de que no les he contado la verdad sobre tu paradero.

Dejé la cartera de cuero sobre la mesa.

—Espero que sea tiempo suficiente. Hemos encontrado la manera de descifrar el código que mi padre usaba en su diario, lo que podría ayudarnos a curar a Edward.

Se oyó otro gran estrépito proveniente del sótano y Elizabeth se sirvió más ginebra. Miré a Montgomery.

—Será mejor que veamos cómo se encuentra.

Asintió y le pidió a Balthasar que cuidara de Elizabeth. Este se sentó frente a mi tutora como si no pasase nada y, con grandes florituras, sacó un trozo de tela del bolsillo.

—Lucy, quédate aquí —le pedí a mi amiga.

Sacudió la cabeza de lado a lado.

—No, quiero verle.

Montgomery se dirigió a ella antes de que me diera tiempo a responder:

—Señorita Radcliffe, llevo la mayor parte de este año siguiendo a la bestia. El que está ahí abajo ahora mismo no es quien usted conoce, se lo aseguro. A su personalidad actual, que está alterada, no le importa lo más mínimo que Edward pasara un agradable rato tomando el té en su casa. Para él, usted no es sino sangre que derramar. Solo eso.

Lucy se quedó pálida, pero no se arredró.

—He dicho que quiero verle. No tengo miedo.

Montgomery se quedó mirándola y suspiró.

—Yo la he avisado, señorita Radcliffe.

Con los músculos hinchados, apartó de delante de la puertecita del sótano la mesa de la cocina. Las casas tan viejas como aquella las habían construido antes de la iluminación de gas, por lo que un sistema improvisado de tuberías corría a lo largo de la escalera y todas ellas acababan en una única lámpara, abajo del todo, cuya llama se reflejaba en las pesadas cadenas metálicas que cerraban la despensa.

Se oían unos pasos en el interior: «Clac, clac, clac». Era un sonido que me resultaba familiar y que me devolvía a la isla: el de garras sobre suelo de piedra.

—Yo bajaré primero —dije con un hilo de voz—. Puede que se vuelva ciego de ira si te ve, Montgomery. Lucy, tú también, quédate detrás.

Llena de dudas, bajé el primer peldaño, que crujió bajo mi peso. Seguí bajando y tanto él como ella me siguieron unos peldaños por detrás haciendo el menor ruido posible. A mitad de camino, Lucy tropezó y pisó un escalón que crujió como si se tratase de un animal herido.

Las pisadas que se oían en la despensa se detuvieron. Me encontraba a un solo paso de la puerta y algo atinaba a ver a través del ventanuco con barrotes si me ponía de puntillas. Me acerqué más, con la respiración casi detenida. Aquel silencio era anormal.

—Edward —susurré—, ¿sigues ahí?

Silencio absoluto, seguido de arañazos en el suelo de piedra. Intenté ponerme un poco más de puntillas.

De repente, alguien tiró de la alfombra que tenía bajo los pies y caí al suelo. Se oyó un doloroso «crac». Grité cuando unos dedos retorcidos se colaron por debajo de la puerta e intentaron cogerme por los pies y tirar de mí. Montgomery le pisoteó la mano a la bestia y conseguí alejarme de la puerta.

Oímos un potente aullido antes de que la creación de mi padre empezara a lanzarse contra la puerta una y otra vez, hasta quedar cubierto de sangre. ¿Estaría Edward aún en aquel cuerpo, luchando por salir?

—Lucy, trae una vela —conseguí articular.

Mi amiga subió corriendo a la cocina mientras Montgomery me ayudaba a ponerme de pie. La bestia armaba muchísimo alboroto al retorcerse y me daban ganas de taparme los oídos.

Al rato, Lucy llegó con uno de los maravillosos candeleros de plata del comedor, pero no había podido encender la vela porque le temblaba demasiado la mano. Lo hice yo a todo correr mientras Montgomery comprobaba que la cadena y el candado aguantaban. Acerqué la vela al ventanuco y miré hacia dentro. Ahogué un grito.

La bestia se retorcía en el suelo, atrapada en un punto en el que no era ni hombre ni criatura, en plena transformación. Estaba encogida de dolor y las garras le entraban y le salían de las ensangrentadas manos. Doblaba la espalda, la estiraba... mientras ambas mentalidades luchaban por hacerse con el control del cuerpo. Ahora era la bestia, rugiente y furiosa; ahora era Edward, que alargaba la mano hacia mí e intentaba articular palabras; luego, volvía a ser la bestia.

—¡Montgomery, trae un sedante! ¡Y tanta valeriana como tengamos! ¡O le detenemos o se va a desgarrar por dentro!

Subió los escalones de dos en dos. Mientras, me volví hacia Lucy: respiraba tan apresuradamente que temí que fuera a darle un patatús.

—Todo va a salir bien —le aseguré.

—¡Ni mucho menos!

Salió corriendo escaleras arriba con tanta prisa que se pisó el vestido. Iba llorando desconsolada.

Había sido mala idea permitirle bajar. Contar lo que sucedía era una cosa, pero ver cómo acontecía la transformación era otra muy diferente. Lucy se enamoraba locamente de un chico cada semana, ¿por qué se me habría ocurrido pensar que el amor que sentía por Edward sobreviviría cuando descubriera lo que era este en realidad?

Montgomery no tardó en volver y lo hizo con un bote de cristal lleno de cloroformo y una jeringa de valeriana.

—Vamos a tener que darnos prisa —me dijo.

Los gruñidos empezaron a ser más fuertes. Montgomery quitó las cadenas de la puerta y me tendió la jeringa.

—Yo lo sujeto. Tú, ve directa al cuello.

Asentí y abrió la puerta de golpe.

La criatura que había en el suelo —Edward o la bestia, quién podía decirlo— estaba tan torturada por las rápidas transiciones que me pareció que no se daba ni cuenta de que estábamos allí. Montgomery se lanzó sobre ella y le puso un trapo empapado en cloroformo en la boca.

—¡Ahora, Juliet!

Me lancé directa al cuello, pero las transformaciones lo hacían cambiar de tamaño y retorcerse. Al fin, decidí lanzarme sobre él y le clavé la aguja hasta el fondo. Se agitó como si sufriera un estertor de muerte y, acto seguido, se quedó inconsciente. Olía muy fuerte a sangre y al sudor que produce la fiebre.

—No se despertará en unas cuantas horas —dijo Montgomery mientras se secaba la frente.

Me ayudó a ponerme en pie y me apoyó la mano en la cadera, como si le diera miedo soltarme. Cuando volvimos a la cocina, Lucy no estaba allí. La encontré sentada en la escalera del primer piso. Había dejado de llorar, pero tenía tal mirada de aturdimiento que me asusté.

—Ya está. Lo hemos sedado. Ven, acompáñame a mi dormitorio y deja que te limpie la cara.

Tiré de ella con suavidad. La chimenea de mi habitación estaba apagada, pero el ambiente se mantenía cálido. La senté en la cama y le limpié las lágrimas secas de las mejillas mientras le daba unas palmaditas en la cabeza, tal y como haría con el aterrado Sharkey.

—Chist —la calmé—. Sé que es terrible verlo.

Cerró los ojos con fuerza.

—Ay, Juliet...

—Te juro que no permitiré que te haga daño.

—¿Hacerme daño? —repitió entre susurros. Me miró con sus verdes ojos abiertos como platos—. No es por mí por quien estoy preocupada. Es él quien está sufriendo. ¡Dios mío, pero qué gritos daba! Tiene que estar padeciendo dolores horribles. No puedo soportarlo.

Las palabras que tenía preparadas para tranquilizarla se esfumaron de mi cabeza. Había supuesto que las lágrimas de Lucy se debían al miedo que le inspiraba lo que había visto, pero, ahora, no tenía claro cómo entender lo que acababa de decirme. ¿Estaba llorando por él?

—Es la ciencia de mi padre lo que lo ha convertido en ese

monstruo. Montgomery y yo pretendemos impedir que alguien vuelva a hacer algo así.

Expulsó el aire, frustrada.

—¿No te das cuenta, Juliet, de que la ciencia de tu padre no es el problema? Edward existe gracias a ella y ese muchacho alberga tanta humanidad como cualquiera de nosotros. Lo has entendido mal. Es lo que dijiste en la exposición de flores: «No tiene tanto que ver con lo afilado que esté el cuchillo sino con la mano que lo empuña». La ciencia no es mala o buena por sí misma... lo es la intención de quien la pone en práctica. La intención de tu padre al crear a Edward era buena. —Se levantó y se secó la nariz con la mano—. Si quieres, culpa a tu padre por ser incapaz de extraer de Edward la oscuridad que lleva en su interior, pero no le culpes por crearlo. Edward no es un error.

No podía sino mirarla, porque me había dejado sin palabras. Llevaba gran parte de la vida rechazando el trabajo de mi padre y castigándome por la curiosidad que sentía hacia el mismo... y resulta que mi mejor amiga me estaba explicando que la existencia de Edward era un regalo. ¿Sería así? Puede que no fuera del todo un don... pero tampoco una maldición en sí misma.

Me acerqué a la ventana mientras me enfrentaba a mis pensamientos. Nunca me había permitido pensar así; nunca se me había ocurrido que la ciencia no fuese buena ni mala en sí misma, sino una mera herramienta. Mi padre la había usado de manera muy cruel, qué duda cabe, pero ¿había sido un error que explorase sus profundidades?

¿O acaso había sido un visionario?

—Tengo que bajar —le dije confusa—, he de hablar con Montgomery.

Salí dando tumbos de la habitación, con la cabeza bullendo. Bajé por la escalera cubierta con la alfombra persa y me apoyé en el marco de la puerta que daba al comedor, donde Balthasar y

Elizabeth seguían sentados el uno frente al otro, con la cabeza gacha y el mosquete olvidado, mientras repasaban las entradas del diario de mi padre.

Pisé una tabla que crujía y Elizabeth levantó la mirada.

—Juliet, ven, mira esto. —Había emoción en su tono de voz—. Creo que hemos descifrado una parte del diario.

A pesar de estar agotada, hallé en mi cuerpo las fuerzas suficientes para sentir un atisbo de esperanza.

—Por favor, dime que habéis encontrado la cura para Edward.

Negó con la cabeza.

—Para ti.

CAPÍTULO TREINTA Y NUEVE

Puede que sus palabras tuvieran que haberme emocionado; al fin y al cabo, llevaba meses buscando mi cura. Sin embargo, el discurso de Lucy —eso de que la ciencia de mi padre no era ni buena ni mala en sí misma— me había dado mucho en qué pensar. ¿Acaso no me había dicho lo mismo Newcastle? No me cabía duda de que Edward era un fenomenal triunfo de la ciencia. Mi padre les había dado a los animales el don del habla. Había creado a Balthasar, un alma caritativa. La ciencia de mi padre incluso me había salvado la vida cuando era niña.

¿Habría juzgado equivocadamente durante todo este tiempo el trabajo de mi padre? «¿Qué serías sin ella?», me había preguntado la bestia.

Montgomery llegó corriendo. Se limpiaba las manos con un trapo.

—¿Ha dicho «una cura»? —le preguntó a Elizabeth con la voz cargada de esperanza.

Cogió las páginas sueltas que había sobre la mesa y leyó el código con atención.

—Juliet, fíjate en esto. Sales de fosfato... en eso estábamos en lo cierto. Pero nos faltaba algo con lo que restañar las células. Dios mío... ¡qué sencillo! Lo estábamos haciendo mal todo el tiempo. —Cuando levantó la mirada del papel, me pareció más guapo que nunca—. ¡Podemos conseguirlo!

Esbocé una sonrisa forzada y su alegría empezó a darme esperanza. Sí... aquello era lo que quería: estar completa, ser pura... que no me acosaran aquellos malditos espasmos y alucinaciones. No quería sino ser una persona tan normal como Montgomery; que se desvaneciera toda la oscuridad que me provocaba mi aflicción.

—¿Y para Edward? —preguntó Lucy.

Me di la vuelta: la tenía justo detrás de mí, con los ojos rojos pero las mejillas secas.

Elizabeth miró a Balthasar con cara de duda y respondió:

—Todavía no hemos acabado de descifrar todo el diario. Estamos a tiempo de encontrar algo que lo ayude.

—En ese caso, les echaré una mano —respondió mi amiga mientras acercaba una silla—. ¿Qué hay que hacer?

—Empiece por aquí. —Elizabeth le acercó un montón de páginas arrancadas—. Compare las anotaciones de estas páginas con esta lista de pasajes bíblicos que está haciendo Balthasar. Él puede ayudarla a encontrar el versículo y la línea de referencia.

Mientras se ponían manos a la obra, Montgomery cogió las páginas descifradas y me llevó a la cocina. Retiró los platos que aún seguían sobre la mesa y puso encima de esta la caja que contenía mi equipo de trabajo (y que aún conservaba el aroma dulzón de las rosas podridas del ático, lo que me trajo muchos recuerdos a la cabeza).

—Debería ser un procedimiento relativamente sencillo. Tan solo tenemos que añadir un agente espesante para engañar a tu cuerpo y hacer que piense que los órganos animales son tuyos.

Miré hacia el comedor, donde Elizabeth y Lucy escrutaban el diario y Balthasar pasaba las páginas de la Biblia con aquellos dedazos suyos. En la isla se había mostrado religioso, hasta el punto de enfrentarse a mi padre en el funeral de Alice porque quería leer una plegaria. Este mundo debía de estar patas arriba para que Balthasar fuera el religioso y mi padre el ateo. ¿Tendría razón Lucy? ¿Sería la existencia de Balthasar, al igual que la de Edward, una bendición? ¿Sería verdad eso de que, tal y como decía Newcastle, algunos males eran necesarios?

Sentí una caricia en el tobillo y, al bajar la vista, me encontré con Sharkey, que no paraba de menear su corta cola. Me agaché para rascarle la huesuda cabecita pensando en cuánto quería aquel perrillo a Edward. Los perros tienen un sexto sentido para saber si las personas son buenas.

—¿Juliet? Me vendría bien que me echases una mano.

—Por supuesto —dije mientras me sacudía las manos.

Me tendió un matraz al tiempo que leía las notas de mi padre. No podía dejar de mirar la puertecita que llevaba al sótano y de preguntarme si Edward también albergaba esos sentimientos encontrados respecto a su cura. ¿Se sentiría incompleto sin la bestia? ¿La echaría de menos una parte de él, por pequeña que fuera esa parte?

Trabajamos toda la tarde y parte del anochecer, sin parar siquiera para tomar un té. En la estancia de al lado, Elizabeth y Lucy intercambiaban palabras de frustración según iban descifrando páginas y páginas de observaciones inútiles. Los dos primeros sueros no sirvieron, pero Montgomery ajustó los ingredientes y, mientras avanzaba la Nochebuena, llenó un vial con un tercer suero.

—Este no se ha disociado en tres minutos. Quizá funcione. —Me miró con aquellos ojos azules suyos—. ¿Estás preparada para probarlo?

—Sí, pero no se lo digamos todavía a los demás. Si no funciona... no quiero que eso los haga perder la esperanza de curar a Edward.

Esbozó una sonrisa amarga de medio lado. Se acercó a la mesa y preparó la jeringuilla. Me levanté la manga y me toqué la suave piel de la flexura del codo, donde llevaba toda la vida pinchándome. Dentro de poco, si es que aquello funcionaba, no tendría que volver a usar una jeringa en la vida.

—¿Estás lista? —me preguntó con amabilidad.

Asentí y me clavó la punta de la aguja en la piel, tras lo que la deslizó como un experto hasta que encontró la vena. Hice un gesto de dolor cuando el líquido caliente me entró en el cuerpo. Al principio sentí calidez; luego, dolor. El brazo me tembló al sentir un tremendo calor que me quemaba. Le pegué un manotazo a la jeringuilla y esta salió volando de las manos de Montgomery, tras lo que oí cómo se rompía junto a mis pies descalzos. Noté una punzada de dolor mientras me tambaleaba en dirección a la ventana.

—¿Juliet?

Sentí, vagamente, que me rodeaba con los brazos para impedir que me cayera, pero era como si mi cuerpo le perteneciera a otra persona.

—La ventana —dije con voz ronca—. Aire.

Abrió la hoja de la ventana donde Mary tenía la maceta de hierbas aromáticas y respiré el frío aire de la noche, pero con aroma a tomillo y romero. Las luces de la ciudad me parecían demasiado brillantes. Cerré los ojos con fuerza y me los cubrí con la mano, pero seguían quemándome. Los ruidos de la ciudad —la agitación de las fábricas de carbón, el retumbar de los carruajes, los ronquidos de la gente— los oía amplificados por mil.

El dolor se me iba extendiendo por todo el cuerpo, que a ratos sentía firme, a ratos tembloroso. La sensación de que los huesos se me separaban de la carne nunca había sido tan fuerte. Agarré con los dedos la ventana abierta, en busca de algo que no estaba allí. Quería que todo volviera a la normalidad, pero lo único que podía hacer era respirar. Empecé a temblar de manera descontrolada, con todo el cuerpo, aunque no sé si de por sí o porque Montgomery me estaba sacudiendo para que me recuperara de algún tipo de ataque.

—Juliet. ¡Juliet!

Entonces conseguí enfocar de nuevo, se me agudizó el oído y los huesos se juntaron cuando las distintas partes de mi cuerpo se unieron entre sí. Huesos en su sitio, músculos callados bajo la piel... Como las notas discordantes mientras la orquesta afina en el salón de conciertos, hasta que suena a una con un solo golpe de la batuta del director.

Parpadeé y volví en mí. Las manos de Montgomery, en las mías, ya no me parecían bastas como el papel de lija. Redescubrí mis propias piernas.

—¿Qué tal te sientes?

Parpadeé una vez más mientras observaba la cocina sin que me ardieran los ojos. El fuego rugía en la estufa. Sharkey meneaba la cola a mis pies. Estiré los dedos y los estudié, a la espera de los chasquidos y las dislocaciones habituales. ¡Estaban en el más maravilloso de los silencios!

—Bien... —la voz me salió áspera, pero me humedecí los labios—, me siento bien.

Montgomery me retiró el pelo empapado de sudor que me caía sobre la frente.

—Casi te mato.

No podía parar de mirarme las manos, de moverlas, de flexionar los dedos. Les faltaba algo, pero cuando me di cuenta de lo que era a punto estuve de echarme a reír. La rigidez dolorosa, sorda, con la que llevaba viviendo toda la vida... había desaparecido. Así es como era, entonces, la vida normal.

—Bebe un poco de agua.

Cogí el vaso que me tendía, lo bebí con avaricia y se lo devolví vacío, con gesto brusco. Quería gritar de alivio. Tanto conflicto, tanta preocupación... ¡para nada! La bestia se equivocaba al decir que iba a echar de menos a la parte retorcida y enferma de mí. No la echaba de menos en absoluto. Y lo que era más, si el diario de mi padre encerraba el secreto de mi curación, seguro que también contenía el de Edward.

Me apoyé en la puerta. Ya no me sentía mareada, pero la cabeza no paraba de darme vueltas por el éxito obtenido. En el comedor, Lucy y Elizabeth discutían, pero no conseguía concentrarme en otra cosa que no fueran las nuevas sensaciones.

Montgomery me cogió del mentón para estudiar mis ojos en busca de signos de la enfermedad, pero no hacía falta porque, en mi fuero interno, lo sentía. Estaba curada.

Sentí la necesidad de romper a reír. Estaba completa, tal y como siempre había querido.

Montgomery me había dicho en una ocasión que mi extraña curiosidad por el trabajo de mi padre era un síntoma de mi enfermedad, igual que los crujidos de los nudillos y el dolor que sentía detrás del ojo izquierdo. En su momento había dudado de lo que decía y me había preguntado si de verdad se podía curar un corazón siniestro, pero ahora...

—Tenías razón —le dije mientras le acariciaba la tela de la camisa y deseaba no separarme de él en la vida.

Ahora podríamos casarnos y vivir el tipo de vida que llevaba la gente normal: ir a misa los domingos e incluso a bailar los sábados... y quizá, al cabo de unos años, empujar un cochecito de bebé por el parque.

Sonrió y yo sonreí con él. Nunca había sentido un alivio tal en la vida. «Si Edward pudiera sentir lo que yo siento...», pensé.

Oí gritos en el comedor, gritos que hacían añicos la perfecta quietud entre mi prometido y yo. Lucy y Elizabeth se enfrentaban acaloradamente. Montgomery frunció el ceño y fue a ver qué sucedía. Estuve a punto de impedirlo para saborear unos preciosos segundos más de aquella calma que, hasta entonces, no había conocido, pero que el mundo se hubiera arreglado para mí no quería decir que lo hubiera hecho para todos.

—¡No! —gritó Lucy.

Montgomery y yo nos quedamos en la puerta del comedor y observamos cómo mi amiga agitaba los puños sobre los papeles mientras Elizabeth intentaba calmarla

—¡No es cierto! ¡No puede ser!

—No hay otra forma —afirmó la sobrina del profesor.

Lucy levantó la mirada de repente y, entre lágrimas, me miró a los ojos. Cegada por su propio miedo, era incapaz de ver lo cambiada que estaba. Vino corriendo y me cogió de los hombros.

—¡Está ahí, en el diario! ¡El ingrediente secreto! ¡Pero es imposible conseguirlo! ¡Juliet, no podemos hacer nada por Edward!

Me clavaba las manos como si fueran garras. Me las quité como pude y me froté los hombros.

—No digas eso. No vamos a rendirnos. Si hemos encontrado una cura para mí... también la encontraremos para él.

Pero Lucy no paraba de llorar. Negando con la cabeza y tambaleándose, fue a la cocina en busca de algo con lo que secarse las lágrimas. Balthasar se puso de pie y salió detrás de ella para ofrecerle su pañuelo.

En la calle, las campanas de Saint Paul llamaban a misa de seis. Miré por la ventana y vi que los vecinos de enfrente salían de casa —todos ellos con la carita sonrosada— y se encaminaban al servicio de Nochebuena.

Elizabeth me apretó la mano.

—No sabes cuánto me alegro de saber que tu cura ha funcionado; de verdad. Ahora bien, me temo que Lucy tiene razón, no podemos hacer nada por Edward.

—¿Por qué? —pregunté desconcertada.

Ahora no me temblaban las manos. Se había curado la oscuridad de mi corazón.

—Hemos descubierto cuál es el ingrediente secreto —empezó a explicarme con los papeles en la mano.

Me mordí el labio.

—¿Y cuál es?

Me sorprendió que mirara a Montgomery. Respiró hondo y le preguntó:

—Montgomery, ¿alguna vez le sacó sangre el doctor Moreau?

CAPÍTULO CUARENTA

En la cocina, el sonido de los lloriqueos de Lucy se fue apagando al tiempo que aumentaba el de los latidos de mi corazón. A mi lado, Montgomery estaba más tieso que el hierro forjado.

—¿Qué está insinuando? —le preguntó a Elizabeth.

—¿Lo hizo o no lo hizo? —insistió esta.

Montgomery me miró mientras se pasaba la mano por el pelo.

—Sí... muchas veces. En la isla había pocas enfermedades, pero la malaria era una gran amenaza. Solo para nosotros, claro, para los isleños no. La pillé unas cuantas veces y me extrajo sangre para estudiar la enfermedad antes de tratarme contra la misma, como hacía consigo mismo.

Recordé la conversación que había tenido con Edward, cuando me había contado qué era realmente. Le había preguntado de quién era la sangre que mi padre había usado para crearlo. «No lo sé. Nunca lo he sabido», había sido su respuesta. Dios mío... ahora estaba claro de quién era.

Elizabeth prosiguió:

—Al descifrar el diario hemos descubierto que el componente secreto es sangre humana. Moreau no quería usar la suya por su avanzada edad. Quería sangre fuerte, joven, y solo había en la isla una fuente de la que conseguirla.

Se quedó callada unos instantes.

—Hizo a Edward a partir de su sangre, Montgomery.

—¿De mi sangre?

Negó con la cabeza, enfadado, pero yo lo conocía muy bien: mostraba incertidumbre al pasarse la mano por delante de la boca, que era el mismo gesto que había hecho un año antes, cuando me había topado con él. Aquel gesto traicionaba esas emociones más tiernas que tanto miedo le daba confesar. Llevaba toda la vida queriendo tener familia. Esa era la razón por la que le había sido tan leal a mi padre; por la que había mantenido con vida a Balthasar. «Cuando era pequeño veía cómo jugaban los niños en la calle y deseaba tener hermanos», me había confesado.

Qué giro del destino tan terrible: Edward compartía su sangre, lo que lo convertía en una especie de hermano. Por tanto, si había manera de curarle, Montgomery acabaría teniendo esa familia que tanto anhelaba. Y Edward.

Se dirigió a la pared donde estaban las ventanas. De pronto me asaltó la idea de que esa información la iba a recibir mejor Edward que él. A lo largo del año, el sentido de la piedad de Montgomery había dado paso a su severo sentido de la justicia. ¿Lo suavizaría este descubrimiento? ¿Me devolvería al chico del que me había enamorado? ¿O serviría para que se convenciera aún más de la necesidad de matar a Edward?

—No lo entiendo —me dirigí a Elizabeth—, si solo necesitamos la sangre de uno para curar al otro, el procedimiento debería ser relativamente sencillo...

—Por desgracia, yo diría que hay un problema. La sangre de Montgomery estaba contaminada de malaria cuando se la extrajeron y la enfermedad jugó un papel concreto en la composición del material genético de Edward, pero cuando Moreau la trató, el cuerpo quedó limpio de malaria. Sin esa cepa, seremos incapaces de replicar el original. Estamos en Londres y es invierno... el mosquito más cercano está al otro lado del globo.

—Entonces es cierto... —musité—, no hay esperanza para él.

A pesar de haberlo dicho en alto, no podía creérmelo. Siempre había pensado que el destino de Edward y el mío estaban ligados, pero yo me había curado, con lo que viviría una vida larga, saludable y completa... mientras que a él no le aguardaba otro futuro que acabar de mezclarse con la bestia.

—¿Cuánto tiempo creéis que le queda antes de que la bestia se haga con él del todo? —preguntó Elizabeth.

—Unos cuantos días. Una semana como mucho —respondió Montgomery agitado.

—Ahora mismo, tal y como está, es incapaz de mantener una u otra forma. Sé que no quieres oír esto, Juliet, pero si no podemos curarle, lo mejor sería evitar que siga sufriendo.

«Evitar que siga sufriendo». Me acordé de aquel conejo, hacía ya tanto tiempo, dispuesto sobre una mesa de operaciones, diseccionado vivo por unos estudiantes de medicina. Había matado al conejo de un hachazo para que dejara de sufrir. Ahora bien, Edward no era un conejo. Aunque hubiera sido creado, ahora era una persona. ¿Cómo iba a hacerle eso?

Miré a Montgomery. Llevaba un año queriendo matar a Edward pero ¿qué sería de él si tenía que hacerlo nada más enterarse de que tenían un parentesco de sangre?

—No podéis matarlo.

Era Lucy, desde la puerta de la cocina, sin lágrimas en los ojos y con gran determinación en el gesto.

—Acabo de estar abajo, hablando con él. —Me pidió que me callara con un gesto cuando intenté objetar—. Me ha acompañado Balthasar; no iba a pasarme nada. Edward tenía derecho a saber todo esto, pues estamos hablando de su vida. Está despierto y vuelve a ser él, por ahora; aunque es evidente que la bestia está debajo. —Había ternura en su ademán—. No podéis matarlo a él por los crímenes que ha cometido el monstruo que vive en su interior. No es justo.

Tenía razón. Estábamos debatiendo cuál debía ser su destino, cuando él también debería tener algo que decir. Montgomery me pidió que no lo hiciera, pero corrí hasta la cocina, que todavía olía a romero y tomillo, y bajé la escalera.

El sótano estaba en silencio. «Evitar que siga sufriendo». Las palabras de Elizabeth resonaban como un eco en mi cabeza. No, no, no. Seguro que conseguiría encontrar la manera de que él también se curase. Al fin y al cabo, era digna hija de mi padre. Representaríamos esa malaria de alguna manera, enviaría a Montgomery al trópico...

Una vez abajo, agarré los barrotes del ventanuco de la puerta de la despensa.

—Sé que Lucy te ha dicho que no hay esperanza, pero ahora me encuentro mejor y tú también mejorarás...

Mi voz se fue apagando cuando me fijé en el cuerpo acuclillado en una esquina. Tenía signos de la bestia por todos lados: los dedos retorcidos, la potente curvatura de sus músculos... Lucy acababa de estar aquí, así que la bestia no había tardado nada en transformarse.

Me miró con esos ojos dorados. Debería haber tenido miedo. Debería haber estado aterrada. Aquellos ojos bestiales, aquella mirada cruel, no eran de este mundo. Sin embargo, cuando se incorporó y avanzó poco a poco hacia la puerta, sin quitarme los ojos de encima ni un momento, no fue miedo lo que sentí, sino una emoción extraña, esa antigua curiosidad que siempre me había atraído hacia él a pesar del terror.

Pensaba que todo eso iba a desaparecer cuando estuviera curada, pero seguía sintiéndolo. No debería ser así, ¿no? Ahora no. No una vez curada. Sentí que se me hacía un nudo en el estómago y que me subía a la boca el sabor de la bilis y de los errores.

—¿Que estás curada, amor mío?

Vi un destello de humanidad en sus ojos amarillos, pero desapareció sin más.

—No, no lo creo —concluyó.

Entrelacé los dedos y me froté las articulaciones al tiempo que me recordaba a mí misma que ya no me dolían ni me hacían ruido. Estaban curadas. La bestia estaba jugando conmigo; estaba sembrando la duda en mi cabeza, algo que tanto le gustaba hacer.

—Pues lo estoy —respondí intentando cargar de bravura mis palabras—. Montgomery y yo hemos producido el suero y no se ha disociado. Noto la diferencia en el cuerpo.

—No me refiero a los encantadores dedos de tus pies y de tus manos. Carne, sangre, hueso... el cuerpo solo es el contenedor de lo que de verdad hay dentro. Puede que el suero haya curado tus dolores físicos, pero no ha curado la enfermedad del alma.

Su voz llevaba un poso de ternura y había sinceridad en su mirada. Si no me andaba con cuidado, podría cazarme, como un lobo que acecha a un venado. Di un paso atrás mientras negaba con la cabeza. Se me aceleraron los latidos del corazón, al ritmo del repiqueteo de sus dedos en los barrotes del ventanuco.

—No lo entiendes: soy una persona nueva, en cuerpo y alma.

Pero de los viejos cimientos de piedra ascendió una sensación de frío que se me coló entre las enaguas y me subió por las piernas desnudas. El sótano, a millones de kilómetros de Londres, de la isla, incluso de quienes discutían en el piso de arriba, estaba en silencio. En cierto modo, me sentía bien allí abajo.

La bestia miró el pomo encadenado de la puerta de la despensa.

—Recuerdo otra puerta —dijo con parsimonia—, una de color rojo en una isla selvática.

Di otro paso atrás, asustada por aquel recuerdo. Un laboratorio rojo, la pintura bullendo bajo mi mano mientras el fuego arrasaba el complejo, y mi padre encerrado dentro. Y lo que nunca podría olvidar era cómo Jaguar esperaba a que le abriera la puerta, aunque fuera una rendija, para colarse dentro y matar a mi padre.

Y eso era lo que había hecho. Había ayudado a que mataran a mi padre. Aunque ese había sido mi antiguo yo, enfermo en cuerpo y alma.

—Dices que estás curada, que has dejado atrás la oscuridad... pero ¿cambiarías algo de lo que hiciste? —me preguntó la bestia con tranquilidad.

Había que estar enfermo para ser capaz de matar al propio padre. Mi nuevo yo, el que estaba curado, jamás habría hecho algo tan despiadado. Aunque... Cerré los ojos. Se me iba a salir el corazón del pecho. Sentía un gran dolor en mi interior. Tristeza.

—No.

—¿Volverías a abrir la puerta? —Ahora hablaba con voz más suave.

La cuestión era que, muy posiblemente, una chica normal, esa chica que había imaginado empujando un cochecito de bebé por el parque y bailando los sábados, no fuera la misma que había ayudado a asesinar a su padre... pero es que yo todavía era esa chica, seguía siendo digna hija de mi padre, seguía siendo la que, incluso en ese momento, volvería a abrir esa puerta si fuese necesario.

—Sí.

Esbozó una sonrisa tristona, sin brillo, como si, por una vez, entendiese lo difícil que era todo aquello para mí.

—Ningún suero puede hacerte cambiar. Ni deberías cambiar.

Genio o locura... todo depende del cristal con que se mire. —Dejó de dar golpecitos en los barrotes y en sus ojos volvió a aparecer aquel tinte humano—. Eres perfecta tal y como eres, amor mío.

Di otro paso, dubitativo este, para alejarme de él, temerosa y confundida, y subí corriendo la escalera; aunque daba igual, jamás podría huir de aquellas palabras. Tenía razón. Ningún suero me haría dejar de ser quien era en realidad: una Moreau de pies a cabeza.

Era tarde cuando me uní a los demás. Les dije que estaba exhausta y que quería estar sola. Acto seguido, cogí a Sharkey y subí hasta la habitación del bebé, en el desván. Me gustaba el silencio que reinaba allí, la quietud de los juguetes, el roce del pelaje duro del perro mientras lo acariciaba.

Me senté en la mecedora y eché hacia atrás la cabeza mientras miraba la luna, más allá de los tejados de la ciudad. Me resultaba tan sencillo mover el cuello y las manos. Su anterior rigidez no era sino un recuerdo fugaz. Ahora bien, la bestia tenía razón. Seguía sintiendo ese frío en el corazón, un frío que me acompañaría toda la vida, por mucho que pretendiera engañarme a mí misma.

No debería haber considerado las investigaciones de mi padre desde un único punto de vista. Elizabeth me había contado que mi padre no era únicamente un loco, pero no la había escuchado. La bestia había visto con claridad mi verdadero yo, la verdad que escondía en mi interior, entre las enredaderas del invernáculo. Incluso Lucy —¡y Newcastle!— entendían que la ciencia en sí misma no era ni buena ni mala. A veces, incluso, era un mal necesario.

Mientras acariciaba a Sharkey me fijé en que tenía los tendones de la mano tensos como cuerdas de piano. Había intentado negar que hubiera oscuridad en mi corazón cuando, por el contrario, quizá lo que debería haber hecho fuera abrazarla por el potencial que pudiera encerrar.

Sharkey se bajó de mi regazo de un salto y se estiró sobre la alfombra. La mitad de su cuerpo quedaba iluminado por la luz de la luna y la otra mitad, oculta entre las sombras. Me abordó una idea y me senté erguida.

Ya bastaba de secretos. Ya bastaba de horrores escondidos. Solo había una manera de proteger a Edward de las maquinaciones del King's Club y asegurarse de que nadie, jamás, podría replicar o consentir lo que estaban intentando.

Afuera, las campanas de la iglesia tocaron las doce. Pensé en la familia de vecinos que había visto salir de su casa unas horas antes. Supuse que estarían en la cama, a gusto, los niños soñando con despertarse por la mañana y bajar al salón a por juguetes envueltos con lazo rojo. Por todo Londres había familias como esa. Familias que no dormirían tan bien si supieran lo que estaba sucediendo en el laboratorio secreto de King's College.

Tragué saliva. Mi plan era cruel, peligroso... pero no podía negar que en lo más recóndito de mi alma me relamía pensando en él. Tal vez la mejor manera de evitar que los del King's Club llevasen a cabo su plan fuera ponerlo en práctica antes que ellos y demostrarles, no solo a ellos, sino al mundo entero, qué sucedería en realidad si se dejaba suelta la ciencia de mi padre.

CAPÍTULO CUARENTA Y UNO

Me desperté con las campanas de Saint Paul, que sonaban para anunciar el día de Navidad.

Me había pasado la mitad de la noche despierta, definiendo los detalles del plan. Lucy se había quedado a dormir después de hacer llegar una nota a su casa para avisar a su madre y ahora dormía plácidamente entre el mar de almohadones de mi cama. Había hecho una lista para mi amiga con tres de los integrantes del club: el inspector Newcastle, el doctor Hastings e Isambard Lessing. Cuando despertó, le pedí que escribiera un mensaje urgente a cada uno de ellos imitando la caligrafía de su padre. En él debía indicarles que se convocaba una reunión urgente a las nueve en punto de la noche y que debían ser puntuales. Cuando me preguntó por el propósito de aquello, me negué a confesárselo. Aún medio dormida, confió en mí por la amistad de toda la vida que nos unía e hizo lo que le pedía.

Mientras tanto, le puse a Edward otra inyección de valeriana para mantenerlo sedado y, después, repasé todas y cada una de las palabras de mi padre, tanto las del diario como las de las cartas. Estudié sus procedimientos, concentrándome en la ciencia que los del King's Club pretendían replicar. Por primera vez, ahondé de verdad en ella, sin sentirme culpable, y el genio de su obra hizo que me sintiera viva.

Elizabeth iba de un lado para el otro de la casa como un alma en pena y miraba con los ojos abiertos como platos la puertecita del sótano. No se apartaba mucho ni del mosquete ni de la botella de ginebra. A primera hora de la tarde, Lucy —acompañada por Balthasar— partió para entregar en persona cada una de las cartas, con instrucciones de volver a casa del profesor en cuanto terminara. El paso final de los preparativos implicaba a Montgomery, pero cuando le pedí que cogiera su maletín médico y me acompañara a la universidad, no aceptó obedecerme de forma tan solícita como mi amiga.

—Antes tendrás que decirme qué estás tramando. Voy a ser tu esposo; has de confiar en mí.

Se me puso el pelo de punta al oír eso de «esposo», pues seguía sin hacerme a la idea por mucho que lo amase.

—La confianza debe ser recíproca. Te prometo que te lo contaré todo en cuanto estemos allí. Me dijiste una vez que antes de que nos casáramos querías disipar todas las sombras de nuestra vida. Esta noche puedo acabar con todos nuestros miedos en lo referente al King's Club y evitar que Edward acabe cayendo en malas manos —dije mientras le cogía la mano y se la apretaba con fuerza—; pero no puedo hacerlo sola.

Se inclinó hacia mí y apoyó su frente en la mía. La sensación de tenerlo tan cerca encendió hasta las partes más frías de mi cuerpo.

—Acompáñame —le dije entre susurros—. Te necesito.

Se le relajaron los músculos de la espalda.

—Sabes que te seguiría a cualquier lado. Ahora bien, tengo la sensación de que vamos a salir mal parados.

Dejamos a Elizabeth vigilando a Edward y nos escabullimos por el callejón trasero, ocultos entre las sombras. Mientras nos apresurábamos por calles y avenidas, yo miraba por las ventanas abiertas. En cada una de ellas vi una escena distinta y representativa de la vida en la ciudad: una familia de miembros robustos que compartía un festín de jamón y pudin de pan junto a las parpadeantes luces de un árbol de Navidad; una esposa que horneaba un pastel de carne para su marido; una joven que acunaba a un bebé en el moisés bajo muérdago florido. «Lo hacemos por ellos —pensé—. Para quitarles el poder a los miembros del King's Club».

Por fin llegamos al imponente edificio de King's College. Siendo como era el día de Navidad, la universidad estaba en total silencio: no se oían los caballos —ni los cascabeles de sus arreos—, ni el alboroto de los estudiantes corriendo de un lado para otro. Subimos la escalera principal y usé una copia de la llave que había hecho fundiendo hojalata a partir de las originales de Radcliffe. Tal y como había supuesto, ni la señora Bell ni sus cuadrillas de limpieza trabajaban aquel día. Lo único que nos acompañaba, en los pasillos, era la débil luz de la luna. Incluso el polvo estaba asentado. Le hice un gesto con la cabeza a Montgomery para que me siguiera.

Nuestros pasos retumbaban por los pasillos mientras caminábamos con urgencia por el suelo de mármol. Montgomery se dirigió al salón de fumadores del King's Club, pero lo agarré de la mano.

—Espera, primero vamos a bajar al sótano.

Se le torció el gesto. Sabía tan bien como yo lo que escondían aquellos pasillos subterráneos. Sin embargo, me siguió sin rechistar, confiando en mí, y bajamos al sótano, que olía a serrín y estaba tan oscuro debido a la ausencia de ventanas que parecía cubierto de niebla. Acto seguido, bajamos al segundo sótano, donde las paredes de piedra olían a tiempos lejanos. Tanteé la pared hasta que encontré con los dedos el pomo de la puerta del laboratorio secreto, pero Montgomery me detuvo.

—Espera. —Allí, en la oscuridad, su voz carecía de cuerpo—. Antes, dime lo que estás planeando.

—Entremos y te lo cuento.

Abrí la puerta y encendí una cerilla para prender las diferentes lámparas, que dibujaron círculos de luz sobre los tanques y las infames criaturas que flotaban en ellos. Era evidente incluso a primera vista que habían crecido en aquella semana. Ahora, sus garras tenían unos tres centímetros y su potente mandíbula parecía capaz de romper el hueso de un ser humano de un solo mordisco. Era mejor de lo que había pensado.

—Esto es lo que quería enseñarte. Las criaturas. Llevamos todo el tiempo intentando impedir que los del King's Club atrapen a Edward, pero nunca se detendrán. Así que vamos a acabar el trabajo por ellos. —Cerré las manos y me clavé las uñas en la carne—. ¿No querían un monstruo?, pues se lo vamos a dar.

—¿Estás loca? —gritó mientras cerraba la puerta del laboratorio tras de sí, como si le diera miedo que alguien nos oyera—. Es justo lo que intentábamos impedir.

—Sí, custodiando el secreto pero ¿no te das cuenta de que el secretismo es su aliado? Cuando se extendió por Londres el rumor de las investigaciones que estaba llevando a cabo mi padre, cesaron su labor. Si la gente supiera lo que el King's Club está intentando conseguir, nunca lo permitiría. Imagina los titulares. Tantos hombres ilustres, propietarios de industrias, incluso el miembro más prometedor de Scotland Yard... todos parte de esta conspiración. Los apartarían de sus cargos. Los arrestarían. Incluso aunque alguno de ellos consiguiera eludir los juzgados, jamás volvería a atreverse a coger un bisturí.

—Tu padre lo hizo —comentó—. Digamos que les impiden ejercer o que se libran con una sentencia leve. ¿Qué les impediría buscarse su propia isla para seguir con el experimento?

—No los tengas en tan buena estima. —Mis palabras fueron

un poco bruscas—. Mi padre era un genio. La mitad de los miembros del King's Club no son sino peones. Radcliffe no tiene ni idea de ciencia; tan solo considera todo esto como una oportunidad más de ganar dinero. Carecen tanto del genio como de la motivación. Si los dejamos al descubierto, su familia quedará humillada. Perderán la posición social, su crédito. Se dedicarán a urdir una estratagema más «respetable»... invertirán en agricultura, promoverán a otro político... y se tirarán de los pelos por haberse mezclado en las investigaciones de mi padre.

Miré los tanques antes de continuar hablando.

—Los únicos que son peligrosos de verdad son los que no están haciendo esto para obtener mejoras financieras, sino por mera presunción científica. Hay veinticuatro miembros en el club, pero a Lucy solo le he dado una lista con tres nombres: el del inspector Newcastle, el del doctor Hastings y el de Isambard Lessing. Esos son científicos, son los que podrían plantearse probar fortuna de nuevo en el reino de mi padre, los que serían capaces de asesinar para conseguir lo que persiguen, o experimentar con seres humanos... Debemos evitar a toda costa que esos tres sigan adelante. Sin ellos, los demás perderán el interés.

Montgomery me estudió con atención.

—¿Qué vas a hacerles?

Cuando me volví hacia los tanques a modo de respuesta me cogió del brazo sin medir muy bien la fuerza. Desde que se había enterado de que a Edward lo habían creado con su sangre, parecía que hubiera dejado de considerar las situaciones blancas o negras. En cierta manera, era como si hubiéramos intercambiado nuestro papel y fuera él quien hubiera empezado a interesarse por los grises de la vida... y yo, por el blanco y el negro.

—Pretendes matarlos, ¿verdad?

—No tiene por qué ser así—respondí mientras sacaba un vial del bolsillo—. Tan solo quiero que vean el peligro que encierra lo que están haciendo. Le he extraído esto a Edward después de sedarlo esta mañana. Contiene veinte mililitros de su médula espinal. No es suficiente como para que él se resienta, pero sí como para despertar a cinco de estas criaturas. La idea es encerrar a esos hombres y a estas criaturas en el salón de fumadores.

Montgomery se quedó boquiabierto.

—Los matarán.

Intenté que no me temblara la voz por mucho, aunque el corazón me palpitaba por la excitación del riesgo.

—Puede... pero es lo que se merecen. Aunque quizá sean capaces de defenderse. No tenemos ni idea de lo que va a suceder, que es lo bonito. Que sea la naturaleza la que decida. La supervivencia del más fuerte.

Montgomery se pasó una mano por la cara.

—Va a ser un baño de sangre.

—Mejor que mejor. —Pronuncié aquellas palabras entre dientes porque era consciente de que era algo que no debía decirse—. Imagina el espectáculo en el periódico. Ya sabes cuánto le gusta la sangre al respetable; por eso siente ese fervor por el Lobo. Los del King's Club controlan el *London Times*, pero no los demás periódicos. Escribirán: «Masacre de Navidad en King's College» o algo con un toque igual de macabro. Toda la ciudad, todo el país, sabrá lo que pretendían hacer.

Montgomery estaba pálido, pero ni se había ido, ni me estaba llamando loca, ni había roto nuestro compromiso.

—¿Y las criaturas?

Apoyé la mano en el tanque que más cerca tenía.

—Las mataremos cuando hayan cumplido con su labor. No tenemos otra opción. Ambos sabemos que cualquiera de las creaciones de mi padre está condenada a morir antes o después.

Intenté no pensar en Edward. Ni en Balthasar. Ni en mí misma. Él soltó un suspiro de agotamiento.

—Dándoles caza como en la isla. Creía que ya había acabado con aquello.

—Les inyectaremos una altísima dosis de estimulantes que hará que su corazón deje de funcionar a los diez minutos. No habrá que darles caza, ni que dispararles. Morirán en paz. Es mucho más compasivo que lo que les tienen preparado los del King's Club.

Se apoyó en la mesa de trabajo.

—Has pensado en todo, ¿eh? —Había cierto sarcasmo en sus palabras.

Contempló las criaturas de los tanques. El pelo se le escapaba de la coleta y le caía como una cortina sobre la cara.

—Tiene que haber otra manera. Si destruyéramos los especímenes...

—Fabricarían más.

—Podríamos avisar a las autoridades sobre los planes que tienen para el baile de los pobres.

—Ellos son las autoridades. Newcastle controla a la policía y los miembros del Parlamento, a los militares.

Suspiró. Se resistía a admitir que mi plan era la única opción.

—Esto me hace pensar en Edward, en lo convencido que estaba de que debía morir. Entonces, me entero de que lo crearon con mi propia sangre... y cambio de opinión, en parte. Juliet, estoy cansado de matar. Ya sea hombres o criaturas.

Le cogí de las manos.

—A mí también me gustaría que hubiera otra manera de hacerlo pero, después de pensarlo y repensarlo, esta es la mejor salida.

—Nunca has operado a uno de estos seres. Solo has visto cómo se hacía y, por lo que recuerdo, saliste corriendo y te perdiste en la selva.

—Esta vez no pienso huir —dije con toda la tranquilidad del mundo.

La duda no acababa de abandonar los músculos de su cuello, tensos. Fui hasta la pared y cogí dos delantales de cuero que había allí colgados. Uno de ellos me lo pase por la cabeza y me lo até a la cintura; el otro se lo tendí a él.

—Juré que no volvería a tocar un bisturí —susurró.

—No tendrás que hacerlo. He estudiado el diario de mi padre. Sé de memoria los procedimientos que describe. —Cogí el vial con la médula espinal—. Solo tenemos que inyectarles esto en el cuerpo y darles unas descargas eléctricas. Nada de cortes. Nada de rajas. La corriente eléctrica debilitará las células de forma que la médula las permee, lo que les dará vida. Despertaremos a cinco criaturas y envenenaremos al resto. Después, tiraremos los diarios e instrucciones a los tanques; las sustancias químicas destruirán lo que tienen escrito.

Montgomery se acercó a estudiar el líquido de color sangre que llenaba el vial. Habría pagado una gran suma por saber lo que le pasaba por la cabeza. ¿Pensaría que me estaba engañando a mí misma? De ser así, estaba equivocado. Aquello no tenía nada que ver con superar a mi padre en su propio campo, ni con ajusticiar cruelmente, por mucho que se lo merecieran, a los miembros del King's Club. Lo hacía por los vecinos de la calle Dumbarton y por las chicas que asistían a los tés de Lucy, por la señora Bell y sus cuadrillas de limpieza. Aún quedaba belleza en el mundo, aún quedaba inocencia.

Le apreté el brazo.

—No podemos permitir que venzan. Tenemos que casarnos. Y también están Edward que, como quien dice, es tu hermano; y Elizabeth, que ahora es mi tutora. Si no te parece bien hacerlo por el bien de la ciudad, hazlo por ellos.

Me cogió de la mano y tocó el anillo de plata. Le dio unas cuantas vueltas, pensativo, y me soltó. Se ató el pelo y estudió el equipo químico con el que contábamos.

—Busca un estimulador neuronal en los armarios. Vamos a necesitar, por lo menos, cien mililitros por criatura para asegurarnos de que su ritmo cardiaco alcanza una velocidad tan grande como para que no pueda más a los diez minutos. —No había matices en su voz; sonaba monocorde.

Hizo una pausa.

—Dime, ¿cómo pretendes llevar cinco criaturas rabiosas con garras y colmillos hasta el salón de fumadores?

Tragué saliva.

—Tengo un plan. Sé que parece una locura, pero no digas nada hasta que acabe. Instalaron el circuito eléctrico por toda la planta baja hace dos años. Pasaron los cables por unos tubos externos que corren por las paredes. No nos resultará complicado dejar al descubierto un poco de cable... con lo que tendremos suficiente para dar las descargas eléctricas si se los metemos en la carne a las criaturas.

Me quedé callada un momento.

—Con tantos animales disecados, los del club no se darán cuenta de que las criaturas están en la sala de fumadores y, cuando entren y enciendan las luces...

Montgomery parecía dividido entre una especie de repugnancia hacia lo que le estaba explicando y una extraña admiración. No dejé que se me notara la emoción que me provocaba el plan.

Eligió cinco de los ejemplares de aspecto más saludable mientras yo buscaba en los armarios un estimulador neuronal lo suficientemente fuerte como para matar a las criaturas después de diez minutos.

Me tendió una aguja y, juntos, empezamos con el plan para acabar con los del King's Club.

CAPÍTULO CUARENTA Y DOS

Aún sin necesidad de cirugía, la tarea era espeluznante. Puede que las criaturas de los tanques hubieran sido creadas de manera infame, pero su cuerpecito estaba cálido, vivo. Pesaban algo más de doce kilogramos; no había mucha diferencia con Sharkey cuando lo cogía en brazos. El líquido de los tanques no era agua, sino un baño químico viscoso que se me pegaba tanto al delantal como al vestido. El corazón me dio un vuelco mientras dejábamos sobre la mesa las criaturas, cuyo pelaje empapado por aquel fluido goteaba en el suelo. «A veces tienes que abrazar la oscuridad para detenerla», me recordé.

En la isla, las criaturas de mi padre, parecidas a ratas, carecían de pelo, mientras que estas tenían un mechón que les recorría toda la columna, tan duro que parecía hecho de púas. Tenían los párpados casi traslúcidos y en ellos se veía un entramado de venas; pronto abrirían los ojos por primera vez. Sequé las criaturas delicadamente con un trapo, como si le estuviera dando un baño a Sharkey. A pesar de que fueran seres malditos, no quería hacerles más daño del que ya les habían hecho.

En cuanto acabé, Montgomery me explicó que la médula había que inyectarla en la base de la columna y me contó que el sistema sanguíneo de esa zona no tenía conexión con el cerebro ni con la columna vertebral porque una membrana lo separaba de ambos.

Me temblaba la mano con la que empuñaba la jeringuilla. Ahora era yo, no mi padre, quien estaba dando vida.

Clavé la aguja en la base de la columna de la primera criatura tras contar las vértebras. El fluido del tanque había mantenido su pelo y su piel suave y fina, por lo que en esta se adivinaban ríos de venas de color púrpura. Pellizqué la piel con delicadeza y empujé la aguja hasta que encontré el saco espinal. Era más grueso de lo que había imaginado y tuve que hacer fuerza para pincharlo. Luego bajé el émbolo, insuflando, así, vida al ser que había sobre la mesa.

—La siguiente —me dijo Montgomery, detrás de mí, mientras reunía las notas y cuadernos y los tiraba en los tanques de líquido viscoso para destruirlos—. Vamos, antes de que empiece a disiparse el efecto del estimulante.

Acabé de poner las inyecciones. Las criaturas, a medio despertar todavía, tenían un aspecto extraño. Su cuerpo era perfecto pero no respiraba, no tenía pulso, esperaba inmóvil ese chispazo que desencadenara la reacción que les pusiera en marcha el corazón.

Las subimos al salón de fumadores del King's Club, donde trabajamos a la luz de las velas. Entre tantos animales disecados, unos pocos cuerpos inertes más no llamarían la atención. Puse el último en la repisa de la chimenea, el elemento focal de la habitación, donde tenía la esperanza de que estuviera apoyado Newcastle cuando las criaturas despertasen. «Esto es por lo del profesor», pensé al tiempo que sentía una satisfacción desalentadora.

Montgomery usó el cuchillo para sacar los cables de la pared. Tenía algo de idea sobre sistemas eléctricos y me enseñó a asegurarme de que tanto el cable positivo como el negativo tocaban la carne de la criatura.

Trabajábamos en silencio, así que cuando oí el crujido de una prenda de ropa a punto estuvo de darme un infarto.

Lucy estaba en la puerta, con Balthasar detrás; ambos recortados como siluetas contra el oscuro pasillo. Mi amiga hizo ademán de encender la luz.

—¡Nooo! —grité.

Mantenía la mano sobre el interruptor.

—Solo con esas velas, parece que aquí dentro sea de noche. ¿Qué diantres estáis haciendo?

Fui hacia ella con premura.

—Por Dios, ni se os ocurra encender la luz. ¿Qué hacéis aquí? Se supone que teníamos que encontrarnos en casa del profesor.

—Quería saber qué estabas planeando —respondió mientras miraba a su alrededor sin darse cuenta de la presencia de las criaturas entre los demás animales—. Yo también estoy implicada en esto. Mi padre...

—No está en la ciudad —la interrumpí—, así que no se verá afectado por lo que estamos haciendo, al menos, no de inmediato. Cuando vuelva y descubra que los tejemanejes del King's Club han quedado al descubierto, seguro que es el primero en negar su participación.

—¿Los vas a delatar? ¿Cómo?

La muchacha intentaba ver qué hacía Montgomery en la repisa, por lo que me la llevé al pasillo.

—¿Qué hora es? —le pregunté.

—Sobre las nueve menos cuarto. Ya he entregado las cartas. Esos tres no deberían tardar en llegar.

—Tenemos que terminar cuanto antes —le dije a Montgomery tras asomarme a la estancia—. ¿Montgomery?

—Acabo en veinte segundos.

Llevé a Lucy al almacén —no mucho mayor que un armario escobero— que había justo enfrente y que, a excepción de unas cuantas sillas, estaba vacío.

—Podemos escondernos aquí —les dije—. Vamos, Balthasar, entra.

Montgomery acabó y cerró con llave el salón de fumadores. Luego, nos metimos todos en el almacén y cerramos la puerta.

—Juliet... —empezó a decir Lucy.

—Chist. Como nos oigan, se acabó.

Pasaron unos cuantos minutos que se nos hicieron larguísimos. Tenía el pecho de Balthasar justo en la espalda y su solidez me tranquilizaba. Lucy se apretaba contra mí.

—¿A qué rayos huele? —siseó Lucy mientras olisqueaba las partes de mi vestido donde había caído el fluido de los tanques.

Justo entonces oí el chirrido de los goznes de la puerta de entrada y le chisté para que se callase. Contuvimos el aliento.

No tardamos en oír unas pisadas en el pasillo y las voces de dos hombres que hablaban en voz baja. Por retazos de la conversación que conseguí entender, no les hacía ninguna gracia que los hubieran convocado el día de Navidad. Giraron el pomo del salón de fumadores, pero ninguno de los dos tenía llave.

Unos minutos más tarde se oyeron nuevos pasos, más prestos que los anteriores, y la voz familiar del inspector Newcastle:

—¿No ha venido Radcliffe con la llave? Es él quien ha organizado esta maldita reunión. Da igual, por algún lado tendré la mía.

Se me encogió el estómago y le apreté la mano a Lucy. Habría preferido que no estuviera aquí. Oímos el ruido de una llave que abría la puerta del salón de fumadores, seguido de pasos que entraban en la estancia.

Me quedé mirando el filo de claridad que entraba por debajo de la puerta del almacén. De pronto brilló con más intensidad, sin duda porque alguien había encendido la luz del salón.

Durante unos segundos, los cuatro esperamos, sin respirar. Estábamos tan apelotonados que era incapaz de saber a quién pertenecía la mano que acababa de rozar con la mía o el codo que se me clavaba en la espalda.

Cerré los ojos y pensé en una jungla lejana, en un padre al que había idolatrado.

—Pero ¿qué diablos...? —gritó alguien en el salón.

—¡Ahora! —solté.

Montgomery abrió la puerta y ambos echamos a correr por el pasillo de mármol. La puerta del salón de fumadores estaba medio abierta y cuando alargué la mano para coger el pomo y cerrarla, vi revuelo en el interior: vislumbré la cara de estupefacción del doctor Hastings y vi a Isambard Lessing girándose para mirar a su espalda. Los ojos del inspector Newcastle —esos ojos azules, fríos y calculadores— se toparon con los míos un segundo antes de que cerrara la puerta de golpe.

Uno de los tres se lanzó contra ella, pero Montgomery ya la había cerrado con llave. Balthasar deslizó el rifle que llevaba entre las manijas para bloquearlas. Durante un instante, lo único que se oyó fue la manera desesperada en la que uno de los tres intentaba girar el pomo y, de repente, silencio.

Se oyó el chillido agudo de un animal; un chillido infame y terrible. Me mordí el labio con tanta fuerza que me hice sangre.

Lucy me miró horrorizada.

—Juliet, pero ¿qué has hecho?

—Esto es lo que querían dejar suelto por la ciudad —respondí, con la necesidad de que entendiera que aquello era lo correcto— y habrían matado a Edward para ello.

Alguien golpeó la puerta con tantísima fuerza que a punto estuvo de arrancarla de las bisagras. Una lámpara se rompió. Oír todo aquel estrépito era horrible. Horrible y satisfactorio, al pararse a pensar en ello con cierta crueldad. Imaginaba la sorpresa de los miembros del King's Club al descubrir que sus criaturas habían cobrado vida. La confusión. El horror después. Oímos otro alarido, aunque no estaba segura de si era de un hombre o de una bestia.

Lucy gritó cuando empezó a salir sangre por debajo de la puerta.

—¡Haz que acabe! —gritó—. ¡Los están matando!

Se tiró contra la puerta e intentó quitar el rifle de Balthasar.

—¡No, Lucy! ¡No!

Tanto Montgomery como yo intentamos impedirlo, pero no lo conseguimos. El rifle cayó con gran estruendo y mi amiga giró la llave. Antes de que le diera tiempo de tocar el pomo, Isambard Lessing, con las cuencas de los ojos ensangrentadas y el pecho cubierto de sangre, abrió la puerta de golpe. Cayó fulminado en el vano, muerto.

Ninguno de nosotros estaba preparado para la carnicería que estaba teniendo lugar en el interior.

CAPÍTULO CUARENTA Y TRES

Lo primero que me sorprendió no fue ni el hombre que tenía muerto a los pies ni el desmedido caos del interior, sino el olor. Alguno de los tres miembros del club —o quizá alguna de las criaturas— debía de haber tirado el mueble bar, porque el olor dulzón a ron llenaba el ambiente y se mezclaba con el olor de la sangre fresca, el del fluido de los tanques del laboratorio y el hedor almizclado de los animales salvajes cuando van de caza.

Sentí náuseas cuando intenté cerrar la puerta, cosa que me impedía el cadáver de Isambard Lessing. Balthasar se adelantó para quitar de en medio el cuerpo, pero ya era tarde: una de las criaturas se lanzaba contra nosotros con los ojos brillantes, agitando las garras y moviéndose más como una serpiente que como un roedor.

Lucy gritó de nuevo mientras se caía al suelo cubierto de sangre. Cogí el rifle y se lo di a Montgomery, pero no teníamos tiempo. La criatura estaba a un metro de distancia, medio... ¡hasta que saltó! Lanzó un horrible alarido cuando le clavó las largas garras a Montgomery en el brazo. Grité y avancé tambaleándome hacia él, al tiempo que agarraba a la criatura por la peluda espalda y tiraba para intentar apartarla de él. Balthasar recogió el rifle y golpeó a la criatura en la cabeza repetidas veces, hasta que se la partió. El fluido que salió del interior me manchó el vestido.

Con el corazón en la boca, arrojé al suelo la criatura muerta y retrocedí trastabillando hasta que choqué con el sofá. Montgomery estaba sangrando por las heridas del brazo.

—¡Que Dios me ayude! —gritaba una voz de hombre, aunque no sabría decir si era la de Hastings o la de Newcastle.

Miré a mi alrededor como si estuviera en un sueño, en una pesadilla, pero no era ningún sueño: había demasiados cuerpos retorciéndose por el suelo, tropezándose por toda la habitación y demasiados destellos de criaturas peludas, provistas de garras y colmillos, que campaban por doquier.

Nunca habría dicho que cinco criaturas como aquellas, recién despertadas, pudieran causar un caos tal. El tiempo se detuvo por un instante. Lucy estaba acuclillada en una esquina, cubriéndose la cabeza con los brazos. Montgomery y Balthasar se enfrentaban a sendas abominaciones y sangraban por los brazos. Los chillidos inhumanos de las bestias era lo único que se oía y el aire olía a dulce.

—Dios mío —musité.

Avancé hasta donde estaba mi amiga, para lo que tuve que pasar por encima del cadáver de Isambard Lessing. El doctor Hastings se dejó caer sobre el sillón de cuero que había a mi lado, gimiendo mientras la sangre se le escapaba por una enorme herida que tenía en el cuello y que le iba tiñendo de carmesí la camisa blanca. Segundos después, cayó al suelo de bruces cerca de la chimenea.

Me tiré al suelo frente a Lucy, la rodeé con los brazos y la llevé más hacia la esquina. A su lado, en el suelo, había una botella rota y la cogí para utilizarla como arma; no llegué a darme cuenta de que me cortaba con ella al hacerlo. Al otro lado de la habitación, Montgomery apuntó con el rifle a una de las criaturas, que había arrinconado en la chimenea. Balthasar le dio a otra una fuerte patada. Se oyeron disparos y alaridos agonizantes de criaturas que jamás deberían haber cobrado vida.

Era yo la que había provocado todo aquello. Era yo la que había matado a aquellos hombres, la que había derramado su sangre, tal y como había derramado la de mi padre hacía un año. Intenté convencerme de que era necesario; aunque, claro, la muerte de mi padre no había llegado a presenciarla. No había sido testigo de la carnicería, no había visto su cuerpo desmembrado y sanguinolento, como el del moribundo Hastings junto a la chimenea.

Montgomery disparó una última vez y el tiro resonó por toda la habitación. Durante unos pocos segundos oímos los quejidos y jadeos de las criaturas restantes, pero ninguna se movía. Estaban escondidas. Montgomery se llevó un dedo a los labios para pedirnos silencio y se agachó sobre la alfombra, pero Lucy gritó cuando dos de ellas salieron corriendo de debajo del sofá. Una corría hacia la chimenea, pero Montgomery saltó y le disparó con la pistola una y otra vez. La otra se escabulló por el suelo en dirección a nosotras. Balthasar le dio un fortísimo pisotón con el que le partió varios huesos y la mató.

—¡El rifle! —le gritó Montgomery—. ¡Todavía queda una al otro lado del sillón!

El ruido de los chillidos y de los disparos era tan terrible que me tapé los oídos. Que Dios me amparara... porque había algo de todo aquel caos que me emocionaba. Era como si pudiera saborearlo, como la sorpresa que causa la primera nevada. Balthasar miró por detrás de los armarios con el rifle en la mano. Apreté más si cabe a Lucy contra el rincón sin dejar de empuñar la botella rota, lista para rajar a cualquier criatura que se atreviera a acercarse a nosotras. Montgomery apretó el gatillo de la pistola —clic—... vacía.

—¡Maldita sea! —exclamó mientras sacaba el cuchillo.

Lucy no paraba de gritar, los hombres moribundos gemían de dolor y la habitación estaba llena de una mezcla turbulenta de olores. Vi un abrecartas que me serviría mucho mejor de arma y me precipité a cogerlo, tambaleándome. De pronto, como salido de la nada, Balthasar se abalanzó sobre mí y me empujó contra la mesa. Grité y, justo en ese momento, se oyó otro disparo. Balthasar cayó junto al sofá mientras soltaba un grito angustiado

—¡Balthasar! —gritó Montgomery.

Me dolía tanto el hombro, que es donde me había golpeado con la mesa, que estaba viendo las estrellas. Aun así, gateé hacia Balthasar. Le vi parte de la espalda y de los brazos carnosos, enzarzados en una pelea detrás del sofá de cuero pero, según mis cálculos, las cinco criaturas estaban muertas. Debía de habérseme pasado una... Avancé hacia él con el abrecartas en la mano, lista para clavárselo a la abominación, pero cuando vi quiénes estaban detrás del sofá me quedé de piedra. Balthasar no luchaba contra una criatura, sino contra un ser humano... en cuyo pecho brillaba una coraza de cobre. ¡El inspector Newcastle seguía vivo!

Todo empezó a cobrar sentido en forma de destellos. Era él quien le había disparado a Balthasar. No... ¡me había disparado a mí!, pero Balthasar me había apartado y había recibido la bala en mi lugar.

Se me revolvió el estómago y lo único en lo que pude pensar fue: «Balthasar, Balthasar, Balthasar». Pensé en que se había llevado una bala que iba destinada a mí, el disparo de un rifle nada más y nada menos; un tiro que, conmigo, habría acabado en el acto.

—¡Montgomery, ayuda! —grité.

Corrí hacia delante sobre manos y rodillas, tropezándome, con el vestido enredado entre las piernas, mientras Montgomery saltaba por encima de un sillón para llegar hasta donde nos encontrábamos. El doctor Hastings estaba en mi camino. Yacía en el suelo mientras se le escapaba la vida y tuve que recogerme más la falda y gatear por encima de su pecho ensangrentado. Con la poca fuerza que le quedaba me agarró del tobillo, pero me liberé dándole una patada y, gritando, caí sobre la alfombra. En cierta manera, la bestia me lo había dejado listo para que yo le diera el golpe de gracia... qué tremenda ironía.

Newcastle se esforzaba por alcanzar la puerta justo cuando llegué hasta donde se encontraba Balthasar.

—¿Dónde te ha herido?

Se apartó del costillar una de sus carnosas manos y dejó al descubierto una herida pulposa de la que brotaba sangre. Grité cuando Montgomery llegó a mi lado.

—Le han pegado un tiro. Newcastle me apuntaba a mí, pero Balthasar me ha apartado.

Se me encogió el estómago. Si no sobrevivía...

Lucy vino corriendo.

—Podéis parar la hemorragia, ¿verdad?

—Quizá —respondió Montgomery mientras se quitaba el abrigo a toda prisa—. Newcastle es un buen tirador. ¿Cómo es que ha sobrevivido?

—Por esa coraza que lleva —musité, mirando la puerta y pasándome una mano ensangrentada por el pelo, enmarañado—. Esa maldita armadura le ha protegido.

La furia se apoderó de mí mientras Balthasar sangraba en el suelo; desangrándose, como el profesor. Alguien tan ambicioso y con tan buenos contactos como Newcastle no se detendría solo porque lo hubiéramos delatado. Si escapaba, urdiría otro plan, se mudaría a otro país con un nombre inventado, conseguiría nuevos mecenas —desde luego, en el mundo no faltaba gente rica sin escrúpulos— y asesinaría a todo el que se interpusiera en su camino. O lo que era peor: se trataba del único testigo de la masacre que había acontecido allí esa noche. Podría contar en Scotland Yard lo que habíamos hecho y darle la vuelta para inculparnos a nosotros y exculparse él de toda responsabilidad.

A Montgomery, a Balthasar, a Lucy y a mí nos colgarían por lo que habíamos hecho.

No, a Lucy no. La amaba lo suficiente como para interceder por ella y evitar que la colgaran. Ahora bien, ¿qué le pediría a cambio? Que se casase con él y la amenazaría con llevarla a prisión si alguna vez lo abandonaba.

La gente como Newcastle no se detenía ante nada. Así que me correspondía a mí detenerle.

Rebusqué en el bolsillo del abrigo de Balthasar, manchado de sangre, esos terroncitos de azúcar que solía llevar para alimentar a los insectos.

—Montgomery, quédate con él —dije como pude—. Voy a por Newcastle.

Salí corriendo hacia la puerta antes de que le diera tiempo a responder. Resbalé por el pasillo tras el sonido de los pasos del inspector. Aquellos corredores eran un laberinto, pero yo los conocía muy bien. La puerta exterior de aquella planta siempre estaba cerrada, así que si se había encaminado al norte, que era lo que el sonido de sus pisadas sugería, tendría que dar la vuelta. Así que lo interceptaría.

Me di prisa en mirar en todas las estancias hasta que encontré un pequeño armario de suministros lleno de botellas y polvos. Encontré un bote de cristal de ácido nítrico y otro de éter, básicos en cualquier laboratorio. Aplasté los terroncitos de azúcar en una mano hasta convertirlos prácticamente en polvo y tomé una gran bocanada de aire. ¿De verdad quería hacer aquello?

Juntos, el ácido nítrico y el éter causaban quemaduras leves, pero al mezclarlos con una aleación y un agente reactivo, como el azúcar, crearían una reacción exotérmica tan potente como para fundir el cobre. Maldita sea, no tenía opción.

Mientras corría para interceptar a Newcastle, desenrosqué el tapón del ácido, le añadí el azúcar y agité el bote para mezclarlos. Apenas se veía nada en los pasillos porque solo entraba en ellos la luz de la luna, así que no me resultó complicado esconderme en el hueco en sombras de una puerta. Oí que los pasos de Newcastle se acercaban; ya había dado la vuelta. Sonaban tan fuerte como los latidos de mi corazón. Cerré los ojos con fuerza. «Asesinó al profesor —me recordé—. Le ha dado a Balthasar pero me apuntaba a mí».

Dobló la esquina y su rostro quedó iluminado por un rayo de luna justo en el momento en que me vio. Corrí hacia él. No me paré a pensar ni a escuchar nada por miedo a perder el valor. Me abalancé sobre él, pegándole patadas e intentando arañarle. Lo desequilibré y, mientras nos precipitábamos al suelo, se le cayó el rifle.

—¡Quítate de encima! —me gritó.

—¿Es que vas a matarme —dije, echándome hacia atrás— igual que mataste al profesor? ¿Igual que casi matas a Balthasar?

Se las arregló para inmovilizarme los hombros contra el suelo.

—¿Igual que acabas de matar tú a esos hombres? —siseó—. Tu padre estaría orgulloso de ti, Juliet Moreau. Dudo que haya muchas chicas tan crueles como tú. Él era igual.

Di un grito y me levanté del suelo. No podía permitir que escapase; nos arrestaría y seguiría adelante con su plan. Era mucho más fuerte que yo pero, herido como estaba, apenas había diferencia entre ambos. Mientras forcejeábamos, conseguí liberar la mano izquierda y romperle en la coraza el bote que contenía el nitrato. El ácido le corría por el pecho, pero el policía no le dio la más mínima importancia porque sabía que estaba protegido. Soltó una risotada estridente.

Ahora bien, el ácido solo era el primer paso. Saqué la botella de éter del bolsillo y, maldiciendo como una demente, lo lancé contra el mismo lugar de la armadura donde le había estrellado el otro bote. Newcastle desvió el recipiente con el brazo, por lo que se estrelló contra su hombro izquierdo. El líquido le cayó por el pecho y los humos mareantes me hicieron toser.

El policía también tosía. Me aparté de él, retrocediendo hacia la pared. Miró a su alrededor, preguntándose por qué, de pronto, yo parecía tan asustada. Hasta que no comenzó la reacción química, en la que el gas volátil prendió el ácido y el agente reactivo se pegó al cobre —que empezó a brillar con un leve color rojo, que luego pasó a un amarillo anaranjado y, por último, a un blanco incandescente que le abrasaba la piel y le quemaba la carne—, no empezó a aullar. Agarró la coraza para intentar quitársela, pero ya había empezado a fundirse con su piel al tiempo que brillaba como el sol.

Me protegí los ojos de la luz. Para cuando esta empezó a apagarse, el inspector ya había dejado de chillar y yacía en el suelo. El aire olía a carne quemada y al aroma dulzón de los productos químicos. No me hizo falta más que echarle una ojeada para saber que, si no estaba muerto ya, pronto lo estaría.

Me fallaron las piernas. Me apoyé en la pared y me deslicé hasta el suelo. Oí unos pasos y vi que Lucy estaba en el pasillo.

Por un momento no hicimos otra cosa que mirarnos. No había palabras para describir lo que acababa de hacer, ni para perdonarme o condenarme por ello. Acababa de matar a uno de sus pretendientes, alguien que, a pesar de sus crímenes, la había amado de verdad.

—Hemos conseguido detener la hemorragia —dijo finalmente con voz ahogada—, pero tenemos que llevarlo a casa del profesor para que Montgomery le saque la bala.

Me puse de pie. Me temblaban las piernas. Estaba exhausta y, a pesar de todo, sentía una pequeña y terrible punzada de orgullo que ardía en la parte oscura de mi corazón con tanta fuerza como el resplandeciente cobre.

—Pues vamos.

CAPÍTULO CUARENTA Y CUATRO

Dejamos al inspector Newcastle ardiendo en las sombras. La coraza de cobre aún brillaba con un color rojo oscuro y el aire hedía a carne quemada —hedor que no quería volver a oler en toda la vida—. Para cuando llegamos al salón de fumadores, Balthasar estaba sentado muy erguido, con un vendaje improvisado alrededor del pecho. Sonrió al verme. Di un traspié y caí de rodillas a su lado.

—Me has salvado la vida.

—Es usted tan pequeña. El disparo la habría matado.

El cariño por aquel grandullón me subió como una oleada hasta la garganta, mientras Montgomery le daba unas palmaditas en el hombro.

—El pulso es fuerte. Nunca había conocido a nadie capaz de recibir una bala en el pecho y estar como si nada. ¿Qué me dices, amigo, puedes ponerte de pie?

Con nuestra ayuda, se puso de pie, aunque con dificultad y quejándose ligeramente.

Los guie por el laberinto de pasillos sin perder un instante, pero al paso de Balthasar, hasta que llegamos a la puerta de entrada. Estaba nevando y el viento entró en forma de pequeños remolinos que reemplazaron la miasma de la carne quemada.

El carruaje vacío nos esperaba en el callejón, atado a los caballos, que no dejaban de piafar, impacientes en medio de la fría noche. Ayudamos a subir a Balthasar, y Lucy y yo montamos con él. Montgomery se aupó al pescante y chasqueó el látigo. Por siniestro que pareciera, el retumbar constante de los cascos de los caballos me relajaba y para cuando llegamos a casa, la determinación que me había poseído hasta entonces se había desvanecido y solo quedaba en mi interior la fría realidad de lo que habíamos hecho. De lo que había hecho.

Las campanas de la iglesia tocaron las once de la noche. «El día de Navidad casi ha terminado —pensé—. Debería haber sido un día de dicha». En la universidad había sentido un arrogante acceso de orgullo al saber que había derrotado a Newcastle, a Hastings y a Lessing y que los demás miembros del King's Club dejarían de lado aquellos experimentos; pero, en ese momento, me daba asco sentirme orgullosa por ello.

Elizabeth nos esperaba con ansiedad. Sharkey bajó la escalera a todo correr y nos olisqueó la ropa y olisqueó también el aire que nos rodeaba, sin dejar de dar vueltas entre nuestras piernas con la cola baja. Nosotros, mientras, ayudamos a Balthasar, que arrastraba los pies, a llegar al comedor. Elizabeth quitó lo que había sobre la mesa y trajo su instrumental médico; nos daba órdenes e intentaba que Sharkey no nos hiciera tropezar, pues el perrito no paraba de buscar nuestra atención quejándose. Le puse la mano en el pecho a Balthasar —lo tenía hundido— para darle las gracias, porque no sabía de qué otra forma hacerlo. Lo único que se me ocurría era decir algo, pero las palabras eran un pobre pago por haberme salvado la vida.

Se llevó la mano a los botones de la camisa e intentó desabrocharlos.

—Deja que te ayude —le dije mientras lo hacía.

Gruñó de dolor mientras le bajaba la camisa por los encorvados hombros. Intenté mirar hacia otro lado para no incomodarlo, pero no pude evitar quedarme mirando la herida de bala. Se me encogió el corazón. La herida era muy fea. A mí me habría matado, no cabía duda. Sin embargo, lo que me dejó sin aliento fueron sus deformidades. La caja torácica le sobresalía por un lado y se le hundía por el otro; los hombros, aunque poderosos, eran asimétricos; y el cuerpo estaba cubierto de pelo de arriba abajo. Aquellas deformidades no eran culpa de ninguna herida, sino el resultado de que mi padre hubiera jugado a ser Dios.

Cerré los ojos con la camisa fuertemente agarrada en las manos. «Nunca más».

Montgomery llegó de la cocina con vendajes y di un paso hacia atrás para dejarle espacio. Le quitó a Balthasar el resto de la camisa y examinó la herida sin inmutarse ante las fealdades de su amigo.

—No comprendo cómo sigues de pie, amigo. Debes de tener la fuerza de un buey.

Mientras Montgomery le cosía la herida, yo miraba por la ventana, demasiado anonadada como para pensar. Aún notaba la mano del doctor Hastings en el tobillo. Aún veía los ojos desorbitados de Isambard Lessing. Aún olía la carne quemada de Newcastle.

Sería la cuadrilla de limpieza de la señora Bell la que se encontrase con aquello por la mañana. Imaginé a la limpiadora delgaducha de la última vez, de piedra en la puerta a la vista de tal escabechina. La policía acabaría descubriendo el laboratorio que había en el segundo sótano. A pesar de que habíamos destruido los cuadernos y las notas, a la policía no le costaría llegar a la conclusión de que los miembros del King's Club habían estado llevando a cabo experimentos científicos ilegales. A los periódicos les encantaría aquel escándalo. A toda la ciudad le encantaría. Y ahora que Newcastle estaba muerto, nadie sospecharía siquiera del papel que habíamos jugado nosotros.

Oía vagamente la conversación que mantenían Elizabeth y Lucy, pero estaba tan cansada que tan solo entendía palabras sueltas, como «carruaje» y «mansión» y una que repetían en tono más bajo: «asesinato». Hablaban de mí. Hablaban de huir de la ciudad. Entendí otra palabra más: «Edward».

Me miré las manos, que aún tenía cubiertas de residuos químicos y sangre —la de Newcastle, la de las criaturas y la de Balthasar—. Miré a continuación la puertecita del sótano. «Ambos sabemos que cualquiera de las criaturas de mi padre está condenada a morir antes o después», le había dicho a Montgomery en el laboratorio, cuando hablábamos de las criaturas de los tanques pero... ¿me refería también a Edward?

Noté que Lucy me tocaba, tras lo que empezó a limpiarme la cara y las manos con un paño húmedo.

—No tardarán en descubrir lo que ha pasado y se dará la alarma. Juliet, tienes que marcharte por si existe alguna manera de que puedan implicarte en lo sucedido.

—Quiero que vayas a mi mansión, a Escocia —dijo Elizabeth—. Está a nombre de un primo que vive en el continente, así que allí no podrán rastrearnos a ninguna de las dos. Esta misma noche te acompañaré hasta Derby para asegurarme de que sales de la ciudad sin problemas. Luego nos separaremos y volveré para cubrir tu rastro lo mejor que pueda. En quince días me reuniré contigo allí.

Sus palabras eran como un eco distante. No podía dejar de mirar la puertecita del sótano y pensar en el muchacho que había encadenado allí. Le quedaban pocos días antes de que la bestia consumiese la humanidad que le restaba. No era mucho tiempo.

—Juliet, tienes que marcharte esta misma noche —insistió Elizabeth—. Has de cambiarte de ropa. Si no se estropea el tiempo, tardarás tres días en llegar.

Miré primero a Montgomery y después al perro, hecho un

ovillo junto a la puertecita del sótano, moviendo el rabo porque sabía que su dueño estaba encerrado abajo. Durante unos cuantos segundos, todos miramos en la misma dirección, cada cual sumido en sus miedos y pensamientos.

—Elizabeth tenía razón cuando lo propuso —comentó Montgomery por fin, aunque con una voz plagada de dudas—, lo más humano sería apiadarnos de él y matarlo.

Lucy gimió.

Cogí a Montgomery por el brazo y tiré de él hasta las ventanas, donde podríamos hablar en privado.

—Llevas tanto tiempo queriendo tener familia... un hermano. Sé que no es lo mismo, pero...

—Por eso lo digo —respondió entre susurros—. No sentiría remordimientos por matar a un enemigo, pero a un hermano no querría verlo sufrir... dado que la alternativa es ver cómo se convierte en un monstruo.

—No piensas lo que dices. Aún nos quedan unos días, todavía hay tiempo para encontrar una cura. Tiene que haber una manera de reproducir de manera artificial los efectos de la malaria en el torrente sanguíneo. Seguro que Elizabeth tiene suministros médicos en la mansión. —Le apreté la mano—. No lo des por perdido, no después de lo que hemos descubierto.

Era a su alma a la que estaba invocando. Si lo hacía —matar a lo más parecido que tenía a un hermano, después de haber matado a todos los hombres bestia de la isla—, el chico bueno que había sido desaparecería para siempre.

—No sé qué más hacer. —Se le quebró la voz.

Acababa de coserle la herida a su mejor amigo y ahora estábamos debatiendo el destino de un joven que llevaba su sangre.

Dejé de agarrarle tan fuerte.

—Podríamos darle lo que nos queda de valeriana en una sola dosis y sedarlo si la bestia empieza a emerger. Le ataremos las manos por precaución. El profesor tiene unos grilletes en el cajón del escritorio.

Cuando vi que suspiraba me di cuenta de que lo había ganado para mi causa. Les contamos el plan a los demás, y Elizabeth se mostró aprensiva, pero no se opuso. Lucy se retorcía las manos aliviada.

Montgomery se volvió hacia mí mientras se frotaba la frente.

—Con esas heridas, Balthasar no podrá conducir el coche durante todo el viaje. Tendré que ir en el pescante con él la mayor parte del tiempo. Cuando así sea, quiero que apuntes a Edward con la pistola y que no dejes de hacerlo ni un segundo.

Asentí. No dejaba de darle vueltas a las dosis, los sueros y los elixires que iba a probar. Por Edward no sentía amor, como por Montgomery, a él lo quería porque, por dentro, no éramos tan diferentes.

—Yo también voy —soltó Lucy.

La miré de golpe.

—¿Cómo vas a venir? Tienes aquí tu vida.

—¿Mi vida? Mi padre es uno de los del King's Club. No solo sabe muy bien lo que estaban haciendo, sino que lo financiaba. Tú no volverías a casa después de enterarte de eso, así que no me pidas a mí que lo haga.

Lucy estaba muy cerca de la puertecita del sótano y la miraba de vez en cuando. Me daba la impresión de que su decisión tenía mucho más que ver con el joven del sótano que con cualquier otra cosa.

Miré a Montgomery en busca de ayuda pero, para mi sorpresa, descubrí que se estaba limpiando la cara con un paño, sin más.

—Sabes mejor que nadie lo que es tener un padre amoral —me comentó—. Que venga.

La estancia seguía estando increíblemente fría, o quizá fuera mi sangre la que lo estaba. Los miré a todos, a Montgomery el último. Se me encogió el corazón. Aunque resultase una malísima esposa, me querría, me perdonaría todo y jamás dejaría de ser ese chico que, para hacerme reír, me había llevado en una carretilla cuando era niña. Había bondad en todos ellos y la había a pesar de lo duro que era el mundo, lo que me hizo notar cierto calor en brazos y piernas.

—Pues que sea esta misma noche. Nos vamos todos.

CAPÍTULO CUARENTA Y CINCO

Montgomery dio de comer y de beber a los caballos antes de partir; una labor que hacía de forma maquinal. Lucy empaquetó todas las mantas y abrigos que encontró. ¿Habría sido siempre tan práctica y no me había dado cuenta hasta entonces? Hasta que no estuvo todo guardado y bien afianzados los arreos de los caballos, no bajé al sótano con los grilletes.

Edward estaba despierto: era él, su lado humano, a pesar de que los músculos se le retorciesen bajo la piel como las anguilas en el agua. Tenía el reloj de bolsillo en la mano y lo movía con ansiedad al tiempo que le pasaba una uña por la tapa como si quisiera abrirlo; aunque no lo hacía. Y tampoco me miraba.

—Edward, nos vamos.

No reaccionó, como si no me hubiera oído. Palpé la jeringuilla de valeriana que llevaba en el bolsillo.

—Ya no tenemos que preocuparnos por el King's Club. Nos hemos asegurado de que toda la ciudad se entere de lo que han hecho sus miembros cuando la policía... —me aclaré la garganta—, cuando la policía encuentre sus cadáveres.

Me miró de golpe.

—¿Qué habéis hecho?

Dudé.

—Da lo mismo. La cuestión es que la policía podría relacionarnos con lo sucedido, por lo que hemos decidido marcharnos hacia el norte, a la mansión de Elizabeth. Y vienes con nosotros.

Soltó una risotada fría y cruda.

—Ay, Juliet, será mejor que me dejéis aquí.

Me agarré a los barrotes.

—Tú no me abandonarías a mí, así que yo tampoco pienso abandonarte.

No respondió. Desencadené la puerta y la abrí. Estos días había usado toda su fuerza para enfrentarse a la bestia y se le notaba en la flojedad de brazos y piernas y en las arrugas de la cara. Todavía no me atrevía a acercarme más.

Sacudió la cabeza.

—Para mí, dentro de poco será el fin. La bestia se hará con el control por completo y llevará a cabo actuaciones terribles. Lo mejor sería que me matarais ya.

—Por favor, Edward, no te des por vencido.

Aunque tenía dudas, di un paso adelante y le toqué el hombro con la mano. Sus ojos se fijaron en el anillo de plata. Durante un instante —de lo más doloroso— fue como si el anillo fuera lo único que había en la estancia.

—Lucy me contó que os habíais prometido. —Había amargura en su tono de voz—. Supongo que debería felicitarte.

—Nunca te he ocultado que le amaba. Nunca te he mentido.

—No, pero no es a ti a quien él quiere, sino a la idea que tiene de ti... a una fantasía.

—¿Y en qué se diferencia de ti? Tú decías que te habías enamorado de mí por una fotografía. La cuestión es que no soy una fantasía, Edward... puedo llegar a ser fría, cruel y tozuda como mi padre. Montgomery acabará aceptándolo. —Tragué saliva y me tapé el anillo con la otra mano—. Lucy te adora. Sabe lo que eres y, aun así, te ama. Si pensases en ella...

—¿Te ha dicho ya Montgomery la verdad?

Los secretos. Entre tanto desconcierto me había olvidado de lo que me había dicho de Montgomery; que guardaba secretos. A raíz de nuestro compromiso, había asumido que entre él y yo todo estaba bien o, al menos, que lo estaría cuando nos hubiéramos ido de Londres. Sin embargo, ahora sentía una punzada de duda.

A Edward se le escapó una risa triste.

—No lo ha hecho. Ya lo imaginaba porque, de lo contrario, no creo que estuvieras tan convencida de casarte con él. —Se acercó a mí con la boca abierta—. Pregúntale por los archivos que Moreau tenía en el laboratorio de la isla. Esos que tú no llegaste a ver.

Me sentí presa de la curiosidad y del miedo.

—Si sabes algo, tienes que contármelo...

—¿Juliet? —La voz preocupada de Elizabeth me interrumpió desde lo alto de la escalera—. ¿Estás sola con él?

Apreté los grilletes, me asomé por la puerta de la despensa y le dije:

—No os alarméis, ahora mismo tiene total control de sí mismo.

Elizabeth se quedó en lo alto de la escalera, con el mosquete en la mano. Su silueta se recortaba contra la luz de la cocina.

—Tengo algo para ti —empezó a bajar la escalera y yo a subirla para que nos encontrásemos a medio camino, donde me tendió una carta cerrada—. Como esta noche solo voy a acompañaros a Derby, te he escrito unas líneas para presentarte a la señora McKenna, el ama de llaves. En ellas también le explico que volveré en un par de semanas. Tengo que advertirte: es una casa muy grande y está lejos de todo. Hay una villa a unos ocho kilómetros, pero si los páramos se inundan puede resultar complicado llegar a ella. Los criados han perdido práctica con las convenciones sociales, así que yo diría que algunos de ellos os parecerán un tanto extraños.

—No, al contrario, me sentiré como en casa. —Metí la carta en el corpiño—. Edward y yo enseguida subimos.

Asintió y volví a bajar. Edward estaba demasiado callado. En el suelo, cerca de su mano, brillaba un objeto metálico. Era el reloj de bolsillo con el que siempre jugueteaba y que estaba abierto. Me agaché para recogerlo y me fijé en que donde debería haber estado el mecanismo, no había nada.

—Pero si está vacío... —empecé a decir.

Me lo quitó y lo cerró de golpe.

—¿Quieres que vaya con vosotros? De acuerdo, vámonos de este sitio.

Había hablado con una voz gruesa, casi como si se estuviera mofando de sí mismo. Adelantó las muñecas y me sentí culpable al ponerle los grilletes; preferiría no tener que tratarlo como a un prisionero y me sentí molesta con la bestia por obligarnos a que así fuera. Le quité la capucha a la aguja de la jeringuilla llena de valeriana y le inyecté el líquido. Hizo un pequeño gesto de dolor cuando la droga empezó a abrirse camino por su sistema y le provocó un temblor. A mí me alivió comprobar que sus ojos, cuando nos miramos, estaban algo más limpios.

Lo ayudé a ponerse de pie, pero se detuvo ante la puerta.

—No es que no me importe Lucy. Tiene muchas cualidades admirables. La cuestión, Juliet... —Hizo una pausa—. Bah, ya no importa.

No paré de darle vueltas al anillo, nerviosa, mientras subíamos la escalera y cruzábamos la cocina camino de la calle, hacia el carruaje que nos aguardaba. Volvía a estar demasiado callado y tuve una sensación rara en la nuca, como si algo fuera a salir mal, lo que me llevó a mirarlo con atención ya en el patio, a la luz de las lámparas de gas.

Su rostro era el mismo; seguía sin haber rastro de la bestia. ¿Qué es lo que había cambiado en él? Había decidido acompañarme con demasiada facilidad, como si se hubiera rendido y se contentase con ser una marioneta que bailaba a mi son.

Montgomery cerró la casa y subió al pescante, junto al vendado Balthasar. Elizabeth ya estaba en la caja. Tenía el reloj de cuco en el regazo; era la mejor manera de recordar al profesor. Lucy estaba sentada a su lado con Sharkey, al que le habían pasado bramante alrededor del cuello a modo de correa. El perro empezó a menear la cola nada más ver a Edward. Subimos al coche y di unos golpecitos en el techo para comunicarle a Montgomery que ya podíamos partir.

El carruaje avanzaba veloz. Elizabeth agarraba con fuerza el reloj, imbuida en sus pensamientos. Me maravillaba que estuviera tan dispuesta a ayudarnos, hasta que recordé que, ahora que el profesor había muerto, yo era su única familia, pues era mi nueva tutora. Y la familia significaba mucho para ella. Ni ella ni el profesor me habían hablado mucho de sus parientes fallecidos; tan solo me habían contado que eran de ascendencia suiza pero escoceses de nacimiento, descendientes de una rama ilegítima de científicos sin escrúpulos que poco se diferenciaban de mi padre. Quizá fuera esa la razón por la que Elizabeth se veía reflejada en mí a su edad.

Edward tosió y se cerró el abrigo lo mejor que pudo con las muñecas esposadas. Lucy le puso una mano en la rodilla, tras lo que frunció el ceño y se adelantó para tocarle la frente.

—Edward, estás ardiendo.

—Tengo fiebre, nada más.

Lo estudié a la débil luz mientras avanzábamos dando algún que otro bote por las calles. A pesar de lo fría que era la noche, la frente le sudaba mucho. Se encogió y tosió más fuerte... como un estertor proveniente de lo más profundo de su pecho. Hasta Elizabeth parecía inquieta.

—Edward... —empecé a decir.

Agarró con muchísima fuerza el reloj de bolsillo y volvió a toser antes de ponerse a temblar. Me acerqué un poco y le cogí la mano para tomarle la temperatura. Estaba sudando por todo el cuerpo.

—Dios mío, Edward, qué has hecho... —susurré.

Apretaba el reloj con mucha fuerza, pero introduje los dedos entre los suyos y conseguí quitárselo. Lo abrí con la uña. ¿Qué había estado guardando allí, donde debería haber habido un reloj? Todas aquellas veces que le había visto jugando con él no me había parecido sino una baratija.

Me lo llevé a la nariz. No olía a nada. Al inspeccionarlo más atentamente vi un pequeño resto de polvos blancos. El reloj se me cayó de las manos y rebotó con un sonido metálico en el suelo del carruaje.

Arsénico. Se me paró el corazón. Dejé de respirar.

Los caballos iban mucho más rápido ahora. Debíamos de haber dejado atrás el centro de la ciudad para adentrarnos en las carreteras del campo. Daba igual cuánto corrieran o que diéramos media vuelta y galopáramos hasta un hospital; no había antídoto para este veneno.

—¿Por qué? —le pregunté en susurros.

Ni Elizabeth ni Lucy habían visto el polvo y, por unos instantes, el arsénico fue un secreto entre Edward y yo.

Volvió a doblarse de dolor.

—Ya sabes por qué. Un día de estos, pronto, la bestia habría acabado apoderándose de mí y os mataría a alguno de vosotros. Esta noche has protegido la ciudad a tu manera; deja que, ahora, la proteja yo a la mía. He intentado quitarme la vida una decena de veces, pero la bestia siempre era demasiado fuerte para mí y me lo impedía. Hasta hoy. Me estoy convirtiendo en él, pero él también se está convirtiendo en mí. Ya no puede impedir que nos mate a ambos.

Me dejé caer contra el respaldo, aturdida. Quería discutir. Quería gritar. Quería hacer lo que fuera menos quedarme sentada en el mullido asiento de aquel carruaje con mi abrigo caro, mientras presenciaba cómo fallecía Edward.

Lucy ahogó un grito al darse cuenta de lo que estaba pasando.

—¡Parad el carruaje! —gritó.

Pero, con el viento, ni Montgomery ni Balthasar la oyeron. Lucy chilló cuando Edward empezó a convulsionarse y cayó al suelo.

—Ya está —dijo entre tosidos—. Es el final de la peor de las creaciones de tu padre.

—¡Edward, no! —dije, y me dejé caer a su lado—. ¡No tendrías por qué haberlo hecho! ¡Habría encontrado una cura!

Volvió a convulsionarse y se llevó las manos a la cabeza como si le doliese. La piel alrededor de los ojos y la boca se le empezó a oscurecer.

—¡Elizabeth, ayúdale! —le imploré.

Dejó el reloj de cuco a un lado y le tomó el pulso con el ceño fruncido. El carruaje cogió un bache y el reloj del profesor cayó al suelo; los engranajes hicieron un gran estrépito en su interior y el cuco salió y cantó. De hecho, cantaba y cantaba con cada bote del carruaje. Furiosa, lo abrí por detrás y tiré de los mecanismos hasta que los destrocé y conseguí que el animal callase.

—Ha tomado demasiado como para salvarle —dijo por fin Elizabeth mientras le soltaba la muñeca a Edward. Por primera vez desde que la conocía, parecía que no supiera qué hacer—. Morirá antes de que lleguemos a Derby.

Lucy empezó a llorar con toda su alma, como me gustaría hacerlo a mí, pero era incapaz. Me dejé caer de nuevo al suelo, entre los restos del reloj de cuco. Cogí el pajarito de madera y pensé en el profesor, en que le había fallado. En el pecho del animal había una inscripción que nunca antes había visto. Estaba en alemán: «*Für meine Lieblingskusine Elisabeth, V. F.*». «Para Elizabeth, mi sobrina preferida. V. F.».

El reloj era una herencia y la inscripción debía de tener un siglo de antigüedad. Por tanto, no podía tratarse de esta Elizabeth y la V debía de referirse a otro Victor. Empecé a guardar el pajarillo entre los restos del reloj pero, de pronto, sentí la necesidad de volver a leer la inscripción.

Después de hacerlo miré a Elizabeth mientras una extraña sensación se iba abriendo paso en mi mente. Elizabeth y Victor von Stein. Seguro que les habían puesto aquellos nombres en honor a alguno de sus antepasados. Pensé en todo lo que sabía de la familia Von Stein: lo de los retratos sin nombre; los periódicos en alemán; la muñeca del desván, cosida hacía tanto tiempo por un cirujano.

Solo se podía llegar a una conclusión. Solo podía ser una ciencia sombría en concreto la que se detallaba en los diarios de sus ancestros. Solo podía haber una explicación para que se llamaran así.

—Pero este no tiene por qué ser el final, ¿verdad, Elizabeth? —Me temblaban las manos de solo pensarlo—. La muerte, quiero decir. No es el final.

Me miró como se mira a un loco.

—¿De qué estás hablando?

—Tu familia era de Suiza. Era una rama ilegítima. Se cambió el apellido, ¿no es así?

Respondió con una mera inclinación de cabeza. Era muy inteligente, probablemente, mucho más que yo, que, aun así, acababa de descubrir el secreto de los Von Stein.

—¿Cómo se apellidaban, Elizabeth?

—¡Frankenstein! —gritó—. ¡Antes de cambiárselo se apellidaban Frankenstein! ¿Es eso lo que querías oír?

Lucy ahogó un grito, tras lo que apuntó:

—Pero si eso solo es una vieja historia...

Yo también había oído las historias, como la mayoría de los niños, pero también recordaba que mi padre hablaba de los Frankenstein en su estudio con sus colegas. En aquella época pensaba que solo intercambiaban historias de fantasmas... hasta que me di cuenta de que los hombres hechos y derechos no se pasan las noches contándose historietas.

—Victor Frankenstein era mi tataratío —admitió con calma—. Murió en 1794. Había viajado a las islas Orkney y había tenido un hijo ilegítimo con la hija de un lord escocés. Ese niño era el abuelo del profesor. Lo que habéis oído solo son rumores. Ahora bien, todos los rumores, y el de la historia de Victor Frankenstein en particular, parten de una verdad.

—Por eso el King's Club quería los diarios del profesor, ¿no es así? —pregunté—. Lo sabían y querían las investigaciones de Victor Frankenstein.

—Sí —respondió con voz monocorde—. Los querían. Mi tataratío era muy preciso a la hora de anotar procedimientos. Si os he ayudado hasta ahora es porque no sois sino meras víctimas de una ciencia tan peligrosa como la suya, pero lo que acabas de insinuar cruza la línea... y te lleva a un sitio del que es casi imposible volver. Mi tío probó suerte cuando era joven, pero enseguida se dio cuenta de que era un camino equivocado, antes de que fuera demasiado tarde. Tu padre no fue tan afortunado. Si cruzas esa línea, Juliet, correrás el riesgo de convertirte en alguien como él.

Edward, inconsciente a nuestros pies, no paraba de gemir. Las puntas de los dedos también se le habían tornado negras.

—Pero es que Edward no es cualquier persona —dije—, es pariente de sangre de Montgomery. Se ha sacrificado para protegernos a todos. —Bajé el tono de voz—. Si no se hubiera envenenado, sé que lo habría curado.

Elizabeth se inclinó hacia mí.

—Piénsalo bien, Juliet. Solo un puñado de científicos se ha tenido que enfrentar a esta decisión... y los más inteligentes dieron media vuelta. Solo los locos siguieron adelante.

Edward moriría en cuestión de horas. Era como parte de mi familia. Mi padre nos había creado a ambos. ¿Acaso no merecía que pusiera en juego mi alma? ¿Mi cordura? Al fin y al cabo, ya era una asesina. Ya estaba maldita.

Mientras Edward agonizaba y yo le daba vueltas a la cabeza con la misma rapidez con la que giraban las ruedas del carruaje, los caballos nos llevaban más y más al norte, donde crecían los brezos y el viento silbaba entre los árboles, a un sitio en el que la gente era olvidada. A un sitio en el que nunca me encontrarían. A un sitio en el que podía abandonarme a esa misma locura que se había apoderado de mi padre.

AGRADECIMIENTOS

A mi editora, Kristin Rens: sabes exactamente qué decir para inspirarme y animarme a mejorar mis borradores. Llevar este libro de idea a versión acabada ha sido un viaje desafiante y maravilloso y tengo mucha suerte de que me hayas guiado a través de él.

A mi agente, Josh Adams, y a Tracey y Quinlan Lee, de Adams Literary. Todo escritor se sentiría afortunado de estar en vuestro equipo. ¡Con vosotros no se necesita más!

Gracias a los equipos de Balzer + Bray y de HarperCollins: la editora Sara Sargent, la publicista milagrosa Caroline Sun, las diseñadoras Alison Klapthor y Alison Donalty, las editoras Renée Cafiero y Anne Dunn, las expertas en mercadotecnia Emilie Polster, Stephanie Hoffman, Margot Wood y Aubry Parks-Fried. Os debo el precioso diseño de mi libro, la destreza con la que lo habéis vendido ¡y los bailoteos literarios!

A mis compañeros críticos y a mi equipo de apoyo de escritura: Megan Miranda, Ellen Oh, Carrie Ryan, Constance Lombardo, Andrea Jacobsen, Melissa Koosmann, los superhéroes de la batcueva, a Friday the Thirteeners y a los Lucky 13s. Este libro es mil veces mejor gracias a vuestros comentarios.

A mi maravillosa familia: Peggy y Tim por leer los borradores y ser mis mayores animadores; a Lena por ser una inspiración constante y por ayudarme a que no me dé por vencida cuando me dan ganas de abandonar los borradores; a Nancy, Gene, Marilyn y al clan Shepherd por el entusiasmo y por aceptarme en la familia, a pesar de esas extrañas ideas para libros que me dan.

Y, por último, a mi marido, Jesse: no puedo describir con palabras todo lo que significas para mí. Gracias a tus ánimos, me he convertido en escritora. Gracias a tu apoyo, me he convertido en autora. A tu lado, la vida es una aventura y no puedo esperar a descubrir adónde nos lleva a continuación.